BASTIAN ZACH

DEATH OVER WACKEN

METAL. MOSHPIT. MORD. Wacken Open Air – das weltgrößte Metal-Festival. 4 Tage. Über 200 Bands. Über 80.000 Fans. Und eine Leiche. John Gallows, Sänger der Band »The SuiCiders«, wird unter dem Bullhead zwischen »Faster-« und »Harder Stage« erhängt aufgefunden. Handelt es sich, wie der Name der Band vermuten lässt, tatsächlich um Selbstmord? Mia, Bandleaderin der »Vengeful Regrets«, die mit ihrer Melodic-Death-Metal-Combo beim »Metal Battle« auftreten soll, glaubt an Mord. Sie tut sich mit ihrem Vater Lars zusammen, den sie seit Jahren nicht gesehen hat und der in einer gediegenen Midlife-Krise steckt. Gemeinsam wollen sie den Mörder schnappen. Was das ungleiche Vater-Tochter-Ermittlerduo nicht weiß: Gallows‹ Tod ist erst der Anfang. Denn zwischen Luftgitarren-Wettbewerben und feiernden Metal-Fans geschehen weitere Morde …

Bastian Zach wurde 1973 in Leoben geboren und verbrachte seine Jugend in Salzburg. Als selbstständiger Schriftsteller und Drehbuchautor lebt und arbeitet er in Wien. 2020 wurde sein Krimi-Debüt »Donaumelodien – Praterblut« für den Leo-Perutz-Preis nominiert. Seit über 35 Jahren ist Bastian Zach eingefleischter Metal-Fan, die Liebe zur Musik inspirierte ihn zu diesem Metal-Krimi.

BASTIAN ZACH

DEATH OVER WACKEN

METAL-KRIMI

GMEINER

Personen und Handlung sind frei erfunden.
Ähnlichkeiten mit lebenden oder toten Personen
sind rein zufällig und nicht beabsichtigt.

MIX
Papier | Fördert gute Waldnutzung
FSC® C014496

Besuchen Sie uns im Internet:
www.gmeiner-verlag.de

Im Ehnried 5, 88605 Meßkirch
Telefon 07575/2095-0
info@gmeiner-verlag.de

1. Auflage 2024

Umschlaggestaltung: U.O.R.G. Lutz Eberle, Stuttgart
unter Verwendung eines Fotos von: © Bastian Zach
und Tunejadez / istockphoto.com
»Death over Wacken«-Logo und Plan-Illustration © Bastian Zach
Druck: GGP Media GmbH, Pößneck
Printed in Germany
ISBN 978-3-839-0678-2

Ich widme dieses Buch:

Allen Enthusiasten, Traumtänzern
und Nonkonformisten.
Allen Saitenquälern, Felldreschern
und Mikrofonflüsterern.
Allen Talentjägern, Mischpultmaniacs
und Organisationswütigen.
Und allen Headbangers, Beer Drinkers
und Hell Raisers.

Kurz:
Euch allen, die ihr Rock und Metal
zu dem einmaligen Erlebnis macht, das es ist.

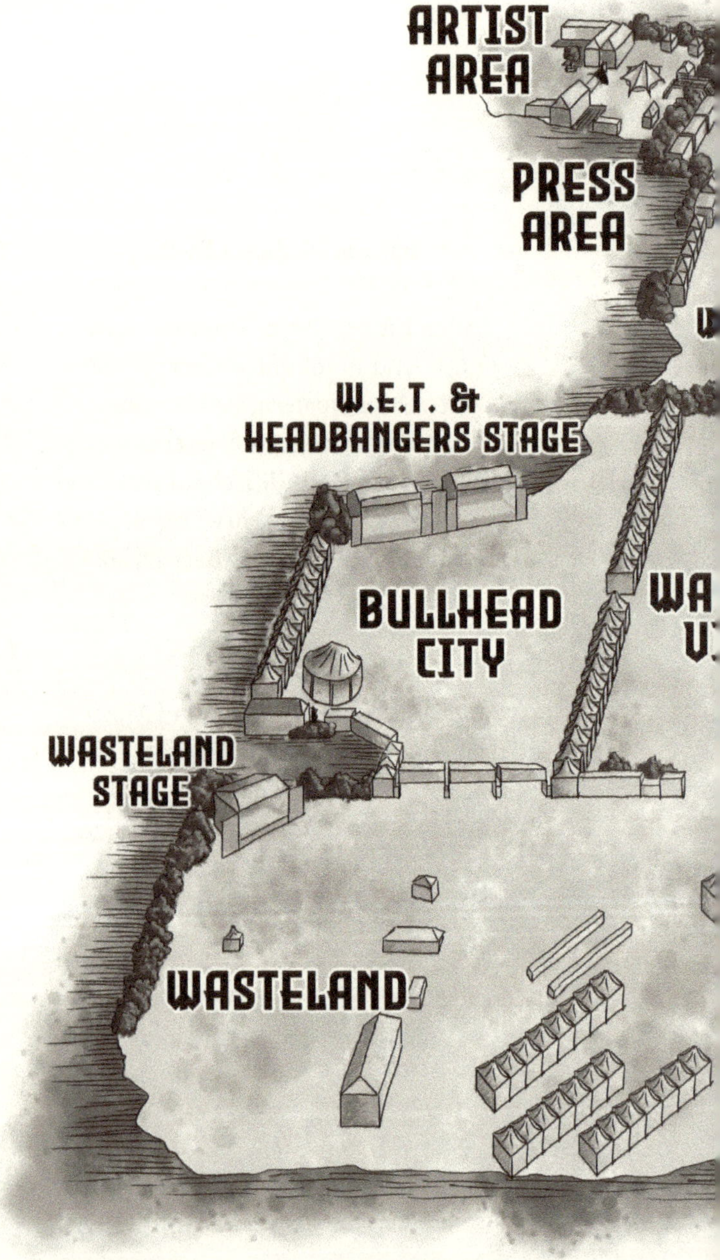
ARTIST AREA
PRESS AREA
W.E.T. & HEADBANGERS STAGE
BULLHEAD CITY
WASTELAND STAGE
WASTELAND

STER & HARDER STAGE
INFIELD
LOUDER STAGE
KINGER
TAGE
WACKEN CENTER
INGER
AGE
E
W
N
THE HOLY WACKEN LAND

VORWORT
von Ernie Fleetenkieker

»Würdest du mir ein Vorwort schreiben, und zwar für jeden, der oder die keine Ahnung von der Materie hat: Was ist Metal, was ist ein Festival und warum gehören diese beiden Dinge zusammen?«

Hach, Bastian, als wüsstest du nicht selbst, dass auch nur der Versuch einer Erörterung jeden Rahmen sprengen würde.

Metal. Was ist das?

Wie ich es mir gerade letzte Woche wieder anhören durfte, für manche einfach nur Lärm. Der aggressiv macht. Und unruhig. Dabei ist Radio doch so schön, denn »da läuft meine Lieblingsmusik«. Also nicht meine. Aber bei solchen Sätzen werde ich wiederum aggressiv, mindestens ungehalten. Ist Metal auch, aber mich beruhigt das. Das Lärmende, Laute, die in Akustik gebündelte Aggression. Da fühle ich mich wohl, zugedeckt, mit einer heißen Tasse Tee in der Hand. Metal ist wilde, raue Musik. Die dich nicht an die Hand nimmt, dir wie im Radio alles mundgerecht und kantenlos serviert, sondern dich hart ackern lässt, bevor sich das wohlige Gefühl des Verstandenseins einstellt. Das klingt jetzt erst einmal anstrengend, du willst doch eigentlich sofort sinnbildlich eingemummelt und umsorgt werden. So, wie du jetzt vielleicht mit diesem Buch in deinem Lieblingssessel sitzt und dich auf eine spannende Lektüre freust. Aber gab es schon einmal irgendetwas im Leben von Wert, was dir in den Schoß gefallen ist, ohne dass du etwas dafür tun musstest? Wehe, du sagst jetzt Radio!

Metal ist Musik, nein, eigentlich ist es nicht nur Musik, es ist eine Leidenschaft, die der vollkommenen Hingabe bedarf, um zu verstehen, was ich dir hier aufzudrängen versuche. Aber es ist eine Leidenschaft, die dein Leben füllt, erfüllt, mit Sinn und … ach, Metal ist das Schönste, wo (!) gibt.

Auch wenn dich erste Berührungen mit diesem dir ominösen Metal vielleicht postulieren lassen, es gehe hier nur um Bier, rhythmisches Kopfschütteln und die lückenlose Kenntnis um all die Klassiker. Deren Unkenntnis dich sofort als Fremdling identifiziert, wenn du nicht wie aus der Pistole geschossen beantworten kannst, welcher »Painkiller«-Song das waghalsigste Drum-Intro hat. Oder die Frage falsch beantwortest, welcher Iron-Maiden-Sänger der bessere ist. Denn Metal ist gewissermaßen auch eine Nerdkultur.

Und Festivals? Das sind vielleicht die perfekten Orte, dem profanen Alltag in Gänze zu entfliehen. Den Verpflichtungen, Nöten und Zwängen. In Wacken beispielsweise bedeutet das, eine ganze Woche unter Wilden, unter Gleichgesinnten zu feiern, schon morgens Bier zu trinken und gemeinsam – bei unter Umständen mäßiger Körperhygiene – Arm in Arm wie aus einer Kehle Metal-Hymne um Metal-Hymne mitzusingen. Im Gesicht dabei schweißnasse Haare zu spüren, die nicht unbedingt deine eigenen sind. Im Sonnenschein zu garen, im Regen zu headbangen, sich im Schlamm zu suhlen, nachts dein Zelt zu suchen – und morgen wieder alles von vorn.

Oder vielleicht startest du den Tag auch erst um elf mit einer Dusche.

Denn weißt du, was am allerschönsten ist? Du kannst all die Festival-Konformitäten auch einfach über Bord schmeißen und selbst entscheiden, wie dein Festival aussehen soll.

Denn Metal ist Freiheit.

INTRO

1

Metallica

Die ersten Strahlen der aufgehenden Sonne durchfluteten die weitläufigen Wiesen und Felder Schleswig-Holsteins. Eine Farbenpracht in Hellorange und Grün verdrängte die vorangegangene Finsternis, zart und kraftvoll zugleich, umschmeichelte die niedrigen Häuser und Höfe.

Eine malerische Grundstimmung wie im Intro von Metallicas »Fade to Black«. Eine himmlische Erlösung, die nicht ahnen ließ, welch düstere Ereignisse folgen würden …

Tautropfen liefen an den unzähligen Zeltwänden aus Nylon oder Polyester hinab und hauchten ihr Leben im Ackerboden aus.

Dort, wo bis vor wenigen Tagen die spießbürgerlich verklärte heile Welt mit kuhglockenläutender Bauernromantik ein Stelldichein gefeiert hatte, drängten sich nun Abertausende Zelte aneinander. Bevölkert wurden diese von schwarzgewandeten Horden, die aus allen Teilen der Welt eingefallen waren, um etwas zu belagern, was es im Sturm zu erobern galt.

Dieses Etwas erhob sich südlich des Himmels, flankiert von riesigen Videoscreens – das Rohrskelett eines Behemoths, in dessen Leibesmitte der gewaltige eherne Schädel eines Bullen prangte, das Wahrzeichen des Wacken Open Air.

Doch noch war es nicht so weit. Noch herrschte elektrisierende Stille.

Unterbrochen wurde diese Ruhe nur vom Knarzen eines Seils, das unter seiner Belastung ächzte, und vom metallischen Klopfen, wenn das, was an dem Seil baumelte, gegen die Gitterrohrmasten schlug – der leblose Körper von John Gallows.

DIENSTAG

24 STUNDEN ZUVOR

2 Minutes To Midnight

Iron Maiden

Schriiiiiiiing!

Das Schrillen der Türklingel durchschnitt die Stille. Mit starrem Blick lag Lars Schulze im Wohnzimmer auf seiner abgewetzten Couch, den Körper in Embryonalstellung verkrümmt.

Wie früh es war, vermochte Lars nicht zu schätzen. Aber nach dieser scheißlangen Nacht, in der er erneut kein Auge zugetan hatte, wunderte es ihn, dass der Morgen doch noch angebrochen war.

Schring! Schriiiiiiiing!

Ein tiefes Seufzen war die erste merkbare Regung, die den Endvierziger seit einer gefühlten Ewigkeit durchfuhr. Dann flachte seine Atmung wieder ab. Seine Augen brannten, als wären sie mit Pfefferspray verwöhnt worden, sein Mund fühlte sich so pelzig an, als würde ein Hamster darin hausen.

Lars' Blick fiel auf die Pilsflaschen, die dicht gedrängt auf dem Couchtisch vor ihm Spalier standen. Pflichtbewussten Zinnsoldaten gleich, vereint in dem Wissen, dass trotz der gewonnenen Schlacht der letzten Nacht der Krieg verloren war.

Schring! Schring! Schring!

Lars schloss gequält die Augen. Am liebsten würde er aufspringen, die Wohnungstür aufreißen und demjenigen, der wie ein Irrer klingelte, gepflegt eins aufs Maul hauen – Belmondo-Style.

Doch er wusste, dass ihm dazu die Kraft fehlte, sowohl zum Aufspringen als auch zum Auf-die-Schnauze-Hauen. Zudem lag seine letzte körperliche Auseinandersetzung über zwanzig Jahre zurück. Oder noch länger?

Lars lauschte in Erwartung eines erneuten Klingelterrors, doch der blieb aus. Der Mann atmete auf, bereit, sich mit Leibeskräften wieder seiner Lethargie zu widmen –

Da vibrierte das Handy, das den Pilssoldaten auf dem Couchtisch Gesellschaft leistete.

Lars knurrte.

Mit der dynamischen Eleganz eines Faultiers auf Opium löste er das Handy vom klebrigen Untergrund, sah aufs Display. Seufzte in unendlichem Weltschmerz und nahm den Anruf schließlich an.

»Was willst du?«

Lars' Stimme klang trocken und rau. Sein Blick wanderte zur Wohnungstür.

»Echt jetzt? Nein, mach ich nicht.« Er lauschte. »Nein. Darum nicht.« Ein erneutes Knurren. »Ja, okay, mach ich.«

Lars setzte sich auf. Mehrere rasselnde Atemzüge später erhob er sich, schlurfte zur Tür und sperrte sie auf.

Im Flur stand ein Mann Ende vierzig, die spärlichen Haare kurz geschoren. Sein Antlitz zierte ein Bart, der Bernd Stromberg zur Ehre gereichte, wenn auch schon mit einigen weißen Haaren akzentuiert. Sein verwaschenes Def-Leppard-Shirt spannte ihm um den Wanst, die knielange Cargo-Hose, die er trug, war jedoch frisch von der Stange. Er wirkte wie der Schankwirt eines Bierwerbespots aus den Achtzigerjahren – gemütlich, vertrauenswürdig, mit einer Prise Schalk im Nacken.

»Moin, du Lusche!«, trompetete er dem anderen entgegen.

Lars rollte mit den Augen. »Was willst du, Mike? Wo ist der verdammte Notfall?«

»Man wird doch wohl noch seinen besten Freund besuchen dürfen?«

»Um sechs Uhr morgens?«

»Schon sechs? Sorry für die Verspätung.«

Lars verengte die Augen zu Schlitzen, rümpfte die Nase. »Hast du etwa gesoffen?«

Ein irritiertes Kopfschütteln als Antwort.

Lars hielt sich die Hand vor den eigenen Mund, roch seinen Atem. »Ach so, nein, das bin ja ich.« Schlurfend machte er Platz. »Dann komm halt rein. Aber mach schnell, ich bin beschäftigt.«

Mike tat wie ihm geheißen, begutachtete dabei das Chaos im Wohnzimmer. Eine Handgranate hätte besser aufgeräumt. An allen möglichen und unmöglichen Stellen lagen gebrauchte Hemden und Unterwäsche, standen leere Flaschen in einem Potpourri unterschiedlichster Volumenprozente umher. Dazwischen lagerten Teller mit Speiseresten, Tassen mit Speiseresten und Kartonschachteln mit Speiseresten.

Mike wandte sich seinem Freund zu. »Gratuliere! Du bist der nächste Kandidat für ›Die Entrümpelungsprofis‹.«

»Ich frage noch einmal: Was willst du, Mike?« Lars fuhr sich durch die zerzausten schwarzen Haare, die ihm wirr vom Kopf abstanden.

Der andere suchte nach einem freien Platz, um sich hinzusetzen, brach das Vorhaben jedoch kurzerhand wieder ab. Er überlegte einen Moment, dann leuchteten seine Augen auf. »Ich habe zwei Worte für dich.« Er machte eine übertrieben theatralische Pause. »Männer-Trip.«

Lars ließ sich matt auf die Couch fallen. »›Männertrip‹ ist ein Wort.«

»Drauf geschissen, auch wenn's zehn Worte sind. Pack deine Sachen und ab!«

Lars nahm eine Pilsflasche vom Tisch, lugte in die Öffnung und kippte sich den schalen Rest in seinen pelzigen Mund. »Ach, lass mal. Hab keinen Bock.«

»Kriegst du, wenn wir erst mal ›On The Road Again‹ sind.«

»Vergiss es, Mike. Außerdem: Willie Nelson hat gerade angerufen, er will seinen Song zurück.« Lars rieb sich die Stirn, als könnte er so die pochenden Schmerzen aus seinem Kopf rubbeln. »Ich bleib hier, werd ein bisschen aufräumen und mich am Abend wieder gepflegt meiner Selbstzerfleischung widmen.«

»Wirst du nicht.«

Lars zuckte mit den Schultern. »Hast recht. Aufräumen fällt aus. Vielleicht feier ich auch eine Party mit meinen drei Freunden Arnie, Sly und Bruce.« Er blickte auf das gerahmte Star-Wars-Originalplakat von 1977, das großformatig eine Wand zierte. »Oder doch lieber Episode fünf?«

»'ne super Idee. Hast du ja erst hundertmal gesehen.«

»Blödsinn. Knapp an die zweihundertmal.«

Mike ballte unwillkürlich die Fäuste. »Pass auf, mein Bester: Seit Wochen bin ich Zeuge dieses unwürdigen Schauspiels namens ›Mimimi‹. Damit ist jetzt Schluss! Das Leben ist nicht nur Scheiße. Um dir das zu beweisen, hab ich uns was organisiert. Gern geschehen, by the way. Komm schon, raus aus deiner Komfortzone oder wie auch immer du diese Müllhalde nennst.«

Lars näherte sich in Zeitlupe wieder der Embryonalstellung.

»Sag mal, hast du Lack gesoffen?« Mike stampfte wütend auf. »Ich hab schon alles in meiner Karre gebunkert, was wir für die nächsten Tage benötigen, also komm schon! Ich will verdammt sein, wenn ich meinen Fünfziger allein feiern muss.«

Lars wurde hellhörig. »Du hast Geburtstag?«

Der andere setzte einen Gesichtsausdruck auf, der jeglichen Zweifel im Keim erstickte.

Resigniert setzte Lars sich wieder auf, ließ dann den Kopf hängen, als hätte man ihn gerade dazu gezwungen, auf einer Kaffeefahrt für Senioren den Alleinunterhalter zu mimen.

»Ich hasse dich.«

Mike hielt sich beide Hände ans Herz, flötete mit verzückter Falsettstimme: »Solange du nur irgendwas für mich empfindest, bin ich dein.«

Die beiden Freunde teilten ein Grinsen.

»Mensch, meinetwegen. Was muss ich einpacken?«

»Irgendwas Sommerliches mit festem Schuhwerk. Sonnencreme. Und Regenschutz.«

»Sonnencreme und Regenschutz? Wo zur Hölle fahren wir hin? Pattaya in Schottland?«

Mike grinste wie ein Haifisch. »Überraschung! Aber je eher du mit Packen fertig bist, desto eher wirst du es erfahren.«

3 Days In Darkness

Testament

Der Frühverkehr in Hannover brach gerade an, da ließen Mike und Lars die Stadt bereits hinter sich.

Lars hatte es sich verkniffen, seinen Freund nach dem Zielort zu fragen, wissend, dass dieser sich weiterhin in genüssliche Geheimnistuerei hüllen würde. Zumindest empfand Lars die Fahrt als angenehm, denn das, was Mike als seine »Karre« bezeichnete, war ein brandneuer Volvo S60. Die hellgrauen Ledersitze fühlten sich an wie ein Daunenbett. Die Klimaautomatik tat ihren Job, ohne dass Lars sich wie ein Testdummie in einem Windkanal vorkam.

Als Mike auf die A 7 Richtung Norden auffuhr, wurde sein Beifahrer stutzig.

»Sag nicht, du schleppst mich nach Hamburg auf'n Kiez?«

Mike lachte. »Sind wir sechzehn?«

Sein Freund zögerte einen Augenblick, versuchte zu erkennen, ob der andere die Wahrheit in einen Scherz verpackte oder sie sprach. Schließlich beschloss er, Mike zu glauben.

»Wenn's nicht Hamburg ist, was dann im Norden? Ostseestrand? Nordseestrand?«

»Oder gar die Arktis?«, warf Mike grinsend ein. »Ich gebe dir einen Hinweis.«

Er wählte auf dem Touchscreen der Mittelkonsole die Musik-App aus, tippte auf eine Playlist namens »El tripos de los hombres« und drückte sich anschließend genießerisch in die Polsterung des Fahrersitzes.

»Here we go.«

Aus den Lautsprechern des Audiosystems wimmerten die ersten Takte zu Poisons bittersüßer Ballade »Every Rose Has Its Thorne«.

Lars wand sich reflexartig im Autositz. »Oh Mann! Alles klar, jetzt weiß ich es. Wir fahren in ein Ayurveda-Resort zu einem Selbstfindungsseminar, wo Männer lernen, ihre weibliche Mitte zu finden. Hab ich recht?«

Mikes Lippen blieben versiegelt.

Als der Ballade »You Could Be Mine« von Guns N' Roses und »Rock You Like A Hurricane« von den Scorpions folgten, besserte sich Lars' Stimmung. Immerhin waren das Hits seiner Jugend.

»Na ja, da wär jetzt ein Kleenes nicht verkehrt«, meinte er und drehte sich zur Rückbank. Dort griff er eine kleine Kühlbox, die Mike deponiert hatte, klappte sie auf und entnahm eine Dose.

»Cola? Echt jetzt?«

Mike zuckte mit den Schultern. »Verzeiht, Don Promillo, aber ich muss immerhin ein Auto lenken. Was hätte es denn sein sollen? Berliner Luft?«

Ohne seinen Freund einer Antwort zu würdigen, öffnete Lars die Dose, reichte sie diesem und nahm sich selbst ebenfalls eine. Auch wenn er es nicht zugeben würde, prickelte das kalte Erfrischungsgetränk angenehm im Mund, löschte endlich die letzten Reminiszenzen an den durchzechten gestrigen Abend.

Eigentlich, gestand sich Lars insgeheim ein, war er sogar froh über Mikes »Überfall«. Zu lange hatte er sich abgeschottet, zu lange war er mit seinen Gedanken allein geblieben. Vielleicht würde ihm der Ausflug eine neue Perspektive eröffnen, einen neuen Ansatz bieten, wie er sein Leben meistern wollte nach jenem alles verändernden Tag vor vier Wochen. Tief in seinem Inneren hatte Lars wieder Bock, etwas zu unternehmen, einmal wieder einen Tag zu erleben, an dem er nicht voll Selbstmitleid in einem Meer aus Melancholie und Alkohol ertrank.

Der Weg durch Hamburg hindurch erwies sich als zäh. Nach einer gefühlten Ewigkeit erreichten Mike und Lars die A 23 und der Stau dünnte sich aus, bis nichts mehr von ihm übrig blieb.

Ausfahrtsschilder wie Geschwindigkeitsbegrenzungen kamen und gingen, zogen am Auto vorbei wie kurze Erinnerungen an Erlebtes.

»Also«, nahm Lars das Gespräch schließlich wieder auf. »Sorry, dass ich nicht dran gedacht hab. Ehrlich. Ich und Termine, du weißt schon. Wann hast du nun Geburtstag?«

»Siebenundzwanzigster November.«

Lars wäre beinahe die halb volle Coladose aus der Hand gerutscht. »November? Wir haben Anfang August! Du hast gesagt, du hättest jetzt deinen Fünfziger und willst ihn nicht allein feiern.«

Mike schob einen Mundwinkel nach oben, sodass sich sein eines Auge verengte. »Hab ich nicht und will ich auch nicht. Außerdem hat es funktioniert, oder? Wir sind unterwegs und die kommenden Tage werden legendär. Wie damals, auf Poros. Weißt du noch?«

Lars' Zorn über die Geburtstagslüge verflog ebenso schnell, wie er aufgekommen war. Zu schön war die Erinnerung an die alkoholgeschwängerten Sommerabende am Strand der griechischen Insel, an die Gruppe, deren Teil sie gewesen waren, und an die Unbeschwertheit, nur von einem Tag zum nächsten zu leben, gänzlich ohne Reue.

Damals hatten Mike und er sich gefühlt, als wären sie unbesiegbar. Die Welt gehörte ihnen und nichts und niemand würde das je ändern.

Es war jenes euphorische Gefühl, das nur jungen Menschen vorbehalten zu sein schien. Man legte es in dem Augenblick ab, in dem einen das wahre Leben mit all seiner Unerbittlichkeit einholte. Arbeit, Existenzängste und Schicksalsschläge – Nadelstiche in die Haut des sich unverwundbar Wähnenden. Bis man schließlich erkennen musste, dass man einer trügerischen Illusion aufgesessen war. Nichts und niemand kam gegen jenen übermächtigen Gegner an: die Zeit. Und das erste Opfer der Zeit war die Jugend.

»Nicht während der nächsten Tage.«

Mikes Worte rissen Lars aus seiner immer düster werdenden Gedankenspirale.

»Was?«

»Ich seh's dir an«, fuhr er fort. »Du bist schon wieder in den Stimmungsschwankungs-Zug eingestiegen, Endstation Depression. Aber während der nächsten Tage werden wir kein Trübsal blasen. Wir werden Partc-i machen, als gäb's kein Morgen. Deal?«

Lars schüttelte sich wie ein nasser Hund. »Deal.«

4 Words (To Choke Upon)

Bullet For My Valentine

Wacken 5 km.

Lars verharrte regungslos in seinem Sitz, den Mund offen. Beim Anblick der Beschilderung dämmerte ihm, welches Ziel ihre Reise hatte. Wie in Zeitlupe wandte er sich schließlich seinem Freund zu, der ihn schelmisch angrinste.

»Na, fällt der Groschen?«

Lars strich sich den Schnurrbart glatt. »Unser Männertrip geht also zum Wacken-Festival?«

»Yeah, Wacken Open Air, Baby! Da wollten wir schon vor zwanzig Jahren hin. Jetzt ist es so weit!«

»*Du* wolltest schon vor zwanzig Jahren hin«, korrigierte ihn Lars aufgebracht. »*Ich* wollte mich noch nie zwischen Tausende von Menschen zwängen, während irgendwo eine Kapelle lärmt, die ihr Untalent mit Lautstärke kompensiert.«

»Nun ist aber gut! Zunächst einmal heißt das nicht ›Kapelle‹, sondern ›Band‹, du Opa. Und der Lärm heißt Heavy Metal.«

»Meinst du wirklich, dass der Terminus technicus einer Musikrichtung diese in irgendeiner Weise wohlklingender macht? Dass ich, hätte ich gewusst, dass es sich um Heavy Metal handelt, in Verzückung verfallen wäre?« Er zerdrückte die leere Coladose in seiner Hand. »Meine Fresse!«

Mike winkte amüsiert ab. »Was das betrifft, kann ich dich beruhigen. Es wird nicht nur Heavy Metal gespielt.«

Er machte eine lange Pause. »Auch Thrash Metal, Death Metal, Pagan Metal. Dazu Dark Rock, bisschen Punk und die eine oder andere Ballade, für alte Romantiker wie uns beide. Sprich: Wacken wird ein opulenter Strauß fröhlich wummernder Melodien! Zudem erinnere ich mich noch gut an eine Zeit, als du mit Guns-N'-Roses-Shirt herumgelaufen bist.«

Lars überlegte einen Augenblick, als müsse er prüfen, ob Mikes Anschuldigung stimmte, dann warf er den Kopf zurück. »Alter, das war vor über zwanzig Jahren und hatte einen anderen Grund!«

»Hieß dieser Grund nicht ›Verena‹? So eine lustige Schlanke mit langen schwarzen Haaren, wenn ich mich recht entsinne.«

Lars knurrte zerknautscht. »Ja, du entsinnst recht.«

»Sag mal –« Mike schielte zu seinem Beifahrer. »Hat dich damals die Gute nicht auch verlassen?«

»Du merkst dir wirklich jeden Scheiß, oder?« Lars schnaubte, fügte dann kleinlaut hinzu: »Aber ja, hat sie. Nach sechs Monaten. Ist mit irgendeinem dahergelaufenen langhaarigen Bassisten auf Tour gefahren. Danke, dass du in alten Wunden bohrst. Jetzt dreh um und fahr mich wieder heim, mir ist die Lust vergangen.«

Mike wurde ernst. »Ach, komm schon, du Lusche, ist doch ewig her! Außerdem habe ich mir den Arsch aufgerissen, um noch zwei Festival-Tickets zu ergattern. Übrigens zu exakt jenem Preis, der der Zahl des Tieres entspricht. Iron Maiden lassen grüßen! Wenn das mal kein gutes Omen ist.«

Da Lars keine Reaktion zeigte, boxte Mike ihm gegen die Seite. »Sieh's mal so: Du kannst endlich abschalten, wenn wir gemeinsam abrocken, uns die Birne zuschütten oder sonst was veranstalten.« Er bewegte die Augenbrauen auf und ab, Groucho-Marx-Style. »Männer-Quality-Time, wenn du verstehst.«

Das mahnende Schnaufen des Beifahrers ertönte.

»Okay, ja, ich hab's selbst gehört«, gestand Mike. »Männer-Quality-Time klingt irgendwie seltsam. Aber du weißt, was ich meine.«

Lars zuckte unbedarft mit den Schultern.

Mit schweigenden Insassen passierte Mikes Auto das Ortsschild: »Wacken Kreis Steinburg«.

Niedrige, einstöckige Häuser, in gedämpftem Rot oder Grau gedeckt. Die Klinkerfassaden makellos, die Vorgärten gepflegt und liebevoll dekoriert. Büsche und Hecken waren manierlich geschnitten, die Gehwege sauber. Eine Dorfidylle wie aus dem Bilderbuch.

»Ist doch schnieke hier.« Mike schlug begeistert mit der flachen Hand aufs Armaturenbrett. »Wirst sehen, da geht gleich die Post ab. Metalheads sind ein buntes Völkchen.«

In diesem Augenblick passierten sie links und rechts der Straße eine Karawane aus Menschen, deren augenscheinlichste Gemeinsamkeit die Farbe ihrer Kleidung darstellte – oder besser gesagt die unbunte Farbe Schwarz. Die Szene wirkte wie die Zusammenkunft einer obskuren Sekte, deren albtraumhafte Zeremonien jenen Stoff boten, von dem sich Horrorfilme inspirieren ließen.

Doch das Erscheinungsbild des schier endlosen Trauerzugs konterkarierte das Gehabe, welches seine Teilnehmer an den Tag legten: herzliche Umarmungen, als hätte man sich seit Ewigkeiten nicht gesehen. Gegröle, in das die Umstehenden launig mit einstimmten, und allseits ein beinahe verstörend breites Grinsen auf den Gesichtern.

All das verriet, dass hier niemand beerdigt wurde, sondern dass hier Menschen zusammengekommen waren, die nur eins im Sinn hatten – gemeinsam eine gute Zeit zu erleben.

Mike verringerte gerade die Geschwindigkeit auf Schritttempo, als ihm ein junger Mann vor die Motorhaube sprang.

Der Wagen hielt ruckartig.

Der langhaarige Metaller, dessen schwarzes T-Shirt ein weißer Bandschriftzug zierte, der an explodierten Vanillejoghurt erinnerte, blickte die beiden Autoinsassen rastlos an.

Dann stieß er ein infernalisches »Waacköööööön!« aus.

Andere Fans wiederholten den Schlachtruf mit einer Inbrunst, als würde das Wort ungleich mehr bedeuten als die Summe seiner Laute.

Ein Klopfen an der Fensterscheibe der Beifahrertür zog Lars' und Mikes Aufmerksamkeit auf sich. Ein Mittzwanziger mit kurzen Haaren, Spiegelbrille und viel zu kurzen Jeans-Shorts stand schwankend davor.

Lars bedeutete seinem Freund weiterzufahren, doch der ließ bereits die Scheibe hinunter.

»Was'n mit euch beiden los?«, lallte der junge Mann ins Fahrzeuginnere und versprühte dabei das olfaktorische Œuvre einer Kiezkneipe um vier Uhr früh. »Seid wohl gerade angekommen, wa?«

Lars wollte entgegnen, dass die Feststellung des Offensichtlichen nicht gerade eine intellektuelle Meisterleistung darstellte, da ließ der Festivalbesucher zwei Dosen Bier auf den Schoß des Beifahrers fallen.

»Zum Akklimatisieren, Jungs«, rief er unnötig laut ins Auto, wandte sich ab und reckte die rechte Faust in den Himmel. »Wacköööön!«

Er trottete weiter, wurde gleich darauf von der Karawane der Schwarzgewandeten verschluckt.

Mike wandte sich seinem immer noch verdutzt dreinblickenden Freund zu, mit Blick auf die beiden Dosen. »Sind die kalt?« Er sah Lars herausfordernd an.

Der betrachtete die mit Kondenströpfchen übersäten Blechbüchsen, fühlte, wie ihm im Schoß fröstelte. »Die sind so kalt, wie du doof bist.«

Mike grinste, griff sich eine der beiden Dosen, öffnete sie und trank den herausquellenden Schaum, der ihm dabei auf die Hose tropfte.

Lars atmete tief durch. Was sollte der Terz, den er innerlich aufführte? Er hatte die kommenden Tage nichts Besseres zu tun, die Sonne schien und es gab Dosenbier. Was hatte er daran auszusetzen? Außerdem: Wann hatte er sein Kinder-Ich gegen ein Senioren-Ich getauscht?

»Weißt du was? Scheiß drauf. Prost!«

Lars öffnete die zweite Dose, ließ sich den kalten, bitter-hopfigen Inhalt die Kehle hinabrinnen und kümmerte sich nicht darum, dass er sich dabei das lachsfarbige Poloshirt bekleckerte. »Dann wollen wir mal! I wanna rock!«

Mike drehte die Musik laut und stieg aufs Gas. Dass gerade der superschwülstige Refrain von Mr. Bigs »To Be With You« in bester Boyband-Manier aus den Boxen jaulte, tat der Euphorie der Männer keinen Abbruch.

5

Minutes Alone

Pantera

Mike und Lars erreichten die äußersten Äcker des Wacken-Geländes, wo Einweiser die Autokolonne routiniert dirigierten. Inmitten einer schier endlosen Schlange an Vehikeln, unter denen viele ein »W:O:A« mit Klebeband auf die Heckscheiben geklebt hatten, wurden die beiden Freunde von einer Parzelle zur nächsten gelotst. Sie rumpelten an einer Hundertschar bereits aufgeschlagener Zelte vorbei, immer weiter gen Norden, bis sich die Zeltpopulation auszudünnen begann.

Ein Schwenk nach rechts.

Bremse.

Zündung aus.

Durchatmen. Lars und Mike waren angekommen.

Nun standen die beiden inmitten eines Ackers, auf dem sich Autos und Zelte, so weit das Auge reichte, aneinanderreihten.

Lars sah sich um. »Den Campingplatz hätten wir gefunden. Aber wo ist das Festival?«

Mike holte sein Handy hervor, rief die Wacken-App auf und orientierte sich. Schließlich deutete er gen Süden. »Diese Richtung, ungefähr zwanzig Minuten zu Fuß.«

Der andere lachte kurz auf, verstummte jedoch, als er merkte, dass dies kein Scherz war.

»Willst du damit sagen, ich muss vierzig Minuten laufen, wenn mir dort einfällt, dass ich etwas im Zelt vergessen habe?«

Mike winkte ab. »Nein, nein. Können auch gute fünfundvierzig Minuten werden. Hunderttausend Besucher brauchen eben Platz, und wir sind nicht die ersten.«

Er griff in den Kofferraum seines Wagens und holte eine kreisrunde Scheibe aus Polyester heraus.

»Hier!« Er warf Lars die Scheibe zu. »Aufstellen, nicht maulen.«

Der besah sich argwöhnisch die eigentümliche Verpackung. »Das ist das Zelt? Wo sind die Zeltstangen dazu?«

Mike nahm eine zweite, ident aussehende Scheibe aus dem Kofferraum. »Siehe zu und staune, junger Padawan.«

Er öffnete den Reißverschluss, der die Scheibe umrundete, und warf das Ganze in die Luft. Wie von Zauberhand entfaltete sich ein grün-gelbes Zelt und landete bezugsfertig auf dem Acker.

»Nennt man Wurfzelt.«

Beeindruckt tat Lars es seinem Freund gleich. »Erst das Rad, dann die Dampfmaschine, nun das. Jetzt hab ich alles im Leben gesehen!«

Die beiden grinsten.

Dann drückte Mike seinem Freund eine Handvoll metallener Heringe in die Hand.

»Schön in den Boden reintreten«, meinte er mit ernster Miene. »Wie ich immer sage: Nach einem Unwetter gibt es nur zwei Arten von Campern: die, die ihr Zelt gut abgespannt haben, und jene, die wünschten, sie hätten es getan.«

Lars salutierte ironisch, trat die Bodenanker tief mit der Schuhsohle in das Erdreich des Ackers. Danach räumten die beiden Männer Sporttaschen mit ihrer Kleidung in die Behausungen, bliesen jeder eine Luftmatratze auf und teilten sich dabei zwei Dosen Bier, die Mike ebenfalls im Kofferraum verstaut hatte.

Knapp eine halbe Stunde nachdem sie angekommen waren, fühlten sich die beiden Männer startklar.

Unter dem wolkenlosen Himmel, von dem flirrend die Sonne brannte, wischte Lars sich den Schweiß von der Stirn und ließ noch einmal den Blick über die schier endlose Zeltlandschaft schweifen, unfähig, deren Ausmaß zu begreifen.

»Ich frage mich, wie wir jemals wieder unsere Zelte finden sollen.«

Mike deutete auf die Fahnen, die an etliche Behausungen mittels Kunststoffstangen befestigt worden waren und die Bandlogos oder Covermotive zierten – Orientierungshilfen und Musikgeschmackanzeiger in einem.

»Auf der hier ist der ›Trooper‹ von Iron Maiden gedruckt, auf der dort drüber steht ›Motörhead‹«, sagte Mike. »Dazwischen liegen wir. Easy as pie.«

Lars nickte skeptisch. Ob diese Wegweiser auch bei Nacht und vor allem in illuminiertem Zustand funktionierten, galt es erst noch herauszufinden.

»Oooder«, warf Mike gedehnt ein und machte mit dem Handy ein Foto seines Zelts. »Du schießt auch so ein Foto, rufst die GPS-Koordinaten in den Metadaten auf und lässt dich herleiten.«

Lars blickte drein wie ein Kleinkind, dem man erklärte, wie man mittels Pi den Radius eines Kreises berechnete.

Sein Freund grinste diebisch. »Oder einfach die beiden Zelte zwischen ›Trooper‹- und Motörhead-Fahne.« Er rieb sich die Hände. »Können wir?«

Wortlos verschwand Lars in seinem Zelt, kroch nach kurzer Zeit wieder heraus. Er hatte eine frische kurze dunkelblaue Hose und ein Hawaiihemd angezogen, das so bunt war, als hätte ein Einhorn einen Regenbogen darauf gekotzt.

»Ist jetzt nicht dein Ernst?« Mike hielt sich bestürzt die Hand vor den Mund. »Ich sagte: Nimm was *Sommerliches* mit.«

»Was gibt es Sommerlicheres als ein Hawaiihemd? Alter, ich hatte ja keine Ahnung, dass du mich zur Jahreshauptversammlung der Société Noir schleifst.«

Mike wollte etwas Geharnischtes entgegnen, verkniff es sich jedoch. Zumindest würde er so seinen Freund leichter in der Menge wiederfinden.

»Und jetzt?«

Mike hob seine Bierdose. »Jetzt machen wir uns vom Acker!«

6th Chapter

Bolt Thrower

»John!«

»Rachel!«

Die beiden begrüßten sich mit jener Art von Küsschen auf die Wange, die man nur Menschen zuteilwerden ließ, die man nicht leiden mochte.

Die Frau hatte erst vor Kurzem das sechste Lebensjahrzehnt passiert und ihrem Erscheinungsbild nach zu urteilen, unternahm sie alles, um dies zu verschleiern. Ihr Pixie-Haircut schimmerte in kräftigem Blueberry, den blässlichen Teint ihrer harten Gesichtszüge unterminierte ein Kajal, der aus den Augenwinkeln spitz Richtung der Schläfen stach. Ihr dunkler taillierter Blazer mit Nadelstreifen brüllte »Businesswoman!«, ihre überlangen, aufgeklebten Fingernägel »Germany's Next Porn-Model«.

Trotz ihrer Größe von nur einem Meter fünfundsechzig wusste sie ob ihrer einschüchternden Wirkung – immerhin zelebrierte sie diese schon sehr lange. Denn wie in jeder anderen Branche auch galt in der Musikbranche die Wahl zwischen geliebt sein oder gefürchtet werden. Artist-Managerin Rachel Shaw hatte sich schon vor Jahrzehnten für Letzteres entschieden.

Ihr gegenüber stand ein Mann Ende dreißig mit stechendem Blick, der sie bei Weitem überragte. John McCallum, genannt »Gallows«, Leader der Dark-Rock-Band The SuiCiders. Die braunen, gelockten Haare fielen ihm so natürlich wie gewollt auf die Schultern, sein Dreitagebart war penibel getrimmt. Er trug ein perfekt ausgewaschenes schwarzes Shirt, eine ebenso perfekt abgewetzte schwarze Lederjacke und schwarze Jeans im Destroyed-Look. Seine beiden Arme zierten Tätowierungen im Bazooka-Kaugummi-Klebetattoo-Stil.

Gallows Körperhaltung wirkte angespannt, als erwarte er, jeden Augenblick einen Angriff abwehren zu müssen. Das kam nicht von ungefähr: Als fünfter Sohn einer katholischen Familie aus Belfast war er handgreifliche Auseinandersetzungen von Kindesbeinen an gewohnt, ebenso dass er sich alles selbst erkämpfen musste. Denn der Vater hatte die Familie früh »im Stich« gelassen, wenn auch unfreiwillig: Ein selbst gebauter Sprengsatz, den er eigentlich für die IRA und das Shankill Road Bombing konstruiert hatte, hatte ihn im Bruchteil einer Sekunde im Keller seines Hauses an die Wände verteilt. Gallows war gerade sechs Jahre alt gewesen.

Doch das war lange her. Nun stand der Musiker, der als durchaus streitbar galt, seiner Managerin gegenüber, auf dem Bretterboden eines leeren Pagodenzelts.

Rund um die beiden herrschte gespenstische Stille. Sie befanden sich auf einer kleinen Wiese hinter einem Erdwall, abseits des Festivalgeländes. Aus der Ferne waberten ab und an die dumpfen Beats einer Liveband herüber.

»My dear, wie geht's dir?«, fragte Rachel mit britischem Akzent.

»Abgesehen davon, dass mir wie immer alles und jeder auf die Eier geht, geht's mir gut«, antwortete Gallows in irischem Englisch.

Sein Blick fiel auf Rachels abgewinkelten linken Arm. Darin hielt sie einen cremefarbenen Chihuahua-Welpen energisch umschlossen.

»Dein Schoßhündchen scheint auch nicht zu altern«, meinte Gallows und fügte süffisant hinzu: »Das wievielte ist es schon?«

Rachel zuckte demonstrativ mit den gepolsterten Schultern, denn ihre gebotoxte Stirn ließ keine Gefühlsregung zu. »Wer zählt schon mit, you know? Sie leisten mir Gesellschaft, bis sie mir zu schwer werden. Dann tritt ein neuer an die Stelle des alten.« Sie strich dem Welpen über den Kopf, der für die sanfte Berührung dankbar zu sein schien. »Aber ich wollte dich nicht sehen, um über meinen canine companion zu plappern. Ich will wissen, ob du kalte Füße bekommen hast.« Ihr Blick wurde stechend. »Have you?«

Gallows verschränkte die Arme. »Natürlich nicht. Aber wenn du darauf anspielst, was wir letzte Woche im Hotel besprochen haben – das ist vom Tisch.«

Rachels Mimik gefror einige Sekunden lang, dann fing sie sich wieder. »Ich hab schon alles aufgesetzt, hab mit dem Nowak gesprochen. He's on board. Was –«

»Du hast mich in einer dunklen Minute getroffen«, unterbrach Gallows sie mit fester Stimme. »In einer Band ist es wie in jeder Familie. Man streitet sich, man versöhnt sich wieder. Vor jenem Abend hatten wir bandintern einen gehörigen Krach. Ich weiß auch nicht, manchmal gehen mir die ewigen Diskussionen über jede Kleinigkeit eben besonders auf die Nerven. Als befände man sich in einer gottverdammten Selbsthilfegruppe. Ich bin gegangen und habe mich mit der Hotelbar angefreundet.«

»John, das ist nicht, was wir besprochen hatten.«

Gallows stampfte mit seinen Bikerboots auf. »Verdammt, Rachel, du kennst mich schon so lange! Du weißt, wie ich ticke. Wenn ich scheiße drauf bin, lässt man mich besser in Ruhe, das weiß doch jeder! Ich finde dann schon wieder zu mir.«

»Was ist mit unseren Plänen?«

»Unsere? Du meinst wohl eher deine Pläne!« Gallows begann, im Zelt auf und ab zu gehen. »Warum sollte ich die SuiCiders auflösen? Fuck, das ist meine Band! Mein Haus, meine Familie! Würdest du deine Familie im Stich lassen, Rachel?«

Die Managerin wirkte, als wollte sie die rechte Augenbraue heben, was jedoch das Botox verhinderte.

Gallows lächelte bitter. »Klar würdest du, wenn das Angebot stimmt.« Er überlegte. »Weißt du was? Wir beide sind durch.«

Nun blieb der Managerin der Mund offen stehen.

»You ... du feuerst mich?«, stammelte sie schließlich.

»Du bist einzig auf deinen Vorteil bedacht, warst du schon immer. Ich nehme an, mit mir als Solokünstler wolltest du mal so richtig viel Kohle scheffeln. Wie der Nowak. Aber unser Bandvertrag läuft mit dieser Tour aus. Und die Veränderung, die ich bitter nötig habe, ist weder das Haus, in dem ich wohne, noch die Familie, mit der ich darin lebe. Sondern einen neuen gottverdammten Makler zu finden.«

Die Managerin und der Musiker blickten einander in die Augen, gleich zwei verfeindeten Soldaten, die Waffen im Anschlag, aber unsicher, ob man selbst schneller den Abzug betätigen konnte als der andere.

Gallows schnippte mit den Fingern. »Mach's gut, Rachel Shaw.«

Mit diesen Worten wandte er sich um und verließ das Zelt.

Rachel schnaufte mehrere Male tief durch, als wollte sie einem Ohnmachtsanfall entgegenwirken.

Während sich ihre Hände immer stärker ins Fell verkrampften, begann der Chihuahua in ihrem Arm bitterlich zu winseln.

Schließlich ließ sie von dem Welpen ab, trat vor das Zelt und ballte die rechte Hand zur Faust.

»Screw you, John Gallows, you bloody wanker! You're gonna fucking regret this!«

7th Son Of A Seventh Son

Iron Maiden

In freudiger Erwartung eines feucht-fidelen Nachmittags war Lars Mike gefolgt, der sich nach einem staubigen fünfzehnminütigen Fußmarsch jedoch erst einmal in eine Menschenschlange einreihte. Die hatte sich vor einigen Containern gebildet, die laut Ausschilderung in der Nähe der Bullhead City und des Wackinger Village lagen.

Angaben, die beiden Männern so viel sagten wie Anzeigetafeln in der Tokioter U-Bahn.

Die Schlange führte zu einem Container, in dem eine Luke geöffnet war – die Festivalbändchen-Ausgabe.

Nach einer gefühlten Ewigkeit und mit bereits gehörigem Durst erhielten Lars und Mike schließlich jeder das ersehnte Eintrittsutensil aus Kunstgewebe ums Handgelenk, das von einem Mitarbeiter mittels einer Handzange mit einer Aluminiumplombe verschlossen wurde. Inmitten des grauen Kontrollbandes, in das »Wacken« sowie der Bullhead eingewoben waren, befand sich ein Chip, mit dem man am gesamten Areal bargeldlos bezahlen konnte.

An einem nebenstehenden Unterstand luden sich die beiden Männer daraufhin mittels Automaten Geld auf den Chip und waren bereit – hin zum nächsten Bierstand. Die Funktionalität des Chips wollte schließlich unter Beweis gestellt werden!

Aus zwei Bier wurden vier.

Danach ging's weiter.

Unter einem von drei erhöht montierten Frachtcontainern, auf denen in weißer Farbe die Worte »Louder than hell« prangten, war zunächst stopp für Lars und Mike. Wie alle Festivalbesucher mussten auch sie einen Security-Check durchlaufen, den blau gekleidete Sicherheitsleute der Metal Guard geübt wie penibel durchführten.

Erst danach durften die beiden die Bullhead City betreten.

Dort angekommen staunten sie über die schier unüberschaubare Weitläufigkeit des Areals.

»Ich war auf Festivals, die waren kaum größer als das hier.« Mike hielt Lars das Handy mit der Wacken-App unter die Nase. »Laut Plan ist die Bullhead City aber nur ein kleiner Bereich des gesamten Festivals.«

Lars nickte, ebenfalls verblüfft.

Links und rechts von ihnen strömten unzählige Feierlaunige vorbei, wohl nur ein Vorgeschmack auf das, was kommen würde, wenn das Festival am nächsten Tag offiziell startete.

Gesäumt wurde das Gelände von Pagodenzelten, in denen allerlei Köstlichkeiten gekocht, gegrillt oder frittiert zum Verzehr feilgeboten wurden. Wer sein Geld lieber für Sachwaren ausgab, wurde ebenfalls bestens bedient. Bei den offiziellen Merchandising-Ständen konnte der kaufaffine Metalhead alles Erdenkliche erwerben, worauf sich das Wacken-Logo drucken ließ – T-Shirts, Hoodies, Hosen, Kopfbedeckungen, Patches, Badetücher bis hin zu Metallschildern, Kaffeebechern und Trinkhörnern.

Am hinteren Ende des Bereichs harrten die Zwillingsbühnen Headbangers und W:E:T Stage ihrer Bespielung.

In ihrer Mitte thronte ein Banner, auf das »Bullhead City« gedruckt war, darunter der namensgebende Rinderschädel.

Links vom Einlass stand eine überlebensgroße Statue, gefertigt aus Altmetall, mit Bassgitarre, Stetson-Hut, Oberlippenbackenbart und zwei großen Fibromen auf der linken Wange – Ian Fraser Kilmister, genannt »Lemmy«, Mastermind der legendären Rockband Motörhead.

Passend dazu dröhnte aus der dahinterliegenden offenen Bar mit Schindeldach rau und stampfend »Killed By Death«. Lars und Mike empfanden diese als so einladend, dass sie augenblicklich vorstellig wurden.

Im Anschluss wanderten die beiden Freunde weiter ins angrenzende Wackinger Village. Dieser Bereich bestand nicht aus Pagodenzelten, sondern aus Holzhütten, die sich optisch allesamt an frühmittelalterlichen hölzernen Behausungen orientierten. Eine Taverne lockte mit »Wacken Blut«, es wurden Schweine im Ganzen und ein ausgewachsener Ochse gegrillt und in mundgerecht zerteilten Happen verkauft.

In der Mitte des »Wackingers« fanden lautstark Schaukämpfe mit Schild und Schwert statt.

Lars und Mike schlenderten von einer Bar zur nächsten, übten sich im Armbrustschießen und Axtwerfen, wenn auch mit mäßigem Erfolg.

Bei einem Trinkwettbewerb unter Fans errangen sie jedoch den respektablen zweiten und dritten Platz, spielten dann einige Runden Bier-Pong.

Von hier an begann sich der Abend in Momentaufnahmen zu zerstückeln, gleich so, als würde man schnell von einem TikTok-Video zum nächsten wischen …

Mike, wie er sich im Luftgitarrenspiel mit anderen Besuchern maß.

Wie er von einer Gruppe Metal-Ladys dazu animiert wurde, sich das T-Shirt über den ansehnlichen Bauch und weiter bis über die Nippel hochzuziehen, inklusive kreischender Zustimmung der Damen.

Und wie Mike und ein Typ mit Plastik-Wikingerhelm die Köpfe zusammenstießen.

Lars, wie er mit einer Gruppe von drei Mexikanern mit übergroßen Sombreros auf Bruderschaft trank. ¡Salud!

Wie er von einem Fan mit pandaähnlicher schwarz-weißer Gesichtsbemalung angebrüllt wurde, als hätte sein letztes Stündlein geschlagen, der ihm dann jedoch sogleich ein halbes Bier aus seinem Becher spendierte.

Und wie Lars von einem Mann in einem Ganzkörperplüschkostüm in Haifisch-Optik innig umarmt wurde – einfach weil das ein schönes Gefühl war.

Untermalt wurden die Erlebnisse von Best-of-Nummern der Rock- und Metalgeschichte der letzten vierzig Jahre, die aus unzähligen Boxen wummerten.

Mit einem Mal spürte es Lars wieder – jenes euphorische Gefühl aus seiner Jugend, das sich so lange vor ihm versteckt hatte. Nun jedoch wollte es aus ihm herausbrechen! Eine rauschgleiche Stimmung, wie sie Steppenwolf in »Born To Be Wild« kongenial verewigten: »Explode into space«. Besser konnte man es nicht beschreiben.

Spontan umarmte Lars Mike, der die Geste herzlich erwiderte. Zu Alice Coopers »Poison« lagen sich die beiden Männer dann grölend in den Armen, drei Klassiker später beschworen sie sich ihrer immerwährenden Freundschaft.

Irgendwann erreichten Lars und Mike wieder den Ausgangspunkt ihrer Trinkreise, ein riesiges, ovales Zeltdach neben der »Lemmy Bar«, unter dem Biertische und -bänke dicht an dicht standen.

Endlich wieder sitzend, stützte Lars seinen Kopf, der ihm mit einem Mal unendlich schwer wog, auf seine Hand.

Während Megadeths »Hangar 18« mit zweistimmigen Gitarrenriffs durch den Äther melodierte, beobachtete er paralysiert das Geschehen rund um ihn. Dieses schien aus einer Endlosschleife an sich wiederholenden Szenen zu bestehen – zuprosten, trinken, lachen, singen.

Nur ab und an erhaschte Lars andere Motive. Er sah, wie am Nachbartisch ein ebenso durchtrainierter wie schwerstens tätowierter Mann unter Tränen seine Freundin bekniete, sie möge ihm irgendetwas verzeihen. Ihrer Körpersprache nach zu urteilen, ein Vorhaben, das zum Scheitern verurteilt war, zumindest an diesem Abend.

Oder eine adrette Frau Anfang vierzig, die über Mikes Witze lachte, ohne den Eindruck zu vermitteln, so hackedicht zu sein wie sein Freund.

Unter den Klängen von Dios »Holy Diver« wurde Lars schließlich Zeuge davon, wie sich zwei Männer, beide mit dunklen, langen Haaren, vor der »Lemmy Bar« erst lautstark Beschimpfungen entgegenschmetterten, bevor sie sich zu schubsen begannen und schließlich die Fäuste sprechen ließen. Sogleich wichen die umstehenden Gäste kreisförmig um die beiden Streitenden zurück. Doch anstatt sie anzufeuern, versuchten sie immer wieder dazwischenzugehen und dem Kampf ein Ende zu setzen.

Plötzlich kippte Lars rücklings von der Bierbank, blieb hilflos am Ackerboden liegen wie eine Schildkröte, die man auf den Panzer gedreht hatte.

Als ihm schließlich jemand aufhalf, hatte sich der Tumult bereits wieder aufgelöst.

Im Taumel der unzähligen Hopfenkaltschalen und des einen oder anderen Klaren bemerkte Lars, wie sich seine Gedanken zu verlangsamen begannen – und damit einhergehend auch seine Entscheidungsfindung. Ob er wohl auf andere so nüchtern wirkte, wie er sich fühlte? Sollte er noch hierbleiben, wo immer das auch war? Sollte er noch ein »Kleenes« bestellen, auch wenn ausschließlich in Einheitsgrößen ausgeschenkt wurde?

Mike könnte ihm die Fragen sicherlich beantworten, doch – wo war Mike eigentlich? Den Platz an der Bar, an der er mit der Frau herumgeschäkert hatte, besetzten nun drei Metalfans, die sich singend in den Armen lagen.

Hatte Mike ihn etwa zurückgelassen? Dem Kollegen würde er morgen ordentlich die Meinung geigen, das schwor sich Lars.

Er leerte seinen Bierbecher, stand schwankend auf und stakste Richtung Festivalausgang.

Inmitten des grellen Scheins der Zeltplatzbeleuchtung machte er sich daran, den Heimweg zu finden.

Dennoch verhedderte er sich immer wieder zwischen den Abspannseilen der Zelte und stürzte zu Boden.

Rappelte sich auf.

Taumelte weiter.

Stürzte erneut.

Ein suchender Blick über den surrealen Zeltfriedhof – wie zur Hölle sahen die Fahnen noch mal aus, an denen er sich orientieren sollte?

Lars' verzweifeltes Seufzen verhallte ungehört in der kühlen Nacht.

8

The Sound Of Hooves

Amon Amarth

Schwer atmend kniete ich auf den geriffelten Metallplatten der Bühnenkonstruktion, stützte mich mit meinen Händen vornübergebeugt ab. Mein Puls raste, mein Herzschlag erschütterte meinen ganzen Körper. Schweiß lief mir so stark über Stirn und Gesicht, als säße ich im Regen.

Aber ich hatte es geschafft! An mehr als das zu denken, war mein Verstand im Augenblick nicht in der Lage.

Ein Windstoß fuhr über das menschenleere Infield, das sich vor mir erstreckte. Dieses wurde vom eiskalten Schein einiger HQI-Strahler erhellt, Lichtquelle für jene, die während der Nacht Arbeiten an der Elektrik und andere Instandhaltungstätigkeiten verrichteten, oder die, die in den für sie bestimmten Zeitslots Waren anlieferten.

Eine weitere Bö prallte auf die riesigen Aufbauten, ließ sie quietschen, knarren und ächzen.

Langsam schälte sich ein anderer Laut aus der Geräuschkulisse, isolierte sich zunehmend. Das Knarzen von Tauwerk, wenn es unter Belastung hin und her schwang.

Wenn ich die Augen geschlossen hielt, war mir, als würde auch ich hin und her schwanken, als befände ich mich auf einem alten Segelschiff. Der Wind trug mir die Kunde von neuen Landen zu und das Knarzen zeugte von der Anstrengung, unter der sich der Seelenverkäufer durch die Wellen zwang. Selbst der Schweiß auf meinem Gesicht fühlte sich an wie die Gischt, die mir die See entgegenschleuderte – ein Gruß, erfrischend und ermutigend zugleich.

Ich hob den Kopf, öffnete langsam die Augen. Über mir baumelte leblos eine Gestalt, pendelte aus den Schatten heraus ins Licht und wieder zurück. Ein Meuterer, mit dem man kurzen Prozess gemacht und an der Rah aufgeknüpft hatte. Dieser bezahlte mit seinem Leben für das, was er mir angetan hatte. Aber nun war die Mannschaft vor ihm in Sicherheit und das Erreichen des schützenden Hafens gewiss.

Ja, dachte ich, so fühlte es sich mit einem Mal an. Nach so vielen Jahren, nach so vielen Entbehrungen und Rückschlägen würde ich endlich in ruhigere Gewässer schippern können und mein Ziel erreichen.

Das, was gestern und all die unzähligen Tage und Nächte davor nur in meiner quälenden Vorstellung existiert hatte, war endlich Wirklichkeit geworden.

Eine Tat, die alles veränderte.

Eine Tat, die alles ermöglichte.

Eine – Wohltat.

Dass der andere nun tatsächlich über mir baumelte, empfand ich noch gänzlich unwirklich, hatten meine Fieberträume mir doch mannigfaltige Formen der Abrechnung vorgeschlagen. Erschießen. Verbrennen. Zerstückeln. Zerfetzen. Ertränken. Ausbluten.

Nun war es die Schlinge geworden. So it shall be written. So it shall be done.

Ich rappelte mich auf, genoss noch einmal die imaginäre Gischt auf meinem Gesicht, das Ächzen des Kahns unter mir und das Knarzen der Gerechtigkeit.

Dann wandte ich mich ab, ließ mich von den Schatten verschlingen, denen ich entstiegen war, in der unumstößlichen Gewissheit, dass mein Tun Bedeutung hatte.

Dass ich Bedeutung hatte.

Wenn es stimmte, dass ein Mensch an seinen Taten gemessen wurde, so waren mir schon jetzt Ruhm und Anerkennung gewiss.

Denn das, was ich vollbracht hatte, würde niemand jemals leugnen können.

MITTWOCH

»Gallows didn't just play rock music.
He lived it. He breathed it.
And I mean, in every unhealthy way imaginable.
Cheers to you, John!«

Eric Peterson, TESTAMENT

9

Patient Number

Ozzy Osbourne

Die ersten Strahlen der aufgehenden Sonne durchfluteten die weitläufigen Wiesen und Felder Schleswig-Holsteins. Eine Farbenpracht in Hellorange und Grün verdrängte die vorangegangene Finsternis, zart und kraftvoll zugleich, umschmeichelte die niedrigen Häuser und Höfe.

Eine malerische Grundstimmung, wie im Intro von Metallicas »Fade to Black«: Nachdem eine E-Gitarre einen Achtelnotenaufgang über zwei Takte gespielt hatte, stimmte die akustische Gitarre das neue viertaktige Akkordschema an, das zur Hälfte aus Dur-Akkorden bestand.

Konterkariert wurde diese Harmonie von einer Vielzahl unterschiedlichster Schnarchgeräusche, die aus den Mobilbehausungen drangen, jedes seinem eigenen Rhythmus und seiner eigenen Intonation folgend.

Leises Staccato. Ein Crescendo, von pianissimo zu fortefortissimo. Ein Glissando.

Diese Kakofonie aus musikalischen Artikulationsarten in Rhonchopathie-Instrumentierung wurde wiederum von Klängen untermalt, die aus Dutzenden Boomboxen schallten. Entweder waren sie in alkoholischer Beseeltheit vergessen worden abzudrehen, oder die Morgenoffensive des angebrochenen akustischen Gefechtstages war bereits mit vollem Karacho angerollt.

Grollendes Grindcore-Gegrowle von Napalm Death und Technical Death Metal von Chuck Schuldiners Death mischten sich mit herzerfrischend-fröhlichen Träller-Nummern Marke Bon Jovi und Co. zu einem sonderbaren Gesamtkunstwerk.

Je nachdem, in welche Richtung man den Kopf drehte, änderte sich jäh der Sound: »Ooh, she's a little« – »Spirit Crusher!«.

Ansonsten herrschte jedoch andächtige Stille.

Nur wenn sich der Bewohner eines Zelts von einer Seite auf die andere wälzte, erzitterte zuweilen das Sommeriglu. Bei anderen Behausungen wurde die Plane des Eingangs einen Spalt aufgezippt, damit die frische Morgenluft das tun konnte, was sonst nur Duftbäume zu erreichen imstande waren – jegliche Bouquets gelebten Lasters der vorangegangenen Nacht zu verdrängen.

In zwei Zelten, gelegen zwischen den Fahnen von Motörhead und Iron Maiden, schien jedoch keinerlei Leben vorhanden zu sein …

Ein Knäuel aus Gedanken, in sich selbst verwoben und getränkt mit all den Alkoholika, deren Verzehr man in der Nacht zuvor noch als großartige Idee gepriesen hatte, begann sich langsam zu entwirren.

Lars schmerzte nicht nur der Kopf, seine ganze linke Körperhälfte tat ihm weh.

Wo war er?

Er rang sich ab, die Augen einen Spaltbreit zu öffnen, nur so lange, bis er verstand, wo er sich befand. Neben ihm lag eine Luftmatratze. Dahinter seine Sporttasche.

Er sah an sich herab: Sein knallbuntes Hawaiihemd stand ihm immer noch genauso gut wie am Vortag.

Hose und Boxershorts ruhten fein säuberlich zusammengefaltet auf dem Fußteil der Luftmatratze. Hatte er das getan?

Sein Handy schlummerte fachgerecht an die Powerbank angeschlossen ebenfalls auf der Luftmatratze.

Lars schloss die Augen wieder, versuchte, den Ärger, den er über sich selbst empfand, hinunterzuschlucken. Kein Wunder, dass ihm alles wehtat. Im Gegensatz zu seinem Hab und Gut hatte er die Nacht auf dem harten Zeltboden verbracht.

Chapeau!

Er setzte sich auf, frisierte sich mit den Fingern die schwarzen Haare zu einem Seitenscheitel, bemüht, der Kurzatmigkeit entgegenzuwirken.

Nach einer gefühlten Ewigkeit, die jedoch genauso gut nur wenige Sekunden gedauert haben konnte, sah er auf seine Uhr.

Kurz vor halb acht.

Vor seinem Zelt vernahm er Schlurfgeräusche, die kamen und gingen.

Irgendwo wummerte aus einer Boombox oder Ähnlichem etwas, was Metal-Connaisseure vermutlich als saugeile Mucke abfeiern würden. Lars kam es im Augenblick jedoch so vor, als würde ein Wahnsinniger gänzlich sinnbefreit auf ein paar blecherne Mülltonnen eindreschen. Untermalt wurde das Gehämmer von gutturalen Lauten, die jemand von sich gab, dem man vermutlich den Kehlkopf amputiert hatte. Armer Kerl.

Aber zumindest waren all das Anzeichen von Leben, urteilte Lars, und zu den Lebenden wollte er wieder zurückkehren – den ganzen Tag in einem überhitzten Zelt dahinzuvegetieren war vermutlich noch elendiger, als sich nun aufzuraffen.

Wie ein Bär nach dem Winterschlaf kroch Lars auf allen vieren aus seinem Zelt. Nur dass der Bär vermutlich besser roch. Er streckte den Kopf an die frische Morgenluft und versuchte, sich zu orientieren.

Er schwankte zu Mikes Auto, unter dessen Heck einige Wasserflaschen lagen, öffnete eine von ihnen und ließ sich das sprudelnde Nass erst in den Mund und dann übers Gesicht laufen. Das weckte zumindest einige Lebensgeister in ihm.

Lars winkte einem erschöpft aussehenden Metalhead. Mit seinen staubigen Militärstiefeln, dem Munitionsgurt um die Hüfte und einem schmutzigen Badehandtuch als Umhang sah er aus wie Captain Metal, der gerade von einem erfolgreichen Kampf gegen alles »Untrue« zurückkehrte.

Auch einer jener Begriffe, die Lars vom gestrigen Abend mitgenommen hatte.

»Untrue« oder auch der »False Metal« galten als Antagonisten des wohlfeilen Musikgeschmacks. Ihnen entgegen standen »true« Bands und Fans, die sich leidenschaftlich der Stilrichtung Heavy Metal oder Power Metal hingaben. Gänzlich kompromisslos, quasi. Oder mit einem Augenzwinkern gesagt: so viele Klischees wie nur irgend möglich bedienend.

Das konnte man zelebrieren, musste man jedoch nicht.

»Entschuldige«, krächzte Lars, der sich aus seinen Gedanken löste, bevor der Metal-Warrior außer Rufweite gelatscht war. »Frage: Wo gibt's hier Duschen?«

Der andere, scheinbar ebenfalls noch nicht nüchtern, stieß ein Lachen hervor, deutete mit dem rechten Daumen auf seinen Rücken und schlurfte wortlos von dannen.

Lars blickte ihm nach, las, was auf dem Badetuch gedruckt stand: »Duschen ist kein Heavy Metal«.

Die Ironie entlockte ihm ein breites Grinsen.

Offenbar gab es noch einiges für ihn zu lernen, dachte sich Lars, im Speziellen, was genau Metal war und was nicht. Denn in seiner Vorstellung bezog sich ein Musikstil eben auf die Musik per se und sonst auf nichts. Hier wurde die Semantik jedoch augenscheinlich erweitert. Ob Schlagerfans ebenfalls attestieren würden, dass Duschen nicht Schlager sei?

Vermutlich nicht. Punk definitiv schon.

Lars zwängte sich aus seinen Gedanken, versuchte zu entscheiden, was es als Nächstes zu tun galt.

Er wandte sich Mikes Zelt zu, vor dessen Eingang zwei Paar Schuhe standen – Mikes dunkelbraune Wanderschuhe und ein Paar schwarze Damenstiefel, die so engmaschig geschnürt waren, dass sie auf der Seite einen Reißverschluss spendiert bekommen hatten. Vermutlich, weil sonst die stiefeltragende Dame eine weitere Stunde brauchen würde, um ausgehfertig zu sein.

Lars runzelte die Stirn. Warum wunderte er sich über den Verschlussmechanismus der Stiefel und nicht darüber, dass diese vor Mikes Zelt geparkt waren? Der Groll, den er gestern Nacht ob Mikes unangekündigtem Verschwinden gehegt hatte, war jedoch ebenso nicht mehr vorhanden wie die Erinnerung an die Umstände selbst.

Lars hockte sich hin, räusperte sich aufdringlich laut und fügte einige zischende »Mike! Mike!«-Rufe hinzu.

Irgendetwas im Zelt bewegte sich daraufhin. Surrend wurde der Reißverschluss des Eingangs halb aufgezogen, Mike streckte seinen Kopf heraus. Er sah so zerknautscht aus, als hätte jemand mit Springerstiefeln auf seinem Gesicht Pogo getanzt.

»Moin, Sonnenschein!«, flötete Lars, bemüht, seine Restalkoholisierung zu überspielen. »Halb acht durch. Wie wär's mit 'nem Frühstück?« Er grinste dämlich. »Von mir aus auch zu dritt?«

»Leck mich.« Mike griff hinter sich, warf einen Campingkocher, ein Feuerzeug und eine Dose mit Fertiggericht hinaus. »Mahlzeit und tschüss.«

Der Zip wurde von innen wieder zugezogen, dann herrschte Schicht im Schacht.

Lars nahm die Dose in die Hand, las das Etikett. »Weinbeuschel. Lunge und Herz vom Schwein«. Ihn schauderte. Er legte die Dose zu Mikes Schuhen und murmelte ein »Der spinnt doch«. Danach machte er sich auf Richtung Festivalgelände, in der Hoffnung, dass ein herzhaftes Frühstück das flaue Gefühl in seinem Magen tilgen und ein frisch gebrühter Kaffee die sich anbahnenden Kopfschmerzen im Keim ersticken würden.

Langsam begann sich das Wackinger Village zu bevölkern. Die Strapazen der letzten Nacht standen allen Festivalteilnehmern ins Gesicht geschrieben – sei es wegen zu wenig Schlaf, zu viel Hochprozentigem, zu unbequemen Schlafstätten oder einer Melange aus allen dreien.

Auf einer Bierzeltbank sitzend verputzte Lars die letzten Bissen Rührei mit Brötchen und spülte das Ganze mit den Resten des schwarzen Kaffees hinunter, den er sich in einem XXL-Becher gegönnt hatte. Auf der Hütte hinter ihm flatterte bezeichnenderweise ein Banner mit der Aufschrift »Katerfrühstück«.

Die kühle Morgenluft tat Lars gut, sie roch nach Sommer und Sonne. Er genoss es, die vielen unterschiedlichen Typen an Fans zu beobachten, von denen jeder einzelne uniform und doch absolut individuell und mit viel Liebe zum Detail gekleidet war.

Das Wichtigste in der Metalszene, so viel hatte er ebenfalls gestern Abend schon gelernt, war das Bandshirt, das man trug. Wie ein lachsfarbener Pulli von Lacoste einen elitären Status kommunizieren sollte oder eine »zufällig« hervorblitzende Unterhose von Hugo Boss ein dickes Portemonnaie, so vermittelte auch ein Bandshirt dem Gegenüber auf Anhieb, wer man war. Nur eben auf cool.

Dabei schien es keine Rolle zu spielen, dass gefühlt jeder Fünfte mit einem Iron-Maiden-T-Shirt herumlief, denn die Reaktionen darauf fielen jedes Mal ähnlich begeistert aus: »Yeah, Mäidäään!« Gleichermaßen zum Gaudium des Rufers und des Shirt-Trägers.

Die Motive der Stilrichtung Heavy Metal erlebte Lars als bunt, kraftstrotzend und fantasievoll. Je härter jedoch die Gangart, desto reduzierter und teils auch komplexer wurde die Bebilderung.

Thrash Metal? Von bunt bis grungy.

Black Metal? Schwarz-weiß, maximal eine Akzentfarbe.

Extreme-Metal-Motive empfand Lars allerdings als einfach nur verstörend.

»Cooles Hemd, Alter!«, rief eine junge Frau Lars zu, deutete erst auf sein quietschbuntes Hawaiihemd und zeigte ihm anschließend die Mano cornuta.

Lars bedankte sich, indem er die Geste nachahmte. Auch wenn er noch nicht sattelfest darin war, Zeigefinger und kleinen Finger von der Faust abzuspreizen, den Daumen aber darauf zu belassen, hatte er doch schnell gelernt, dass man mit der gehörnten Hand ein wahres Füllhorn an Aussagen und Emotionen nonverbal kommunizieren konnte: ein Lob. Einen Gruß. Einen Dank. Eine Jubelbekundung. Rock 'n' Roll im Allgemeinen … Alles handlich verpackt in nur einer Geste.

Für Kraftausdrücke schien die Mano cornuta allerdings gänzlich ungeeignet.

Das unerwartete Vibrieren in seiner Hosentasche ließ Lars zusammenzucken. Er holte sein Handy hervor, sah auf das Display: unbekannte Nummer aus Deutschland. Er zögerte, nahm dann jedoch an.

»Hallo, Schulze?«

Schweigen am anderen Ende der Leitung.

Schließlich ein emotionsloses »Hallo«, gefolgt von einem ebenso emotionslosen »Hier spricht Mia«.

Lars' Blick ging mit einem Mal ins Leere. Alles und jeder auf dieser Welt hätte sich dahinter verbergen können: ein Call-Center-Anruf zwecks Schnäppchenverkauf von toskanischem Olivenöl? Läuft! Der Papst persönlich, um, aus welchen Gründen auch immer, bei Lars Abbitte zu leisten? Gekauft!

Aber – Mia?

Einem verlegenen Räuspern folgte ein Schlucken, dann setzte Lars mit rauer Stimme an. »Etwa Mia Kowa–«

»Ja, *die* Mia«, unterbrach ihn die weibliche Stimme genervt.

Erneut herrschte angespannte Stille, während Lars das Treiben rund um sich ausblendete.

»Was –« Er brach ab.

»Ich mach's kurz«, setzte Mia an. »Arbeitest du noch als privater Ermittler?«

»Nein … wie kommst du –«

»Meine Mutter hat es irgendwann erwähnt«, meinte Mia. »Aber bilde dir nichts darauf ein. Sie hat sich vermutlich nur mal wieder über dich ausgekotzt.«

Lars atmete tief durch. »Ich arbeite schon lange nicht mehr in dem Beruf.« Seine Worte kamen stockend.

»Okay. Egal. Ich brauche deine Hilfe.«

Er strich sich über den Schnurrbart. »Du meldest dich jahrelang nicht und nun soll ich dir einfach so helfen?«

»Ja.«

Lars konnte nicht begreifen, was er da hörte. Aber zumindest war jedes Quäntchen an Restalkohol in seinem Körper mit einem Mal verpufft, sein Geist schien klar.

»Ich weiß nicht.« Er räusperte sich. »Was soll ich tun?«

»Komm einfach her.«

»Aha. Und wo ist ›her‹?«

Ein Sprechchor, der »Wacken, Wacken!« wie das Schnauben einer Dampflokomotive intonierte, übertönte die Antwort.

Lars stand auf, entfernte sich ein paar Schritte vom Geschehen. »Was? Ich hab nichts verstanden.«

»Fuck, ich auch nicht«, fluchte die weibliche Stimme. »Wo bist du?«

In dem Augenblick teilte sich eine Gruppe Metalheads, die über den Platz lief, bildete eine Schneise.

An einem Ende stand Lars.

Am anderen Ende Mia.

Beide blickten einander ungläubig an. Erstarrt, als wären sie Zeuge der Geistererscheinung des jeweils anderen.

Mia war eine junge Frau Ende zwanzig. Das blond gelockte Haar, das ihr bis zu den Schulterblättern reichte, trug sie offen. Das enge schwarze Top mit V-Ausschnitt unterstrich ihre athletische Figur, die schwarzen Jeans-Shorts erreichten ihre Knie bei Weitem nicht. Schwere Boots kontrastierten mit ihren schlanken Beinen. Über dem Top trug sie eine schwarze Jeanskutte, die ihr nur bis unter die Rippen reichte und die mit ausschließlich schwarzen Aufnähern mit weißen Bandlogos benäht war.

Ihre großen braunen Augen wirkten ob des ungläubigen Anblicks ihres Gegenübers unnatürlich groß.

Lars entglitt das Handy. Noch bevor es auf dem Acker aufschlug, fing es ein junger Mann geschickt im Fall auf und hielt es seinem Besitzer grinsend vor die Nase. »'nen Klaren, dann geht's schon wieder. Klärchen?«

»Hm? Ja, danke«, stammelte Lars und steckte sein Handy weg.

Er ging auf Mia zu, deren Mimik sich mit jedem seiner Schritte mehr verfinsterte.

»Lars. Was machst du denn hier?«, fragte die junge Frau.

»Mike hat mich mitgeschleppt, und … und was machst *du* hier?«

»Arbeiten.«

Lars sah sich fragend um. »Als was? Bei einer Imbissbude oder –«

»Auf der Bühne, du Arsch.«

»Was? Das ist … gratuliere! Wusste gar nicht, dass du … äh –«

»Nicht als Stagehand. Ich singe und spiele Bass«, entgegnete Mia knapp. »Und es gibt eine Menge, was du nicht von mir weißt, fang also ja nicht erst an. Aber darum geht es nicht.«

»Ach nein?« Er verschränkte beleidigt die Arme. »Worum geht es dann? Oder darf das der *Arsch* auch nicht wissen?«

Mias rechtes Auge zuckte in einem Anflug von Belustigung. »Doch, *das* darf der Arsch wissen.«

Sie blickte sich argwöhnisch um, als hätte sie Angst, belauscht zu werden. Schließlich gab sie Lars einen Wink mit dem Kopf.

»Komm.«

10

Seconds to Love

Mötley Crüe

Zielgerichtet war Mia vorangegangen, vorbei an Bier- und Merchandising-Ständen, hin zu einer kleinen Baumgruppe, die inmitten des Ackers stand, eine schattenspendende Oase.

Wortlos war Lars ihr gefolgt, hatte dabei versucht, die Aufnäher auf ihrer Kutte zu entziffern. Ohne Erfolg. Aber zumindest beim großen Rückenaufnäher gelang es ihm: »Fleshgod Apocalypse«.

Woher der Name kam, was er bedeutete oder für welche Musikrichtung er stand, erschloss sich Lars nicht. Dennoch ahnte er, dass es sich dabei vermutlich nicht um leicht Verdauliches zum Schunkeln handelte, das auf Tante Paulas Geburtstagsfeier gespielt würde.

Bei der Baumgruppe angekommen bemerkte Lars mit Erleichterung, dass es dort deutlich ruhiger zuging als auf dem restlichen Gelände.

»Also«, begann die Musikerin, während sie sich auf einen großen Stein hockte. »Ich hab natürlich nicht damit gerechnet, dich hier anzutreffen. Trotzdem habe ich dich bis spätestens heute Nachmittag erwartet.«

»Hast du?«

Lars nahm ebenfalls Platz, wie Mia darauf bedacht, nicht zu laut zu sprechen. Warum, wusste er jedoch selbst nicht. »Ich hätte irgendwo unterwegs sein können. Eistauchen in Grönland, Safari im Kongo, Heliskiing in den Rocky Mountains. Die Liste ist lang.«

Mia strafte ihr Gegenüber mit einem verächtlichen Blick. »Nur dass du keine dieser Dinge jemals gemacht hast. Oder je tun wirst.«

»Na, hör mal!« Lars schluckte verlegen.

»Nein, hör du! Hast schon damals nichts auf die Reihe gekriegt«, sagte sie mit einem bitteren Lächeln, maß ihn dabei von oben bis unten. »Und wie's aussieht, hat sich daran nichts geändert.«

»Und wenn schon. Weißt du was? Dann kann ich ja wieder gehen.«

Noch bevor Lars sich erheben konnte, packte Mia ihn am Arm. Ihr fester Griff duldete keinen Widerspruch.

»Einen Teufel wirst du tun, verstanden? Bleib sitzen und hör zu.«

Ihr ganzer Körper spannte sich an wie der einer Raubkatze kurz vor dem Sprung auf ihr Opfer.

Lars machte eine beschwichtigende Geste. Was konnte es schon schaden, sich anzuhören, was die junge Frau zu sagen hatte?

»Heute Morgen«, begann Mia im Flüsterton und löste sich wieder aus ihrer Angriffshaltung. »Heute Morgen ist hier etwas Furchtbares geschehen.« Sie schluckte betroffen. »John Gallows wurde erhängt aufgefunden, genau zwischen den beiden Hauptbühnen.«

»Oje, das ist ja schrecklich.« Lars blickte zu Boden »Wer ist John Gallows?«

»Wer –« Nun wäre Mia offenbar beinahe gegangen, beherrschte sich jedoch im letzten Augenblick. »John Gallows, Bandleader von The SuiCiders?«

Lars zuckte unwissend mit den Schultern. Er hatte keinen der Namen jemals zuvor gehört.

»Du kennst The SuiCiders nicht?« Mia runzelte die

Stirn. »Was zur Hölle machst du Arsch dann hier in Wacken?«

»Nenn mich noch einmal so, und ich –«

»Und was? Wie soll ich dich denn sonst nennen?«

Lars schwieg.

Schließlich setzte er mit sanftmütiger Stimme an: »Ich dachte, ich kann hier in Wacken ein wenig –«

Ein energischer Fingerzeig ließ Lars verstummen. »Mann, das war eine rhetorische Frage! Mir doch scheißegal, was du hier treibst. Also, The SuiCiders hätten am Samstag als Headliner auf der Harder Stage spielen sollen. Werden sie nun nicht mehr können. Meine Band und ich sind hier, weil wir den deutschen Metal Battle gewonnen haben.«

Lars sah Mia herausfordernd an. Ihm war jedoch die Lust vergangen, eine weitere Frage zu stellen.

Die Musikerin rollte mit den Augen. »Okay, musst du nicht kennen. Ist auf alle Fälle der Hammer. Als könntest du bei den Eagles einsteigen oder so.«

»Den *Eagles*? Für wie alt hältst du mich?«

Mia wollte kontern, fuhr dann jedoch unbeirrt fort: »Auf alle Fälle bekommt der Sieger fünftausend Euro von der Wacken Foundation und natürlich ordentlich Publicity. Mit dem Geld können wir ein professionelles Demo bezahlen, unsere Eintrittskarte in die Szene.« Verträumt sah sie an ihm vorbei.

Lars gab sich beeindruckt. »Daran nimmst du mit deiner Band teil? Kannst stolz auf dich sein.«

»Bin ich. Und das muss ich auch, weil's jedem anderen aus meiner Familie scheißegal ist.« Mia hielt einen Moment lang inne. »Spielt jetzt aber keine Rolle. Was aber eine Rolle spielt, ist, dass Mot, unser Gitarrist, gestern

Abend mit Gallows einen Streit hatte, lautstark und vor Publikum.«

Lars' Erinnerungskino sprang an, zeigte ihm einen kurzen Trailer des letzten Abends. Szenen von ihm und Mike, von Mike und der adretten Frau sowie von zwei langhaarigen Männern, die aufeinander losgingen.

»Heute Morgen haben ihn die Bullen einkassiert, weil sie glauben, er habe etwas mit Gallows' Tod zu tun.«

»Hast du nicht gerade gesagt, dieser Gallows hat sich erhängt? Also – Selbstmord begangen?«

»Und?«

»Er heißt Gallows, also ›Galgen‹. Seine Band heißt wie? The SuiCiders?« Lars entwich ein unpassendes Lachen. »Du erschnupperst schon die feine Ironie?«

Mia verdrehte die Augen. »Ja nee, ist klar. Dann sind Judas Priest also verräterische Prediger, Arch Enemy mit jedem verfeindet und Moonspell verkappte Werwölfe? Weil der Name eben Programm ist, oder was?« Sie atmete tief durch. »Was ist mit Crucified Barbara? Death Angel? Cannibal Corpse?«

Nun war es Lars, der abwehrend die Hand hochhielt.

Mia verstummte.

»Ich will damit ja nur sagen«, erklärte er betont ruhig, »dass die Polizei das ebenso deuten könnte. Das hoffe ich sogar. Denn wenn dem so ist, ist euer Gitarrist im Nullkommanichts wieder frei, denn dann war's ja Selbstmord.«

»Mhm. Und wenn nicht? Dann platzt mein Traum, auf dem größten Metal-Festival der Welt zu spielen.«

Lars zuckte unbedarft mit den Schultern.

»Ach, hab ich ganz vergessen: Wenn es dich nicht persönlich betrifft, kümmert dich alles und jeder einen Scheiß.« Mia sprang auf. »Danke für nichts!«

Lars tat es ihr gleich und wollte sie festhalten, was er jedoch im letzten Moment unterließ. »Warte, Mia! Ich helfe dir ja. Auch wenn ich gerade nicht genau weiß, wie ich das anstellen soll.«

»Wusstest du als Vater ja auch nicht. Aber vielleicht verkackst du das hier zur Abwechslung nicht.«

Lars senkte betreten den Kopf. Auch wenn Mia zum Teil mit dem, was sie sagte, unrecht hatte, schmerzte es dennoch. Er hatte keine Vorstellung davon gehabt, wie nach all der Zeit ein Wiedersehen mit seiner Tochter ablaufen würde – aber so hatte er es sich jedenfalls nicht ausgemalt.

Mia zog aus der Tasche ihrer Shorts einen eingeschweißten Ausweis hervor, der an einem Lanyard baumelte, und gab ihn Lars.

»Hab dir einen Artist-Pass besorgt.« Sie wartete, ob ihr Vater wusste, wovon sie sprach, was der jedoch augenscheinlich nicht tat. »Damit kommst du in den Backstagebereich. Und streif dir das hier über.« Die Bassistin drückte Lars ein Wacken-Bändchen in die Hand, ähnlich dem, welches er am Einlass erhalten hatte. Nur dass es nicht grau, sondern violett war, »Artist« eingewoben hatte und ein schwarzes Fast-Lock aus Kunststoff besaß.

Lars tat wie ihm geheißen und zog den Verschluss zu.

»Noch Fragen?«

»Ungefähr tausend. Aber im Augenblick nicht, nein.«

Mia rollte mit den Augen. »Dann los.«

11 H17 N2 O2 S Na

Anthrax

Auf einem Feldweg hinter den beiden Hauptbühnen hatte ein knallgelber amerikanischer Schulbus schräg geparkt. Entlang der Seite, unterhalb der Fenster, prangte ein Werbeschriftzug: »Party Puss. Benutze mich für die geilste Party deines Lebens!« Darunter eine Telefonnummer mit deutscher Vorwahl.

Noch bevor Lars diesbezüglich etwas fragen konnte, erklärte Mia von allein: »Der Vater unseres Keyboarders besitzt ein Unternehmen, das solche Busse an feierwütige Jugendliche von Eltern mit zu viel Kohle und zu wenig Geschmack vermietet. Er hat ihn uns für Wacken geliehen, damit wir nicht in Zelten pennen müssen.«

»Nett von ihm.« Lars' Blick fiel auf ein Banner, das über mehrere Busfenster hing und ein Bandlogo zierte.

»Vengeful Regrets. Deine Band?«

»Schlau erkannt. Die jetzige Parksituation ist aber nur eine Interimslösung«, merkte Mia an. »Irgendein Scheißwichser hat unsere Zufahrtsberechtigung verschustert, deshalb sind wir vorerst hier gestrandet.«

Mia drückte eine Taste an der Seite des Busses, die Türen öffneten sich knirschend.

Das Innere des Gefährts offenbarte sich als geräumiger, als Lars es von außen vermutet hätte. Der Boden war schwarz-weiß gekachelt, es gab eine kleine Bar, ein Mini-Tischfußball und sogar einen Roulette-Tisch. Die Sitzbänke waren mit abgewetztem türkis-weißem Kunstleder bezogen. Die anderen Möbel waren ebenfalls in Pastelltönen gehalten. Geriffelte Chromleisten rundeten das Erscheinungsbild eines American Diners der Fünfzigerjahre ab.

Der abgestandene Geruch nach Bier hing in der Luft.

An einer Sitzecke hockten drei Männer, jeder einen Kaffee oder eine Dose Cola vor sich. Lars mutmaßte, dass alle zwischen dreißig und vierzig Jahre alt sein mussten.

Die Blicke der Männer waren betrübt, die niedergeschlagene Stimmung wog schwer. Mit »The Crown of Sympathy« doomte ein Frühwerk von My Dying Bride aus den Lautsprechern in der Decke des Busses und tat sein Übriges, jeglichen Funken an Lebensfreude im Keim zu ersticken.

Mia wies im Uhrzeigersinn von einem Bandkollegen zum nächsten.

»Das ist Haste, unser Keyboarder«, sagte sie mit Blick auf den Musiker, der eigentlich Manfred Röm hieß und dessen blonde Haare ebenso lang und gelockt wie die von Mia waren. Seine Haut war fahl, seine Stirn lag in Falten, dafür erstrahlten seine blauen Augen umso mehr.

Neben ihm hockte Kai Mayer, auch »KnüppelKai« genannt, seines Zeichens Drummer der Band. Nervös ließ er einen Zahnstocher zwischen den Fingern seiner linken Hand hin und her tanzen. Mit seinen langen glatten schwarzen Haaren und dem Bart wirkte er wie ein neuzeitlicher d'Artagnan, trotz seiner tiefen Augenringe.

»Der da ist Bier, unser zweiter Gitarrist«, stellte Mia den Mann neben Kai vor, dessen bürgerlicher Name Paul Beer war. »Ist unsere Schnatterliese, hab ich recht?«

Der glatzköpfige Musiker mit fulminantem Rauschebart nickte knapp. »Yep.«

Mia blickte zu ihren Bandkollegen.

»So, Jungs, und das ist Lars«, stellte sie ihren Vater vor, ohne ihn als solchen auszuweisen. »Er war privater Ermittler und kann uns vielleicht helfen, Mot rechtzeitig für den morgigen Gig von den Bullen loszueisen.«

Die Band grüßte Lars verhalten.

Mia setzte sich an den Tisch, teilte ihrem Vater ebenfalls einen Platz an der Tafel zu.

»Freut mich«, meinte dieser in die Runde. »Geile Kutsche, die ihr da habt, alle Achtung. Rock 'n' Roll!«

»Na ja, fünf Musiker, die alle in der Früh aufs Klo müssen – da hält sich das Rock-'n'-Roll-Feeling in Grenzen«, entgegnete Mia trocken. »Aber die meisten Bands haben kleinere Busse als so was hier.«

Lars nickte anerkennend, fühlte sich mit einem Mal allerdings eigenartig unwohl. Nicht weil er der Älteste am Tisch war, sondern weil er die Musiker schlichtweg nicht einschätzen konnte. Weder was den Humor noch was die potenzielle Gewaltbereitschaft anging – auch wenn dies ein Klischee war, dem Lars nicht aufsitzen wollte.

»Willst du was trinken, bevor wir loslegen?« Mia warf ihm einen Blick zu, der »sag Nein« signalisierte.

»Na ja«, entgegnete der fidel und rieb sich die Hände. »Wenn ich schon mal in einem echten Band-Tourbus bin: Wie wär's mit Koks und Nutten?«

Eisernes Schweigen.

Gut, dachte sich Lars, für ihren Humor hatte er nun ein Gefühl. Nach einem weiteren Spruch vermutlich auch für ihre Gewaltbereitschaft.

Mia stieß ein Grollen aus. »Entschuldigt, Jungs, vielleicht war es ein Fehler, ihn –«

»War es nicht«, unterbrach Lars sie. »Alles gut. Als privater Ermittler muss ich auch nicht der größte Spaßvogel vor dem Herrn sein, oder?«

»Musst du auch so nicht«, knurrte Bier mit tiefer Stimme und britischem Akzent und nippte an seiner Espressotasse.

»Verstehe«, fuhr Lars fort. »Dann hebt mich mal auf euren Wissensstand. War jemand gestern Abend mit eurem Gitarristen Mot unterwegs?«

Kopfschütteln.

»Mot hat sich gern mal abgesondert«, meinte Haste. »Ist nicht der einfachste Typ, verstehste?«

»Sind Lead-Klampfer selten«, ergänzte Kai.

»Ist Mot je gewalttätig gewesen?« Lars hob entschuldigend die Hände. »Damit ich mir ein Bild von ihm machen kann.«

Die Band tauschte vielsagende Blicke.

»Nein. Nur wenn ihm wer auf den Sack gegangen ist«, meinte Haste schließlich, bemüht lapidar.

»Oder wenn ihn was angefuckt hat«, ergänzte Kai.

»Oder wenn irgendwas scheißnervig war«, sagte Mia und deutete auf den Flatscreen im Eck, in dessen Bildschirm eine Fernbedienung steckte.

Die Musiker teilten ein Grinsen.

»Die verfickte Werbung auf YouTube kotzt wirklich jeden an«, erklärte Mia spöttisch. »Innerhalb der Band ist aber jegliche Form von Gewalt absolut tabu.«

Lars verkniff sich einen Kommentar, denn zumindest vor Gewaltausdrücken schienen die Bandmitglieder nicht zurückzuschrecken. Stattdessen wechselte er das Thema. »In welcher Beziehung standen Mot und das Opfer? Haben sie sich von früher gekannt?«

»Die Metalszene ist auch nur ein Dorf«, sagte Haste schulterzuckend. »Wir alle haben schon in anderen Bands gespielt. Klar haben sich die beiden gekannt, wenn auch nur flüchtig.«

»Verstehe. Fest steht aber, dass es einen Streit gegeben hat. Nur wissen wir nicht, worum es dabei ging, und keiner von euch kann Mot ein Alibi für den Abend danach geben, richtig? Wunderbar.« Lars kratzte sich die Bartstoppeln auf seiner Wange. »Trotzdem ist es natürlich ein ordentlicher Weg von einer rein verbalen Auseinandersetzung zu einem plakativen Mord.«

»Stimmt so nicht ganz.« Haste verzog das Gesicht, als hätte er in eine Zitrone gebissen. »Die Auseinandersetzung zwischen Mot und Gallows war auch nonverbaler Natur, wennste weißt, was ich meine.«

Lars war überrascht. »Tue ich nicht. Inwiefern?«

»Mot hat Gallows eins aufs Maul gehauen und dafür ein blaues Auge kassiert. Mehr war's nicht.« Mia verschränkte die Arme. »Zufrieden?«

»Natürlich nicht! Das erschwert alles.« Er schüttelte verständnislos den Kopf. »Zwei Dinge, die wir herausfinden müssen: Worum drehte sich der Streit und was machten die beiden Kontrahenten im Anschluss?«

»Von Gallows weiß ich es nicht. Aber Mot kam wieder in den Bus zurück, zumindest laut Bier«, sagte Kai.

»Yep«, bestätigte dieser.

Mias Kopf schnellte zu dem Gitarristen. »Ach, und das sagst du uns erst jetzt? Wann war das?«

Bier überlegte. »Gegen drei.«

»Drei Uhr früh? Was machst du um diese Uhrzeit vor dem Bus?«

Kai deutete mit der rechten Hand eine Wichsbewegung an und grinste dreist.

»Sehr erwachsen«, kommentierte Mia schnippisch. »Projiziere deine Fantasien nicht auf andere.« Dann wandte sie sich wieder Bier zu. »Also?«

»War eine dampfen.«

Der Drummer schüttelte verneinend den Kopf, wiederholte dann die Handbewegung.

»Fuck you«, brummte Bier.

»Können wir einmal eine Scheißbandbesprechung abhalten, ohne dass wir uns in die Wolle bekommen?« Mia verdrehte die Augen, die anderen schwiegen.

Unschlüssig trippelte Lars mit den Fingern auf der Tischfläche. Er musste eine Entscheidung treffen, das wusste er. Er musste beschließen, was er den Rest des Festivals tun wollte. Mike würde wohl den ganzen Tag mit seiner neuen Flamme abhängen, mutmaßte er und vergönnte es seinem Freund von ganzem Herzen. Er selbst hatte daher zwei Optionen: Er konnte sich das Festival ansehen, gepflegt einen reinsaufen und das Ganze bis Sonntag wiederholen.

Drink, sleep, repeat.

Dazwischen würden ihn vermutlich Wellen aus Selbstmitleid und Trauer ob seines Schicksalsschlages überrollen, so wie sie es die letzten vier Wochen auch getan hatten. Sie würden ihn so tief nach unten ziehen, dass ihm die Luft zum Atmen fehlte und er sich von einer Panikattacke in die nächste soff. Oder er konnte seiner Tochter und ihren Bandkollegen helfen.

Lars schluckte. *Seine Tochter.* Seitdem sie den Kontakt abgebrochen hatte, war kein Tag vergangen, an dem er nicht an sie gedacht hatte. Dennoch – obwohl sie ihm nun gegenübersaß, blickte er auf einen ihm völlig fremden Menschen. Genau genommen hätte es Lars gänzlich egal sein können, was aus ihr oder der Band wurde. Wen kümmerte schon irgendein Auftritt irgendeiner Kapelle? Trotzdem schnürte ihm bei dem Gedanken an sie etwas die Kehle zu und zwängte ihm den Brustkorb ein.

Die Entscheidung, was er tun sollte, war also schon längst gefallen – und er hatte sie nicht getroffen.

»Also gut, meine Herren und Mademoiselle –«

Mia zeigte ihm den Mittelfinger.

»Ich werde mein Möglichstes tun. Aber versprechen kann ich nichts.«

Die Band nickte ihm schweigend zu. Sogar Mia wirkte für einen Augenblick dankbar.

Lars lauschte dem Klagegesang von Aaron Stainthorpe, der aus den Lautsprechern schallte. »Sagt mal, heult der Typ etwa?«

12

Lamb Of God

In der Bullhead City versammelten sich nach und nach immer mehr Metalheads, standen in losen Gruppen zusammen oder schlurften übers Gelände Richtung der Hauptbühnen.

Vor der »Lemmy Bar« entfernte die Belegschaft die Überbleibsel der vorangegangenen Nacht. Biertische und -bänke wurden an ihren Platz gerückt, Plastikbecher und zersplitterte Einzelteile davon aufgehoben und in Müllsäcke verfrachtet, zusammen mit jeglicher Art anderen Mülls. Trotz der bereits stolzen Temperatur arbeitete die Crew gewissenhaft.

Schweigend stand Mia da, starrte auf die Bühnen am anderen Ende des Areals.

»Dort auf der Headbangers hätten wir morgen gespielt«, seufzte sie voller Wehmut. »Noch knapper kann man seinen Lebenstraum kaum verfehlen.«

»Das geht schon, wenn man sich anstrengt, glaube mir«, meinte Lars. »Aber noch ist nicht Donnerstag.«

Er setzte sich auf jene Bank unter dem großen, ovalen Zeltdach, auf der er gestern Abend auch gesessen hatte. Dann stützte er sein Haupt auf seine Hand, versuchte, dem Erinnerungschaos in seinem Kopf Herr zu werden. Momente blitzten auf und verschwammen wieder, wie Bilder aus einem viel zu schnell geschnittenen Filmtrailer.

Eine Frau lachte über Mikes Witze.

Ein leerer Bierbecher.

Ein Hüne entschuldigte sich unter Tränen.

Ein verschütteter Bierbecher.

Gemeinschaftliches Zuprosten.

Zwei Männer, die sich gegenseitig beschimpften.

Ein Blick gen Himmel und Leute, die sich über ihn beugten.

»Ich … hab wohl Übergewicht bekommen und bin auf den Rücken gefallen«, sagte Lars nachdenklich und gluckste.

Mia sah ihn entgeistert an. »Das ist alles, woran du dich erinnerst?« Sie schnaubte verächtlich. »Feiern und sternhagelvoll umfallen?«

»Immerhin erinnere ich mich auch noch an die beiden Streithähne.« Lars zuckte mit den Schultern. »Hatte ja nicht wissen können, dass ich Zeuge eines Vorgeplänkels zu einem potenziellen Mordfall werde, Euer Ehren.«

Wortlos wandte Mia sich ab, ging auf eines der Crew-Member zu, das einen übernächtigten Eindruck machte.

»Hallo. Warst du gestern Abend auch hier?«

Der junge Mann ließ vom Biertisch ab, den er gerade geschleppt hatte, musterte Mia von oben bis unten und blieb mit seinem Blick im V-Ausschnitt ihres Tops haften.

»Hey, Casanova«, zischte sie und deutete dabei mit Zeige- und Mittelfinger von seinen Augen zu ihren. »Hier oben spielt die Musik.«

»’tschuldige.« Das Gestammel klang nicht aufrichtig.

»Kannst gleich wieder auf meine Hupen glotzen. Aber zuerst beantwortest du mir gefälligst die Scheißfrage.«

»Was? Sorry. Ja, ich hab gestern Abend hier gearbeitet.«

»Hast du die Schlägerei mitbekommen?«

Das Crewmitglied schmunzelte. »War nicht zu übersehen. Kommt ja eher selten vor, dass auf einem Metalfestival die Fäuste fliegen.«

»Worum ging's?«

»Keine Ahnung.«

»Und die Uhrzeit?«

»Pff. Muss nach Mitternacht gewesen sein.«

»Okay. Wo sind die beiden Raufköpfe im Anschluss hin?« Mia ließ nicht von ihm ab. »Kölsch in inniger Zweisamkeit haben sie wohl keins getrunken, oder?«

Das Crewmitglied schüttelte den Kopf. »Nein. Der, der eine in die Schnauze bekommen hat, ist Richtung Backstage-Area gestapft. Der andere, der eine aufs Auge bekam, hat hier an der Bar noch ein paar Shots getrunken und sich von irgendwelchen Mädels trösten lassen. Ist ein Guitar Hero oder so was.«

»Ja, oder so was«, wiederholte Mia gedankenverloren. »Danke.«

Sie machte kehrt und schritt wortlos an Lars vorbei Richtung Backstagebereich.

Lars folgte ihr, nicht jedoch ohne zuvor noch den Arbeiter mit Blicken wie Dolchen für dessen anzügliches Verhalten seiner Tochter gegenüber zu strafen.

Der Weg führte Lars und Mia zu zwei Containern, die links des Infields standen und zwischen denen zwei weibliche Securitys in blauen Westen mit Argusaugen darüber wachten, wer an ihnen vorbeiwollte.

Mia streckte ihnen unaufgefordert das rechte Handgelenk entgegen, an dem das violette Artist-Band baumelte. Ein kurzes Nicken, dann passierte sie den Kontrollpunkt.

Lars tat es ihr gleich.

Hinter den Containern erhob sich eine Stahlbrücke, die die Straße darunter überspannte und in einen abgeschlossenen Bereich führte.

»Wer war eigentlich dieser John Gallows?«, fragte Lars, während seine Schritte auf dem metallenen Untergrund hallten. »Normalerweise geht es bei Mord um Geld oder Liebe, oftmals beides. Hauptverdächtig ist meist der Lebenspartner oder die liebe Familie.« Lars rang sich ein Lächeln ab. »Aber ich denke, das alles können wir ausschließen, oder?«

Mia nickte nachdenklich. »Gallows war ein bekennender Einzelgänger. Klingt eigenartig, wenn man in einer Band spielt, ist aber nicht selten. Jeff Waters, Blackie Lawless, Dave Mustaine. Die Liste ist lang. Alles geniale Musiker. Aber Teamplayer?« Mia beantwortete ihre eigene Suggestivfrage mit einem verneinenden Schnauben. »Gallows gehörte auch dazu. Soweit ich weiß, hatte er eine Scheißkindheit und seine Mutter hat sich auch noch selbst umgebracht.«

Am Abstieg der Brücke angekommen verharrte sie, atmete mehrmals tief durch. »Mit seiner ersten eigenen Band Mh'ithrha hat es Gallows im Death-Metal-Genre versucht, aber ohne Erfolg.«

»Kein Wunder bei dem Namen«, warf Lars lapidar ein, ohne es spöttisch zu meinen, und lehnte sich neben Mia ans Geländer.

»Der Name war nicht das Problem. Aber irgendwie haben Gesang, Lyrics und Musik nicht harmoniert, verstehst du?«

Der ehemalige Ermittler schüttelte den Kopf.

»Es gibt einen Grund, warum Body Count, Sólstafir oder Gamma Ray klingen, wie sie klingen. Oder Queen.

Sogar ABBA. Wenn du bei den Bands nur eine Komponente änderst, kannst du sie im Klo runterspülen.«

»Was ist mit Coverversionen?«, warf Lars ein.

Mia machte eine Kotz-Geste.

»Egal«, fuhr sie im Anschluss fort. »Mh'ithrha hat für Gallows nicht funktioniert und er ist nach Schweden oder Finnland gegangen. Dort hat er dann The SuiCiders gegründet. Ihre erste Scheibe ›Six Feet Deep‹ hat eingeschlagen wie eine Scheißbombe. Die harten, aber dennoch melancholischen Riffs, dazu Gallows' unverkennbare Reibeisenstimme …« Mia schniefte. »Er wird uns allen sehr fehlen.«

Darauf bedacht, auf den metallenen Stufen nicht auszurutschen, stieg Mia die Treppe zum Pressebereich hinab. Lars folgte ihr.

Schnellen Schrittes steuerte die Bassistin auf das weiße Pressezelt zu. Vor diesem erstreckte sich ein großer, mit Brettern gedeckter Vorplatz mit vielerlei Sitzgelegenheiten – Sammel-, Treff- und Verkostungspunkt für Journalisten, Blogger und lästige Romanautoren.

Rechts davon ruhte ein halb liegender, mit Rost patinierter riesiger Bullenschädel, beidseitig flankiert von drei großen Spruchbannern mit dem Motto des Festivals: »Faster. Harder. Louder.«

Mia verschwand hinter dem Schädel, wo sie bei der Security erneut ihr Artist-Bändchen vorweisen musste, Lars ebenso.

In diesem hintersten Bereich, zu dem nur Künstler Zutritt hatten, ging es merklich ruhiger zu als in der Press-Area. Jeder der Anwesenden schien in sich gekehrt, konzentriert auf den anstehenden Auftritt oder vielleicht schlicht froh, nicht permanent Rede und Antwort stehen zu müssen oder für Selfies herzuhalten.

Mia nickte ein paar Leuten zu, die sie von der Ferne winkend grüßten.

Sie bog um eine große Fächerpalme, die in einem Kübel den Artistbereich behübschte, als sich ihr plötzlich ein Schrank von einem Mann in den Weg stellte.

Instinktiv machte sie einen Schritt zurück.

»Mia, alles gut?« Die Stimme des langhaarigen Musikers klang rau. Sein Slayer-Shirt erstrahlte in verwaschenem Grau, um die Hüfte seiner abgewetzten Jeans trug er einen Patronengurt. Sein Antlitz war geprägt von gelebtem Rock 'n' Roll, kombiniert mit einem verschmitzten Blick.

»Hey, Tom«, grüßte Mia zurück und strich sich die blonden Strähnen aus der Stirn.

»Tut mir echt leid, was da passiert ist. Ich glaub ja nicht, dass Mot was damit zu tun hat.« Er bemühte sich um ein Lächeln, was jedoch nicht recht gelingen wollte. Offensichtlich nahmen ihn die Neuigkeiten ob der Ereignisse der letzten Nacht gehörig mit.

»Deshalb sind wir unterwegs«, sagte Mia und deutete auf Lars.

Der machte einen Schritt auf den Musiker zu, welcher ihn um einiges überragte, und streckte ihm seine Hand entgegen. »Hi, ich bin –«

»Lars«, schnitt ihm Mia das Wort ab. »Er … hilft uns, Mot freizubekommen.«

Tom erwiderte den Handschlag. »Kann ich euch irgendwie helfen?«

»Vielleicht. Hast du Gallows gestern nach Mitternacht noch gesehen?«

Der Musiker schüttelte den Kopf. »Mot ist mir aber

noch an der Bar im Artistbereich über den Weg gelaufen.« Er stieß ein Lachen aus. »Mann, war der pissed. Ein falsches Wort und er wäre auf der Stelle explodiert. Ich geb ja zu, ich war nah dran, es herauszufordern.«

»Kann ich verstehen, Mot triggert so was in einem.« Mia grinste schief. »Hast du erfahren, warum er so pissed war?«

Tom zuckte mit den Schultern. »Irgendwas hat er wegen John Gallows herumgeflucht. Aber was genau, hab ich nicht verstanden, war mir ehrlich gesagt auch scheißegal. Mot war dann auch gleich wieder fort.«

Mia klopfte dem Musiker auf die Schulter. »Danke dir. Wir sehen uns.«

Tom zwinkerte ihr zu, bedachte Lars mit einem Kopfnicken und ging Richtung eines riesigen weißen Zeltes, in dem laut Beschilderung die »Dressing Room Area« untergebracht war.

»Wer war das?«, wollte Lars wissen, während er mit Mia weiterging.

»Tom Angelripper von Sodom. Kenne ihn schon länger.«

»Angelripper? Blumiger Name«, kommentierte Lars ironisch.

»Schon, oder?« Mias Stimme klang verklärt. »Nattefrost. Witchhunter. Necrobutcher. Die geilsten Stagenames sind alle schon weg.«

Lars verspürte den Drang, etwas zu entgegnen, verkniff es sich jedoch. Schließlich war es nicht ungewöhnlich, dass Künstler und Celebritys Pseudonyme trugen. Und prägnanter als eine grelle Nagellackfarbe samt Ausrufezeichen als Name war »Angelripper« allemal.

»Nun wissen wir zwar, dass sich die beiden Kontrahenten nach der Schlägerei getrennt haben. Doch einen Beweis dafür, dass das auch so blieb, haben wir nicht. Zudem werden neben diesem Tom Angelripper noch mehr Leute bezeugen können, dass Mot eine gehörige Portion Wut im Bauch hatte.«

Mia runzelte nachdenklich die Stirn.

»Ich meine ja nicht, dass Mot der Täter war«, erklärte sich Lars. »Eine vorangegangene gewalttätige Auseinandersetzung ist aber zumindest ein plausibles Motiv.« Er blieb stehen. »Was ist eigentlich mit Gallows' Band?«

»Was soll mit ihr sein?« Mia lehnte sich gegen einen Holzlattenzaun, hinter dem eine lebensgroße, schwarzweiß gefleckte Kuh aus Fiberglas stand, das Wacken-Logo auf Stirn und Flanken gemalt.

»Sind die SuiCiders auch hier?«

»Na, eine Scheiß-Ein-Mann-Combo war John Gallows nicht.« Sie musterte Lars, ersann dabei seine Gedanken. »Du willst sie befragen? Ich glaub nicht, dass wir da reinkommen.«

Lars hielt herausfordernd seinen Artist-Pass in die Höhe.

Ein mitleidiges Lächeln kam als Antwort. »Der Pass bescheinigt dir nur, dass du dich hier Backstage herumtreiben darfst. Das ist kein Persilschein, um irgendwen in den Arsch zu –«

»Grundgütiger!«, entfuhr es Lars. »Erziehungstechnisch hat deine Frau Mutter ja ganze Arbeit geleistet. Diese feine Klinge im verbalen Ausdruck.«

»Fick dich.«

Lars hob den Zeigefinger. »Die Ironie hörst du jetzt aber schon, oder?«

Mia löste sich vom Zaun und ging fort.

»Wo willst du jetzt hin?«, rief Lars ihr nach.

»Zum verfickten Tourbus der SuiCiders. Wohin sonst?«

13

Megadeth

Das Ungetüm, das sich Tourbus nannte, war mindestens dreimal so groß wie jenes von Mias Band. Alle Fenster waren mit Klebefolien verdunkelt.

Vor der Tür stand breitbeinig ein Security-Mitarbeiter. Die Arme hatte er über seinem beachtlichen Bauch verschränkt, die Kappe tief ins Gesicht gezogen. Seine Sonnenbrille war verspiegelt. Zusammen mit dem schwarz gefärbten Bart wirkte er wie Steven Seagal – wie Steven Seagal heute, wohlgemerkt, nicht wie der agile zu »Under Siege«-Zeiten. Seinen Kaugummi kaute er zudem so exzessiv, als wollte er einer Kuh beim Wiederkäuen Konkurrenz machen.

»Lass mich mal machen«, flüsterte Lars zu Mia und schritt auf den Türsteher zu.

Er zückte seinen Backstage-Ausweis. »Schulze. Ich ermittle im Fall John Gallows und hätte ein paar Fragen an die Band.«

Der Türsteher musterte den Ausweis, dann Lars, dann Mia. »Netter Versuch. Probiert's mal bei der offiziellen Autogrammstunde.«

»Bei der –« Außer sich deutete Lars auf sein Hawaiihemd. »Sehe ich etwa aus wie ein Groupie?«

»Ja. Von den Beach Boys.« Der Türsteher wandte sich Mia zu. »An deiner Stelle würde ich mir einen anderen Sugar-Daddy suchen, Schätzchen. Der bringt's nicht.«

Die setzte eine unschuldige Miene auf, blinzelte dabei übertrieben. »Aber er hat doch versprochen, mich irgendwann zu heiraten.«

Der Türsteher stieß ein Lachen aus.

Mias Augen funkelten. »Zumindest kommt Lars sich nicht vor, als wäre er beim Scheiß-FBI, nur weil er eine Spiegelbrille trägt und einen auf dicke Hose macht und dabei nicht checkt, dass sein Leben gerade den Bewegungsradius eines Bierdeckels hat. Oder liege ich da falsch, *Schätzchen?*«

Das Gesicht des Security-Mitarbeiters nahm eine ungesund rote Färbung an. Seine rechte Hand fuhr zum Pfefferspray.

Lars tat einige Schritte nach vorn, stellte sich vor seine Tochter. »Lass uns lieber gehen.«

Doch Mia umging ihren Vater geschmeidig und positionierte sich herausfordernd vor dem Security-Mitarbeiter, der nur knappe fünf Meter entfernt stand. »Komm her, wenn du mir was sagen willst, *Schätzchen!*«

Der Mann von der Sicherheit zögerte.

»Lass bitte gut sein«, versuchte sich Lars im Kalmieren.

Schon zückte der Türsteher den Pfefferspray und marschierte auf Vater und Tochter zu.

»Mia?«

Die Stimme eines Mannes erschallte aus der mit einem Mal geöffneten Tür des Tourbusses. Er sah aus, wie man sich den stereotypen Nordmann vorstellte: lange, glatte blonde Haare im Wet-Look, ein buschiger Vollbart in ebenso heller Tönung. Dazu markante Gesichtszüge und die Figur eines Sportlers. Das Bandlogo auf seinem schwarzen Shirt wirkte auf Lars wie die Explosionszeichnung einer Explosionszeichnung.

Mit nordischem Akzent fuhr der Mann auf Englisch fort: »Was machen Sie da?«

Der Security-Mitarbeiter erstarrte.

Mia kniff die Augen zusammen, versuchte zu erkennen, wer sie gerufen hatte. »Juuso?«

Ihre Miene erhellte sich. »Das ist ja – Können wir zu euch rein?«, fragte sie auf Englisch.

»Natürlich!« Der Mann winkte sie zu sich.

»Juuso Kärkkäinen, Bassist von den SuiCiders«, flüsterte Mia ihrem Vater zu, während sie den Türsteher passierten, der nun mit gesenktem Haupt dastand.

Juuso und Mia umarmten sich. »Schön, dich wiederzusehen. Hattet ihr ein Problem mit der Security?«

Mia winkte ab. »Nein. Aber der Typ scheint zu glauben, dass jede Frau ein fucking *Honey* ist.«

Der Bassist fixierte den Mann, der wie ein begossener Pudel dastand. »Ich kümmere mich darum, versprochen.«

Dann bat er Mia und Lars in den Tourbus.

Das Gefährt spielte auch im Inneren in einer gänzlich anderen Liga als jenes der Vengeful Regrets. Von der Fahrerkabine führte ein Gang nach hinten. An seinen Seiten erstreckten sich Schlafkojen, je zwei übereinander, die samtenen Vorhänge zugezogen. Alles war geräumig, hell und auf Hochglanz poliert. Lars war sogar, als erschnuppere er Neuwagengeruch.

Musik lief keine, auch kein Fernseher.

»Ein trauriger Tag für euren Besuch«, meinte Juuso, während er durch den Gang in den hinteren Teil des Busses schritt.

»Es tut mir so leid«, sagte Mia aufrichtig. »Ich kann es immer noch nicht glauben.«

Die drei erreichten den Gemeinschaftsbereich, der aus einem Ecktisch sowie sofaähnlichen Liegen und bequem gepolsterten Fernsehsesseln bestand.

Zwei Männer und eine Frau saßen dort. Wie Juuso sahen alle drei aus, als wären sie einem Bilderbuch über stereotype Metalmusiker entstiegen – die Haare lang, mit Bandshirts, Jeans oder Lederhose bekleidet, dazwischen Gitarren, Plektrums und Drumsticks. Einer trug eine dunkle Hornbrille.

Auf einem Tisch standen drei Flaschen Aquavit, zwei davon bereits leer.

Die Gesichter der Musiker spiegelten tiefe Trauer wider.

»Das sind Toivo und Akseli, beide Gitarristen«, sagte Juuso ruhig und deutete auf den hageren mit der Brille sowie einen eher dicklichen Mann. »Und Helmi, unsere Schlagzeugerin«, ergänzte er mit Blick auf die Frau.

In gedämpftem Ton grüßten Lars und Mia die Bandmitglieder und nahmen Platz. Die grüßten zurück. Akseli griff sich die Flasche Kümmelbrand, nahm einen tiefen Schluck und hielt sie Lars entgegen.

Der lehnte dankend ab.

Seine Tochter tat das nicht.

»Juuso und ich kennen uns von einem Konzert«, erklärte Mia der Runde, nachdem sie getrunken und die Flasche weitergereicht hatte. »Von – wie hieß die Venue?«

Beide überlegten, sagten schließlich unisono: »Huxley's Neue Welt.«

Sie teilten ein Lächeln, das jedoch schnell wieder in Niedergeschlagenheit wechselte.

»Ich spiele bei den Vengeful Regrets am Metal Battle. Also, zumindest wollten wir das, bis heute Morgen.« Mia lächelte bitter.

Helmi hob fragend eine Braue. »Was wollt ihr von uns?«

»Wir versuchen zu rekonstruieren, was gestern geschehen ist«, erklärte Lars. »Mias Band glaubt nämlich nicht, dass Mot etwas mit Gallows' Tod zu tun hat.«

Akseli ballte die Fäuste. »Wenn ich das Arschloch in die Finger bekomme, ist er so gut wie tot!«

Lars hob beschwichtigend die Hände. »Wie gesagt: Wir glauben an seine Unschuld. Selbstjustiz nützt niemandem.«

»Was soll das heißen?«, fragte Toivo und schnäuzte sich die gerötete Nase. »Wollt ihr damit sagen, dass John tatsächlich Selbstmord begangen hat?«

Mia und Lars tauschten einen vorsichtigen Blick.

»Alles, was wir sagen, ist«, fuhr Mia fort, »dass Mot zu Unrecht verhaftet wurde. Nicht mehr und nicht weniger.«

»Die Cops werden das schon herausfinden«, warf Juuso ein und erntete dafür ein Kopfnicken seiner Bandkollegin Helmi. »Lasst sie ihren Job machen.«

Mia sah ohne Widerwort zu Boden.

»Nein, wartet!«, brach es aus Helmi heraus. »Es geht um euren Gig, richtig? Darum geht es doch in Wahrheit! John kümmert euch einen Dreck!«

Mia sprang auf. »So ein Schwachsinn! Ich liebe eure Musik und hätte mir niemals erträumt, beim gleichen Festival wie ihr zu spielen! Aber ich weiß auch, dass Mot nichts mit Johns Unglück zu tun hat.« Sie atmete tief durch. »Nur weil ich spielen will, heißt das nicht, dass mir Johns Tod egal ist. Aber bitte, wenn du das glaubst, habe ich einen besseren Vorschlag: Scheiß auf alles! Warum sagen wir nicht einfach das ganze Festival ab? Dann hat keiner was davon!«

Helmi sprang ebenfalls auf, starrte der Bassistin zornig in die Augen. Dann jedoch atmete sie tief durch, hielt Mia die Flasche Aquavit hin.

»Schon gut. Beruhig dich, Schätzchen.«

Mia ballte die Hände zu Fäusten. »Der Nächste, der mich heute ›Schätzchen‹ nennt, den hacke ich um, ich schwör's!«

Betretenes Schweigen erfüllte den Bus.

Lars war, als wollte er im Erdboden versinken.

Mia ergriff die Flasche, leerte sich eine beträchtliche Menge des scharfen Brands in die Kehle und schluckte alles auf einmal hinunter.

»Deine Freundin hat ein ziemliches Aggressionsproblem«, flüsterte Toivo Lars zu. »Gibt gute Ärzte dafür.«

Lars wollte gerade richtigstellen, dass es sich bei Mia nicht um seine Freundin handelte, als sich diese hinsetzte, mit überraschend sanftmütiger Miene.

»Man muss sich als Mann nicht schämen, wenn die eigene Frau Gewalt gegen einen ausübt«, fuhr Toivo unter vorgehaltener Hand fort. »Therapie kann Wunder fürs Selbstwertgefühl bewirken.« Er drückte Lars' Arm. »Nur wer sich selbst liebt, kann auch andere lieben, mein Freund.«

»Sorry für gerade eben, Leute«, sprach Mia in die wortkarg gewordene Runde. »War heute auch für mich eine Scheißachterbahnfahrt.« Ihr Blick fiel auf Lars. »In vielerlei Hinsicht. Aber die Frage, die uns vereint, ist doch: Wenn Mot nichts mit Gallows' Tod zu tun hat, wer dann?«

Helmi begann zu schluchzen, drückte sich an Akseli, dem ebenfalls Tränen über die Pausbacken liefen, die in seinem Vollbart versickerten.

Toivo richtete sich auf. »Wir haben nicht die leiseste Ahnung. Aber John hat sich in den letzten zwei Wochen schon irgendwie seltsam verhalten.«

Mia schob die Brauen zusammen. »Inwiefern?«

Der Gitarrist rang nach Worten. »Strange halt«, sagte er schließlich.

Lars blätterte derweilen CDs durch, die in einem Regal standen. Er holte ein abgegriffenes Jewelcase hervor, betrachtete das Cover. Mit viel Fantasie konnte er den Bandnamen The SuiCiders entziffern. Dahinter das Foto eines farblich veränderten, verschneiten Waldes und fünf dunklen Gestalten, die breitbeinig dastanden. Am unteren Rand war »Sisu« in Kapitälchen zu lesen.

»Johns erste Scheibe«, kommentierte Helmi und wischte sich die Tränen aus dem Gesicht. »War noch sehr schwarzmetalllastig.«

Lars überflog die Tracklist und die Namen der Bandmembers auf der Rückseite. »Ist da keiner von euch dabei?«

Helmi schüttelte den Kopf. »Die EP ging nicht gut. John hat die komplette Mannschaft ausgewechselt und für das nächste Album auch den Stil verändert.«

»War das ›Six Feet Deep‹?«, meinte Lars nachdenklich und ergänzte dann: »Nicht, dass ich die Scheibe kenne. Mia hat mir davon erzählt.«

»Ja. ›My Tormented Soul‹ war die erste Singleauskoppelung mit der neuen Besetzung und ist so was von durch die Decke gegangen.« Juuso seufzte. »Danach konnten wir alle unsere Brotjobs kündigen.«

Lars stand auf. »›My Tormented Soul‹? Duftige Leichtigkeit sucht man im Metal wohl vergeblich, was?«

Helmi rang sich ein Lächeln ab. »Yep. Überlassen wir Bobby McFerrin.«

14

Years

Guns N' Roses

»Ich weiß nicht«, sagte Haste und drückte sich in die Polsterung der Sitzbank im improvisierten Vengeful-Regrets-Tourbus. »Als Freund ist Lars eigentlich schon zu alt für Mia, meinste nicht?«

»Vaterkomplexe, anyone?«, warf Kai ein und gähnte dann lautstark.

»Hast du die beiden überhaupt beobachtet?« Der Keyboarder fuchtelte aufgeregt mit der rechten Hand in der Luft herum. »Wenn die beiden ein Paar wären – und Mia hat nie was davon erwähnt, dass sie in einer vaterkomplexen Partnerschaft lebt –, dann geht man doch nicht so bissig miteinander um!«

»Wenn's darum geht, sollten die meisten anderen Paare nicht mehr zusammen sein. Routine statt Aufmerksamkeit, passive Aggressionen statt netter Worte.« Kai zuckte mit den Schultern. »Der Mensch ist halt ein faules Schwein. Erst wenn die Zeit eng wird, drückt die Reue.«

»Unser Kai Mayer. Freizeit-Schlagzeuger und Vollzeit-Philosoph«, ätzte Haste.

»Und das von einem, der in einer Metalband das unnötigste Instrument von allen spielen darf: Keyboard.«

»Zumindest beherrsche ich, was ich tue. Was man von dir nicht sagen kann, du Dave Lombardo für Arme.«

Kai sprang auf, deutete zornig mit dem Zeigefinger auf seinen Bandkollegen. »Sag das noch mal!«

»Sorry, war falsch von mir. Für ganz Arme.«

Der Drummer machte einen Satz nach vorn. Doch ein schriller Pfiff ließ ihn innehalten.

Bier sah die anderen beiden genervt an. »Shut the fuck up, lassies.«

Dann widmete er sich wieder dem Special-Interest-Magazin zum Thema »Whisk(e)y«, das er in den Händen hielt.

Kai setzte sich wieder. »Immer schön, wenn man so worthülsenreich in die Schranken gewiesen wird.«

Der Rhythmusgitarrist strich sich bedächtig durch den fulminanten Bart, der ihm bis über die Brust reichte, und stieß ein undefinierbares Brummen aus.

»Aber zurück zum Thema.« Kai zwinkerte Haste zu. »Was meinst du zu diesem Lars, Bier?«

»Mag sein Hawaiihemd«, sagte Bier, ohne von seinem Magazin aufzublicken.

»Auf den Punkt, wie immer«, kommentierte Haste sarkastisch. »Okay, zugegeben, Lars' Hawaiihemd ist Weltklasse. Aber ansonsten ist der Kerl ein komischer Kauz. Ein wenig zu sehr auf Konsens gebürstet.«

»Wie ein eiskalter Schnüffler wirkt er jedenfalls nicht«, sagte Kai und begann, mit den Fingern auf dem Tisch zu trommeln. »Aber ganz ehrlich? Interessiert mich nicht einen Dreck, mit wem Mia in ihrer Freizeit abhängt.«

Er schielte zu dem blond gelockten Keyboarder. »Oder vernehmen meine Öhrchen gar einen anderen Grund für Monsieurs Hirnwichserei? Könnt's verstehen, bei der Optik unserer Frontfrau.«

Haste goutierte die Unterstellung mit einem bemüht gleichgültigen Lächeln. »Du mich auch. Kannst ihr ja bei Gelegenheit persönlich sagen, wie du ihr Fahrgestell findest, Mister Turbo-Lover. Aber lass mich bitte ihre Reaktion miterleben.«

Das plötzliche Vibrieren seines Handys, das vor ihm auf dem Tisch lag, ließ Haste zusammenzucken. Er blickte aufs Display, runzelte die Stirn. Nahm den Anruf an.

»Hi, was … aha … das ist ja … alles klar. Ja, bis gleich.«

Er ließ das Smartphone sinken, holte die Blicke von Kai und Bier ab, die ihn neugierig anstarrten.

»Ich glaub's nicht«, meinte er stockend. »Mot ist frei. Er kommt her.«

Ungläubiges Schweigen erfüllte den Tourbus.

Haste sprang auf. »Mot ist frei, Scheiße noch mal!«, brüllte er aus voller Kehle.

Kai tat es ihm gleich. Die beiden Musiker umarmten sich, hüpften Arm in Arm auf und nieder.

»Hallefuckingluja!« Kai reckte die rechte Faust in die Höhe. »Unser Gig findet statt! Wacken, wir kommen!«

Der Keyboarder blickte zu Bier, der immer noch stoisch im Sessel lümmelte. »Haste nicht gehört? Mot ist frei!«

Der andere sah auf. »Yep. Cool.«

Kai nahm das Telefon vom Tisch und hielt es Haste vor die Nase.

»Wir sollten Mia verständigen. Vielleicht willst du sie ja anrufen?«, meinte er und warf Kussmünder in die Luft.

Haste hielt seinem Bandkollegen den Mittelfinger vor die Nase.

Dann schnappte er sich das Handy und wählte Mias Nummer.

15

Men (And A Bottle Of Rum)

Mercyful Fate

Lars und Mia hatten den Tourbus der SuiCiders hinter sich gelassen, gingen zurück in den Artistbereich. Der Mann von der Security hatte nicht gewagt, einem von beiden noch in die Augen zu sehen.

»Die Bandmember tun mir so leid«, sagte Mia bedrückt. »Sie haben nicht nur einen Freund verloren. Gallows hat auch alle Texte und viele geniale Riffs geschrieben. Von einer Sekunde auf die andere haben sie nicht nur ein Bandfamilienmitglied verloren, es ist ihnen auch beruflich der Boden unter den Füßen weggezogen worden.«

Lars nickte bedächtig. Er wusste nur allzu gut, wie sich das anfühlte.

Als die beiden zwei riesige Holzfässer passierten, die auf Anhängern ruhten und als mobile Saunen dienten, blieb Lars stehen. Er lugte in eins der Fässer, bewunderte die Ausstattung.

Daneben entdeckte er ein Zelt für Physiotherapie, einen Barber-Shop, ein Massage-Zelt und einen Tattoo-Caravan.

Lars pfiff durch die Zähne. »So ein Musikerleben kann aber schon was.«

Mia warf ihm einen gleichgültigen Blick zu. »Dafür kommst du nach getaner Arbeit heim, sperrst deine Tür zu und hast deine Ruhe. Ist zuweilen auch nicht verkehrt. Kommt halt drauf an, wie man gepeilt ist.«

Die beiden gingen ins Catering-Zelt, in dem neben einem üppigen Buffet und reichlich Sitzmöglichkeiten auch vielerlei Grünpflanzen und sogar ein Billardtisch standen.

»Immerhin glaube ich nun nicht mehr, dass die SuiCiders Mot für den Mörder halten.« Lars lud sich drei Lachsbrötchen vom Buffet auf einen Teller.

»Spielt für uns nur keine Rolle, solange Mot in Haft bleibt.« Mia griff sich ein Weißbrot mit Käse, setzte sich dann an einen der Tische.

»Warum nennt ihr ihn eigentlich Mot?«, fragte Lars und nahm neben ihr Platz. »Ist nicht sein richtiger Name, oder?«

»Nein.« Mia aß einen Bissen. »Eigentlich Thomas Sören. Aber Tom hieß in einer seiner früheren Bands schon einer, daher der umgedrehte Spitzname.«

Lars nickte verstehend, den Mund voll Lachs.

Ebenfalls am Tisch saß eine Frau Ende dreißig, mit kräftiger Statur und punkigem Kurzhaarschnitt. Die Schäkel, die nebst einem Paar Arbeitshandschuhen sowie einer Rolle Gaffer-Tape an ihrem Werkzeuggürtel baumelten, wiesen sie als Stagehand aus.

Bis auf ein paar Krumen war ihr Teller bereits leergeputzt.

Mia schnaubte. »Wie konnte sich Mot nur so scheißidiotisch aufführen? Ich habe ihm schon so oft gesagt, dass sein ungezügeltes Temperament uns alle irgendwann ficken wird.«

»Du meinst, er hat sich nicht so unter Kontrolle wie du?«

Mia schnitt eine »Leck mich«-Grimasse.

»Aber im Ernst: Warum behältst du ihn dann in der Band?«

»Weil er ein guter Musiker ist, natürlich.« Sie stieß ein Grollen aus. »Mot ist sogar ein scheißguter Musiker.«

»Außerdem einer, der auch gern mal die Fäuste sprechen lässt«, ergänzte die Bühnenarbeiterin abschätzig.

Mia hob argwöhnisch eine Braue. »Du hast den Fight zwischen Mot und Gallows gestern also auch mitbekommen?«

Die Frau nickte. »Ich sag ja immer: Wenn man einen im Krönchen hat, hält man zu drei Themen die Schnauze: Politik, Religion und Musikgeschmack.«

»Was davon war bei den beiden der Grund?«, hakte Lars nach.

»Musikgeschmack, natürlich.« Die Stagehand verdrehte die Augen. »Die ewige Frage, wer der größte Metalsänger aller Zeiten ist. Für Gallows war es Dio, für den anderen Bruce Dickinson.«

Lars verschluckte sich beinahe. »Das war *tatsächlich* der Grund für die Prügelei? Die Frage, welcher Sänger besser … trällert?«

Die Frau warf Mia einen irritierten Blick zu. »Was ist denn mit deinem Kumpel los? Ist der auf Safari hier, oder was?«

Der Mann im Hawaiihemd setzte empört sein Lachsbrötchen ab und nuschelte mit vollem Mund: »Wo soll ich bitte sein?«

»Na, auf Safari.«

Die Bühnenarbeiterin blickte ihn herausfordernd an. »Du weißt schon, wenn irgendwelche Bobos ihr natürliches Habitat verlassen, um eine andere Spezies anzuglotzen und sich über sie zu amüsieren, weil sie sich moralisch überlegen wähnen.«

»Quasi auf Metal-Safari!« Mia grinste Lars schief an. »Scheiße, in gewisser Weise trifft das auf dich sogar zu.«

Sie wandte sich der Stagehand zu. »Keine Sorge: Trophäen darf er keine schießen.«

Die Bühnenarbeiterin grinste zurück. »Hätte ich ihm auch nicht zugetraut.«

»*Er* ist immer noch hier«, echauffierte sich Lars. »Und er wüsste gern, ob das alles war, weshalb sich Mot und Gallows an die Gurgel gegangen sind.«

Die Bühnenarbeiterin sah ihn verständnislos an. »Das reicht doch. Abgesehen davon lagen beide falsch.« Sie stand auf, nahm ihren Teller mit. »Die Antwort lautet natürlich Rob Halford.«

Mit diesen Worten wandte sie sich ab und trottete davon.

»Manno, die olle Zippe hat so was von keine Ahnung.« Mia schlug sich mit der flachen Hand auf die Stirn. »Gut, Rob Halford ist nicht ohne Grund der Metal God. Aber Ronnie James Dio ist halt der Gott der Götter, sagt einem schon der Name. Da kann es nur einen geben, oder?«

Lars versuchte, etwas Sinnvolles zu antworten. Aber aufgrund seiner Unkenntnis der Materie und des Umstands, dass ihm das alles völlig egal war, widmete er sich mampfend seinen Lachsbrötchen.

»Ja, ist gut«, mahnte Mia. »Hab's verstanden. Wir schweifen ab.«

»*Wir* schweifen ab?«

»Na klar. Auch wenn dir der Grund des Streits lapidar vorkommt, heißt es nicht, dass er für Mot oder Gallows ebenfalls lapidar war.«

»Logisch, sonst wären nicht die Fäuste geflogen. Grund für Mord oder Selbstmord ist das aber keiner.« Er schlang den letzten Bissen Brötchen hinunter, leckte sich dann genießerisch jeden Finger einzeln ab. »Aber, was weiß ich schon? Menschen begehen aus noch nichtigeren Gründen Morde.

Es gibt aber einen gravierenden Unterschied zwischen Mord im Blutrausch und dem, was hier in Wacken geschehen ist.«

Er machte eine theatralische Pause, die Mia, gemessen an ihren gepressten Lippen, so gar nicht goutierte.

»Na, die Inszenierung des Toten.« Lars wischte sich die Hände an einer Papierserviette ab. »Jemanden dort aufzuhängen, wo ihn jeder sehen kann, ist kein Zeichen einer Impulstat. Es ist ein Statement.«

Mia nickte bedächtig.

»Da ist was Wahres dran«, meinte sie schließlich. »Zumal alles im Metal ein Scheißstatement ist. Albumcover. T-Shirts. Jeans, Lederhose oder Spandex. Sogar die Länge der Nieten auf'm Armband.«

»Natürlich«, stimmte Lars zu, ohne zu wissen, was genau Mia damit meinte.

»Und erst die Kutte.«

»Die was?«

Mia packte eine Seite ihrer bestickten schwarzen Jeansweste und hielt sie Lars demonstrativ entgegen. »Bist du blind? Dieses verdammte Ding mit den Aufnähern darauf! Meine Fresse, auf dem ganzen Festival laufen Fans mit ihren Kutten herum, selbst genäht und jeder Patch handverlesen. Eine Kutte ist wie dein Scheiß-Insta-Verlauf. Nur oldschool.«

»Wieder was gelernt«, meinte Lars ruppig. »Spar ich mir zumindest den diesbezüglichen Volkshochschulkurs. Jetzt muss ich nur googeln, was ein Insta-Verlauf ist.«

Mia rollte mit den Augen.

»Was?«

Ein kaltes Lächeln als Reaktion. »Du hast echt von nichts eine Ahnung.«

Lars lächelte kalt zurück. »Ja, mag sein. Aber weißt du

was: Ich hab auch keinen Bock mehr auf das hier. Du tust ja gerade so, als könnte ich nicht mal die verdammten Grundrechnungsarten. Dabei merkst du gar nicht, dass du auch in einer Blase lebst. Beweg dich mal raus aus deiner Komfortzone, dann wirst du schnell feststellen, dass es in jeder Community irgendwelche klugscheißerischen Menschen wie dich gibt, die allen anderen die Existenzberechtigung absprechen. Ist nicht schön.«

Mia sagte nichts.

Lars stand auf. »By the way: Niemand mag Klugscheißer. Tschüssi!«

Er ging.

Einige Augenblicke lang saß Mia perplex da, dann holte sie zum Gegenschlag aus: »Ja, verpiss dich! Das kannst du bekanntlich am besten!«

Sie schlug mit der Faust auf den Tisch, dass es nur so schepperte. Doch die erhoffte Reaktion blieb aus. Lars entfernte sich, ohne sich umzudrehen.

Genervt warf Mia den Kopf in den Nacken. »Nein, warte, Lars! Scheiße noch mal, sorry. War nicht so gemeint, okay?«

Sie atmete tief durch, wartete, bis ihr Vater wieder am Tisch stand. »Es ist nur … Ich weiß auch nicht. Was hast du bisher für ein Leben geführt, dass all das hier an dir vorbeigegangen ist?«

»Ein beschissenes, wenn's dich beruhigt.«

Mia zog überrascht die Brauen in die Höhe. »Weißt du was? Ich glaub, das tut es sogar.« Ihr Handy läutete, sie ging ran. »Ja, Haste? Was?«

Ungläubig ließ die Bassistin ihr Smartphone sinken.

Lars machte eine fragende Geste.

»Ja fick den Weihnachtsmann …«, stammelte sie baff. »Mot ist frei.«

M- **16**

Sodom

Meine Handflächen schmerzten. Obwohl ich grundsätzlich körperliche Arbeit nicht scheute – das hatte ich noch nie – und Arbeitshandschuhe getragen hatte, war die Beanspruchung doch überraschend stark gewesen. Achtzig Kilogramm blieben eben achtzig Kilogramm, auch wenn man sie über einen Flaschenzug hochzog.

Zu den Schmerzen in den Händen gesellte sich ein Zittern, das gänzlich unerwartet und erst nach vollbrachter Tat eingesetzt hatte und auch nun, nach über fünfzehn Stunden, kaum nachlassen wollte.

Doch all das störte mich nicht.

Denn zum ersten Mal seit einer gefühlten Ewigkeit nahm ich so etwas wie Erleichterung wahr. Eine Unbeschwertheit, die der eines Kindes glich. Zudem nahm ich die Zukunft nicht mehr als ein mich zu verschlingen drohendes Ungetüm wahr, einen Abgrund, dem zu entrinnen ich nicht imstande war.

Ich hatte einen ersten Schritt in ein neues Leben gesetzt und es fühlte sich gut an. Mehr noch – ich verspürte den unwiderstehlichen Drang, weitere Schritte zu unternehmen. Am Ende, davon war ich mit einem Mal überzeugt, würde nicht nur die Erlösung warten, sondern auch die Gewissheit, etwas Großes geschaffen zu haben. Etwas, an das man sich nicht nur erinnern, sondern für das man mir Anerkennung zollen würde.

Veränderungen bedurften manchmal der Bereitwilligkeit Einzelner, alles zu opfern. Endlich war auch ich dazu bereit, ich war nun einer von ihnen.

Ich atmete tief durch, sah zu meiner Rechten.

Die Wände des schmalen Containers, in dem gerade einmal zwei Betten Platz hatten, zierte ein W:O:A-Poster, das vom überbordenden Band-Line-up kündete.

Ein selbstzufriedenes Lächeln bemächtigte sich meines hageren Gesichts.

Ich nahm einen Textmarker, zog die Schutzkappe ab und begann, das Logo von The SuiCiders, das prominent in der obersten Zeile des Posters prangte, penibel auszumalen, bis an seiner statt nur mehr eine flächig schwarze Form übrig blieb. Adieu. Einzig die gezackten Umrisse des Logos ließen die Band darunter erahnen.

Immer noch lächelnd verschloss ich den Marker wieder, fixierte mein nächstes Ziel.

Nach mehreren Minuten, in denen ich mich meinen Fantasien hingab, wandte ich mich vom Plakat ab, nahm ein kleines Notizbuch zur Hand und schlug es auf. Ich blätterte bis zum letzten Eintrag, studierte das Datum.

Fünf Jahre waren seither vergangen!

Fünf Jahre voller Lethargie, voller Untätigkeit. Voller Ideenlosigkeit, wenn ich ehrlich war. Schriftsteller nannten das psychische Phänomen »Schreibblockade«. Ein Zustand, der es einem vorübergehend oder auch dauerhaft verunmöglichte, das, was man zu Papier bringen wollte, auch zu Papier zu bringen.

Mit dieser Blockade hatte ich seit über fünf Jahren gerungen, hatte mich ihr unterworfen, sie verflucht, sie zum Teufel gejagt. Mich selbst belogen, nicht unter ihrem

Bann zu stehen. Dennoch blieben die restlichen Seiten meines Notizbuchs jungfräulich.

Dies würde ich nun ändern.

Ich nahm einen Faserstift, setzte an und begann zu schreiben.

<u>One Last Breath</u>

See me tumbling
My life hangs by a thread
See me drowning
For soon I will be gone, I'll be dead

Only pain left
The void devours me
Keeps me choking
Why can't it let me rest, let me be

I've given all that I could give
I've taken none, just want to live
I'm doing this, so you will see
For when I'm done, I will be free

One last breath, no place to hide
One last breath to hold me tight
Give me your hand and understand
One last breath to put things right

I am still here
With nothing more to say
All words spoken
In silence I will fade, fade away

I've given all that I could give
I've taken none, just want to live
I'm doing this, so you will see
For when I'm done, I will be free

One last breath, no place to hide
One last breath to hold me tight
Give me your hand and understand
One last breath to put things right

17

Crash

L.A. Guns

Gerade begann die Sonne, sich durch die Wipfel der Baumreihen zu schneiden und damit den Abend anzukündigen, da bremste ein Polizeiauto auf dem gekiesten Feldweg vor dem Pressebereich, mit scharrenden Reifen, jedoch ohne Blaulicht.

Aus dem hinteren Fond des Fahrzeugs entstieg ein schlaksiger Mann mit langen schwarzen Haaren. Sein Gesicht war schmal, sein linkes Ohr zierte ein daumendicker Tunnel und seine Jeans lagen im Schritt so eng an, dass nichts der Fantasie des Betrachters überlassen wurde. Eine dunkle Sonnenbrille verbarg seine Augen.

»Mot!«

Wie von der Tarantel gestochen sprang Mia von dem Strandstuhl auf, in dem sie die letzte Stunde unruhig hin und her gerückt war, und lief der Gestalt entgegen. Diese schritt gerade durch die ringförmige Skulptur in Rostoptik, die den Eingang einrahmte.

Weniger euphorisch, dafür sichtlich erschöpft, verbeugte sich der Mann mit einer übertrieben höfischen Geste vor der Bassistin.

Mia schloss ihn in die Arme.

Kai, Bier und Haste erhoben sich ebenfalls von ihren Stühlen, Lars tat es ihnen gleich.

Mot löste sich von Mia. Er begrüßte jeden seiner drei männlichen Bandkollegen mit einem schallenden Handschlag, als wollte er zum Armdrücken ansetzen, stieß dann die eigene Brust gegen die des anderen.

Lars musterte den Gitarristen, der sich wieder auf freiem Fuß befand, mit Argwohn.

»Das ist Lars«, stellte Mia ihren Vater in gewohnter Manier vor. »Er hat mir geholfen herauszufinden, was gestern Nacht geschehen ist.«

Mot hob die Sonnenbrille, entblößte sein blaues Auge und schenkte ihr einen stechenden Blick. »Was ist denn geschehen?«

Mias Lächeln gefror. »Du hast dich wie der letzte Arsch verhalten, ein Veilchen kassiert und unseren Auftritt gefährdet. Nicht mehr und nicht weniger.«

»Echt jetzt? Seht ihr das auch so?«

Der Gitarrist sah herausfordernd zu Lars, der jedoch mit den Schultern zuckte. Hier Partei zu ergreifen, das ahnte er, glich einem Himmelfahrtskommando.

»Ja, Mann«, warf Kai ein. »Super Arschlochaktion von dir.«

Anstelle eines Kommentars wandte Bier sich ab und verließ die Gruppe.

Mot hob abwehrend die Hände. »Also zunächst einmal: Wie zur Hölle hätte ich wissen können, dass Gallows sich im Anschluss an unser Tête-à-Tête dem strangulativen Suizid hingibt?«

»Redet der immer so geschwollen?«, flüsterte Lars Mia zu und erntete ein knappes Kopfnicken.

»Außerdem«, fuhr Mot unbeirrt fort, »hat Gallows penetrant darauf herumgewichst, dass Bruce Dickinson besser singt als Dio.«

Hastes Gesichtszüge entgleisten. »Echt jetzt? Der hat sie doch nicht mehr alle!«

Mot schnippte mit den Fingern. »Sag ich doch!«

»Okay, was'n Idiot!« Kai schüttelte verständnislos das Haupt. »Dickinson in allen Ehren, ich liebe ihn. Aber Ronnie James fucking Dio ist ja wohl über jeden Zweifel erhaben.«

Der Leadgitarrist beugte sich zu Mia. »Siehst du: Nicht. Meine. Schuld.«

Die rollte mit den Augen. »Dogmenreiterei ist für'n Arsch.«

»Was genau genommen ebenfalls ein Dogma ist«, warf Mot ein und grinste breit.

Bier kam zurück, ein Tablett in Händen, auf dem sechs randvoll befüllte Kunststoffbecher standen. »Shut the fuck up, lassies. Es ist angerichtet.«

Die Band griff zu.

Lars tat dies ebenso und schloss sich dem lautstarken »Prost« der anderen an.

Der eiskalte Gin Tonic schmeckte ebenso erfrischend wie belebend.

Die Band machte sich auf den Weg Richtung Artist-Area.

Lars zögerte, blieb dann jedoch zurück. Irgendwie hatte er das Gefühl, alles getan zu haben, weshalb er gekommen war. Aufdrängen wollte er sich nicht.

Mia drehte sich zu ihm um. »Was ist? Angewurzelt, oder was? Komm schon!«

Er zögerte kurz, dann setzte er sich in Bewegung.

18 And Life

Skid Row

»Du hast wirklich Nerven, jetzt erst anzutanzen!«, knurrte Akseli mit verschränkten Armen. »Wir haben dich heute sicher schon fünfzig Mal angerufen.«

»So what?« Rachel Shaw hob pikiert das Kinn. Der cremefarbene Chihuahua blickte verunsichert zu ihr auf. »Ich war busy. Oder glaubt ihr, ich manage nur euch?«

Helmi lehnte sich gegen die Verkleidung im Tourbus. »Ein Manager, den man nicht erreicht, managt auch nichts. Noch dazu in einer Situation wie der unseren. Oder sind noch andere Klienten von dir tot aufgefunden worden?«

Die Managerin winkte genervt ab.

Die Schlagzeugerin kniff die Augen zusammen. »Du hast John doch gestern Abend noch getroffen. Was hat er gesagt?«

Der Griff um Rachels Chihuahua geriet fester, der Welpe japste. »Wie kommt ihr darauf, dass ich John gestern gesehen hab?«

Toivos sah sie verständnislos an. »Na, weil er es uns gesagt hat.«

»Fucking liar!« Die Managerin rang sich ein kaltes Lächeln ab. »Ihr wisst selbst, wie schwierig John sein konnte.«

Juuso hob beschwichtigend die Hände. »Wissen wir, Rachel, wissen wir. Was wir nicht wissen, ist, was gestern Nacht vorgefallen ist. Und was wir nicht verstehen, ist, dass du es einen ganzen Tag nicht schaffst, zu uns zu kommen. Du bist doch auch Teil der Band.«

Akseli schnaubte verächtlich.

»Look, guys, ich laufe mir die Füße platt, seitdem ich heute Morgen den Anruf mit der Nachricht über Johns Tod bekommen habe. Was hätte ich hier bei euch schon ausrichten können? A big fat nothing. So sprach ich mit der Polizei, mit anderen aus der Branche –«

Sie brach ab, stieß ein frustriertes Seufzen aus und schwieg.

»Was?« Toivo setzte sich neben Rachel an den Tisch, ergriff ihre Hand. »Wir wissen, dass es für dich ein ebenso großer Schock war. Was liegt dir auf dem Herzen?«

Rachel entzog dem Gitarristen ihre Hand, sah ihm in die Augen. Sah die anderen Bandmembers an. In jedem der Gesichter konnte sie dasselbe lesen: die Hoffnung, dass sich doch noch alles zum Guten wenden würde.

»Es tut mir leid, euch enttäuschen zu müssen. Really sorry. Ja, goddammit, es stimmt, ich habe John gestern Abend noch gesprochen. Doch es ging nicht um die Suiciders. Es ging um ihn und nur um ihn.«

»Was soll das heißen?« Helmi klang scheu.

»John hatte vor –« Rachel überlegte kurz. »Wäre John noch am Leben, hätte er am Samstag nach dem Gig die Band verlassen. Now you know.«

Die vier Musiker erstarrten.

»Das … glaube ich dir nicht«, stammelte Helmi.

Rachel ließ genervt den Kopf sinken. Schließlich holte sie ihr Smartphone aus der Innentasche ihres Blazers, tippte einige Male darauf und drehte es zu Toivo, Juuso, Helmi und Akseli.

Auf dem Display war ein PDF zu sehen, das »Contract« titelte und zwei Unterschriften enthielt. Die von Rachel und die von John.

»Tut mir leid«, sagte die Managerin leise. »John wollte solo durchstarten. Er wollte es euch gleich nach dem Auftritt sagen.«

Akseli sprang vom Stuhl auf, trat mit voller Kraft gegen eine Tür im Wandverbau, sodass diese krachend zerbarst. »Motherfucker!«

Der Chihuahua bellte erschrocken.

Helmi stürzte zu Akseli, griff seine Hand und flüsterte besänftigende Worte.

Juuso lächelte bitter. »Das heißt dann ja wohl auch, dass The SuiCiders Geschichte sind, oder? Unser Plattenvertrag ist ausgelaufen und ich nehme nicht an, dass du die Verhandlungen für einen neuen für uns checkst, oder?«

Rachel steckte ihr Handy wieder weg und erhob sich.

»Nehmt es bitte nicht personally, aber: no John – no SuiCiders. Und kein mich.« Sie blickte von einem Musiker zum nächsten. »Aber ihr schafft das schon, you know?«

Juuso streckte ihr den Mittelfinger entgegen. »Solche verfickten Kalendersprüche kannst du dir in deinen verknöcherten Arsch schieben, Rachel Shaw. Jetzt raus hier!«

Die Managerin stieß ein japsendes Lachen aus. »Ah, there goes the Bildungselite. Aber so was hab ich nicht nötig.« Sie machte eine flapsige Handbewegung. »Next one, please!«

Mit diesen Worten verließ Rachel den Bus.

»Piss off!«, rief Akseli ihr nach und trat sogleich einen weiteren Wandverbau mit dem Fuß ein.

19

16

Motörhead

Schleichend und doch plötzlich war die Nacht hereingebrochen.

Auf den Campingplätzen glommen Tausende Lichter, als hätten überdimensionierte Glühwürmer die Zelte in Beschlag genommen.

Von den Bühnen aus schossen Lichtsäulen in den gestirnten Himmel, Signalfeuern gleich, die all jene auf den Heiligen Acker lotsten, die in der Dunkelheit den Weg nicht fanden.

Im Presse- wie im Artistbereich bemühte sich die dezente Beleuchtung aus Lampen und Fackeln, ein Gefühl der Ruhe zu vermitteln.

Immer noch saß Lars am Tisch der Vengeful Regrets. Von der anfänglichen Scheu, die er den Musikern gegenüber verspürt hatte, war nichts mehr geblieben.

»Wie muss ich mir das mit diesem Wettbewerb vorstellen?«, fragte er Haste und nippte an dem Bier, auf das er nach dem Gin Tonic umgestiegen war.

»Metal Battle«, korrigierte ihn dieser und fuhr sogleich fort: »Jedes Jahr vor Wacken treten Bands jener Länder, die sich dafür registrieren, gegeneinander an. Dieses Mal sind es über dreiundsiebzig und das Ganze geht mittlerweile von Japan über Indonesien bis nach Kanada. Über dreißig Nationen.«

»Wie der Eurovision Songcontest?«

Haste lächelte gequält. »Genau, wie der ESC. Nur transkontinental. Außerdem geht es nicht darum, dass dir irgendein alter Sack eine Schnulze auf den Leib schustert und du dich als Fronter abmühst, während die Band eine ruhige Kugel schiebt, weil alle Instrumente aus der Konserve kommen. Beim Metal Battle wird selbst komponiert und live performed. End of story.«

Lars nickte anerkennend.

»Die Gewinner jedes Landes treten dann hier auf dem Festival auf, eine Jury entscheidet, wer gewinnt.«

»Ist allein schon eine Ehre, in Wacken spielen zu dürfen«, warf Mot ein.

»Hell, yeah! Außerdem stärken die lokalen Bands damit die Livekultur der jeweiligen Länder. Und hopp!« Haste leerte seinen Becher, sah danach Lars provokativ an. »Wo haben sich Mia und du eigentlich kennengelernt?«

Lars traf die Frage wie ein Schlag ins Gesicht. Auch wenn er kein Freund von Geheimnissen war, wollte er Mia vor ihrer Band nicht kompromittieren.

»Ich … bin ein Freund«, sagte er schließlich, wobei er im Augenwinkel wahrnahm, wie ihm Mia unmerklich zunickte. »Nur ein Freund, sonst nichts.«

Haste grinste triumphierend zu Kai, zeigte ihm den Mittelfinger. Der grüßte mit seinem Gin Tonic zurück.

»Wann spielt ihr morgen?«, wechselte Lars das Thema.

»Elf Uhr fünfundzwanzig auf der Headbangers.« Mia wandte sich ihren Kollegen zu. »Das heißt: heute nicht übertreiben, Jungs. Morgen um neun noch eine Trockenprobe im Bus. Dann geht's um alles, kapiert?«

Die anderen vier nickten unisono.

Kai stupste Mot mit der Faust gegen die Schulter.

»Haben sie dich im Knast zumindest ein wenig gedroschen?« Der Schlagzeuger blieb bei der Frage todernst.

»Ja, Mann, gleich nach den Elektroschocks und dem Waterboarding.« Mot schnaubte entnervt. »Nein, du Idiot, die waren superkorrekt in der Polizeidirektion. Durfte nicht mal eine Aussage machen, bevor nicht mein Anwalt da war. Deshalb hat's auch so lange gedauert.«

»Du durftest nicht sagen, dass du unschuldig bist?«

»Sagen schon. Wurde aber nicht protokolliert.« Er blickte in die Runde. »Was soll ich euch erzählen? Aus einer freundlichen Interrogation lässt sich eben kein ›Smoke On The Water‹ schreiben.«

»Da ist auch nur ein Studio abgebrannt«, warf Haste ein.

»Ja, aber bei mir gab's weder Rauch noch Feuer, nicht mal einen verdammten Funken. Nichts. Nada. Eine gute Geschichte beginnt nun mal nicht mit dem Nippen an einem Becher warmer Milch. Apropos.«

Er blickte in sein leeres Trinkbehältnis, dann zu Mia. »Was meinst du? Noch 'ne Runde?«

Die Frontfrau prüfte die Uhrzeit auf ihrem Handy, stand dabei auf. »Macht nur, Jungs. Aber wie gesagt: morgen um neun, geföhnt und gepudert.«

Die vier Musiker nickten artig.

Mia winkte Lars, ihr zu folgen. »Wir beide haben heute noch was vor.«

20/20 Vision

Entombed

Die Louder Stage rechts vom Infield war gut besucht. Eine gewölbte Dachkonstruktion umspannte sie, auf deren Banner-Frontseite der Bühnenname sowie zu beiden Seiten je drei stilisierte Knöpfe eines Verstärkers gedruckt waren, alle am Anschlag auf »11«.

Lars stand allein in der Menge, umringt von vermutlich Tausenden Metalfans, ohne sich jedoch unwohl zu fühlen. Keiner schubste, niemand suchte Streit. Es wurde gescherzt und gelacht, Anekdoten des heutigen Tages oder der Anreise zum Besten gegeben sowie sich lautstark zugeprostet.

Mia war kurz zuvor in der Menschenmasse verschwunden.

Plötzlich wurde Lars unsanft von hinten angerempelt. Er schlug mit dem Kinn gegen den Nacken seines Vordermanns, spürte, wie ihm kaltes Nass den Rücken hinablief.

Lars wirbelte herum. Vor ihm ragte ein beinahe zwei Meter großer Mann in den Himmel. Sein Shirt zierte das kantige Bandlogo von Kreator, darunter in blutigen Lettern geschrieben »Pleasure to Kill«. Die langen blonden Haare und der dichte Vollbart erinnerten an einen Wikinger. In seinen Pranken hielt der Hüne fünf Becher Bier, wobei einer der Becher halb leer war. Den Rest saugte gerade Lars' Hawaiihemd auf.

Der schluckte schwer, in Erwartung eines Anschisses.

»Oh, I'm so sorry, mate«, sprach jedoch der Mann mit britischem Akzent und einer glockenhellen Stimme. »I tripped over.«

Lars fehlten einen Augenblick lang die Worte. Hatte sich der Henker gerade tatsächlich bei ihm entschuldigt? Schnell winkte er ab. »No problem. Sorry 'bout your beer.«

Der Hüne blickte in die Becher in seiner Hand, schien erst jetzt zu bemerken, dass bei einem die Hälfte fehlte. »Where's your beer?«

Noch bevor Lars antworten konnte, streckte ihm der andere den halb vollen Becher entgegen, den Lars völlig perplex aus den Pranken seines Gegenübers löste.

»Cheers, mate.« Mit diesen Worten bahnte sich der Festivalbesucher weiter seinen Weg nach vorn durch die Menge.

Verdutzt blickte Lars ihm nach, als Mia zu ihm stieß, ebenfalls zwei Becher voll Gerstensaft in der Hand.

»Wo hast'n das Bier jetzt her? Egal. Prost.«

Die beiden stießen an, tranken.

»Weißt du«, begann Mia in ernstem Tonfall. »Ich dachte mir, jetzt, da sich alles so weit in Wohlgefallen aufgelöst hat, zeige ich dir zumindest, weshalb ich hier bin. Also, abgesehen vom Metal Battle.«

»Okay.«

Auch wenn er es nicht zugegeben hätte, so war Lars doch mit einem Schlag gerührt. Nach allem, was geschehen war, gab es für Mia keinen Grund, dies zu tun. Außer –

»Hier spielen gleich DHCD.« Sie machte eine gewichtige Pause. »Desperate Housewife's Corpse Desecrators.«

»Wer? Also … Ich weiß nicht, was ich dazu sagen soll.« Lars trank den Rest des halben Bechers Bier, steckte den vollen Becher, den ihm Mia mitgebracht hatte, in den leeren. »Schon wieder so ein friedvoll-blumiger Bandname. Ich nehme an, das wird sich in ihrer Musik widerspiegeln?«

Mia schmunzelte. »Weißt du, eine Zeitlang hatte ich Probleme mit dem Einschlafen. Da habe ich mir die ›Reign in Blood‹

von Slayer aufgedreht und war meist noch vor dem Ende von ›Necrophobic‹ entschlummert.« Sie lachte auf. »Mutter hat nie kapiert, dass mich die Aggression in der Musik beruhigte, nur weil sie dabei wild wurde. Sie brüllte dann immer durch die Wohnung, ich solle meinen Lärm leiser drehen.«

»Für einen Außenstehenden kann das alles durchaus überfordernd wirken. Die Bandnamen, die Motive.« Lars grinste ironisch. »Der *Lärm*.«

»Wenn man ein Urteil fällt, bevor man sich eins gebildet hat, dann schon. War auch keine ›Phase‹ bei mir, wie von Mutter erhofft. Wenn man für etwas brennt, etwas wirklich tun will, kann einen nichts auf der Welt davon abhalten. Nimm zum Beispiel Hellsticks, den Drummer von DHCD. Vor ein paar Jahren hatte er einen schweren Autounfall. Bis dahin war er Bassist. Danach blieben der kleine Finger und der Ringfinger seiner Greifhand verkrüppelt. Schluss mit dem Bassspielen. Was tat er? Er sattelte auf Drummer um. Von ihm kann sich sogar KnüppelKai eine Scheibe abschneiden.« Sie schmunzelte. »Oder nimm Rick Allen, den Drummer von Def Leppard. Verlor den linken Arm, ebenfalls bei einem Autounfall. Eineinhalb Jahre später spielte er wieder Schlagzeug bei der Band, bis heute.« Mia klopfte sich mit der Faust aufs Herz. »Wenn man wirklich für etwas brennt, gibt es keine Ausrede.«

Lars schluckte. Das Feuer, das in Mias Augen loderte, die Leidenschaft, mit der sie sprach – wie gern würde er nur einen Funken davon wieder in sich verspüren.

Die beiden stießen miteinander an.

Dann fasste Lars sich ein Herz. Er wollte sagen, was ihn schon seit einer gefühlten Ewigkeit quälte.

Doch Mia kam ihm zuvor. »Warum hast du uns damals im Stich gelassen?«

Die Frage war wie ein Schlag in die Magengrube. Lars

blieb die Luft weg. Seitdem er Mia wiedergesehen hatte, war ihm bewusst gewesen, dass es einiges zu klären galt. Doch wie immer, wenn man ein Thema lange vor sich hergeschoben hatte, wurde man überrascht, wenn es tatsächlich aufs Tapet kam. Zudem fühlte sich Lars nicht nur mit der Frage, sondern vor allem mit der Antwort gänzlich überfordert.

Ein erneuter Stoß von hinten unterbrach seine gedankliche Abwärtsspirale.

»Moin, du Lusche!«

Mike reckte mit der rechten Hand seinen Bierbecher in die Höhe, mit der linken umklammerte er die Hüfte einer Frau, die nicht nur sein Alter teilte. Ihrem Winger-Shirt nach zu urteilen, teilte sie auch seine Vorliebe für gewisse Bands der Achtzigerjahre. Die rötlichen Haare hatte sie zu zwei seitlich herabhängenden Zöpfen geflochten, die dezent geschminkten Augen unterstrichen ihr natürliches Flair. Unter dem Ausschnitt ihres Shirts blitzten die geschwungenen Linien eines Tattoos hervor.

»Darf ich euch bekannt machen?«, gab sich Mike galant und aufdringlich zugleich. »Das ist Annette. Annette, das ist mein bester Freund Lars, und neben ihm –« Er stockte.

»Hi, ich bin Mia«, stellte sich die Bassistin selbst vor und legte ihren Kopf auf Lars' Schulter. »Wisst ihr, ich war auf der Suche nach einem Mann, dessen Libido indirekt proportional zu seiner Geldbörse ist, und – tata! Da habe ich Glückspilz Lars getroffen!«

Betretenes Schweigen.

Mike senkte sein Bier, während sein Blick zwischen seinem Freund und Mia hin und her schnellte. Annette trat einen Halbschritt zurück.

Nach einer gefühlten Ewigkeit entblößte Mia ein Grinsen. »Lasst euch nicht veräppeln! Lars und ich kennen uns von früher, von einer gemeinsamen Bekannten. Alles gut, ehrlich.«

Das Schweigen hielt an.

»Oder mache ich auf euch etwa den Eindruck, als bräuchte ich einen Mann, der mich aushält? Ich kann für mich selbst sorgen, vielen Dank.«

Nun lächelten Mike und Annette, wenn auch mehr aus Verlegenheit.

Die vier schüttelten sich die Hände, prosteten sich zu.

»Ah, ich erkenne die Stiefel wieder«, meinte Lars schließlich zu Annette. »Heute Morgen, vor Mikes Zelt.«

Die Frau wurde rot. »Ja, also, ist sonst nicht meine Art.« Sie sah zu Mike auf, konnte sich ein verliebtes Lächeln nicht verkneifen. »Hab schon lange niemanden mehr kennengelernt, mit dem man so unbeschwert Spaß haben kann.«

Mike flüsterte ihr etwas ins Ohr, sie kicherte.

Während er seinen Freund und dessen neue Flamme beobachtete, merkte Lars, wie ihm schwer ums Herz wurde. Was würde er dafür geben, nur noch ein letztes Mal –

»Alles gut, du Spanner?« Mia boxte ihm gegen die Schulter.

»Was? Klar. Darf ich mich nicht für meinen Freund freuen?«

Mia blinzelte übertrieben. »So hast du gerade eben nicht auf mich gewirkt.«

Das Aufbranden von Applaus und Gegröle sowie das Verdunkeln der Bühne ließ die Köpfe aller nach vorne schnellen. Offenbar stand der Auftritt von Desperate Housewife's Corpse Desecrators unmittelbar bevor.

»Falls du dich das fragst: Die spielen Grindcore«, meinte Mia zu Lars.

»Danke für die Info. Da kannst du dich gleich mit Mike verbrüdern. Der glaubt auch, dass die Kategorisierung einer Musikrichtung diese hörenswerter macht.«

Mike beugte sich zu der Bassistin. »Mach dir nichts

draus. Der Junge ist nur griesgrämig, wenn er nüchtern ist. Oder zu viel gesoffen hat. Dazwischen – eine wahrlich ausgeglichene Seele von einem Menschen.«

Mia schmunzelte.

Mike ließ sich seinen und Annettes Becher von einem mobilen Bierträger auffüllen, einem jungen Mann, der am Rücken ein fassähnliches Teil schleppte, aus dem er mittels Schlauch und gegen Bezahlung kalten Gerstensaft ausschenkte.

Dann ertönte das orchestrale Intro der Band: »Battle Of The Mounds Part I«, ein Stück aus dem Soundtrack zu »Conan« von Basil Poledouris.

Lars ertappte sich dabei, wie er bei dem wagnergleichen Bombast-Sound mit dem Fuß mitwippte. Vielleicht, so seine Hoffnung, würde die Musik der Band doch ein wenig der ihres Intros ähneln. Allerdings klang die Definition »Grindcore« nicht danach.

Das Intro verklang. Lars' Hoffnung ebenso.

Drei Männer mit nackten Oberkörpern und schwarzweiß-rotem Corpsepaint stürmten auf die Bühne und entfesselten ein Gewitter aus Stahlseiten, Drumwork und Growls.

Fäuste reckten sich in den Nachthimmel, Haare wirbelten rhythmisch im Kreis, Bierbecher flogen durch die Luft. Frenetisch feierten die Fans jeden einzelnen Song der Band, schienen jedes Riff, jeden Break, jeden Taktwechsel zu inhalieren. Mehr noch: Sie sangen gar die Lyrics mit.

Vermutlich, kam Lars in den Sinn, paukten sie die Songtexte vorab im Internet, denn ihm war es gänzlich unmöglich, einzelne Worte aus dem Gegrowle herauszuhören.

Für Lars fühlte sich das Konzert wie ein langer, dissonanter Soundcheck an. Ein sehr langer. Dennoch ließ er sich von der Energie, die um ihn herum herrschte, mitreißen. Er klatschte, nickte zum Takt, so er denn einen ausmachen konnte, und holte Bier, wann immer Not am Mann respektive an der Frau war.

Mia genoss den Gig auf ihre Art. Sie growlte mit, headbangte, dass Lars fürchtete, ihr Nacken würde abknicken, und stürmte immer wieder durchs Publikum nach vorn. Dort warf sie sich in den Moshpit, einen Kreis Tobender inmitten des Publikums, wo sich die Fans gegenseitig schubsten, mitrissen, aber auch wieder aufhalfen.

Mike und Annette schienen Desperate Housewife's Corpse Desecrators nur aus grundsätzlichem Interesse an der Musik beizuwohnen, nicht, weil sie explizit Fans der Band waren. Außerdem konnten sie kaum ihre Augen, geschweige denn Zungen und Hände voneinander lassen.

Mit »Kindergarden Karnage«, »Necromantic Phobia« und »Death Cat« spielte die Band drei Zugaben und wohl auch absolute Fan-Favorites, gemessen daran, wie begeistert die Leute trotz der späten Stunde abgingen.

Die Band verabschiedete sich mit einem Selfie Richtung Publikum, dann leuchteten die gleißend hellen Scheinwerfer der Bühne wieder auf.

Mia schwitzte aus allen Poren. »Fick den Weihnachtsmann, waren die geil!« Ihr sonst blässliches Gesicht war knallrot. »So muss das!«

Sie schielte auf Lars' Becher, der voll Mineralwasser war. »Darf ich?«

Lars nickte, gab seiner Tochter das Behältnis.

Die lehrte sich das Getränk über den Kopf. »Ah! Das hab ich jetzt gebraucht!« Sie prüfte die Uhrzeit: zwei Minuten vor Mitternacht. »Ich hol uns noch 'ne Runde, danach geht's für mich ab in die Kajüte, okay?«

Ohne auf Antwort zu warten, stürmte Mia Richtung Bierausschank.

21

Annihilator

Schwankend erreichte Hellsticks die Reihe an Dixi-Klos, die bei den Bandbussen Spalier standen. Heute, sinnierte der Drummer von DHCD, war vermutlich der letzte Tag, an dem man die mobilen Toilettenkabinen noch benutzen konnte, ohne dass ihr Gestank einem die Sinne und ihr Gesamtzustand den Glauben an die Menschheit rauben würde.

Die Sonne heizte die aus Kunststoff gefertigten Mobiltoiletten tagsüber immer stärker auf, sodass man irgendwann das Gefühl hatte, sein Geschäft in einer Sauna zu verrichten.

Hellsticks schmunzelte unwillkürlich.

Der römische Kaiser Vespasian, der die Redewendung »Pecunia non olet« prägte, hatte mit Sicherheit nicht geahnt, dass zweitausend Jahre Zivilisation später die geruchsintensiven Abscheulichkeiten schlimmer sein würden als zu seiner Zeit.

Zumindest in Festival-Dixis.

Weit haben wir's gebracht, sinnierte Hellsticks, während er die Reihe der Mobiltoiletten auf der Suche nach einer freien abschritt. Da jedoch alle Verriegelungen grün waren, hatte er nun wieder ein Problem damit, sich zu entscheiden, welche er öffnen sollte.

Mit sich hadernd strich er sich dabei immer wieder über seinen markanten Henriquatre-Bart.

Schließlich griff er die nächstbeste Tür, denn seine Innereien mahnten ihn, keine Zeit zu verlieren.

Kaum hatte Hellsticks die Kabine betreten und verriegelt, schossen ihm Schweißperlen auf die Stirn. Der Saunaeffekt hatte bereits eingesetzt. Ungeschickt ob der unzählig konsumierten Biere fummelte der Drummer seinen Gürtel auf, zog sich Lederhose wie Boxershorts zu den Knien und setzte sich auf den sauberen Toilettenrand.

Natürlich hätte er sich auch im Artist- oder Pressebereich erleichtern können – immerhin standen dort stets gesäuberte Wasserklos –, doch er wollte seine Ruhe haben, wollte weg von dem Trubel.

Hellsticks legte den Kopf in den Nacken, schloss die Augen. Das Konzert, das er mit der Band gerade gespielt hatte, war der Hammer gewesen! Der Sound war astrein abgemischt gewesen, das Publikum saumäßig gut mitgegangen. Der Zugabenteil hatte noch einmal gewaltig gerockt, insbesondere bei »Death Cat«, seiner Lieblingsnummer.

Im Anschluss an den Auftritt hatten er und die Jungs ihren Erfolg ebenso genossen wie begossen.

Jetzt, das wusste er, war der perfekte Zeitpunkt gekommen, Abend wie Gerstensaft gut sein zu lassen und sich in den Tourbus zurückzuziehen, damit der morgige Tag nicht vollends vertan war. Er wusste jedoch ebenso, dass er diesen Zeitpunkt verstreichen lassen würde. Zu groß das Verlangen, unvernünftig zu sein. Zu groß die Angst, etwas zu verpassen – auch wenn er sich morgen nicht mehr daran erinnern würde. Aber was zählte im Leben? Dinge, die man getan hatte, oder jene, die man nicht getan hatte?

Hellsticks schmunzelte. So gesehen führte er ein wahrlich erfülltes Leben. Vermutlich.

Ein Kratzen an der Tür ließ ihn aufhorchen.

»Besetzt«, lallte der Drummer und pochte gegen die Kunststoffwand der Kabine.

Stille.

Hellsticks nahm sein Handy, denn irgendwie empfand er es als gute Idee, jetzt ein Dixi-Selfie zu schießen. Er hielt das Smartphone in die Höhe, blickte so grimmig wie möglich drein und drückte ab.

Genau in diesem Augenblick löste sich die Verriegelung und die Tür des Dixis schwang auf.

Ein gleißender LED-Blitz.

Hellsticks ließ das Handy sinken.

Eine Gestalt stand vor der Kabine.

»Was zur –« Mit verengten Brauen kniff Hellsticks die Augen zusammen. »Du? Was zur Hölle willst du denn hier?«

Ein dumpfer Schlag.

Dann stieg die Gestalt in die Kabine und schloss die Tür des Dixis hinter sich.

DONNERSTAG

»Gallows had a very bad temper,
especially when he was drinking.
And he drank a lot. He was like a ticking time bomb,
a real pain in the ass.
I'll miss him.«

Johan Hegg, AMON AMARTH

22 Acacia Avenue

Iron Maiden

Der Abend hatte sich für Lars, Mike und Annette zu einem feuchtfröhlichen Finale verdichtet, einem jener Zusammenkünfte, die man nie mehr vergaß, auch wenn man kaum noch etwas davon wusste. Ausgeklungen war er scheinbar dennoch in nur wenigen Herzschlägen.

Von der Rhythmik her ähnlich dem Mittelteil von Iron Maidens »Rime Of The Ancient Mariner«: Nach einem dynamischen, schier nicht enden wollenden Groove wurde das Tempo abrupt gedrosselt, das Fade-out verabschiedete die Zuhörer in trügerische Ruhe. Doch die vom Bass zerlegten übermäßigen Akkorde sowie das ganztönige Verschieben derselben ließen ein Unwohlsein aufkommen, das sich mit der schrecklichen Gewissheit paarte, in verfluchten Gewässern zu treiben.

Melancholische, alkoholgeschwängerte Albträume wechselten mit erschreckenden Wachmomenten – die Nacht, ein ewiger Limbus.

Doch dann initiierten rasch gespielte Durakkorde im Einklang mit dem konstanten Schlagzeug eine positive, entschlossene Stimmung – man hatte es geschafft, ein neuer Tag war angebrochen. Hoffnungsvoll. Kraftvoll.

Zumindest für manche …

Wie am Morgen zuvor kroch Lars auf allen vieren aus seinem Zelt.

Aber im Gegensatz zur Nacht davor hatte er es diesmal zumindest geschafft, auf der Matratze zu schlafen statt neben ihr.

Man musste eben auch die kleinen Erfolge im Leben feiern.

Der Schädel dröhnte ihm dennoch. Auch die anästhesierte Wahrnehmung seiner Umgebung war wie tags zuvor. An den Ausgang des letzten Abends konnte er sich nicht mehr erinnern, ebenso wenig an den Heimweg. Da Lars jedoch keinerlei neue blaue Flecken oder sonstige Wehwehchen an sich feststellen konnte, dürfte er den Spießrutenlauf durch die Stolperfallen der Zeltabspannungen bravourös gemeistert haben.

Woran sich Lars jedoch mit einem Mal erinnerte, war, dass ihm auf dem nächtlichen Spaziergang Schilder aufgefallen waren, die den Weg zu den Duschen wiesen.

Ein kurzer Prüfschnüffler unter seine Achseln beseitigte jeglichen Zweifel, ob es an der Zeit war, sich zu waschen.

Lars schnappte sich das mitgebrachte Badehandtuch, einen Satz neuer Klamotten und begab sich zu den Sanitärcamps.

Angespannt schritt Mia im Partybus auf und ab. Die Köpfe von Mot, Haste, Kai und Bier folgten ihr so rastlos wie die der Zuschauer bei einem Tennismatch.

Wieder und immer wieder überflog Mia die Zeilen auf dem Ausdruck, den sie in den Händen hielt – die Setlist für den heutigen Auftritt der Vengeful Regrets beim Metal Battle.

Die Reihenfolge, in welcher ein Song dem nächsten folgte, war mindestens genauso wichtig wie die Songauswahl selbst. Am ehesten konnte man es mit einem mehrgängigen Menü vergleichen: Der Nachgeschmack der vorangegangenen Speise beeinflusste die Wahrnehmung über jene, die man gerade genoss, und bildete dabei die Grundlage für die, die man danach genießen würde.

»Dramaturgie« lautete das Zauberwort.

Der erste Song nach dem obligaten Intro setzte die Tonalität des Gigs. Der zweite holte das Publikum ab. Der dritte würde im Idealfall zu exzessiven Nackenübungen der Fangemeinde sowie enthusiastischem Mitsingen führen. Mosh- oder Circle-Pit optional. Eine Midtempo-Nummer zur Erholung, maximal noch eine zweite. Dann wieder Vollgas. Schließlich der Zugabenteil, um noch jene mit ins Boot zu holen, die auf genau einen der Songs darin gewartet hatten.

Applaus.

Band-Selfie.

Abgang.

Derart entließ man die Fangemeinde voller Begeisterung und, im Idealfall, voller Begierde, sich haltlos am Merchandise-Stand der Band zu verlustieren.

So viel zur Theorie. Denn wie in Hollywood galt auch im Musikbusiness: Nobody knows nothing.

Waren die Leute im Publikum schlecht drauf, konnte man sich die Finger wundspielen und die Stimme heiserjodeln – es würde ein beschissener Gig bleiben, mit unerfüllten Erwartungen aufseiten der Fans wie auch der Band.

So einer Situation, das hatte Mia sich geschworen, wollte sie alles entgegensetzen, was sie im Repertoire hatte.

»Ich hab jetzt noch mal die Drei und die Vier getauscht«, sagte sie mit angespannter Stimme, »und die Sechs vor den Zugabenteil gesetzt.«

Ungeduldig trommelte Mot mit den Fingern seiner rechten Hand auf den Tisch. »Dann sag endlich an!«

Mia atmete tief durch. »›Shortcut To Hell‹. ›Reload'n Let Go‹. ›Fuck You Too!‹. ›One More Lie‹. ›Shut The

Door‹. ›Walk Through Fire‹. ›Believe (Only In Yourself)‹. ›The God Inside You‹. ›Love You To Death (And Watch You Die)‹. Als Zugabe dachte ich spontan an den ›Fight Song‹ von Sister Sin.«

Mot schüttelte tadelnd den Kopf. »›Fight Song‹ geht nicht.«

»Genau. Wir dürfen beim Battle keine Covernummern spielen«, erklärte Haste. »Sonst würde jeder ›Highway To Hell‹ oder ›Seek & Destroy‹ klampfen.«

»Oder ›War Pigs‹«, ergänzte Kai.

Bier hob belehrend den Zeigefinger. »›Ace Of Spades‹.«

Die anderen nickten ehrfürchtig.

»Ja, Herrgott, ich hab's Scheiße noch mal verstanden! War ja nur so 'ne Idee.«

Mia hielt kurz inne, strich dann die letzte Zeile durch, tauschte die nun letzte mit der vorletzten Nummer.

»Kann auch nicht an alles denken. Das Set wäre aber sowieso zu lang geworden.«

Mit einem Tusch knallte sie den Zettel mit der Setlist auf den Tisch.

»Es ist angerichtet. Gentlemen, start your engines!«

Nach dem erfolgreichen Besuch des Sanitärcamps warf Lars seine Schmutzwäsche flinker Hand in sein Zelt und überlegte, was er bis zu Mias Auftritt tun sollte und mit wem. Die zwei Paar Schuhe vor Mikes Zelt deuteten darauf hin, dass er diesen Morgen erneut allein verbringen würde.

Wenn auch, im Gegensatz zu gestern, und das hoffte Lars inständig, mit weniger Überraschungen, weniger Konflikten – und keinen Toten.

Da sich sein Hungergefühl ebenfalls noch im Tiefschlaf befand, beschloss er, einen Spaziergang zu machen, abseits all der Menschenmassen und der Musik, einfach um den Schädel auszulüften.

Bekleidet mit einem frischen Hawaiihemd in hellgrüner Grundnote setzte Lars sich in Bewegung.

Während er eine Baumreihe entlangschlenderte, Zeltlager zu seiner Rechten, Stehpisser zu seiner Linken, blickte er auf die Uhr: kurz nach acht.

In dreieinhalb Stunden würde Mias Band auf der Headbangers Stage spielen. Das war Lars' einziger Fixpunkt an diesem Tag.

Warum hast du uns damals im Stich gelassen?

Mias Frage vom Vorabend kam und ging in seinen Gedanken, nur um erneut zu erschallen. Aber was hatte er sich erwartet, nach all den Jahren? Gut, es war Mia gewesen, die einst den Kontakt zu ihm abgebrochen hatte. Trotzdem. War es nicht das Vorrecht der Jugend, impulsiv und kompromisslos zu sein? War es nicht die Aufgabe eines Erwachsenen, dem entgegenzuwirken, wieder und wieder den Kontakt zu suchen?

Zu den »Erwachsenen« hatte er sich noch nie zugehörig gefühlt, denn was bedeutete dieses Wort schon? Eigenständigkeit, Entscheidungsfähigkeit, Verantwortung. Damit konnte Lars sogar etwas anfangen. Dennoch empfand er, dass dem Begriff immer auch etwas Verstaubtes anhaftete. Etwas, was die Gesellschaft von einem erwartete oder zumindest der stockkonservative Vater, so er denn noch lebte. Ein Rollenbild, das Lars gänzlich fremd war.

Einst hatte er sogar eine Definition nachgeschlagen. Sie verknüpfte die bewusst gemachte Einsamkeit des Erwachsenen mit romantischer Liebe – ein schlechter Kalenderspruch, wie Lars empfand, oder wie die unnötig verklausulierte Formulierung eines Dating-Seminars für elitäre Singles. Alles, nur eben nicht so, wie er sich fühlte.

Ja, er war allein, und nein, er wollte es nicht sein. Aber seit vier Wochen –

Warum hast du uns damals im Stich gelassen?

Lars spürte Zorn in sich hochsteigen. Vermutlich würde ein Erwachsener die Antwort einfach aussprechen. Klare Worte schufen klare Verhältnisse.

Doch zugleich wusste Lars, dass er das Mia nicht antun konnte. Nicht antun wollte.

Der markerschütternde Schrei einer Frau ließ ihn zusammenzucken.

Der Tourbus der Vengeful Regrets stand endlich in dem dafür vorgesehenen Parkbereich und die Trockenprobe der Band war gut verlaufen. Jeder der Musiker kannte seine Einsätze, Mia fühlte sich textsicher. Dem Auftritt stand somit nichts mehr im Weg.

Warum nur schlug ihr dann das Herz bis ins Kleinhirn?

Die Frontfrau hatte in ihrem Leben schon Dutzende Auftritte bestritten, hatte vor mehreren Hundert Gästen genauso gerockt wie vor fünf. Doch heute war etwas anders.

Heute war Wacken.

Mia ging auf dem menschenleeren Busparkplatz auf und ab und sog die kühle Morgenluft so tief ein, wie es ihr nur möglich war, hielt den Atem an. Erst als ihr schwummrig zumute wurde, atmete sie langsam und gleichmäßig wieder aus. Sie fluchte innerlich. Irgendwann musste sich ihr Körper doch entspannen, musste der Angstzustand einer wohl dosierten Nervosität weichen!

Sie sah auf ihr Handy. Noch knapp eine Stunde, dann würden sie auftreten, hier, auf dem größten Metal-Festival der Welt. Natürlich auf einer der kleineren Bühnen, aber was machte das schon? Bei über achtzigtausend Metallern würden sich schon ein paar Hundert von ihnen vor die Headbangers verirren und würden, was deutlich wichtiger war als ihre Zahl, den unvergleichlichen Vibe guter Liveauftritte versprühen.

»Freu Dich, Du bist in Wacken«, stand auf einem Banner geschrieben, das über der Wackener Hauptstraße hing. Das war auch die Einstellung, mit der die Metalheads aus aller Herren Länder anreisten – sie kamen zu einem Familientreffen.

Zudem hatte diese Familie den Ruf, die Ihren zu unterstützen, gemeinsam zu rocken und füreinander da zu sein.

Für Mia bedeutete das, dass man ihrem Auftritt wesentlich wohlwollender gesinnt sein würde, als wenn sie als Vor-Vor-Band in irgendeinem Rockerschuppen eröffnete und dabei das Gefühl bekam, die Gäste mit ihrer Mucke beim Saufen und Schnacken zu stören.

Die Frontfrau blieb stehen, schloss die Augen und sprach zu sich selbst. In zwei Stunden hatte sie es geschafft, hatten *sie* es geschafft. Endlich ein Line-up ihrer Band, das hielt. Endlich Musiker, auf die sie sich verlassen konnte, und Songs, die sie voller Herzblut geschrieben hatte.

Selbst wenn sich die Band danach auflöste, wenn sie selbst nie wieder auf einer Bühne stehen würde – das Hier und Heute konnte ihr keiner mehr nehmen.

Mia öffnete die Augen, fixierte die Bühnenkonstruktion, die sich weiter hinten in den sonnenklaren Himmel reckte. Sie straffte ihre Kutte, fühlte sich bereit zu tun, was Lemmy von Motörhead so oft bei seinen Auftritten angekündigt hatte: »We're gonna kick your ass!«

Heute war der wichtigste Tag in Mias Leben.

Heute. War. Wacken.

Ohne einen Augenblick zu zögern, lief Lars zu jener Stelle, wo er den Aufschrei verortet glaubte.

Fünf Dixi-Klos reihten sich neben einem Feldweg aneinander. Die Tür des mittleren stand sperrangelweit offen. Davor verharrte eine ältere Frau, bewegungslos, das Gesicht kreidebleich.

Lars eilte zu ihr, berührte sie sanft an der Schulter.

»Alles gut bei Ihnen? Was ist –«

Dann sah er, was sie sah: ein dicklicher Mann Anfang dreißig mit langen schwarzen Haaren, fliehender Stirn und einem Henriquatre-Bart. Seine Haut wirkte wächsern, seine Augen waren milchig und starr. Neben seinem linken Fuß lag ein Handy, in seinem linken Arm steckte eine Nadel, deren Inhalt vollständig in die Ader gepresst schien.

Lars stellte sich vor die Frau. »Gehen Sie ein paar Schritte, beruhigen Sie sich erst mal. Ich rufe die Polizei.«

Ungelenk ließ sich die Frau, die ihrem blauen Kittel und den Putzutensilien neben sich nach zu urteilen gerade ihre Reinigungsrunde machte, zur Seite führen. Auf einem Gesteinsbrocken am Wegesrand nahm sie Platz.

Lars wählte auf seinem Handy die Notrufnummer und erklärte, weshalb er anrief und wo er sich ungefähr befand.

Er legte auf, überlegte, ob er die Tür des Dixis wieder schließen sollte. Zumindest mit dem Fuß zustoßen könnte er sie, um den Toten vor neugierigen Blicken zu bewahren. Allerdings könnte man ihm ein solches Tun auch als Eingriff in einen potenziellen Tatort auslegen, was Lars natürlich vermeiden wollte.

Er zögerte, besah sich den Toten genauer. War das nicht der Schlagzeuger der Band von gestern Nacht? DHC-irgendwas? Die Nadel im Arm berührte Lars nicht, es musste schließlich jeder selbst wissen, was er seinem Körper zumutete und was nicht.

Aber das Handy zu den Füßen des Toten irritierte ihn. Wer setzte sich schon einen Schuss, während er surfte oder durch Social-Media-Kanäle scrollte? Aber vielleicht war es erst später hinuntergefallen?

Oder … es enthielt einen Hinweis?

Denn noch ein Toter auf dem Festival, wieder unter Umständen, die man als Selbstmord deuten konnte, fand Lars mehr als eigenartig.

Aber was ging ihn das Ganze schon an? Es war die Sache der Polizei, und die würde jeden Augenblick da sein.

Jeden Augenblick …

Lars spürte, wie ihm die Finger zu kribbeln begannen.

Wenn man ihn hierbei erwischte, dann –

Hektisch sah er sich um. Niemand war da, der ihn beobachten könnte. Die Reinigungskraft hatte ihr Gesicht in ihren Händen vergraben und schluchzte bitterlich.

Er griff sich einen Lappen aus dem Putzmittelträger, der vor dem Dixi stand, nahm das Handy des Toten und betätigte den Einschaltknopf.

Das Display schaltete sich ein, zeigte das Bandlogo von DHCD. Kein Hinweis auf erhaltene Nachrichten oder entgangene Anrufe.

Wieder sah Lars sich prüfend um. Er hielt das Handy kurz vor das Gesicht des Toten, prüfte erneut das Display – es hatte sich mittels Face-ID entsperrt.

Er überflog die Apps, ohne zu wissen, wonach genau er suchte. Dass er jedoch weder die Mail-App noch einen Messenger-Dienst anklicken durfte, da man vermutlich nachverfolgen konnte, wann die letzte Abfrage stattgefunden hatte, wusste er.

Instinktiv tippte er auf das Foto-Icon, wählte das letzte Bild in der Liste. Aufnahmezeit: heute, zwei Uhr nachts. Offenbar mit Blitz fotografiert. Der Türrahmen des Dixis war grell erleuchtet, die Welt davor pechschwarz. Nur eine Gestalt schälte sich aus dem Dunkel –

Sirenenlärm.

Blitzschnell zog Lars sein eigenes Handy aus der Hosentasche, fotografierte damit das Display ab und steckte es wieder weg.

Danach wischte er mit dem Lappen über den Bereich, den er gerade berührt hatte, und legte Hellsticks' Smartphone hastig dorthin zurück, wo er es entdeckt hatte.

Nur einen Augenblick später bogen zwei Polizeiwagen um die Kurve, hielten mit knirschenden Reifen vor den Mobiltoiletten.

Aus jedem der Autos stiegen zwei Beamte.

Ein Polizist mit kantigen Gesichtszügen und markantem Grübchen im Kinn kam auf Lars zu, seine Marke gezückt.

»Kriminalhauptkommissar Bock. Haben Sie uns angerufen?«

»Hab ich«, antwortete Lars, bemüht, nicht allzu fahrig zu wirken. »Schulze.«

Der Blick des Beamten fiel auf die Leiche. »Sie haben den Toten auch gefunden?«

Lars schüttelte den Kopf, deutete auf die Putzfrau, die immer noch das Gesicht in ihren Händen vergraben hatte.

Zwei der Beamten näherten sich ihr, sprachen sie vorsichtig an.

Bock steckte die Dienstmarke weg. »Können Sie sich ausweisen?«

Lars holte seine Brieftasche hervor, nahm seinen Personalausweis heraus. Der Beamte warf einen Blick darauf, verglich Foto mit Original.

»Kennen Sie den Toten?«, fragte der Kriminalhauptkommissar, während sein Kollege die Leiche in Augenschein nahm.

»Eigentlich nicht«, antwortete Lars. »Aber ich glaube, es ist der Schlagzeuger einer Band, die gestern Nacht gespielt hat, ähm, DHC…D oder so.«

Der Beamte musterte ihn argwöhnisch.

»Desperate Housewife's Corpse Desecrators«, entsann sich Lars. »Ist so ein Metal-Ding, mit den plakativen Aggro-Namen.«

»Was Sie nicht sagen. Ich steh auf Cattle Decapitation«, meinte der Kriminalhauptkommissar todernst. »Die sind cool, wenn man Stress abbauen will.«

»Ooo-kay. Wie geht's jetzt weiter?« Lars strich sich den Schnurrbart glatt.

»Wir nehmen ein Protokoll mit Ihrer Aussage auf. Verstärkung ist bereits auf dem Weg. Die entscheidet dann, ob wir die Spurensicherung hinzuziehen werden.«

»Sie glauben nicht, dass es sich um eine Überdosis handelt?«

»Auf den ersten Blick sieht es danach aus. Kann jedoch Fremdverschulden nicht gänzlich ausgeschlossen werden, ermitteln wir in alle Richtungen.«

Lars nickte bedächtig, obwohl sein Innerstes aufgewühlt war wie die tosende See. Schon wieder ein »Selbstmord«, dachte er und realisierte, dass sein morgendlicher Wunsch nicht in Erfüllung gegangen war: keine Toten …

23

Keepsake

Darkest Hour

Entspannt lehnte sich Heiner Nowak in dem mit braunem Leder gepolsterten Schreibtischsessel zurück und schwenkte zu seiner Linken. Dort bot ihm ein Panoramafenster einen erstklassigen Blick auf die sechzig Meter hohe Alsterfontäne auf der Hamburger Binnenalster sowie auf die dahinterliegenden Kirchtürme der Sankt-Jacobi- und der Sankt-Petri-Kirche.

Wann immer der Plattenlabel-Chef in Hamburg weilte, ließ er sich im »Fairmont Hotel Vier Jahreszeiten« einquartieren. Er genoss die luxuriöse Ausstattung der Deluxe Suite mit Seeblick des Fünf-Sterne-Hotels, insbesondere das gediegene Mobiliar aus dem 19. Jahrhundert. Womöglich, weil es Heiner an seine Jugend erinnerte, die er in Wien verbracht hatte – wenn auch in gänzlich anderen Verhältnissen.

Sein Vater war Bim-Fahrer gewesen, wie die Wiener Straßenbahnfahrer nannten, seine Mutter hatte halbtags bei einem Nahversorger an der Kassa gearbeitet.

Das Wirtschaftsstudium hatte Heiner abgebrochen, in die Fußstapfen des Vaters zu treten, kam für ihn trotzdem nicht infrage.

Stattdessen hatte er schon im Alter von sechzehn Jahren damit begonnen, Events im Rock- und Metalbereich zu organisieren, und das, obwohl – oder vielleicht gerade weil – Heiner damals so schüchtern gewesen war wie ein Ministrant vor der Beichte. Diese Schüchternheit hatte er stets mit großen Worten und noch größeren Gesten zu überspielen versucht, bis er sie sich so sehr zu eigen gemacht hatte, dass nichts mehr von dem einst liebenswürdigen Heranwachsenden geblieben war.

Er war nicht mehr Heiner.

Er war »Der Nowak«.

Mit zwanzig begann er, die erste Band zu managen, gründete mit vierundzwanzig schließlich seine Plattenfirma »IDR – Infinite Dreams Records«.

Unter Vertrag hatte er jede Band genommen, in der er Potenzial sah – und zwar vorrangig für sich selbst. Die Konditionen, die er anbot, waren für die Musiker stets knallhart kalkuliert. Für Nowak meist eher großzügig.

Doch der Erfolg gab ihm recht. Sein Management war perfekt abgestimmt, seine guerilla-mäßigen Marketingaktionen legendär.

Bravourös meisterte Nowak den Übergang der Metal-Welle zum ihm verhassten Grunge in den Neunzigern, wo plötzlich jeder Musiker aussah, als wäre er ein depressiver Lieferando-Zusteller mit Kurzhaarfrisur. Ebenso bravourös meisterte er die Rückkehr zum Metal zur Jahrtausendwende.

Ab Ende zwanzig mit dicker Brille, Glatze und einer beachtlichen Leibesfülle geschlagen, suchte er fortan seine männlichen Mitarbeiter nach Qualifikation im Lebenslauf, seine Mitarbeiterinnen nach Qualifikation auf der Casting-Couch aus. Für ihn war das, wie er gern in geselliger Herrenrunde formulierte, nervenschonender als eine Beziehung und billiger als der Puff.

Unrechtsbewusstsein fehlte ihm bis heute, auch wenn er diese Form des »Vorstellungsgesprächs« schon seit ein paar Jahren nicht mehr praktizierte. Zu kostspielig schienen ihm etwaige Gerichtsprozesse, zu trübe die Aussicht, seinen Lebensabend hinter schwedischen Gardinen verbringen zu müssen wie ein Harvey Weinstein.

Denn eins hatte Nowak schon früh für sich erkannt: Das Leben war zu kurz für schlechte Musik, schlechtes Essen und schlechte Unterkünfte.

Diesem Motto folgend genoss er seine Hotelsuite in vollen Zügen, bemühte den Zimmerservice Tag wie Nacht und knauserte nicht mit dem Trinkgeld, wenn sich die Angestellten ins Zeug legten.

Gerade genoss er einen Schluck »Rémy Martin Louis XIII«, als ihn das Vibrieren seines Smartphones aus seiner Wohlfühlzone riss.

Nowak stellte den Cognacschwenker zur Seite und lugte auf das Display: »The Witch«.

Er gab ein enerviertes Grummeln von sich, hielt sich das Handy mit Abstand vors Gesicht, setzte ein bittersüßes Lächeln auf und nahm den FaceTime-Anruf an.

»Rachel!«, flötete er mit entzückter Stimme. »How are you, my dear?«

»Business as usual«, antwortete die Managerin grollend. »Hier geht alles drunter und drüber.«

Nowak runzelte die Stirn. »Mir war nicht bewusst, dass es bei euch schüttet. Hier in Hamburg herrscht pipifeiner Sonnenschein und –«

»Not the bloody weather!«, unterbrach ihn Rachel unwirsch. »Bei den Bands! Hast du es noch nicht gehört?«

Nowak zuckte arglos mit den Schultern.

»John Gallows ist tot.«

Nowak schluckte. »Geh scheiß'n! Echt?«

»Yeah. Really. Wurde gestern in der Früh gefunden, wie er mit dem Strick um den Hals zwischen den beiden Main Stages baumelte.«

Der Plattenlabel-Chef ließ betroffen das Handy sinken, leerte seinen Cognacschwenker in einem Zug.

»Nowak!«, schrillte es aus dem Handylautsprecher. »Der Boden deines Hotelzimmers ist fucking boring!«

Irritiert hob der Getadelte wieder sein Smartphone, blickte in das Konterfei der Managerin. »Das heißt dann wohl: baba Plattenvertrag?«

Rachels Gesichtsausdruck wurde bitter. »Gallows hat vorgestern sowieso einen Rückzieher machen wollen. Ich hasse es, wenn Leute einen fuckin' Moralischen kriegen.«

»Dem Buben hätt' ich schon gezeigt, wo der Bartl den Most herholt.«

»What?«

»Der Bartl, also, this means –«

Rachel schüttelte den Kopf. »Doesn't matter. The Sui-Ciders sind damit natürlich auch Geschichte.«

Nowak verkniff sich einen Kraftausdruck.

»Don't worry. Gehen die einen, kommen die Nächsten. Auf mich hast du dich doch noch immer verlassen können, right?«

»Jo eh.« Nowaks Stimme klang kraftlos.

»Wann kommst du her?«

»Heut am Nachmittag.«

»All right. Dann hab ich vielleicht schon mehr für dich. Bye, Nowak.« Rachel beendete den Anruf.

Erneut ließ der Plattenlabel-Chef das Handy sinken, legte es wenige Augenblicke später auf dem Schreibtisch ab.

Behutsam entkorkte er die Flasche Rémy Martin, die ihn über zweitausend Euro gekostet hatte und noch zu zwei Drittel voll war.

Er schenkte sich einen guten Schluck in den Schwenker, schleuderte gleich darauf die Flasche wutentbrannt gegen den Kasten, wo sie mitsamt der dortigen Spiegelfront klirrend zerbrach.

Nowak kippte sich den gesamten Inhalt des Schwenkers in den Mund, ließ den Weinbrand dort hin und her wogen, bemüht, seinen Zorn zu unterdrücken. Von der Zusammenarbeit mit John Gallows hatte er sich viel versprochen. Groß hätte er ihn gemacht, größer, als es sich dieser in seinen kühnsten Träumen hätte vorstellen können.

Jon-Bon-Jovi-groß.

Aber daraus würde nun nichts werden.

Er schluckte den Cognac hinunter, genoss den würzig-fruchtigen Nachgeschmack, der ihm durch die Nase strömte.

In einem musste er Rachel, sosehr er die Frau auch verabscheute, recht geben: Ging einer, kam der Nächste. Das galt für alles im Leben, selbst für ihn. Mit seinen achtundfünfzig Jahren hatte Nowak jedoch noch lange nicht vor, in den Ruhestand zu gehen. Zu viel, was es noch anzuhäufen galt.

Er griff zum Hörer des Festnetztelefons des Hotels, wählte die Kurzwahl für die Rezeption. Schließlich putzte sich seine Suite nicht von allein. Außerdem hatte er eine neue Flasche Cognac dringend nötig.

Room 24

Volbeat

Vor der Headbangers Stage hatte sich unter strahlendem Sonnenschein bereits eine beachtliche Menschenmenge versammelt. Manche Fans saßen in kleineren Gruppen auf dem mit Holzhackschnitzeln bedeckten Ackerboden zusammen, andere fachsimpelten im Stehen, scherzten oder prosteten sich gegenseitig zu und tranken. Letzteres wohl nicht wegen der warmen Temperaturen, sondern vielmehr, weil das erste Gute-Morgen-Bier bereits wieder durstig gemacht hatte.

Lars erblickte Mike und Annette, beide mit einem Becher in der Hand, und gesellte sich zu ihnen.

»Schön, dass ihr gekommen seid«, sagte er mit belegter Stimme.

»Ehrensache.« Mike runzelte die Stirn. »Was'n mit dir los?«

»Erzähl ich euch später«, meinte Lars kryptisch.

Obwohl seine Zeugenaussage schnell und unproblematisch verlaufen war, lag sie ihm wie ein Felsbrocken im Magen. Vielleicht hätte er doch auf seiner Couch bleiben sollen, wohlig gebettet auf erprobtem Selbstmitleid?

Neues barg stets auch die Gefahr für unliebsame Erfahrungen, und einen Toten in einer Mobiltoilette zu finden, hatte nicht auf Lars' Bucket List gestanden.

Neues beinhaltete aber immer auch Chancen auf Veränderung. Wäre er zu Hause geblieben, hätte er Mia nicht getroffen, wüsste immer noch nicht, wie es ihr ging oder was sie so machte. Zudem könnte er den Auftritt ihrer Band nicht mitverfolgen.

Bei aller Tragik über die Toten war ihm das Schicksal vielleicht doch wohlgesonnen. Zumindest bis jetzt …

»Bist du gestern noch gut ins Zelt gekommen?« Annette, die an diesem Tag ein ausgewaschenes Dokken-Shirt trug, grinste Lars herausfordernd an.

Der gab sich verwundert. »Ja, warum? Sind wir nicht –«

Mike schüttelte den Kopf. »Sind wir nicht. Du wolltest unbedingt noch ein Bier an einer Bar im ›Wasteland‹ kippen. Nicht, dass du nicht schon voll warst wie 'ne Haubitze.«

Lars kniff die Augen zusammen, als könnte er so ein Bild aus seiner Erinnerung formen – doch die ließ ihn im Stich.

»Na dann.« Er straffte sein Hawaiihemd. »Alles eins a.«

»Deine Bekannte einer gemeinsamen Bekannten hat's im Übrigen ziemlich drauf«, konstatierte Mike. »Wir haben uns heut Morgen ein paar Videos von Auftritten ihrer Band im Internet angesehen. So 'ne Mucke ist mir sonst eigentlich zu hart, aber ihre Songs rocken gehörig.«

Annette holte Lars' verwunderten Blick ab. »Tja, seh ich auch so. Fetter Sound, geile Performance, eingängige Riffs. Da gibt's ordentlich was auf die Ohren.«

Lars strich sich den Schnurrbart glatt. »Meint ihr, sie haben eine Chance, den Bandwettbewerb zu gewinnen?«

Das frisch verliebte Paar sah sich unschlüssig an.

»Das Potenzial dazu haben sie auf alle Fälle«, sagte Annette. »Aber bei Jury-Entscheidungen ist das immer so 'ne Sache. Da fließt mehr mit ein als nur die reine Leistung. Hauptsache, sie geben ihr Bestes.«

Lars nickte gedankenverloren. Er sah auf sein Handy: Nur noch wenige Minuten, dann würde die Band zu spielen beginnen.

Langsam machte sich Unruhe unter den Zuschauern breit. Sitzende standen auf, die bereits Stehenden wandten sich der Bühne zu. Dort prangten auf einem schwarzen Backdrop in Weiß der Wacken-Schädel sowie der Schriftzug »Metal Battle«.

Lars bemerkte, wie seine Handflächen zu schwitzen begannen, wie sich sein Herzschlag beschleunigte, seine Kehle rau wurde.

Er griff Mikes Plastikbecher, trank das Bier darin aus und drückte seinem verdattert dreinblickenden Freund das Behältnis wieder in die Hand.

Annette hielt Mike ihren ebenfalls leeren Becher hin. »Du bist dran, mon Chéri.«

Mike errötete.

Lars grinste. »Für mich auch eins, *Monchhichi.*«

Dann wandte er seine Aufmerksamkeit der Bühne zu.

Hinter der Bühne herrschte beinahe greifbare Anspannung.

In Kleinstbewegungen trommelte Kai mit seinen Drumsticks in der Luft.

Mot ließ ein Plektrum zwischen den Fingern seiner linken Hand hin und her wandern.

Haste schritt getrieben auf und ab, als wollte er den Bewegungskreis seiner Fitnessuhr vollenden.

Mia intonierte einzelne Vokale. Sie trug ihre Kutte, doch ihr Shirt war einem Corsagentop aus Lackleder gewichen, die Jeans-Shorts einer engen Lederhose – alles in Schwarz, verstand sich.

Schließlich atmete die Bandleaderin tief durch, gab den anderen mit einem Nicken ein Signal.

Mot, Kai und Haste stellten sich im Kreis um Mia, die ihre rechte Hand in die Mitte der Gruppe streckte.

»Jetzt kommt's Scheiße noch mal drauf an.« Sie blickte beschwörend zu den anderen. »Metal Battle – all for one. We rock.«

Die anderen legten ihre eigene Hand der Reihe nach auf die des Vorgängers.

»Wartet, verdammt!« Mia ließ den Arm sinken. »Wo zur Hölle ist Bier?

Erst jetzt schienen die anderen drei Musiker zu erkennen, dass ihr Rhythmusgitarrist nicht unter ihnen weilte.

Haste sah sich hektisch um. »Der war doch gerade noch … Also, Bier kam mit uns her und –« Er brach ab.

Der Tourmanager, ein Mann Ende vierzig mit dem markant-martialischen Aussehen eines Models für Survival-Magazine, schritt auf Mia zu. »Alles klar bei euch?«

Der Frontfrau war, als hätte man ihr gerade den Boden unter den Füßen weggezogen. »Was? Ja. Nein – unser Gitarrist fehlt.«

Der Tourmanager sah auf seine Armbanduhr. »In zwei Minuten geht's los, Leute! Wir können auf niemanden warten.«

Mia nickte wie in Trance. Sie wandte sich an ihre Bandkollegen, die nun ebenso hektisch waren wie sie selbst.

»Scheiße, wo ist Bier? Bier!«

Keine Antwort.

»Wir sind doch gemeinsam hergekommen, oder spinne ich?«

Haste nickte. »Allerdings hat Bier meganervös gewirkt. Bis zum Zerreißen angespannt.«

»Wenn der nicht augenblicklich auftaucht, werde ich ihn zerreißen«, knurrte Mia. »Paul fucking Beer, komm sofort her!«

Fahrig holte sie ihr Handy aus der Innentasche ihrer

Kutte, wählte Biers Nummer und drückte auf Lautsprecher.

Augenblicklich schaltete sich seine Mailbox ein.

Nun versuchten auch Haste und Kai, ihren Bandkollegen telefonisch zu erreichen – vergeblich.

»Dieser verfickte Warmbiertrinker!«, fluchte der Drummer. »Ich flipp gleich aus!«

Mia schenkte den Verbalinjurien ihres Schlagzeugers keine Beachtung, denn sie verstand die Welt nicht mehr. Warum hatte Bier sein Handy ausgeschaltet?

»Vielleicht musste er noch mal pissen?«, warf sie in die Runde.

Haste schüttelte den Kopf. »Wir waren vorhin noch gemeinsam für kleine Schwermetaller. Ist keine zehn Minuten her.« Er sah zu den anderen. »Haben wir Alternativen?«

»Die Songs sind auf zwei Gitarren ausgelegt.« Mot raufte sich die Haare. »Wenn ich allein spiele, klingt das jämmerlich dünn. Da brauchen wir erst gar nicht auf die Bühne zu gehen, da haben wir schon verloren.«

Mia holte tief Luft, brüllte mit Leibeskräften: »Biiieeer!«

Doch ihr Ruf verhallte ohne Reaktion.

»Was machen wir jetzt?« Die Frontfrau fühlte sich, als wäre sie in einem Albtraum gefangen. »Was zur Hölle machen wir jetzt, Jungs?«

25

Years

DORO

Unter dem Zeltdach der Dressing-Room-Area stand Mia allein in ihrer Kabine.

Die Augen geschlossen spürte sie, wie ihr ein Standventilator kühle Luft ins Gesicht blies, ihre gelockten Haare nach hinten flatterten. Ihr Herz raste in ihrer Brust, ihre Wangen fühlten sich so heiß an, als hätte sie hohes Fieber. Ihre Hände zitterten.

Das Einzige, was ihr durch den Kopf ging, war die Endlosschleife der Durchsage: »Liebe Metalheads. Aufgrund von unerwarteten Problemen fällt der Auftritt von Vengeful Regrets leider aus. Wir danken für euer Verständnis.«

Mia fühlte sich taub, spürte nichts außer die Wut in ihrem Bauch. Diese wurde mit jeder Minute größer, bemächtigte sich ihrer, füllte jede Faser ihres Körpers aus. Irgendwann musste es zu einer Eruption kommen, das wusste die Frontfrau, aber wie und wo, lag nicht mehr in ihrer Hand.

Daher konzentrierte sich die junge Frau, versuchte, ihre Gedanken zu kanalisieren, ihrer Wut auf den Grund zu gehen. Worum ging es in Wahrheit?

Ab jetzt würde nichts mehr so sein, wie es davor gewesen war. Das, worauf sie jahrelang hingearbeitet hatte, was sie sich so sehnlich gewünscht hatte, war nicht in Erfüllung gegangen – mehr noch: Mia fühlte sich verraten. Sie war nun Frontfrau jener Band, die in Wacken hätte spielen sollen, es aber nicht auf die Reihe gekriegt hatte.

Ein Traum, aus und vorbei.

Mia öffnete die Augen, betrachtete ihr Spiegelbild. Dem liefen kalte Tränen über die glühenden Wangen, während ihr Körper wie Espenlaub bebte.

Nichts war von der taffen Scheiß-drauf-Attitüden-Tante geblieben, als die sie sich selbst immer sah. Ihr blickte ein zutiefst enttäuschtes Mädchen entgegen, das Nervenkostüm zum Zerreißen dünn, die erlösende Ohnmacht nur wenige Atemzüge entfernt.

Mia atmete tief ein, hielt die Luft an. Sie wandte sich vom Spiegel ab, überflog die schwarzen Stellwände, die sie umgaben, das Wacken-Poster darauf und die Running Order. Sie musterte die Bierbankgarnitur, einen Getränkekühlschrank und das Tischchen neben sich. Darauf standen mehrere kleine Wasserflaschen mit Wacken-Branding sowie ein Aufsteller, auf den jemand handschriftlich »Herzlich willkommen zum W:O:A! Dein Wacken-Team« geschrieben hatte.

Ein Gruß aus besseren Zeiten.

Ihre Tasche mit dem Bühnenoutfit hatte die Frontfrau bereits gepackt. Die Jungs waren zum Tourbus vorausgegangen. Dass sie Mia allein zurückgelassen hatten, dafür war sie ihnen von ganzem Herzen dankbar – sie hatte die Minuten der Einsamkeit bitter nötig gehabt.

Mia strich sich die Haare nach hinten, trank eine Halbliterflasche stilles Mineralwasser auf ex und wischte sich die Tränen aus dem Gesicht.

So einfach wollte sie Bier nicht davonkommen lassen!

Jedoch: Möglicherweise hatte er ja einen guten, einen wirklich guten Grund gehabt, den Auftritt sausen zu lassen …

Vielleicht galt es, eine Bombe vor einem Waisenhaus zu entschärfen? Vielleicht rettete er ein Kind und dessen Kätzchen aus einem brennenden Haus? Oder er war der

Einzige, der den Weltfrieden herbeiführen konnte, und tat das nun?

Dann, ja dann würde Mia verstehen, warum Bier sie und die Band hatte sitzen lassen.

Aber nur dann.

Mia nahm ihre Tasche, reckte den Kopf in die Höhe und verließ die Kabine.

Im Foyer des Dressing-Room-Zelts befanden sich neben einem Tresen für den Empfang auch mehrere zu Sofas aufgeklappte Flightcases – stabile Transportboxen, die ansonsten wertvolle Gegenstände heil durch das raue Tourleben brachten. Auf einem davon sitzend unterhielt sich ein alternder Rocker mit einer verhärmt aussehenden Frau, auf deren Arm ein Welpe schlummerte.

Als die Frau Mia erblickte, sprang sie auf und schritt auf sie zu.

»Ah, the beautiful girl with the strong voice!«, tirilierte sie Mia entgegen.

»Okay? Nice to meet you«, gab diese überrascht zurück.

»Rachel Shaw«, stellte sich die Managerin vor. »Nenn mich Rachel.«

»Mia. Mia Kowalczyk.«

»Vengeful Regrets, I know. Tolle performance. Ihr habt Potenzial.«

»Danke. Aber wir haben nicht gespielt.«

»Really? Well, ich war hier beschäftigt, und – egal, ich kenn euch von YouTube. Gibt nicht so viele female-fronted Bands mit einer Stimme wie der deinen.«

Mia fühlte sich geschmeichelt, sah zu dem Chihuahua, der schläfrig die Knopfaugen öffnete. »Der ist aber … sehr jung.«

»Danke. Ja, ist er. Klein sind sie am cutesten, findest du nicht? Anyway, ich halte immer Ausschau nach neuen Talenten, auch wenn es in der Richtung, die ihr spielt, schon genügend Bands gibt. Es ist immer noch Platz für ein oder zwei mehr, right?«

Mia nickte unschlüssig. Was sollte sie auf eine solche Allerwelts-Feststellung auch entgegnen?

Rachel zückte aus der Tasche ihres Blazers eine Visitenkarte und hielt sie der Bassistin hin. »Who knows, vielleicht kommen wir ja zusammen?«

Mia nahm die Karte entgegen. »Das … würde mich freuen. Würde *uns* freuen, natürlich, die Band und mich.«

»Texte mir, dann hab ich deine Nummer«, fuhr Rachel unbeirrt fort. »Der Nowak ist auch in der Stadt. Den kennst du, oder nicht?«

»Heiner Nowak?«, fragte Mia stockend. »Den Chef von IDR?«

»Right. Vielleicht lässt sich da was machen. Heute Nachmittag?«

Die Bassistin zögerte. Natürlich war ihr der Name ein Begriff. Auch die unzähligen Geschichten, die man sich über ihn erzählte, wie auch die Gerüchte, wie er seine Posten zu besetzen pflegte.

»Ich weiß, was du denkst.« Rachel setzte ein künstliches Lächeln auf. »Das macht der Nowak schon lange nicht mehr, you know? Aber keiner zwingt dich zu irgendetwas. Text me or leave it be. Deine Entscheidung.«

Mit diesen Worten machte Rachel am Stand kehrt und verließ das Zelt.

Mia blickte ihr nach, sah dann auf die Visitenkarte. Was zur Hölle war ihr gerade widerfahren? Würde sie einen Plattendeal bekommen, weil sie eben nicht aufgetreten war? Denn ansonsten wäre sie Rachel jetzt vielleicht nicht über den Weg gelaufen …

Es galt, eine Entscheidung zu treffen, und diese musste in der Gruppe gefällt werden.

26

74 17000027

Slipknot

Auf einem Meer aus Hackschnitzeln lagen Mike und Annette in der Sonne, genossen die wärmenden Strahlen sowie die Möglichkeit, die Füße auszuruhen.

»Echt scheiße das mit den Vengeful Regrets«, meinte Annette gedankenverloren. »Was da wohl passiert ist?«

Mike zuckte mit den Schultern. »Lars wird es uns schon berichten. Jetzt mal ehrlich – findest du nicht auch, dass er ein wenig überreagiert hat? Ich meine, ist sicher schlimm für seine Bekannte. Aber er hat ja eine Fresse gezogen, als wäre das Bier ausgegangen. Also, weltweit.«

Annette warf ihm einen irritierten Blick zu. »Wahrscheinlich hat er sich sehr auf den Gig gefreut. Ich kann's verstehen. Bin mal wegen eines Doppelkonzerts von Mercyful Fate und King Diamond extra nach Wien gefahren und dann wurde alles abgesagt. An 'nem ersten April, kein Scherz. Da war ich auch nicht gerade in Jubelstimmung.«

»Glaub ich dir. Auf alle Fälle werde ich nächstes Jahr schon einen Monat vor Wacken anfangen zu trainieren«, meinte er mit Blick auf seine Schuhe. »Kann mich nicht erinnern, wann meine Beine das letzte Mal so geschmerzt haben.«

»Rock 'n' Roll ist halt kein Schaukelstuhl. Der hält einen auf Trab.« Annette lugte kurz zu Mike. »Apropos Dinge, die einen auf Trab halten. Hast du eigentlich Kinder?«

Der grinste schief. »Ob ich sie hasse oder ob ich welche habe?«

»Blödmann.«

»Nein, ich hab keine.« Wie in Zeitlupe wandte er den Kopf seiner neuen Flamme zu. »Willst … du … etwa welche?«

Annette lachte hell auf. »Ich gehe auf die fünfzig zu und bin kein Popstar, der eben schnell mal ein Kindermädchen einstellt, um dann der Presse vorzuschwärmen, wie leicht mir das Muttersein von der Hand geht.«

Mike zögerte. »War das ein Nein?«

»Natürlich war das ein Nein.«

Er gluckste zufrieden. »Alter Schwede, da bin ich aber froh. Lieber lass ich mich erschießen, als das Haus voller Blagen zu haben.«

Annettes Augen zuckten. »Was du nicht sagst.«

Mike nickte versichernd.

Doch das anschließende Schweigen der Frau neben ihm verunsicherte ihn.

»Hab ich was Falsches gesagt?«, fragte er zögerlich.

»Ne, lass mal. Alles gut.«

Er schluckte. »Wenn die holde Weiblichkeit ›alles gut‹ sagt, heißt das meistens, dass die Titanic gerade den Eisberg schrammt.« Er schielte zu Annette. »Befinden wir uns im Schramm-Modus?«

Erneutes Schweigen.

Mike haderte mit sich. Es war schon einige Zeit her, dass er sich in derlei Konversationsnöten befunden hatte. Er erinnerte sich daran, was Annette über ihn gesagt hatte, als er sie Lars vorgestellt hatte.

»Im Augenblick fühle ich mich nicht gerade wie einer, mit dem du unbeschwert Spaß hast.« Er räusperte sich. »Du weißt schon, so, wie du gestern gesagt hast. Erinnerst du dich?«

Ein unbestimmtes Murren drang als Antwort aus Annettes zusammengepressten Lippen.

Mike nippte am letzten Rest seines Biers, jedoch mehr aus Verlegenheit, denn weil er durstig war.

»Komm schon«, meinte er. »Sag, was los ist.« Er intonierte den italienischen Akzent des schnauzbärtigen Klempners der Super-Mario-Reihe: »It's-a me, Mike!«

Annette schloss kurz die Augen, versuchte offenbar, sich zu beherrschen. »Gar nichts ist los«, sprach sie mit flüsterleiser Stimme. »Alles bestens. Wir sind ja schließlich auch nur hier, um Spaß zu haben, stimmt's?«

»Na ja, ich –«

Ein Stoß von der Seite ließ Mike verstummen. Verwundert blickte er zu dem Metalhead, der neben ihm liegend ebenfalls die Sonne genoss, ein junger Mann Ende zwanzig.

»Alter, pass bloß auf. Ist 'ne Fangfrage.«

»Ja, Mike«, äffte Annette. »Pass bloß auf.«

Erneut schien sie bemüht, die Contenance zu wahren. Diesmal jedoch ohne Erfolg.

Annette sprang auf, zückte ihr Handy, drückte auf den Bildschirm und hielt ihn Mike vor die Nase. Darauf zu sehen war ein achtjähriges Mädchen mit schwarzen Haaren, das verträumt in die Kamera lächelte.

Mike runzelte irritiert die Stirn. »Wer ist das?«

Für mehrere Herzschläge war Annette in ihrer Haltung eingefroren.

Langsam richtete sie sich auf, steckte das Handy weg. Dann stampfte sie wortlos davon.

Mike blickte ihr hinterher. »Gehst du Bier holen? Annette?«

»Alter«, kommentierte der Metalfan neben ihm. »Die

bringt dir sicher keins mit. Vermutlich nie mehr.« Er zuckte mit den Schultern. »Weiber, hab ich recht?«

In dem Augenblick kam eine junge Rockerin hinzu, zwei Becher Met in Händen. »Was'n hier los?«

Der Endzwanziger wirkte ertappt. »Nichts, Bienchen, gar nichts«, flötete er. »Alles gut. Danke, bist die Beste.«

Die Frau lächelte irritiert, gab ihrem Freund einen der Becher.

»Sooo!« Mikes Nachbar grinste und trank.

Die Rockerin musterte Mike mit argwöhnischem Blick. Der blickte drein wie zehn Tage Regenwetter.

»Was'n mit ihm los?«

»Nichts«, antwortete ihr Freund. »Er ist nur gerade Single geworden.«

27

Breed

»Fick den Weihnachtsmann! Ihr glaubt nicht, was gerade passiert ist!«

Triumphierend hielt Mia Rachels Visitenkarte in die Höhe, während sie den Partybus betrat.

Mot, Haste und Kai wandten sich ihr zu, jeder eine Dose Cola in den Händen.

Die Bassistin seufzte. »Aber zuerst: irgendwelche Nachrichten von Bier?«

Die anderen drei schüttelten ermattet die Köpfe.

Mias Blick fiel auf die Stelle im Bus, an der seit ihrer Ankunft Biers tarnfarbene Armeetasche gelegen hatte – und wo jetzt nur eine leere Energydrink-Dose stand.

»Seine Tasche hat er auch mitgenommen? Bravo. Das war's dann wohl.«

Sie stieg aus dem Bus, sah sich unschlüssig um. Dann ging sie zu einem Security-Mitarbeiter, der den rückwärtigen Eingangsbereich kontrollierte.

»Sag mal, ist hier ein Typ durchgekommen? Glatze, mächtiger Vollbart? Eine fette Armeetasche in der Hand?«

Der Mann überlegte einen Moment, dann nickte er. »Ja, der Kerl schien es irgendwie eilig gehabt zu haben. Oder er war drauf. Geht mich ehrlich nichts an.«

Mias Augen blitzten auf. »Wann war das?«

Der Mann zuckte mit den Schultern.

»In welche Richtung ist er davon?«

Der andere deutete rechts auf den Feldweg hinter sich.

Mia hob die Finger zum Mund, pfiff, so laut sie nur konnte. Der Security-Mitarbeiter zuckte zusammen.

Gleich darauf waren Haste, Mot und Kai bei ihr.

»Bier kam angeblich hier durch und ist in diese Richtung«, sagte die Frontfrau gepresst. »Betet, dass wir ihn nicht finden, sonst bringe ich ihn eigenhändig um!«

Der Security-Mitarbeiter wandte sich ab. »Alles gut. Auch das geht mich nichts an.«

Mia lief auf den Weg hinaus.

Die drei anderen folgten ihr.

28

Overture 19

Dream Theater

Die Behausung, in der ich lag, hatte sich bereits stark aufgeheizt. Die Decke des Bettes hatte ich zurückgeschlagen, Schweißperlen standen mir auf der Stirn. Dennoch gedachte ich nicht, mein abgedunkeltes Heim zu verlassen. Ich fühlte mich hier ebenso wohl wie sicher, abgekapselt von all dem, was draußen vor sich ging. Der Tag war noch lang genug, um wieder unter Leute zu gehen und dem Wahnsinn zu begegnen, der sich Festival nannte.

Zuvor wollte ich mich noch meiner Musik widmen, meine Gedanken auf das fokussiert, was folgen würde.

Dennoch verspürte ich eine leichte Unruhe in mir aufkeimen, den Drang, zumindest das zu tun, was getan werden musste. Ich nahm einen schwarzen Filzstift zur Hand, malte das Bandlogo von DHCD aus.

Dann zog ich unter meinem Kopfpolster sein Notizbuch hervor, schlug es auf und begann zu schreiben:

Consume Yourself

Is your life all fucked up, beyond repair?
Has all hope gone, left you stranded, in deep despair?
Rest assure, my friend, 'cause help is on the way
I know the solution and I'm here to stay

Consume me
Oh, please consume me

Do you feel all empty, and without joy?
Like a piece of garbage, like a broken toy?
Rest assure, my friend, 'cause help is on the way
I have the solution and I've come to stay

Consume me
Indulge me
Enjoy me
Your wildest fantasies come true –
Consume me

Take one shot, and you will fly
Have one pill, reach for the sky
Breath me in, I'm in your veins
Squeeze me in, break free the chains

No remorse, fuck so called friends
Burn the candle at both ends
Do it now, you're out of luck
Do it now, you goddamn fuck!

Consume me – and your life will turn around
Indulge me – you will feel so safe and sound
Enjoy me – try me once and you will see
Your wildest fantasies come true –
So, consume me
Consume me!

Now you know why I'm here, what I can do
I'm your lover, cross my heart, you know it's true
Rest assure, my friend, it is the only way
I am the solution and there's hell to pay

Take one shot, and you will fly
Have one pill, reach for the sky
Breath me in, I'm in your veins
Squeeze me in, break free the chains

No remorse, fuck so called friends
Burn the candle at both ends
Do it now, you're out of luck
Do it now, you goddamn fuck!

Consume me – and your life will turn around
Indulge me – you will feel so safe and sound
Enjoy me – try me once and you will see
Your wildest fantasies come true –
So, consume me
Consume me!

»Für einen Veranstalter war John ein Traum,
völlig unkompliziert. Nur ABBA durfte nirgendwo laufen, da flippte er komplett aus. Ach ja, und wehe
der Whiskey war nicht irisch. Aber sonst: ein Traum!«

Heiner Nowak, INFINITE DREAMS RECORDS

29

Karma to Burn

Der Feldweg, der vom Tourbus-Parkplatz wegführte, mündete knapp einen Kilometer später in eine querende, asphaltierte Straße samt Gehsteigen, auf der sich unzählige Besucher in beide Richtungen aneinander vorbeidrängten – die Wackener Hauptstraße. Diese verlief von Nordwest nach Südost durch das Dorf, bildete eine rockige Pilgermeile für alle, die abseits des Rahmenprogramms feiern wollten.

Gesäumt von einstöckigen Häusern mit Klinkerfassaden hatten die Anwohner entlang beider Seiten ihre Vorgärten, Abstellplätze und Garagen zu Stellflächen für Verkaufsstände, Pavillons und Imbissbuden umfunktioniert. Manche waren aufwendig mit Deko-Skeletten, Fahnen, aufblasbaren Figuren und Ähnlichem dekoriert, trugen schlagkräftige Namen wie »Old Metal Bar«, »Craft Tent« oder »Metal Garden«.

Wo man hinsah, wurden Speisen und Getränke angeboten, Kleinkram, Accessoires und Souvenirs verkauft oder schlichtweg Party gemacht.

Rock- und Metalmusik schallte von überall her, unterbrochen nur von den Klängen einer Blasmusikkapelle, die gerade zum Gaudium der Headbanger spielte und von diesen begeistert abgefeiert wurde.

Anwohner in bürgerlicher Alltagskleidung standen mit Fans im Metal-Habit zusammen, schnackten, lachten und tranken, als würden sie einander schon ewig kennen.

Einige Kleinkinder kurvten mit ihren Dreirädern furchtlos durch die Horden Schwarzgewandeter. Dahinter zogen sie mit Draht befestigte kleine Anhänger nach, auf denen sie leere Pfandflaschen und -dosen sammelten, um ihr Taschengeld aufzubessern. Beworben wurde dies mit auf Pappe gemalten Mahnungen wie »Achtung! Pfandpolizei!«.

Andere Kinder saßen staunend auf den Schultern eines Elternteils, einen Gehörschutz tragend.

Mitten in dieses friedliche Miteinander stürzten Mia, Haste, Mot und Kai, alle bereits außer Atem.

»Fuck!« Der Kopf der Bassistin schnellte von links nach rechts. »In welche Richtung ist Bier wohl gegangen?«

»Ziemlich egal«, meinte Kai und stützte sich keuchend mit den Händen auf die Knie. »Wenn er bis zum Busparkplatz gelangt ist, hat er dort sicher ein Taxi genommen und ist jetzt schon auf dem Weg nach Hamburg oder was weiß ich wohin.«

»Finden wir's heraus.« Haste deutete auf Mot und Kai. »Ihr beide sucht auf der rechten Straße bis zum Parkplatz nach ihm. Mia und ich gehen nach links. Vielleicht haben wir Glück.«

Ohne Widerworte taten alle wie ihnen geheißen.

Während sich Mot und Kai im Laufschritt den Weg durch den Besucherstrom bahnten, kamen dem Schlagzeuger erste Zweifel.

»Was, wenn Bier tatsächlich einen guten Grund für sein Verschwinden hatte?«

»Dann hätte er sich nicht einfach verpisst und sein Handy auf Mailbox geschaltet. Würde doch keiner tun.«

»Vielleicht war's was Ernstes? Ein Herzinfarkt oder so?«

»Oder es ist ein beschissenes Klavier auf ihn gefallen.« Mot spie die Worte mehr, als dass er sie sprach. »Mutmaßungen bringen uns jetzt nicht weiter.«

Haste nickte zögerlich. »Vielleicht steht er gerade im Tourbus und wundert sich, wo wir alle sind?«

Mot stieß ein Knurren aus. »Ich wäre eigenhändig aus der Polizeistation ausgebrochen, um unseren Auftritt nicht sausen zu lassen. Der Drecksack hat uns kommentarlos im Stich gelassen, uns den Auftritt versaut und was weiß ich noch alles, wovon wir nie erfahren werden, weil wir den Gig nicht spielen konnten! Ich sag dir, der hat uns ganz bewusst hintergangen.«

»Ich weiß nicht. Mit voller Absicht? Bier war schon immer ein stilles Wasser. Du weißt ja, was man darüber sagt.«

»Die Klischee-Kiste kannst du geschlossen halten. Wenn er sich wie ein beschissener Wichser verhält, ist er auch genau das. Nicht mehr und nicht weniger.« Mot kniff die Augen zusammen. »Egal. Da vorn ist der Parkplatz. Entweder wir erwischen ihn dort, oder er ist bereits über alle Berge.«

Die beiden Bandkollegen liefen auf den Kiesplatz, ahnend, dass sie nicht fündig werden würden.

»Was war gestern noch mit Lars und dir?«, fragte Haste Mia, während er gehetzt die Umgebung absuchte.

»Was soll mit uns gewesen sein?« Sie winkte ab. »Ist ein Bekannter, mehr nicht.«

»Ihr beide wirkt irgendwie … vertraut.«

»Einen Scheiß tun wir!« Mia ballte die Hände zu Fäusten. »Selbst wenn, geht dich das auch nichts an. Hab ich dich jemals nach deiner Freundin gefragt?«

»Welche Freundin?«

Mia stöhnte genervt. »Freund. Katze. Hund, whatever. Scheißegal. Wir müssen nicht als beste Freunde funktionieren, schon gar nicht als Familie, sondern als Band. Aber das tun wir im Augenblick so was von nicht!«

»Alles klar, Chefin.« Hastes Worte klangen kalt. »Kommt nicht wieder vor.«

Kurz war die Frontfrau versucht, ihre harschen Worte zu relativieren, aber dazu fehlten ihr gerade Geduld und Nerven.

Eine lange Liste von Dingen, die sie in Angriff nehmen musste, entstand gerade in ihrem Kopf, da konnte sie auf persönliche Animositäten keine Rücksicht nehmen.

Sie hatte Rachel Shaw immer noch nicht getextet und der Grund, weshalb Bier sie ohne ein Wort verlassen hatte, lag ihr wie ein fettiger Schweinsbraten im Magen. Zumindest stellte Mia es sich so vor, hatte sie doch schon vor Jahren Fleischprodukten den Rücken gekehrt.

Nachdem sie den Wacken-Store, eine Tankstelle sowie die »Duhorn Apotheke« passiert hatten, waren Mia und Haste zehn Minuten später beim ehemaligen Gasthaus »Zum Taubereck« angelangt. Dieses hatte seine glorreichen Zeiten schon lange hinter sich, angesichts der mit Platten verbarrikadierten Fenster und Türen.

Hier streunten auch kaum noch Festivalbesucher herum. Die meisten machten früher kehrt, dort, wo die Partyzelte endeten.

Von Bier fehlte jede Spur.

Mia ging im Kreis, überlegte. Schließlich sah sie ihren Keyboarder mit einem fatalistischen Ausdruck an.

»Weißt du was? Dann soll sich Bier doch zum Teufel scheren! Ist nicht das erste Mal, dass mich jemand im Stich lässt.«

Sie zückte die Visitenkarte. »Er ist raus aus der Band und wir werden ohne ihn entscheiden, ob wir den Scheißplattenvertrag annehmen wollen oder nicht.«

Haste machte ein Gesicht, als hätte er gerade erfahren, dass Rotting Christ ab sofort nur noch frömmelnde Kirchenmusik spielen wollten. »Welchen Plattenvertrag, bitte schön?«

Die Bassistin rollte mit den Augen. »Genau das wollte ich vorhin mit euch besprechen, Herrgott! Mit euch allen!«

Sie machte kehrt, bedeutete dem anderen, ihr zu folgen.

Seite an Seite gingen sie die Hauptstraße zurück, die wieder mit Feierwütigen bevölkert war.

»Weißt du, was ich noch mehr hasse als schales Bier und schlechte Musik zusammen?«

Haste zuckte mit den Schultern. »Gefluche?«

»Sehr witzig. Nein. Scheißunzuverlässigkeit! Bier ist mir in den letzten Tagen schon, ich weiß auch nicht, irgendwie total abwesend vorgekommen. Megazurückhaltend.«

»Wir sprechen aber schon von demselben Mann, oder? Bier war von jeher so geschwätzig wie eine Kaulquappe. Vielleicht hat er Stress mit seiner Frau?«

»Ja, vielleicht.« Die Bassistin haderte mit sich, fuhr dann jedoch fort: »Aber selbst wenn. Das hat einfach nichts auf der Bühne verloren. Die Leute zahlen für die Show, nicht für den verfickten Seelenstriptease eines emotional verkrüppelten Wracks. Wer auf so was steht, sollte Vorträge in einer Scheiß-Waldorfschule halten!«

»Mann, ich hoffe, du leitest nie eine Selbsthilfegruppe«, flüsterte Haste, bevor er Mia plötzlich so fest am Arm packte, dass diese vor Schmerz zusammenzuckte.

Mia folgte Hastes Fingerzeig.

Stumm deutete er auf einen Garten, der voller Bierbänke stand. Dort saßen schwarz gewandete Gäste dicht an dicht. Bedienungen eilten umher, der Ausschank schien der Nachfrage kaum Herr zu werden. Ganz am Ende des Gartens, im hintersten Winkel, hockte ein Mann, eingehüllt in die dicken Rauchschwaden einer E-Zigarette, und starrte schweigend in seinen Plastikbecher. Sein Haupt war gebeugt, er trug eine Glatze und einen dichten, langen Bart. Eine Armeetasche lag zu seinen Füßen.

Mias Mund klappte auf, ihr Blick geriet starr. Dort saß Paul Beer.

»Ja leck mich …«

Sie fasste sich wieder, stampfte dann auf den Garten zu. Haste folgte ihr.

Selbst als die beiden bereits hinter dem Rhythmusgitarristen standen, bemerkte dieser nichts von deren Anwesenheit. Sein Blick ging in den Becher und von dort aus ins Leere.

»Verfickt und zugenäht!«, entfuhr es Mia lautstark. »Du willst uns wohl verarschen?«

Bier zuckte zusammen, als wäre neben ihm der Blitz eingeschlagen. Die E-Zigarette fiel ihm aus der Hand. Die Leute im Umkreis wandten schlagartig ihre Aufmerksamkeit den dreien zu.

»Was zur Hölle ist los mit dir? Kein Telefon, keine Scheißnachricht?« Mia war krebsrot vor Zorn. »Du verkackst einfach unseren Auftritt, das, worauf wir seit einem Jahr hinarbeiten?«

Sie schlug den leeren Becher vom Tisch. »Du bist ein Scheißverräter!«

Hektisch rappelte sich der Gitarrist auf, steckte fahrig seinen Dampfapparat ein und rang dabei sichtlich irritiert nach Worten.

Doch die wollten sich nicht formen.

Mia versetzte ihm einen Stoß gegen die Brust. »Spuck's aus, du Wichser, bevor ich mich vergesse! Was in drei Fucks Namen ist deine Entschuldigung?«

Als Antwort stieß Bier Mia mit beiden Händen grob gegen Haste und rannte los.

Die Frontfrau und der Keyboarder stürzten zu Boden.

Verwundert über das, was gerade geschehen war, halfen zwei Metaller erst Mia auf, dann Haste.

Die Bassistin wandte sich an ihren Bandkollegen. »Benachrichtige Mot und Kai.«

»Okay. Und du?«

Mia warf ihm einen Blick zu, der ihn wissen ließ, dass es um Leben und Tod ging – und dass sie nicht gedachte, Gefangene zu machen.

Dann sprintete sie Bier hinterher.

Wie eine Besessene bahnte sich Mia ihren Weg durch gemütlich dahinschlendernde Spaziergänger, torkelnde Betrunkene und tanzende Feierlustige.

Sie achtete nur auf zwei Dinge: Bier nicht aus den Augen zu verlieren und keine Kinder oder Hunde zu rammen. Alle anderen betrachtete sie als akzeptablen Kollateralschaden.

Immer wieder musste Mia abbremsen, aufs Neue losstarten. Immer wieder kam ihr jemand in die Quere, den sie nicht hatte kommen sehen oder mit dem ein Zusammenprall unausweichlich war.

Drei Rockerinnen, die unbeschwert Hand in Hand über die Straße hüpften wie Hippie-Mädchen über eine Blumenwiese. Die Kettenbildung war schnell aufgelöst.

Ein Jungspund, der gedacht hatte, es sei eine gute Idee, mit fünf vollen Bierbechern in den Händen gerade jetzt die Straße zu queren. Einen Frontalzusammenstoß später war er eines Besseren belehrt.

Sowie sechs Luftgitarren-Akrobaten, die sich im Kreis gegenüberstanden und gestenreich wie ekstatisch das Solo zu »The Final Countdown« intonierten, das von einer nahe gelegenen Bar schallte. Das Solo endete abrupt.

Die Abschürfungen, die die Bassistin bei den Zusammenstößen davontrug, kümmerten sie ebenso wenig wie die Lichtblitze, die allmählich vor ihren Augen zu tanzen begannen.

Dabei fluchte sie mindestens genauso viel wie jene, die sie zur Seite drängte oder umrannte.

Als wäre der Leibhaftige persönlich hinter ihm her, preschte Bier durch die Menschenmenge. Immer wieder blickte er gehetzt hinter sich, doch seine Verfolgerin vermochte er nicht abzuschütteln.

Plötzlich war Mia wie vom Erdboden verschluckt.

Aus den Augenwinkeln nahm er gerade noch eine Bewegung wahr – einen Herzschlag später wurde er mit voller Wucht zu Boden gerissen.

Wie zuvor im Biergarten bildete sich um ihn und Mia, die ihn gepackt und auf den Asphalt gezwungen hatte, ein Kreis aus Schaulustigen, die offenbar nicht einordnen konnten, was gerade geschehen war oder wen die Schuld für den Tumult traf.

Zwei Männer zwängten sich durch die Umstehenden, blieben knapp vor den beiden am Boden liegenden Musikern stehen.

Mot beugte sich zu Bier hinab. »Alter, jetzt bist du dran.«

Kai half der Frontfrau auf, sah ihre blutigen Blessuren. »Alles gut?«

Sie nickte.

»Bisschen mehr Einsatz das nächste Mal«, stichelte er mit wehmütigem Blick.

Mia zeigte ihm den Mittelfinger.

Während Mot Bier grob hochzog, ohne ihn auch nur eine Sekunde aus den Augen zu lassen, stieß auch Haste zur Gruppe hinzu, der die Armeetasche mitgebracht hatte.

Völlig außer Atem richtete sich die Frontfrau ihre Kutte, während sie ihre blutigen Ellbogen begutachtete.

»Das Bandmeeting, das wir gleich haben werden, geht mir jetzt schon so was von am Arsch«, grollte sie.

Mit Blick auf Bier, der starr zu Boden sah, stieß sie einen wütenden Schrei aus.

»Danach bist du raus!«

30 Years To Life

Slash

Mit einem Becher voll Sodawasser hockte Lars auf dem Acker vor dem Tourbus der Vengeful Regrets. Nach Mias abgesagtem Gig hatte er noch zwei Bier mit Mike und Annette gekippt, danach jedoch den Alkohol wie auch die Gesellschaft der beiden Turteltauben sein lassen. Zu sehr zermarterte er sich sein Hirn, versuchte zu verstehen, was bei Mias Band schiefgelaufen war. Mia hatte keinen seiner Anrufe angenommen.

Zu Lars' Erkenntnis, dass der Traum seiner Tochter geplatzt war, hatten sich Erinnerungen gesellt – Erinnerungen daran, was er nur wenige Stunden zuvor erlebt hatte: Er hatte einen Toten gefunden.

Diese Erinnerung begann alles andere zu dominieren.

Selbst wenn sich der Drummer die Überdosis selbst gesetzt hatte, was Lars nach wie vor nicht ganz ausschloss, so bedeutete dies dennoch, dass es einen Menschen weniger gab, der noch vieles zu leisten imstande gewesen wäre. Eine tiefe Traurigkeit erfüllte ihn.

Immer wieder in seinem Leben hatte Lars sich mit solch endgültigen Gedanken auseinandergesetzt, besonders häufig jedoch nach seinem jüngsten Schicksalsschlag. Die gedankliche Abwärtsspirale war fatal gewesen. Denn irgendwann hatte er sich selbst davon überzeugt, dass alle ohne ihn besser dran wären. Dass ihn niemand vermissen würde und dass seine Existenz keinen Sinn hatte.

In lichteren Momenten erkannte er natürlich, dass das alles hausgemachter Bullshit war. Bis auf das mit der Existenz – denn nichts auf der Welt ergab Sinn. Oder eben alles, je nachdem, wie man es betrachtete.

Derlei düstere Überlegungen hatte Lars mittlerweile zum Glück abgeschüttelt. Obwohl immer noch Tiefs über ihn hereinbrachen, gänzlich unerwartet und mit voller Wucht, so erkannte er sie zumindest mittlerweile als das, was sie waren: Verarbeitungsprozesse seiner Seele.

Nur wenn er sie zuließ, davon war Lars überzeugt, würden sich die Wunden irgendwann schließen und könnten vernarben, und Narben waren gut. Denn sie legten Zeugnis davon ab, dass man gelebt hat.

Er trank einen Schluck prickelndes Sodawasser.

Außerdem – in jenes Nichts wieder einzutauchen, aus dem er geboren worden war, würde er noch früh genug. Und seine Tochter hätte er auch nicht mehr getroffen.

Lars ließ seinen Blick über das Gelände schweifen, entlang der Tourbusse, über die Menschen, die hier, im hintersten Bereich des Artist-Areals, wesentlich ernster und geschäftiger zugange waren als weiter vorn.

Er musste schmunzeln. Am Ende des Tages war auch der Rock 'n' Roll eben ein Beruf wie jeder andere auch.

Eine Stunde gab er Mia und den anderen noch, hier aufzutauchen. Danach würde er sich wieder ins Getümmel stürzen, um jene Ablenkung zu finden, welche die Gedanken verdrängte, die er eben wieder gewälzt hatte.

Lars blickte gerade zu dem Security-Mitarbeiter, der den hinteren Eingang zum Gelände bewachte, da schritt eine Gruppe an ihm vorbei: Mia, Haste, Mot, Kai und Bier.

Das Lächeln, das ihm das Wiedersehen mit der Band aufs Gesicht gezaubert hatte, erlosch jedoch ebenso schnell, wie es gekommen war. Mia hatte an Ellbogen und Unterarmen blutige Hautabschürfungen, Bier humpelte und wirkte am Boden zerstört. Die anderen drei blickten drein, als müssten sie eine Hiobsbotschaft überbringen.

»Was ist denn mit euch passiert?« Lars drückte sich mit dem Rücken zum Bus hoch.

»Nichts«, knurrte Mia. »Ist eine Bandsache.«

Kai schubste Bier schweigend in den Bus.

Lars kräuselte die Stirn. »Was war denn mit eurem Auftritt beim Metal Battle?«

»Wenn dir dein Leben lieb ist«, antwortete Mia, »erwähnst du weder den Auftritt noch den Battle jemals wieder.«

Lars nickte ehrfürchtig.

Die Frontfrau schrieb eine kurze Textnachricht und schickte sie ab. Dann gab sie ihrem Vater zu verstehen, mit in den Bus zu kommen.

»Was macht der jetzt hier?« Kai funkelte Lars feindselig an. »Ich dachte, es geht um die Band?«

Lars hob entschuldigend die Hände, wollte etwas entgegnen.

Doch Mia kam ihm zuvor.

»Wenn gleich eintritt, was ich glaube, dann hat Lars jedes Recht, hier zu sein«, sagte die Frontfrau mit fester Stimme. »Immerhin hat er uns von Anfang an geholfen, oder etwa nicht?«

Der Drummer verstummte.

Dafür schnalzte Mot mit der Zunge. »KnüppelKai hat recht. Bandinterna gehen niemanden von außen was an.«

»Ich weiß, was ihr meint, Jungs, und ihr habt recht.« Mia wog den Kopf hin und her. »Aber habt bitte einen

Augenblick Geduld. Ich habe nur eine Frage an Bier, und wenn die Antwort Nein lautet, ist Lars schneller wieder aus dem Bus draußen, als Manowar die Bühne verlassen, nachdem ein leerer Styroporbecher geworfen wurde. Einverstanden?«

Keine Widerworte.

Mia baute sich vor dem Rhythmusgitarristen auf, der kraftlos am Tisch hockte und den Kopf hängen ließ.

Dann schlug die Frontfrau mit der flachen Hand auf den Tisch.

»Sieh mir gefälligst in die Augen, Paul Beer!«

Der zögerte, tat dann aber wie ihm geheißen.

»Seitdem wir unseren Auftritt absagen mussten, weil einer von uns schlichtweg nicht da war, habe ich mir den Kopf zermartert, warum du uns im Stich gelassen hast. Ich habe die unmöglichsten Szenarien durchgespielt, habe Scheiße in Erwägung gezogen, die einem selbst im rotzvollen Zustand abstrus vorkommen würde. Schließlich drängte sich mir ein Gedanke auf, der einfach nicht mehr gehen wollte. Daher frage ich dich, Paul Beer: Hast du auch nur im Entferntesten etwas mit Gallows' Tod zu schaffen?«

Die Frage traf die andern in der Band wie ein Schlag ins Gesicht.

»Jetzt mach aber mal halblang«, warf der Schlagzeuger ein. »Wie kommst du denn auf diese abwegige –«

Bier nickte.

Erst kaum merklich, dann stärker.

»Dann sag's, verdammt noch mal!«, fuhr ihn Mia an. »Sag es!«

»Ja. Motherfucking-Ja!« Bier donnerte die Fäuste auf die Tischplatte, die Augen voller Tränen. »Bist du nun zufrieden?«

Mia trat einen Schritt zurück, schluckte, als habe sie einen Kloß im Hals.

Dann fuhr sie mit gedämpfter Stimme fort: »Nein, natürlich bin ich nicht zufrieden. Bier, um Himmels willen. In welche Scheiße bist du reingeraten?«

Betroffenes Schweigen machte sich im Bus breit, gepaart mit einer Grabesstimmung, die diametral zur farbenfrohen Einrichtung stand.

Mot und Haste nahmen Platz.

Lars lehnte sich gegen die Wand, die Hand vor dem Mund.

Kai hockte sich auf den Boden, umklammerte seine Drumsticks.

Bier holte seine E-Zigarette heraus, begann zu dampfen.

Scheu blickte er in die Runde. »Ich kann euch gar nicht sagen, wie sehr es mir ... Aber ich konnte es einfach nicht, versteht ihr? Ich –« Er brach ab, schielte zu Mia. »Kann ich ein Pils haben?«

Die Frontfrau ging zum Getränkekühlschrank, öffnete ihn und reichte Flaschen reihum. »Ich glaube, wir brauchen jetzt alle eins.«

Die sechs tranken, ohne zu prosten.

Schließlich stellte sich Mia neben Lars, blickte dabei traurig auf das Häufchen Elend, das einmal ihr Rhythmusgitarrist gewesen war.

»So. Jetzt rede.«

31 Flavors

Sacred Reich

»Macht's gut, ihr zwei«, sagte Mike und stand auf.

Dass ihm das Pärchen, das neben ihm auf den Hackschnitzeln lag, keine Beachtung mehr schenkte, weil es intensiv schmuste, störte ihn nicht, im Gegenteil – zumindest zwei, die das Festival genossen, dachte er bitter und setzte sich in Bewegung.

Planlos schlenderte er umher.

So hatte er sich das Wacken Open Air wahrlich nicht vorgestellt. Mike kratzte sich den kurz geschorenen Hinterkopf. Genau genommen war gar nichts nach Plan gelaufen. Gut, immerhin hatte er Lars überzeugen können, den Arsch hochzukriegen und mit ihm hierher zu fahren – ihr »Männertrip« hatte also vielversprechend begonnen. Lars war bei ihrer Ankunft am Campingplatz endlich aufgetaut und die beiden »Wild Boys«, wie sie sich in Jugendjahren genannt hatten, gingen endlich wieder auf die Piste.

Und immerhin hatten sie einen Abend in jener alkoholgeschwängerten Zweisamkeit verbracht, die eine Männerfreundschaft ausmachte. Wie früher, als das Leben noch nicht so kompliziert war und ihre Freundschaft ebenso wenig.

Aber ansonsten?

Er wollte einen Tapetenwechsel, brauchte einen. Seine Arbeit als Bäckermeister stellte für ihn schon lange keine Herausforderung mehr dar und sein Privatleben war so aufregend wie ein Lied von Roger Whittaker. Ach was, schalt er sich, ein gesamter Liederabend mit Roger Whittaker!

Während seiner letzten Beziehung, die vor fünf Jahren in die Brüche gegangen war, hatte Mike immer häufiger das Gefühl gehabt, nicht mehr er selbst zu sein. Zu sehr hatte er sich verbogen, zu sehr sich gebeugt, nur um zu gefallen und den nächsten Streit zu vermeiden. Bei jeder Gelegenheit hatte ihm seine damalige Freundin ein wenig mehr von seinem Selbstwertgefühl geraubt, von seinen Eigenheiten, seinem Ego. Nur um ihm irgendwann an den Kopf zu schleudern, dass sie ihn nicht mehr lieben könne, weil er in ihren Augen ein Waschlappen geworden sei.

Nach der Trennung hatte Mike sich geschworen, sich nie wieder die Eier abschneiden zu lassen. Hatte bestimmt, sich nie wieder unterzuordnen, im Gegenteil: Fortan würde er seine Meinung und seine Bedürfnisse vor alles stellen.

Rückblickend hatte das auch wunderbar funktioniert – er war immer noch Single.

Die Balance zwischen gesundem Egoismus und partnerschaftlicher Kompromissfähigkeit zu finden, gestaltete sich schwieriger, als Mike sich das vorgestellt hatte.

Nun hatte er erneut den Bogen überspannt, zumindest vermutete er das. Denn von Annette fehlte jede Spur.

Am nächsten Getränkestand bestellte Mike sich frustriert ein Bier, wollte es gerade in einem Zug leeren, als ihm ein sonderbares Gefühl in der Magengegend den Befehl gab, den Becher jungfräulich abzusetzen. Ein Gefühl, das er schon ewig nicht mehr gespürt hatte, alles dominierend – das nicht nur seinen Körper beeinträchtigte, sondern auch seinen Kopf.

Das seine Gedanken zu einem Wort formte: Annette.

Mike schob den Becher von sich weg, überflog das Heer

aus Metalfans, das ihn umgab. Irgendwo unter ihnen befand sie sich, und er wäre der größte Narr auf der Welt, würde er sie jetzt nicht suchen.

01 32

Sentenced

Zitternd hielt Bier die Flasche Pils umklammert, als wäre sie sein Rettungsanker auf hoher See. Mehrmals begann er, sich zu erklären, jedes Mal brach er wieder ab.

Endlich fasste er sich ein Herz, leerte sein Pils auf ex und sagte: »Ich wusste nicht, wozu er es brauchte. Das schwöre ich. Auch hatte ich nie etwas gegen John Gallows. Der Mann war großartig. Ich dachte, was kann es schon schaden, ein Foto zu verschicken, wenn ich dafür die beschütze, die ich liebe?«

Er seufzte schwer.

Mia blickte in die Gesichter ihrer Bandkollegen, las darin Zweifel, Wut und Unverständnis.

Lars stand scheinbar emotionslos da, doch Mia spürte, dass auch er darauf brannte zu erfahren, was Bier zu beichten hatte.

»Ich versteh genau gar nichts von dem Scheiß, den du von dir gibst.« Sie machte eine kurze Pause. »Mal der Reihe nach: Du hast also … was? … ein Foto verschickt?«

Bier nickte.

»Ein Dickpic oder sonst irgendwas Kompromittierendes?«

Der Rhythmusgitarrist runzelte die Stirn. »Nein, verdammt! Über so was stehe ich drüber. Es war nichts Schlimmes, sonst hätte ich ja ahnen können, dass mir jemand daraus einen Strick drehen will.« Er schnaubte. »So ein Fuck!«

»Es war also was Belangloses?«, hakte Mia nach.

Bier nickte.

»Hast du das Foto noch?«, mischte sich Lars vorsichtig ein.

Ein Kopfschütteln kam als Antwort. »Hab's gleich wieder gelöscht.«

Mia wurde hellhörig. »Gelöscht oder gelöscht gelöscht?«

»Ge– was? Was soll das heißen?«

Die Bandleaderin trat zu Bier, deutete schroff mit Zeige- und Mittelfinger an, er solle ihr sein Handy geben.

Der holte es hervor, entsperrte es und reichte es ihr.

Mia tippte sich durch die Menüs, bis sie schließlich gefunden hatte, wonach sie suchte. Es folgte ein kurzes, wehmütiges Lächeln.

»Na also. Befand sich noch im ›Gelöscht‹-Ordner.«

Bier machte große Augen. »Du meinst, ein Foto ist nicht gelöscht, selbst wenn ich auf ›löschen‹ drücke? Welcher Idiot programmiert denn so was?«

»Relax. Es löscht sich erst nach einem gewissen Zeitraum«, sagte sie beiläufig, den Blick auf die Aufnahme konzentriert. »Also, ich sehe darauf nichts außer –« Mia stockte. »Außer Ackerboden und ein paar Hackschnitzel bei Nacht?« Sie hob den Kopf, die Brauen verengt. »Das solltest du verschicken? Deshalb glaubst du, du hättest was mit Gallows' Tod zu tun?« Ihr Atem beschleunigte sich. »Wegen dem verfickten Foto lässt du uns im Stich, du Scheiß-Judas?«

Als Antwort hüllte Bier sich in eine dichte Wolke aus Dampf, gleich so, als könnte er sich ebenfalls in Luft auflösen.

Mia reichte Biers Handy reihum. Doch auch die anderen konnten nichts mit dem Bild anfangen.

»Lassen wir Gallows mal beiseite«, meinte Lars und gab Mia das Smartphone zurück. »Du hast gesagt, du hättest es gemacht, weil du die schützen wolltest, die du liebst?«

Bier nickte aufrichtig.

»Wen wolltest du beschützen? Und wovor?«

Der Rhythmusgitarrist biss sich auf die Lippen. Offensichtlich hatte er immer noch nicht entschieden, wie viel preiszugeben er bereit war. Dabei verkrampfte sich seine rechte Hand um den Flaschenhals, sodass seine Knöchel weiß wurden und es wirkte, als würde das Behältnis jeden Augenblick zerspringen.

Mia erkannte, dass Bier gleich kippen würde. Dass er sich ihnen gänzlich verschließen würde, und damit war niemandem gedient.

Also schluckte sie all ihren Ärger, ihre Wut und ihre Enttäuschung hinunter und machte einen Schritt auf Bier zu. Legte ihre Hand auf die seine.

»Rede mit uns.« Mia sah Bier in die Augen. »Was immer es ist, wir verurteilen dich nicht.«

Haste wollte gerade widersprechen, doch Mias pfeilschneller wie eisiger Blick erstickte seinen Versuch im Keim.

Sie wandte sich wieder Bier zu. »Danach wird dir leichter sein, glaube mir.«

Sie trat einen Schritt zurück, um Bier Raum zu geben.

»Fuck it!«, entfuhr es Bier. »Also gut. Ich hab mir einen lutschen lassen. So, jetzt ist es raus.«

Ungläubiges Schweigen machte die Runde.

»Du … hast dir einen lutschen lassen?«, wiederholte Mia verunsichert. »Na und?«

»Wer war die Glückliche?«, intonierte Kai mit Fistelstimme.

Doch Bier blieb todernst. »Das ist es ja. Es war keine sie.« Er machte eine Pause. »Es war ein er.«

Die anderen im Bus hätten überraschter nicht sein können. Nicht einmal, wenn Kai ein »Ba dum tss!« auf dem Schlagzeug nachgelegt hätte.

Bier ächzte, raufte sich die Haare. »Was soll ich sagen?«, fuhr er mit den Händen in der Luft fuchtelnd fort. »Ich war besoffen und … Mund ist schließlich Mund, oder?«

Haste stieß ein nervöses Kichern aus.

Dann noch eins.

Plötzlich lachten alle im Bus lauthals los, entluden all ihre aufgestauten Emotionen.

Selbst Bier musste grinsen.

Schließlich wischte Lars sich eine Träne aus dem Auge, fuhr dann betont ruhig fort: »Also, ich kann nur für mich sprechen. Aber ich denke, dass es jedem hier egal ist, wer dir einen Blowjob verpasst hat.«

Erneut brüllten Mot, Haste, Kai und Mia los.

»Ja, sehr erwachsen.« Beleidigt verschränkte Bier die Arme, fixierte Lars. »Den Idioten hier ist es natürlich egal. Aber meiner Frau nicht.«

Nun verebbte das Gelächter.

»Wann ist das denn geschehen?« Auch Mia war nun wieder ernst.

»Lange her. Sehr lange. Ich hab damals mit Beyond All Pain als Opener vor den SuiCiders gespielt. Im Anschluss hatte ich mit Gallows Streit, keine Ahnung mehr, warum. Hab mir an der Bar ordentlich einen reingehängt, und na ja, Backstage kam's dann zu besagter Sache.« Auf Mias fragenden Blick antwortete Bier: »War ein Stagehand oder so, keine Ahnung. Aber irgendein Arschloch muss uns dabei gefilmt haben.«

Lars überlegte. »Noch mal für mein Verständnis: Ein Unbekannter hat vor Jahren gefilmt, wie du dir Backstage von einem anderen Unbekannten einen hast blasen lassen, und drohte dir damit, das Video deiner Frau zu schicken, wenn du nicht – was tust? Ein Foto vom Ackerboden in Wacken zu schießen? Sorry, ich kapier's nicht.«

Er sah in die Runde, erntete ebenfalls nur Kopfschütteln.

»Das Foto habe ich nicht irgendwo aufgenommen«, erklärte Bier. »Wenn ich ehrlich bin, war ich in der Nacht vor Gallows' Tod nicht einfach nur vorm Tourbus eine dampfen.«

Mot schnippte mit den Fingern. »Doch, das warst du. Ich erinnere mich. Da bin ich gerade vom Festivalgelände zurückgekommen.«

Bier nickte. »Yep. Aber davor war ich noch hinterm Artist-Village.« Er atmete tief durch. »Gemeinsam mit John Gallows.«

Mia klappte die Kinnlade hinunter. Kai, Mot und Haste tauschten ungläubige Blicke. Lars strich sich den Schnurrbart glatt.

»Gallows saß abseits, in Gesellschaft einer Flasche Whisky. Wir kannten uns ja noch von der Tour damals. Er hatte schon einen in der Krone, aber wir haben trotzdem nett miteinander geschwatzt. Über Musik und dass Mot eben keine Ahnung davon hat.« Er wandte sich dem Gitarristen zu. »Sorry.«

Der winkte ab.

»Dort hab ich dann das Foto geschossen und es verschickt.« Bier blickte zum Himmel des Partybusses, der mit blauen Sternen bemalt war. »Das war's, ehrlich. Ich bin zum Bus zurück, hab eine gedampft und mich niedergelegt.«

»Für wen, dachtest du, ist das Foto?«, wollte Mot wissen.

Bier zuckte mit den Schultern. »Irgendein Fangirl. Oder einen Fanboy. Du weißt ja, wie das heutzutage ist.«

Mot huschte ein Grinsen übers Gesicht, bevor er schnell

wieder ernst wurde. »Gut, du hast also an jemanden dieses belanglose Foto geschickt, auf dem man so gut wie nichts erkennen kann, obwohl es neben John Gallows aufgenommen wurde.« Er ging zum Getränkekühlschrank, teilte eine weitere Runde Pils aus. »Also, warum glaubst du, etwas mit seinem Tod zu tun zu haben?«

Schweigend hob Bier die Hände, machte eine unwissende Geste.

Die anderen im Bus blieben ebenfalls stumm, überlegten, wägten ab.

Doch der Gordische Knoten schien sich nicht lösen zu lassen.

Lars richtete seinen Blick aus dem Fenster. Er beobachtete das geschäftige Treiben, das draußen herrschte, sah die Umrisse der Faster- und Harder-Bühnen, die sich hinter Absperrungen und Fahnen erhoben.

Hinter den …

Lars stutzte. Was hatte Mike zu ihm gesagt? Er schloss die Augen, legte die Stirn in Falten.

Absperrungen und Fahnen …

Wie sollen wir jemals unsere Zelte wiederfinden?

Zwischen »Trooper« und Motörhead-Fahne. Oder du machst dir auch so ein Foto, rufst die GPS-Koordinaten in den Metadaten auf und lässt dich herleiten.

Lars zog scharf die Luft ein. »Fuck!«

Alle Augenpaare richteten sich auf ihn.

»Ich glaub, ich weiß, was das Foto für einen Zweck hatte!«

»Ach ja?« Mia wirkte überrascht.

Er deutete auf Bier. »Gib mir noch mal dein Handy.«

Der zögerte, tat dann aber wie von ihm verlangt.

Das Display zeigte erneut besagte Aufnahme. Lars wischte mit dem Finger nach oben. Am unteren Display-Rand erschienen Aufnahmedatum und Uhrzeit des Fotos. Danach Infos zum Gerät sowie technische Details wie Belichtungszeit, Blende und andere Daten. Darunter wurde eine stilisierte Karte gezeigt, wobei das Foto mittels Piktogramm auf einen ganz bestimmten Punkt auf der Karte wies – den Standort der Aufnahme.

Triumphierend hielt Lars das Gerät den anderen hin.

»Die GPS-Koordinaten sind in den Metadaten der Aufnahme integriert«, erklärte er. »Das heißt: Jeder, der das Foto hat, kann auch nachsehen, wo es entstanden ist.«

»Respekt, alter Mann.« Kai hob sein Pils.

Mia führte die Schlussfolgerung ihres Vaters fort: »Wenn ich also weiß, dass du das Foto gerade erst gemacht hast, kann ich genau an den Ort gehen, wo es aufgenommen wurde, und dich dort treffen. In dem Fall führte die Aufnahme direkt … zu John Gallows. Scheiße noch mal!«

Sie wandte sich wieder ihrem Rhythmusgitarristen zu. »Welche Instruktionen hast du erhalten?«

Bier war in der Zwischenzeit so blass geworden wie Heljarmadr von Dark Funeral in Corpsepaint. »Ich … Es hieß, ich sollte Dienstagnacht ein Foto schicken, das ich neben John Gallows aufnehmen muss. Motiv einerlei, je später am Abend, desto besser. Außerdem sollte ich es unbedingt per Mail schicken.«

Mia entriss Lars das Handy. »Hast du noch die Mailadresse?« Ohne eine Antwort abzuwarten, tippte sie, scrollte. Öffnete den »Gesendet«-Ordner. »tiara@trash-mail.com«.

»Klingt wie eine Wegwerf-E-Mail-Adresse«, sagte Mot. »Zerstört sich nach einer gewissen Zeit von allein und kann auch nicht mehr rückverfolgt werden. Von niemandem.«

Die anderen sahen ihn fragend an.

»Was denn? Kann manchmal ganz nützlich sein«, erklärte er kleinlaut. »Sonst würde es so was ja nicht geben.«

»Großartig.« Mia stampfte auf. »Das ist dann wohl der Beweis, dass Gallows keinen Selbstmord begangen hat. Der Empfänger der Mail hat ihn aufgesucht und wahrscheinlich umgebracht. Scheiße, Bier, du hattest recht. Das alles weist auf dich.«

»Deshalb konnte ich heute auch unmöglich auf die Bühne«, sagte er mit gedämpfter Stimme. »Das Ganze hat sich in mir immer mehr aufgestaut, hat mich innerlich zerrissen. Ich konnte keinen klaren Gedanken fassen, geschweige denn, ein ganzes Set spielen. Fuck, ich hab sogar meinen Gitarrenkoffer zurückgelassen. Ich hatte noch nie eine Panikattacke, aber so muss sich eine anfühlen. Es … es tut mir unendlich leid.«

»Uns auch«, sagte Mia knapp. »Jetzt ab mit dir zur Polizei.«

Der Rhythmusgitarrist nickte.

»Hat sonst noch jemand von euch was auf dem Herzen?« Mia trank ihr Pils aus, erhielt aber keine Antwort. »Keine Geheimnisse mehr? Irgendetwas, was auch den letzten Rest Glaube an das Gute im Menschen in mir zerstört? Nein?«

»Ich hoffe, sie finden den Mörder von Gallows«, sagte Haste gedrückt.

Mia nickte. »Ich auch. Aber ich fürchte, der Wichser ist bereits über alle Berge.«

Lars hob zögerlich die Hand. »Das muss so nicht stimmen. Es gibt nämlich noch einen zweiten Toten.«

33

Something

Bathory

»Ich dich auch. Küsschen.«

An der Theke der »Lemmy Bar« stehend beendete Annette gerade ihr Telefonat, als ihr jemand von hinten auf die rechte Schulter tippte.

Sie wirbelte herum.

Mike stand ihr gegenüber, der Kopf knallrot. Er schwitzte am ganzen Leib, blickte betrübt drein.

»Du? Echt jetzt?« In ihrer Stimme klang so viel Freude wie bei einem Atheisten, der das Tischgebet sprechen sollte. »Was suchst du hier?«

»Ich … wollte mich entschuldigen«, begann Mike heiser.

»Willst du nur oder tust du es auch?« Sie sah ihn herausfordernd an.

»Ich … natürlich tue ich es. Sorry, weiß selbst nicht, was in mich gefahren ist. Manchmal rede und rede ich, ohne dabei zu bemerken, dass –«

»– du andern auf die Nerven gehst? Wie gerade eben?«

Mike enthielt sich einer Antwort.

»Eigentlich ist es meine eigene Schuld.« Annette zuckte mit den Schultern. »Ich wollte vier Tage Party, sonst nichts. Keine Erwartungen, keine Versprechungen, keine Verpflichtungen. Hätte gar nicht davon anfangen sollen.«

Mike nickte zustimmend, warf dann jedoch hastig ein: »Fuck, nein, natürlich nicht! Du sollst immer über das sprechen, was dir auf dem Herzen liegt. Also … wer ist das auf deinem Handy? Deine Tochter?«

Annette verdrehte die Augen. »Nein, Mike, ich lade mir nur gern Fotos von unbekannten Mädchen aus dem Internet herunter und mache sie zu meinem Startbildschirm. Ist'n Fetisch.«

Die beiden sahen einander todernst an.

Dann lachten sie los.

»Gut, war 'ne saublöde Frage von mir«, sagte Mike schließlich. »Es ist nur –«

Sein Blick fiel auf das Bier, das neben Annette auf der Theke stand.

»Ist das deins?«

Sie nickte irritiert.

Mike griff den Becher, leerte ihn zur Hälfte auf ex.

»Sorry, das hab ich nach dem Spießrutenlauf durch die Menge echt gebraucht.«

Er wischte sich den Schaum vom Mund und den Schweiß von der Stirn und sah Annette tief in die Augen.

»Meine Ex-Freundin hat von einem Tag auf den anderen ihre Koffer gepackt und ist nach Südamerika gezogen. Wollte dort den Regenwald retten oder was weiß ich. Zumindest hat sie das behauptet. Ihre Tochter nahm sie mit. Einfach so, ohne Vorwarnung. Ich war zwar nicht ihr leiblicher Vater, aber ich hab Chloë fünf Jahre mit aufgezogen.«

»Okay?«, gab sich Annette skeptisch.

Mike trank noch einen Schluck Bier. »Hat mir das Herz gebrochen, wenn ich ehrlich bin. Ich … ich will eine solche Erfahrung einfach nicht noch einmal machen. Deshalb … na ja, ich hatte gehofft, dass dies mein Verhalten ein wenig erklärt.«

Annette verzog säuerlich den Mund. »Ein wenig, vielleicht.«

»Bitte glaube mir, dass ich mir die Füße auf der Suche nach dir wundgelaufen habe.« Er lächelte gequält. »Auf die Gefahr hin, dass du mich erneut sitzen lässt, muss ich dir gestehen, dass ich mir durchaus vorstellen könnte, mit dir auch länger als vier Tage Party zu machen.«

»Aha. Und mit Party meinst du –?«

»Na ja, so was wie … das Leben.« Er gluckste nervös. »Shit. Dass das im Alter nicht alles einfacher wird, ist echt zum Kotzen. Ich hab so ein komisches Gefühl im Bauch, wenn ich dich ansehe. Und wenn ich dich nicht ansehe, dann erst recht. Keine Ahnung, was ich eigentlich damit sagen will, aber –«

»Ich weiß, was du sagen willst«, meinte Annette. »Mir geht es genauso.«

Sie lächelte verschmitzt.

Dann wandte sie sich der Bar zu und bestellte zwei Bier.

»Fangen wir doch einfach mit diesen Pils an und sehen in Ruhe, wo es uns hinführt. Was meinst du?«

Mike nickte erleichtert. »Wie heißt deine Tochter?«

»Cheyenne Dakota.«

Mike wusste nicht, wie er reagieren sollte. Ein Name wie ein Autounfall. Er rang sich dennoch ein Lächeln ab. »Das ist aber … speziell.«

Annette ließ ihn zappeln, genoss Mikes unbeholfene Art.

Schließlich winkte sie grinsend ab. »Nein, meine Süße heißt Luise. Sie ist acht.«

»Grundgütiger!«, entfuhr es Mike. »Ich dachte wirklich … Luise ist ein schöner Name. Wo ist sie jetzt? Bei deinem … Mann?«

»Bei meinen Eltern, du Blödmann. Sie genießt es, den Sommer bei ihnen zu verbringen, mit Haus, Garten und zwei Katzen.«

Mike bezahlte die beiden Bier via Chip und nahm sie entgegen. »Das kann ich mir gut vorstellen.«

»Also, Herr Michael Kolarov«, mahnte Annette halb im Scherz. »Alles schön langsam. Ein Bier nach dem anderen, einverstanden?«

Mike lächelte. »So machen wir's.«

34

Links 2

Rammstein

»Nun weißt du alles. Das war mein Vormittag.«

Mit diesen Worten schloss Lars seinen Bericht über das, was er zuvor erlebt hatte.

»Das glaube ich jetzt nicht.« Mia sah ihn fassungslos an. »Hellsticks ist auch tot?«

Lars nahm sein Handy, wählte das Foto aus, das er schnell entschlossen vom Toten geschossen hatte, und reichte es im Partybus herum.

»Es ist kein Geheimnis, dass Hellsticks früher Probleme mit Drogen hatte«, meinte Kai. »Aber er hat seine Abstinenz öffentlich zelebriert. Steht alles auf seinem Facebook-Profil. Wofür das Ganze, wenn er heimlich fixt?«

»PR? Es ist nicht ungewöhnlich, einen Rückfall zu haben.« Mot schmatzte demonstrativ. »Ich glaub, ich habe zehn Anläufe gebraucht, mir das Drecksrauchen abzugewöhnen.«

»Aber ein Rückfall mit Fluppe oder ein Rückfall mit Todesfolge ist ein gehöriger Unterschied«, sagte Haste und schüttelte sich wie ein nasser Hund. »Noch dazu in einem Dixi draufzugehen, ist echt schauderhaft.«

»Na, der Schoß einer irischen Nutte ist es gerade nicht.« Kai grinste herausfordernd. »Aber tot ist tot.«

Mia hob beschwichtigend die Hände. »Jungs, mal der Reihe nach. Wie kommt es, dass wir von einem Toten in einem Mobilklo bei irischen Sexarbeiterinnen gelandet sind?«

»Es geht nicht um den Ort des Todes«, warf Lars ein. »Sondern ausschließlich darum, ob Hellsticks' Ableben irgendwie mit John Gallows verknüpft sein könnte oder nicht.«

»Ich bin kein Polizist«, sagte Mot, als müsste er sich erklären. »Aber ein toxikologisches Gutachten, ob Hellsticks betäubt wurde, die Auswertung der Spurensicherung und alles andere wird definitiv länger dauern als das Wacken Open Air. Wir sind noch bis Sonntag hier, das war's dann. Was können wir schon tun?«

Mia seufzte, tauschte mit Lars einen hilflosen Blick.

Der nahm noch einmal sein Handy in die Hand. »Eigentlich hätte ich noch etwas, was ich euch zeigen könnte. Ich wollte jenes Foto abfotografieren, das Hellsticks als Letztes gemacht hatte. Aber ich musste mich beeilen, als die Polizei kam, daher ist es leider verwischt. Vielleicht hätte es Aufschluss auf mehr gegeben.«

»Auch schon egal«, sagte Mia zögerlich. »Genau genommen ist Wacken dieses Mal das volle Desaster. Unser Auftritt fand nicht statt. Unser Gitarrist hat uns im Stich gelassen. Wir sollten die Sachen packen und abhauen.«

Mot überlegte. »Da hast du nicht unrecht, Chefin. Trotzdem hat mich an Lars' Foto was gestört, und jetzt weiß ich auch, was.«

Der wiegelte ab. »Ich musste schnell eine Entscheidung treffen. Ein Bild zu schießen, war ethisch gesehen vielleicht nicht korrekt, aber ich poste es ja auch nicht –«

»Alter, beruhige dich«, unterbrach ihn der Gitarrist. »Es geht nicht darum, dass du einen Toten fotografiert hast.« Er wandte sich verschwörerisch an Kai. »Obwohl das schon ein wenig abartig ist, oder nicht?«

Der nickte, ebenso verschwörerisch.

»Nein«, fuhr Mot fort. »Es ist etwas an Hellsticks, das für mich nicht passt.«

Er hielt sein Handy hoch, zeigte das Bild eines Gitarristen auf der Bühne.

»Bevor Darek Baker zu ›Hellsticks‹ bei DHCD wurde, bediente er die Klampfe. Seit einem Unfall sind sein kleiner Finger und der Ringfinger der rechten Hand verkrüppelt, von da an trommelte er.«

»Wissen wir«, konterte Mia und deutete auf Lars. »Hab ich ihm gestern vor dem Konzert noch erzählt.«

Mot grinste herausfordernd. »Woran sich aber nur die wenigsten erinnern, ist, warum genau Hellsticks nicht mehr spielen konnte.«

Er stand auf, imitierte einen Gitarristen, wobei er mit der Linken den Steg hielt, mit der Rechten ein imaginäres Plektrum, mit dem er auf den ebenfalls imaginären Seiten herumschredderte.

»Seht ihr? Das kann ich auch, wenn ich nur noch Daumen und Zeigefinger der rechten Hand hätte. Von ›Stairway To Heaven‹ bis ›Through The Fire And Flames‹ – easy as pie.«

Mia rollte mit den Augen. »Komm auf den Scheißpunkt.«

Mot wechselte demonstrativ den Griff, hielt mit der rechten Hand den unsichtbaren Steg, mit der linken das Plektrum.

»Gitarrespielen ist aber nicht mehr, wenn du Linkshänder bist und mit der rechten Hand greifen musst. So war Hellsticks eben gepolt. Deshalb wechselte er vom Chordophon zum Membranophon.«

»Hä?« Haste sah ihn fragend an.

Mot schnaubte. »Von der Gitarre zum Schlagzeug.«

»Danke, Herr Professor«, ätzte Mia. »Aber was hat das alles mit Lars' Foto zu tun?« In dem Augenblick schoss ihr die Erkenntnis ein. »Fick den Weihnachtsmann! Die Nadel in Hellsticks Arm steckte in der linken Beuge! Er hätte sie sich also mit rechts setzen müssen.«

Mot machte eine Handbewegung, als würde er mit einer Pistole auf Mia schießen.

»Ich fürchte nur, dass das kein Beweis für Mord ist«, sagte Lars, mehr zu sich selbst. »Trotzdem: Ein Hinweis ist es allemal.«

Kai klopfte Mot väterlich auf die Schulter. »Ein Lob für dich von Inspektor Hawaiihemd. Ich gratuliere.«

»Was machen wir mit dieser Erkenntnis?«

»Erst mal sacken lassen.« Mia schielte auf ihre Uhr. »Jungs, wir müssen noch dringend eine andere Sache besprechen. Diesmal wirklich bandintern.«

Sie sah auffordernd zu Lars.

Der verstand. »Ja, klar. Bin schon weg.« Er hielt kurz inne. »Ich habe zwar keine Ahnung, worum es geht, wünsch dir aber trotzdem alles Gute. Euch allen«, sagte er und meinte es auch so. »Ich werde mich mit Mike und Annette ins Getümmel werfen.«

Mia lächelte. »Grüß die beiden von mir. Ich melde mich.«

Lars nickte und verließ den Bus.

Mit ernster Miene wandte sich die Frontfrau an ihre drei verbliebenen Bandmitglieder, zückte Rachels Visitenkarte.

»Gut, Jungs, wir müssen entscheiden, wie wir vorgehen wollen und ob ich es nicht allein tun sollte.«

35

Genocide (Concerto No. 35 for Razors)

Enthroned

Die untergehende Sonne blinzelte bereits durch die Baumkronen. Die Schatten am Infield wurden länger und weicher. Auf Hackschnitzeln am Heiligen Acker sitzend genossen Sonnenhungrige die letzten Strahlen rechts der Harder Stage.

Dort traten die Mannen und Frauen von Eluveitie mit »Deathwalker« eine Celtic-Metal-Lawine der Sonderklasse los, untermalt von Flötenklängen, Drehleier und Dudelsack. Dabei tanzten gutturaler Gesang und Clean Vocals im Wechselspiel und vereinten sich zu einem kraftvollen Gesamtwerk.

Die Zuschauer dankten es mit Sprechchören, Moshpits und Crowdsurfing …

Hinter der Bühne, ein wenig abseits der Straße, parkte eine Stretchlimousine, deren Fahrer, gekleidet in eine passende Livree, geduldig neben der Tür wartete.

Das Innere des Gefährts war so eingerichtet, dass sich Neureiche möglichst wohlfühlten: teuer und geschmacklos. Zu grellbunt die LED-Beleuchtung des Himmels, zu billig die Verkleidungen in Edelholz-Imitat, zu protzig die goldenen Zierleisten. Dass mehr nicht gleich besser bedeutete und dass das Geheimnis guten Designs Reduktion lautete, schien am Gestalter des Interieurs offensichtlich spurlos vorbeigegangen zu sein.

Zudem waren einige Kanten zerkratzt und die eine oder andere Stelle der schwarzen, gesteppten Lederpolsterung mit elfenbeinfarbenen Einsätzen massiv abgewetzt.

Alles in allem wirkte der Innenraum wie ein in die Jahre gekommener Puff auf vier Rädern.

Dies war wohl mit ein Grund, warum sich Heiner Nowak darin so wohlfühlte.

Denn zuweilen entfloh er gern in das, was er als die »Niederungen menschlicher Bedürfnisse« titulierte, inkognito, verstand sich. Abgeranzte Kneipen oder heruntergekommene Nachtclubs, in denen sich der Sud der Nachtschwärmer zu früher Morgenstunde ansammelte – all das liebte Nowak. Dort mimte er dann den Pfennigfuchser, den Habenichts, und nährte sich an den bitteren Lebensgeschichten derer, denen es tatsächlich so erging.

Nowak sah sein Gegenüber ernst an.

»Durchaus genieße ich, was ich besitze«, sagte er mit der Attitüde eines Großindustriellen, »aber niemals auf Kosten anderer. Wie hat schon so schön unser Hans Hölzel vulgo Falco gesagt: ›Ich hab niemanden gelegt, ich hab niemanden betrogen, ich hab niemandem wehtan – außer mir selbst.‹ Verstehst?«

Der Verfasser eines Hard-'n'-Heavy-Blogs nickte eifrig, hielt sein Smartphone Richtung des Plattenchefs, der in Jeans, T-Shirt und schwarzem Sakko gekleidet breitbeinig auf der Bank lümmelte. »Man kann Ihnen nur gratulieren. Was Sie alles geschaffen haben. Beeindruckend«, sagte er und ließ den Blick über die kitschige Inneneinrichtung der Limousine schweifen. »Danke noch mal für das Gespräch, Herr Nowak.«

Dieser lächelte gönnerhaft, als es von außen an der Autotür klopfte.

»Ah, na schau, wie die Zeit vergeht. Der nächste Herr, dieselbe Dame! Ihnen alles Gute.«

Mit diesen Worten wies der Plattenlabel-Chef den jungen Mann hinaus.

Der verließ das Gefährt.

Nowak beugte sich zur offen stehenden Tür, wobei ihm sein stattlicher Bauch gegen die Oberschenkel drückte. »War's das, Heinrich, oder kommt heut noch jemand?«

Mia streckte den Kopf herein. »Herr Nowak?«

Der setzte ein schmieriges Lächeln auf. »Und ich hab gedacht, der Tag könnte nicht schöner werden. Hereinspaziert, Mademoiselle!«

Die Frontfrau haderte einen Augenblick mit sich, ob sie der Einladung Folge leisten wollte.

Doch sie besann sich auf das, was sie mit den Jungs im Tourbus vereinbart hatte: Anhören, ob es ein Angebot gab, mit etwaigen Zusagen zögern und strikt ablehnen, sollten andere, wie auch immer geartete Angebote folgen.

Gebeugt betrat sie die Stretchlimousine, setzte sich auf die Bank neben der Tür. Diese wurde sanft von außen geschlossen.

»Mia Kowalczyk von Vengeful Regrets«, stellte sie sich vor und reichte dem Plattenlabel-Chef die Hand.

Der ergriff sie, deutete einen Handkuss an. »G'schamster Diener, wie wir in Wien zu sagen pflegen. Ich bin der Nowak, aber das weißt du sicher schon. Rachel hat dich in höchsten Tönen gelobt.«

Mia lächelte verlegen, was sie jedoch sogleich furchtbar wütend auf sich selbst machte. Sie war doch kein Schulmädchen, das beim Herrn Direktor vorsprechen durfte!

»Magst was zum Trinken haben? Ein Glaserl Sekt vielleicht?«

Die Frontfrau zögerte, denn sie wollte nicht unhöflich wirken. Doch zu einem Produzenten in eine Limo zu steigen und aus irgendeinem Glas zu trinken, ließen in ihr sämtliche Alarmglocken schrillen. Manchmal sollte man seinem Hausverstand Gehör schenken.

Nowak schien indes Mias Gedanken zu erraten. Er schenkte aus einer Flasche Champagner in zwei Gläser, bot ihr beide an.

»Ich weiß schon«, meinte er in lapidarem Tonfall, »mein Ruf eilt mir voraus. Seit ›MeToo‹ traut sich unsereins ja kaum noch, einer Dame die Hand zu schütteln.« Er rutschte demonstrativ von ihr weg. »Egal. Kannst dir gern eines der beiden Glaserl aussuchen. Dann erwisch vielleicht ich die K.-o.-Tropfen. Kleines Scherzerl.«

Nowak grinste so selbstgerecht, dass Mia am liebsten aus der Limo gestiegen wäre – und ihm zuvor noch ordentlich eine betoniert hätte. Andererseits wussten ihre Bandkollegen, wo sie war, mit Rachel Shaw gab es diesbezüglich Textnachrichten. Sie fühlte sich also einigermaßen sicher.

Mia nahm ein Glas, stieß mit Nowak an und nippte am perlenden Schaumwein.

»Ja, seit ›MeToo‹ geht vielen Kotzbrocken der Arsch auf Grundeis«, sagte sie gespielt fröhlich. »Das ist auch gut so.«

»Ganz deiner Meinung«, pflichtete ihr Nowak bei. »Ich war immer schon ein Verfechter der Emanzipation und dem ganzen anderen Schas. Hab auch viele female-fronted Bands unter Vertrag.«

Er trank das halbe Glas leer. »Jetzt erzähl. Wie lang gibt's euch schon und was für eine Musik spielt ihr?«

»Ich hab die Band vor etwas mehr als einem Jahr gegründet, einfach weil ich es leid war, dass in den vorigen Bands alle nur zum Spaß oder als Hobby spielen wollten. Bisschen nach dem Feierabend jammen, ein Vorwand, um nicht daheim bei Kind und Kegel sein zu müssen oder um zu saufen. Oder beides.«

Nowak grinste wissend.

»Wir spielen Melodic Death Metal mit Growls und Clean Vocals von mir, kombiniert mit Elementen der New Wave of British Heavy Metal.«

Nowak nickte angetan. »Die Mischung mag ich. Nicht neu, nicht bahnbrechend, dafür aber beliebt. Sprich: Da greift der Metal-Fan gern ins Börserl. Vertrag habt's ihr noch keinen, richtig?«

Mia nickte. Nun trank sie doch einige Schlucke vom Champagner.

»Ah ja, richtig.« Der Plattenlabel-Chef hob den Zeigefinger. »Sonst könntet's ja nicht am Bandwettbewerb teilnehmen. Wann ist euer Auftritt? Den schau ich mir an.«

Wie aufs Stichwort spannte sich der ganze Körper der Frontfrau an.

»Der … war heute.« Sie stockte. »Oder besser gesagt: Der wäre heute gewesen. Wir konnten aber nicht auftreten.«

Nowak strich sich über die Halbglatze, musterte argwöhnisch sein Gegenüber. »Was zum Teufel kann einen davon abhalten, in Wacken zu spielen?«

»Also … unser Gitarrist hat sich Minuten vor dem Gig entschieden, doch nicht mehr Teil der Band zu sein«, formulierte Mia, wissend, dass die ganze Wahrheit hier den Rahmen sprengen würde.

»So ein Beidl! Loyale Leut' sind heutzutage so rar wie

Menschen ohne Allergien.« Er lachte hässlich. »Zu meiner Zeit gab's nur eine Unverträglichkeit: die gegen schlechte Musik.«

Mia teilte das Lachen nicht, sah Nowak nur unverblümt an.

»Versteh schon, du bist eine Taffe. Das mag ich«, sagte der, nachdem er seinen Champagner zur Gänze geleert hatte. »Man muss nämlich taff sein, um sich heutzutage im Musikbusiness behaupten zu können. Daher nehme ich an, dass du in Zukunft noch härter sein wirst, was die Auswahl deiner Bandkollegen betrifft?«

Dem stimmte die Frontfrau mit einem Nicken zu.

»Wer schreibt bei euch die Songs?«

»Ich schreib einen Großteil. Die Musik komponieren wir als Band gemeinsam.«

Nowak spitzte die Lippen, überlegte.

»Ja, das g'fällt mir«, meinte er schließlich. »So fühlen sich alle involviert und die Musiker sind weniger auf dem Egotrip. Muss nicht jeder gleich ein Yngwie Malmsteen sein, ein Ritchie Blackmore oder ein David Lee Roth. Trotzdem braucht es wen, der das Steuerrad fest in der Hand hält.«

Mia brummte zustimmend. Nun waren sie also bei jenem Teil angekommen, den Produzenten liebten: endloses Fabulieren, warum nur sie wussten, wie etwas funktionierte, und dass alle anderen im Business Idioten waren. Dass Produzenten nur Geld hineinbutterten, ohne jemals was vom Gewinn zu sehen. Vorgetragen, in diesem Fall, in einer sündteuren Luxuslimousine. Aber gut, dachte sich Mia, Klappern gehörte eben zum Handwerk, da musste sie die Tiraden über sich ergehen lassen.

Nowak wischte mit der Hand durch die Luft, als wollte er eine Fliege fangen. »So, Schluss mit dem Gekeppel. Ich sag dir was, Mademoiselle. Ich mag dich. Cooles Auftreten, scheinst zu wissen, was du willst. Gib der Rachel ein Demo. Wenn's mir gefällt, kommen wir ins Geschäft. Einverstanden?«

Nowak streckte ihr seine wulstige Hand entgegen.

Mia griff zu. »Deal. Danke.«

Sie stieg aus der Limo. Der Chauffeur, der die ganze Zeit über draußen gewartet hatte, schloss die Tür hinter ihr.

Hatte sie tatsächlich gerade eben einen möglichen ersten Schritt Richtung Plattenvertrag gemacht?

Mia wurde schwindlig. Plötzliche Übelkeit krampfte ihr den Magen zusammen. Mehrmals atmete sie tief durch, merkte, wie ihr die Hochs und Tiefs der letzten zwei Tage zusetzten. Das Leben mochte eine Achterbahn sein, aber von zu viel kam einem eben das Kotzen.

Doch noch war nicht die Zeit gekommen, sich auszuruhen.

36

System of a Down

Nachdem Lars den Tourbus der Vengeful Regrets verlassen hatte, fühlte er sich, als hätte er irgendetwas nicht fertigstellen können. Als wäre er mitten während der Arbeit unterbrochen worden, ohne die Möglichkeit, an diese Arbeit zurückzukehren und sein Werk zu vollenden.

Aber er wusste auch, wo seine Grenzen lagen.

Daher hatte er die Band sich selbst überlassen und sich mit einem »Wacken Nacken XXL« verwöhnt, einem saftigen Kotelett vom Holzkohlegrill, gebettet in ein Brötchen.

Anschließend war er, entgegen seiner Ankündigung im Partybus, allein durchs Artist-Village geschlendert, einfach aus dem Grund, weil er keine Lust hatte, Mike und Annette beim Flirten zu stören.

Da bemerkte er einen Mann Mitte dreißig, der ins Artist-Catering-Zelt ging. Mit seiner Kopf- wie Körperhaltung wirkte er niedergeschmettert, beinahe so, als hätte man einer Marionette den tragenden Faden durchgeschnitten. Der schwarze Gitarrenkoffer, den er trug, wies vier darauf gesprayte Buchstaben auf: DHCD.

Lars spürte, wie er nervös wurde. Hastig wischte er sich die Finger seiner rechten Hand, die mehr nach Kotelett denn nach Mensch rochen, an einem Taschentuch ab und folgte dem Mann.

Im hinteren Teil des großräumigen Zelts standen einige lose zusammengestellte Polstermöbel. Auf eines von ihnen hatte sich der Mann gesetzt, seinen Gitarrenkoffer neben sich. Seine langen blonden Haare hatte er zu einem Pferdeschwanz gebunden, die schwarze Schirmkappe, die er trug, tief ins Gesicht gezogen.

Als würde er auf heißen Kohlen gehen, schlich Lars sich an ihn heran. »Excuse me. Are you from DHCD?«

Müde blickte der Mann hoch, die Augen gerötet und mit dunklen Ringen unterlaufen. Nichts an ihm erinnerte mehr an den energiegeladenen Saitenvirtuosen, der am gestrigen Abend auf der Bühne abgetobt hatte.

»I'm so sorry«, sagte Lars und setzte sich ungebeten ihm gegenüber. »But it was I who found your drummer this morning.«

Der Mann wurde hellhörig, fuhr dann auf Englisch fort: »Wirklich? Danke, Mann, das ist … Ich bin übrigens Frank.«

»Lars.«

Der Musiker schniefte. »Ich kann es immer noch nicht glauben. Hellsticks war so ein – liebenswerter Kerl. Immer ein offenes Ohr für die Probleme anderer, immer gut drauf. Er hat es wahrlich verstanden, das Leben zu leben und dabei aus seinen eigenen Fehlern zu lernen.«

Lars nickte, ebenfalls in gedrückter Stimmung ob der Erinnerungen an diesen Morgen. Der andere senkte wieder den Kopf, weshalb Lars mit sich haderte, ob er fortfahren sollte. Doch noch so eine Möglichkeit würde er nicht bekommen, das wusste er.

»Mir ist etwas aufgefallen«, sagte er schließlich, wissend, dass er nicht die ganze Wahrheit preisgeben sollte. »Ist mehr ein Detail am Rande, aber, na ja … als ich Hellsticks gefunden habe, steckte in seinem linken Arm eine Nadel –«

»Bullshit! Ich habe das ebenfalls schon gehört. Dennoch: Bullshit! Hellsticks war von den gottverdammten Drogen weg. Schon seit über zehn Jahren! Ich weiß nicht, was da abgegangen ist oder wie es dazu gekommen ist. Aber so kann er nicht gestorben sein.«

»Hat ihn vielleicht der andere aus der Band vorher noch gesprochen?«

»Nein. Wir haben den Gig gefeiert, sind dann irgendwann im Tourbus pennen gegangen. Charlie macht in dem Moment noch seine Aussage in Itz–, Ishoe?«

»Itzehoe«, korrigierte Lars. »Die Sache ist nur die: Ich wollte mit meiner Bemerkung nicht auf die Drogen anspielen, sondern darauf, dass Hellsticks die Nadel im linken Arm steckte. Wo er doch Linkshänder war, oder irre ich mich?«

Frank sah aus, als hätte man ihm gerade bewiesen, dass es den Weihnachtsmann tatsächlich gab. »Das … das stimmt, Mann! Hellsticks hat alles mit links gemacht. Alles.«

Er imitierte eine Wichsbewegung. Lachte kurz auf und wischte sich dann eine Träne von der Wange.

»Gottverdammt, er wird mir fehlen.« Frank blickte auf. »Weiß das die Polizei schon?«

»Die finden das raus, da bin ich mir sicher. Ich … wollte mich nur noch einmal persönlich davon überzeugen.«

Frank schnaufte, laut und müde.

Lars merkte, dass der andere nur darauf wartete, dass er ging. Doch noch war Lars nicht dazu bereit.

»Übrigens: Die Bullen haben auch Hellsticks' Handy sichergestellt. Soweit ich mitbekommen habe, ist ein Foto auf dem Gerät, das er noch kurz vor seinem Tod gemacht hat. Vielleicht ist da jemand drauf, der den Täter überführen kann? Oder ein anderer Hinweis?«

Lars hielt die Luft an. Er hatte den Köder ausgeworfen. Aber er konnte nicht dafür sorgen, dass der Fisch auch anbiss. Das musste dieser schon selbst tun.

Doch der Gitarrist schien in Gedanken ganz woanders zu sein.

Sie teilten einige Momente des Schweigens miteinander, eine Gelegenheit für Lars, dem Toten im Stillen alles Gute zu wünschen, wo auch immer seine Seele sich gerade befinden mochte.

Plötzlich klopfte sich Frank mit der flachen Hand auf den Oberschenkel. »Okay, gehen wir.«

Lars runzelte die Stirn. »Gehen? Wohin?«

Hatte der Fisch etwa angebissen?

»Nachsehen, ob jemand auf dem Foto drauf ist.«

Er hatte.

37

Stitches

Drowning Pool

Im hinteren Backstagebereich lagerten mehrere gestapelte Flightcases, auf die, wie auf Franks Gitarre auch, mit weißer Farbe und Schablone »DHCD« gesprayt worden war.

Wortlos öffnete Frank eine Kiste nach der anderen, bis er einen kleinen pinkfarbenen Koffer gefunden hatte.

»Hellsticks liebte es, gegen Klischees anzugehen. Kam vor, dass man sich mit ihm im Pub getroffen hat und er kam in einem ›Powerpuff Girls‹-Shirt. Größe S.« Der Gitarrist lächelte nostalgisch. Er zippte den Koffer auf, holte aus einem Seitenfach ein iPad hervor.

Lars zögerte. »Ist das – von Hellsticks?«

Als Antwort hielt Frank ihm das Tablet hin. »Er hatte Angst, irgendwo sein Handy zu verlieren und damit alle seine Fotos und Notizen und so weiter. Du weißt schon.« Er machte eine Schluckspechtbewegung. »Deshalb musste immer ein Back-up mit auf Tour.«

Der Musiker öffnete das Gerät, entsperrte es. Er tippte auf »Fotos«, dann auf die letzte Aufnahme.

Diese zeigte an der oberen Kante einen schrägen, hellblauen Rahmen, wohl die Decke des Dixis. Auf der linken Seite fluchtete eine dunkle Form, vermutlich die Tür, die gerade aufgerissen wurde. Rechts daneben befand sich eine Öffnung, hinein ins Schwarz der Nacht.

Dort stand, das Gesicht in der Bewegung verwischt, eine Frauengestalt, von einer Laterne von oben beleuchtet. Das, was trotz all der Grobkörnigkeit der nächtlichen Aufnahme erkennbar blieb, war das Kleidungsstück, das sie trug.

Lars zoomte mit zwei Fingern heran.

Es handelte sich um ein blaues Dirndl mit schwarzer Schürze – im Metal-Stil. Das Miederoberteil war voller Bandpatches, gleich einer Kutte.

Lars und Frank tauschten einen überraschten Blick.

»Die Frau könnte den Mörder gesehen haben«, meinte der Gitarrist. »Ich frage mich nur, warum Hellsticks dieses Foto überhaupt aufgenommen hat.«

»Ich glaube, er wollte ein Selfie machen und hat dabei vergessen, die Frontkamera zu aktivieren. Deshalb hat er mit der Hauptkamera fotografiert.« Lars lächelte verlegen. »Passiert mir auch immer wieder.«

Der Musiker richtete sich die Kappe. »Bei achtzigtausend Metalheads wird die Suche nach einer bestimmten Frau aber die Suche nach der Nadel im Heuhaufen.«

»Die Polizei wird sie schon ausfindig machen«, meinte Lars und zückte sein Handy. »Was dagegen, wenn ich mir das Bild abfotografiere?«

Noch vor einer Antwort hatte er bereits abgedrückt.

We Are 1 38 Misfits

Das Firmament wurde mit absoluter Dunkelheit geflutet, durchstochen nur von den unzähligen Fixsternen, ein Blick in die Vergangenheit des Universums. Unter dieser Decke reckten sich Dutzende Scheinwerfer gen Himmel, dem Rhythmus der Musik oder anderen Motiven folgend, machten die Nacht zum Tag.

Die Bühnen erstrahlten, es blitzte und knisterte. Feuersäulen schossen in die Höhe, Pyros zerstreuten Funken in alle Richtungen.

Vor den Stages drängte sich eine nicht zu zählende Schar an Fans, die sich im Einklang bewegte, zusammenfand und wieder auseinanderdriftete, gleich einer wogenden, zähflüssigen Masse. Die Metalheads reckten die zu Fäusten oder Hörnergrüßen geballten Hände, sprangen, sangen, tanzten. Feierten, als gäbe es kein Gestern, kein Morgen und keine Rückkehr in das Alltagsleben, dem sie entflohen waren.

Auf der anderen Seite der Baumreihe links des Infields, im Pressebereich, schwappte der Sound in Wellen von der Hauptbühne herüber, mal hell und klar, mal dumpf und basslastig. Dann wieder kaum wahrnehmbar.

Hier spendeten Fackeln und Feuerschalen flackerndes Licht, ließen hart gezeichnete Schatten wild hin und her tanzen, wie Scherenschnitte in ekstatischem Reigen.

Im abgelegensten Winkel des Areals, wohin kaum noch ein Lichtschein züngelte, saßen zwei Gestalten nebeneinander in Strandliegen, je ein Bier vor sich.

Vater und Tochter. Vereint im Schweigen. Beide auf die Baumreihe starrend, hinter der gerade Helloween die Faster Stage abfackelten.

Mia trank von ihrem Bier. Ohne den Blick abzuwenden, sagte sie schließlich: »Was für ein beschissener Scheißtag.«

Lars lächelte müde. »Der auch noch voll Scheiße war, nicht zu vergessen.«

Sie grinste.

»Was wirst du mit deiner Band nun machen?«

Die Frontfrau zuckte mit den Schultern. »Bin mir noch nicht sicher. Aber wir sind nicht so weit gekommen, nur um jetzt alles hinzuschmeißen.« Sie holte tief Luft. »Immerhin hat man uns heute einen Plattenvertrag in Aussicht gestellt.«

Lars' Kopf schnellte zu seiner Tochter. »Was? Das sagst du erst jetzt? Das ist ja fantastisch! Gratuliere!«

Mia hob abwiegelnd die Hand. »Ich feiere solche Ereignisse erst, wenn alles schwarz auf weiß fixiert ist, mit Brief und Siegel. Du hast ja keine Ahnung, was man mir schon alles versprochen hat.«

»Das Blaue vom Himmel?«

»Das verfickte Blaue vom Himmel, ganz genau. Aber die gesamte Kreativbranche hat damit zu kämpfen. Damit und mit der ewigen Feilscherei. Würdest du auf die Idee kommen, mit deinem Automechaniker um den Stundensatz zu handeln? Du bezahlst, was verlangt wird, oder schiebst deine Karre kaputt wieder heim. Aber bei kreativen Menschen wird immer herumgefeilscht, bis aufs Blut! Denn der Kreative will ja unbedingt seine Musik machen, dieses Bild malen oder sein Seeleninnerstes aufs Papier kotzen. Nur dafür lebt er. Und weil dem so ist, kann man ihn getrost im Preis drücken.«

»Na ja, bei den Großen in der Branche wird das kaum so sein.«

»Nein. Aber bis du einmal groß bist, hast du meistens bereits alle Drecksjobs dieser Welt durch, von Erbonkel anbetteln bis auf den Strich gehen.«

Lars zog ob der Plakativität von Mias Argumentation eine säuerliche Miene.

»Gut«, meinte sie beruhigend, »Letzteres ist mir noch erspart geblieben, und Erbonkel hab ich keinen. Dafür bin ich auch erst heute dort, wo ich schon vor fünf Jahren hätte sein können. Die Miete und der Scheißlebensunterhalt zahlen sich halt nicht von allein.«

»Deine Mutter hat dir nie geholfen?

Mia schnaubte verächtlich. »Mutter kommt selbst kaum über die Runden. Gibt keinen Tag, an dem sie nicht jammert, wie scheiße es ihr gehe, wie ungerecht das Leben zu ihr sei, blablabla. Dabei hat sie seit Jahrzehnten eine Fixanstellung in einem Pflegeheim und immer rechtzeitig den Lohn auf dem Konto.«

»Was macht sie mit der ganzen Kohle?«

»Das hab ich auch einmal zu fragen gewagt. Wollte sogar einen Finanzplan mit ihr erstellen.«

»Und?«

»Tränen, Geschrei, Vorwürfe.« Mia grinste schief. »Danach wurde es erst richtig dramatisch.«

Lars zog die Brauen hoch. Er setzte dazu an, seine Tochter zu fragen, warum sie vor neun Jahren den Kontakt zu ihm abgebrochen hatte, doch es verließ ihn der Mut.

Mia jedoch nicht. »Warum hast du uns damals im Stich gelassen?«

Lars spürte, wie ihm die Kehle eng wurde.

»Ich kann mich noch erinnern, wie ich dich zum ersten Mal gesehen habe«, fuhr die Frontfrau fort. »In einem Einkaufszentrum, zwei Tage nach meinem fünften Geburtstag.«

Auch Lars hatte sich der Tag ins Gedächtnis gebrannt. Er hatte ein paar belanglose Besorgungen hinter sich gebracht, als er plötzlich jener Frau gegenüberstand, mit der er knapp sechs Jahre zuvor einen fantastischen One-Night-Stand gehabt hatte. So fantastisch, dass er sich Hals über Kopf in sie verliebt hatte. Doch sie reiste noch vor der nächsten Morgendämmerung ab. Zunächst fürchtete Lars, dass dies seinen vermeintlich ungenügenden Liebeskünsten geschuldet gewesen war, doch dann trudelte ein Brief ein. Darin informierte sie ihn, dass ihr Großvater in Polen im Sterben lag und sie deshalb fortgeeilt war.

Voller Verständnis hatte Lars wochenlang gewartet, dass sie sich wieder meldete, ertrank emotional in Liebeskummer. Doch es kam nichts.

Schließlich, achtundzwanzig Tage später, folgte ein weiterer Brief: Der Großvater war gestorben, sie bliebe nun aber auf unabsehbare Zeit in Polen bei ihrer Großmutter.

Adieu.

Was Lars damals nicht wusste, war, dass die Frau in ihrem Heimatort ihre Jugendliebe wiedergetroffen hatte und nun mit dem Mann zusammenlebte.

Neun Monate später erblickte Mia das Licht der Welt.

Was Lars damals ebenfalls nicht wusste, war, dass sich die Jugendliebe als trunkener Frauenschläger entpuppte, der irgendwann seine Verantwortung als Vater hinterfragte und einen Test verlangte – der ihn als Mias Vater ausschloss.

Enttäuscht vom Leben, der Liebe und den Männern war Mias Mutter gemeinsam mit ihrer Tochter wieder nach

Deutschland zurückgekehrt und stand nun unverhofft vor Lars, die fünfjährige Mia an der Hand.

Der wusste sogleich, dass er Mias leiblicher Vater war. Mit ihrer Kurzhaarfrisur sah sie aus wie er, auf jenem Kinderfoto von ihm, das seine Eltern so sehr geliebt hatten.

Auch wenn sich Mias Mutter geziert hatte, waren sie im Anschluss zu dritt in einen Eissalon gegangen, hatten erst über Nichtiges gesprochen, dann, wie es denn weitergehen könnte.

Oder besser gesagt: Mias Mutter hatte gesagt, wie es weitergehen würde: nämlich gar nicht.

Niemals wieder wollte sie mit einem Mann zusammenwohnen, geschweige denn ihr Kind mit ihm teilen.

Lars fügte sich.

»Ich … ich habe den Kontakt nie wirklich abgebrochen«, sagte er schließlich. »Aber deine Mutter wollte mich nicht. Das sagte sie mir auch explizit, mehrmals, das kannst du mir glauben.«

»Du hast dich noch mit ihr getroffen?« Mia klang überrascht.

»So würde ich das nicht nennen. Aber ich habe immer wieder den Versuch unternommen, etwas an der Situation zu ändern. Das letzte Mal, als du zwölf warst.«

»Das war alles? Danach hast du einfach den Scheißkopf in den Sand gesteckt?« Mia wurde zornig. »Hast du dir nie überlegt, ob ich vielleicht auch einen Vater brauchte? Mutter hat mich in Beschlag genommen, in einem Ausmaß, das kannst du dir nicht vorstellen. Immer und überall musste ich für sie erreichbar sein. Selbst wenn ich bei einer Freundin geschlafen hatte, rief sie bis zehn Uhr in der Nacht an oder schrieb SMS. Und wehe, ich antwortete nicht schnell genug. Dann spielte es Granada.«

Lars räusperte sich. »Das tut mir leid, das … wusste ich nicht.«

»Natürlich nicht!« Mia schlug mit der Faust auf die hölzerne Armlehne ihrer Liege. »Woher solltest du es denn auch wissen? Hast dich immer nur um deinen eigenen Scheiß gekümmert!«

Lars spürte einen Stich in der Brust, als hätte ihm jemand ein unsichtbares Messer hineingerammt. Er senkte den Kopf.

»Es tut mir leid, ehrlich. Ich wusste einfach nicht, wie ich den Kontakt zu dir bewerkstelligen sollte. Wenn man oft genug mit dem Kopf gegen die Wand gelaufen ist, lässt man es irgendwann.«

»Was hätte sie denn großartig tun können? Du hast als Vater doch auch Rechte.«

Lars verkrampfte sich bei dem Gedanken daran, sprach ihn dennoch aus. »Sie hat mir damit gedroht, mich wegen Körperverletzung anzuzeigen.«

»Hast du sie denn geschlagen?«

»Ob ich sie –« Lars schloss die Augen. »Natürlich nicht. Aber in so einem Fall steht Aussage gegen Aussage, und in so einem Fall zieht man als Mann meist den Kürzeren.«

»Hättest du es doch darauf ankommen lassen«, meinte Mia.

»Dann hätte eine Psychologin auch dich befragt, ein kleines Mädchen. Der Gedanke daran erschien mir nicht gerade wünschenswert.« Er sah seine Tochter an. »Deshalb habe ich mich auch erst bei dir gemeldet, als du achtzehn warst. Erwachsen und legitimiert, Entscheidungen über Dinge zu treffen, die deine Mutter sonst verboten hätte.«

Die Frontfrau lächelte bitter. »Ja, an den Anruf erinnere ich mich auch noch. Wer sich achtzehn Jahre lang wie ein verantwortungsloser Arsch verhalten hat, braucht nicht zu glauben, das mit einem Scheißtelefonanruf einfach ad acta legen zu können.«

»Hast du mir damals auch unmissverständlich klargemacht«, sagte Lars mit belegter Stimme. »Ich kann mich nur wiederholen: Es tut mir unendlich leid. Dass du mich gestern angerufen hast und wir nun beide hier sitzen, ist das Beste, was mir seit Langem passiert ist. Ehrlich.«

Mia senkte ebenfalls den Kopf. »Na ja. Zumindest hast du dich nicht als der Vollarsch entpuppt, als den dich Mutter immer beschrieben hat.«

»Kann mich einfach nur gut verstellen.« Lars strich sich über den Schnurrbart. »Aber im Ernst: danke. Und wenn wir schon bei ehrlichen Worten sind –«

»Ich will's nicht wissen.« Mia wartete eine Schrecksekunde, bleckte dann jedoch die Zähne. »Was denn?«

Lars trank einen Schluck Bier. »Ich war nie als Ermittler tätig.«

»Warst du nicht? Aber ich glaubte –«

»Ich hab das damals deiner Mutter erzählt, weil ich dachte, ich könnte sie damit beeindrucken. Du weißt schon: verlässlicher Job. Verlässlicher Mann. Verlässlicher Vater.«

»Hat ja super geklappt. Als was hast du dann deine Brötchen verdient? Mit einem ähnlichen Job?«

Lars schnalzte mit der Zunge. »Nicht ganz. Ich war –«

Er brach ab, atmete tief durch.

Mia setzte ihren Becher zum Trinken an, hob eine Augenbraue. »Pornodarsteller wird's ja nicht gewesen sein, oder?«

»Was? Blödsinn! Ich war Kaufhausdetektiv.«

Die Frontfrau prustete das Bier aus, lachte hell auf.

Ihr Vater wurde rot.

»Kaufhausdetektiv? Echt jetzt? Du hast aufgepasst, dass Zwölfjährige keine Lollis klauen?«

»Na, na, ganz so war's nicht«, korrigierte Lars todernst. »Manche von ihnen waren schon dreizehn.«

Vater und Tochter teilten ein Lächeln.

»Kaufhausdetektiv«, wiederholte Mia. »Ich schmeiß mich weg! Al Bundy wäre stolz auf dich. Machst du das noch immer?«

Lars schüttelte den Kopf. »Schon lange nicht mehr. Ich habe als Elektrotechniker angefangen, bei der Wurst- und Fleischwaren-Fabrik ›Weidfrieden‹.«

Mia schauderte es bei den Worten. »Boa, das ist jetzt aber harter Tobak für mich. Ich, Vegetarierin aus Überzeugung, und mein Vater malocht beim Klassenfeind.«

»Du bist Vegetarierin? Ich wollte damit nicht –«

»Entspann dich«, winkte Mia ab. »Ich gehöre nicht zu denen, die anderen vorschreiben, was sie zu essen, denken oder wählen haben. Ich hab's für mich beschlossen und gut ist.«

Lars sah seine Tochter herausfordernd an. »Wenn das so ist, will ich doch sofort ein halbes Einhorn verputzen, gefüllt mit Babyrobben.«

Mia hob drohend den Zeigefinger. »Vorsicht! Nicht provozieren, alter Mann.«

Die beiden stießen mit den Bechern an.

»Übrigens arbeite ich dort seit über einem halben Jahr nicht mehr.«

»Ah!« Mia machte große Augen, »Moment – hat das was mit dem ominösen Schicksalsschlag zu tun, den du schon öfter ungefragt erwähnt hast?«

»Ja.« Lars seufzte. »Aber ich denke, wir hatten heute genug Seelenstriptease, meinst du nicht?«

Mia zuckte mit den Schultern. »Irgendwie schon. Mein Hirn ist im Moment so hohl wie der Drumsound auf ›St. Anger‹.«

»Versteh ich nicht.«

»Egal. Lass uns darauf konzentrieren, was wir morgen machen werden.«

Lars hob beschwörend die rechte Hand. »Natürlich die Weltherrschaft an uns reißen!«

Seine Tochter sah ihn an, als hätte er einen Schlaganfall erlitten.

Er machte eine kurze Pause. »Sorry, aber der musste sein. ›Pinky und der Brain‹, nie geguckt?«

»Nö.« Sie zuckte mit den Schultern. »Auf alle Fälle suchen wir morgen die Frau auf dem Foto, die mit dem Dirndl.«

»Sofern sie es morgen auch noch trägt.«

Mia zupfte an ihrer Kutte. »Glaub mir, das wird sie. Sind ja nur achtzigtausend andere hier, die so etwas nicht anhaben. Kinderspiel für einen Kaufhausdetektiv, oder?«

Lars streckte ihr den Mittelfinger hin. »Siehst du? Das kann ich auch.«

Mia tat es ihm gleich. »Nur, dass du dabei nicht so cool aussiehst wie ich.«

Er senkte die Hand wieder. »Stimmt. Aber das tut niemand.«

Ein verlegenes Lächeln huschte über Mias Gesicht.

Schließlich wandten sie und ihr Vater sich wieder dem Lichtspektakel zu, das hinter den Baumspitzen erstrahlte, während am Himmel eine atemberaubende Drohnenshow begann.

Begleitet von einem guten Dutzend Gastmusikern beendeten DORO den Tag auf der Harder Stage, brachten dabei mit ihrer Power und Begeisterung die Stimmung zum Kochen. Dazu servierte die »Queen of Metal« den Fans, die sie frenetisch abfeierten, eine gut abgestimmte Mischung aus eigenen Rock-Hymnen à la »Blood, Sweat And Rock 'n' Roll«, »Für immer« und »All We Are«, aber auch Coverversionen von Allzeit-Klassikern wie »Breaking The Law«, »Antisocial« und »Ace Of Spades«.

Nachdem die letzten Akkorde aus den Boxen geschallt waren, verließen Zigtausende Metalheads nach und nach das Infield, das Wackinger Village sowie die Bullhead City und kehrten zu ihren Zelten zurück. Manche aufrecht, manche torkelnd, aber so gut wie alle mit einem breiten Grinsen auf dem Gesicht und den Refrain eines DORO-Hits auf den Lippen. War auch der erste offizielle Tag des Festivals gemeistert, so überwog die Vorfreude auf die drei Tage, die noch folgen sollten.

Drei Tage voller Musik und Lebensfreude.

Für manch einen unter ihnen jedoch womöglich auch die letzten …

39
-40

Raven

Tumultartiges Treiben vor seinem Zelt riss Lars aus dem Schlaf. Verdattert tastete er um sich, versuchte, in der Dunkelheit sein Handy zu finden.

Das Display leuchtete auf. »3:33«.

Erst jetzt bemerkte Lars das bedrohliche Sausen, das sein Zelt umtoste. Im Schein der Smartphone-Beleuchtung erkannte er, dass eine Wand seiner Behausung eingedrückt wurde, offenbar vom Wind. Zeitgleich begannen schwere Tropfen auf die Außenhaut des Zelts zu prasseln, erst vereinzelt, dann in einem heftigen Schauer.

Während Blitze mit einer Frequenz aufleuchteten, als würden sich draußen Paparazzi auf dem roten Teppich ein Stelldichein geben, versuchte Lars mit der Taschenlampe zu ergründen, ob das Mobilheim, das Mike ihm spendiert hatte, auch wasserdicht war.

Zu seiner Erleichterung konnte er jedoch nirgendwo feuchte Stellen ertasten.

Manch anderer da draußen schien weniger Glück zu haben, gemessen an den Rufen und Flüchen, die durch das Unwetter schallten.

Immer wieder knallten Autotüren, wohl weil sich die Besitzer der Fahrzeuge von undichten Zelten ins Trockene flüchteten, mutmaßte Lars.

Nun war er froh darüber, dass er den gestrigen Abend gemütlich hatte ausklingen lassen. Dass er keinen in der

Krone hatte und nun neben dem Sturm nicht auch noch Kopfschmerzen erdulden musste. Oder schlimmer: den unvermeidlichen Drang, die Blase zu entleeren, trotz der unsäglichen Witterung.

Lars erinnerte sich an das letzte Mal, als er Ähnliches erfahren hatte. Als Kind war er mit seinen Eltern in Bibione zelten gewesen. Oder besser gesagt: sie mit ihm. Über fünf Jahre hinweg hatten für ihn die drei Wochen im Sommer Abenteuer bedeutet, Selbstbestimmung und Freiheit. Drei Wochen, die ihm vorgekommen waren wie eine ganze Lebenszeit. Dass man zu Duschen und WCs erst über den Campingplatz gehen musste, hatte ihn dabei nie gestört – seine Eltern schon, weshalb das Abenteuer auch vorbei gewesen war, als er zwölf wurde.

Ein Jahr später war auch die Ehe seiner Eltern in die Brüche gegangen.

Dies hatte Lars tief getroffen und ihn zu der Überzeugung geführt, dass er seinen Kindern so etwas niemals antun würde. Gründlicher als gründlich würde er prüfen, wen er heiratete, würde dann alles Erdenkliche dafür tun, dass sein Nachwuchs behütet aufwachsen konnte.

Mit Blick auf die schiefe Zeltwand stieß Lars ein tiefes Seufzen aus – hatte ja alles gut geklappt.

Er war siebenundvierzig, Single und Vater einer Tochter, die er kaum kannte. Zudem, nicht zu vergessen, arbeitslos.

Dennoch hatten die letzten Tage all das bewirkt, was Mike ihm prophezeit hatte: Der Tapetenwechsel hatte Lars aus seiner Lethargie gerissen, sinnbildlich die Gewitterwolken am persönlichen Horizont hinfort gefegt und die Sicht auf unbekanntes Land eröffnet. Auf einen Ort, an dem noch Hoffnung bestand, an dem es eine vielversprechende Zukunft gab und wo Einsamkeit ein Fremdwort war.

Dieses Land galt es für ihn ab nächster Woche zu erobern.

Ein Donner wie ein Kanonenschuss ließ Lars zusammenzucken.

Er schaltete die Handytaschenlampe aus, rollte sich in seinem Schlafsack zusammen und malte sich das aus, was ihm schon als Junge geholfen hatte, bei Gewitter im Zelt einzuschlafen: die Vorstellung, er sei Kapitän eines Piratenschiffs, das die sieben Weltmeere durchkreuzte und allen Gefahren trotzte – selbst dem Unwetter, das gerade über ihn hereinbrach.

FREITAG

»Bei dem Duett, das ich mit John aufgenommen habe, hat es von der ersten Sekunde an zwischen uns geknistert. Also buchstäblich. Der Tontechniker hat nämlich die Verkabelung vermurkst. Die Aufnahme ist dann doch noch großartig geworden.
Ach, John …
Du hattest Musik in den Adern und Feuer im Blut.
Über den Rest deiner Vorzüge schweigt eine Lady.
Mach's gut.«

Doro Pesch, DORO

40[-1]

Sabaton

Während die ersten Sonnenstrahlen durch den Morgennebel schnitten, strömten bereits einige Festivalbesucher wieder zum Gelände – wie eine Karawane, die völlig erschöpft zur einzigen Oase weit und breit pilgerte.

Die Stimmung erinnerte frappant an den Beginn von Slayers »Seasons In The Abyss«, wo die Harmonien der Gitarren und der Rhythmus des Schlagzeugs diese Karawane unbarmherzig vorantrieben. Wiederholt setzte die Leadgitarre ein Single-Note-Riff, das die verminderte Quinte einbrachte und so dem einzelnen Pilger das vermeintliche Ziel vor Augen führte – nur um es ihm gleich wieder zu entziehen. Es folgte die Zerlegungen der Leadgitarre in gleichmäßige, ununterbrochene Sechzehntelnoten. Als die Drums bestimmender wurden und die Rhythmusgitarre stabile Akkorde bot, kroch die Karawane bereits schicksalergeben ihrem Verderben entgegen.

Doch dann attackierte gänzlich unverhofft die Leadgitarre mit einem fetten Stakkato-Riff, zusätzlich akzentuiert von den Drums, und verkündete damit die lang ersehnte Ankunft an der Oase, dem Wackener »Holy Land« …

Bekleidet mit einem frischen orange-gelben Hawaiihemd, riss Lars die Arme in die Höhe, streckte sich in der kühlen Morgenluft. Er genoss die ersten Sonnenstrahlen im Gesicht, die sich wie feine Nadelstiche anfühlten. Immer wieder war er während der Nacht hochgeschreckt, hatte geprüft, ob sein Zelt schon unter Wasser stand. Aber stets hatte er im Trockenen gelegen.

Ein Luxus, der nicht allen am Campingplatz vergönnt war.

Zwischen Zelten und Autos, Bäumen oder Buschwerk spannten sich an diesem Morgen Leinen. Darüber geworfen oder daran befestigt hingen klitschnasse Kleidungsstücke, Schlafsäcke und Isomatten. Einige der Zelte waren komplett in sich zusammengefallen, zuweilen klaffte gar eine Lücke zwischen zwei Behausungen. Nur das platt gedrückte Gras zeugte davon, dass hier am Abend zuvor noch ein Zelt gestanden hatte. Ein Zelt, dessen Besitzer es nicht für nötig gehalten hatten, es fachgerecht abzuspannen.

Während Lars den Blick über den Campingplatz schweifen ließ, musste er zu seiner Überraschung feststellen, dass niemand richtig verärgert über das Unwetter schien. Immerhin befand man sich im hohen Norden und das Wetter konnte dementsprechend schnell umschlagen.

Die Festivalbesucher taten schlicht, was nötig war, damit sie danach wieder tun konnten, wofür sie gekommen waren.

Manche der Fans, die an Lars vorbeistapften, trugen Gummistiefel, die bei jedem Schritt ein schmatzendes Geräusch verursachten. Das dunkle Erdreich des Ackers war noch dabei, das Regenwasser zu absorbieren, weshalb sich die Gehwege mittlerweile in Schlammpfade verwandelt hatten.

Vor Mikes Zelt fehlten jene zwei Paar Stiefel, welche die letzten Morgen davorgestanden hatten. Vermutlich, so hoffte Lars zumindest, war sein Freund ebenfalls in der Nacht wach geworden und hatte sie ins trockene Zeltinnere geholt.

Mit einem Mal spürte Lars, wie ihm der Magen knurrte. Nach dem »Wacken Nacken XXL« von gestern hatte er nichts mehr gegessen. Einerseits, weil ihm der Hunger fehlte, andererseits, weil sieben Bier auch ein Schnitzel waren. Nun aber verlangte sein Körper wieder nach Energie.

Lars machte sich auf den matschigen Weg Richtung Festivalgelände, auf einen großen Becher Kaffee und etwas Deftiges als Grundlage für den Tag.

Mia hatte die halbe Nacht kein Auge zugetan. Doch das war weder Hastes penetrantem Schnarchen noch dem Regen geschuldet, der unablässig auf das Blechdach des Partybusses trommelte.

Es war Mias Verstand gewesen, der sich einfach nicht zur Ruhe legen wollte. Immer wieder hatte sie durchgespielt, was sich die letzten beiden Tage ereignet hatte. Vom unverhofften Wiedersehen mit ihrem Vater zu den Morden an John Gallows und Hellsticks, dem Plattenvertragsangebot des schmierigen Nowak bis hin zu Biers Verrat.

All das türmte sich vor ihrem geistigen Auge immer höher auf, schwappte über, begrub sie unter sich und zerrte an ihr wie ein wildes Tier, das sie zerfetzen wollte.

Zudem hörte Mia jedes Mal, wenn sie in erlösenden Schlaf wegzukippen drohte, Lars' Worte: »Ich habe immer wieder den Versuch unternommen, etwas an der Situation zu ändern. Das letzte Mal, als du zwölf warst.«

Aber daran konnte sich Mia beim besten Willen nicht erinnern. Daher begann sich ihr Gedankenkarussell zu drehen. Hatte Lars das nur vorgeschützt? Aber warum sollte er das tun, nach all den Jahren? Lag es an ihr? Hatte sie es schlichtweg verdrängt, vielleicht gar einen Schutzschild gegen die Enttäuschung entwickelt?

Irgendwann, Mia mochte nicht sagen, wie spät es gewesen war, war sie dennoch in erlösenden Schlaf geglitten.

Seit sechs Uhr hatte sie wieder wach gelegen, unfähig, erneut einzuschlafen.

Um sieben Uhr hatte sie den Bus verlassen. Nicht, ohne Haste zuvor noch gebührend unflätig darauf hinzuweisen, dass sein Schlafgeräusch ihr mehr auf die Nerven ging als eine Scheißdauerschleife an gejaulten Weltverbesserungsliedern.

Während ihre Bandkollegen weiterhin in einem Wettbewerb für Schnarchlautstärke konkurrierten, schlenderte Mia über das Wacken-Areal.

Auch hier hatte das Unwetter seine Spuren hinterlassen. Abdeckungen waren verweht, Mülltonnen und Absperrgitter umgekippt und ganze Äste von Bäumen abgebrochen.

Den Matsch auf den Wegen umging sie am noch festen Rand, Hindernisse überstieg sie. Ihre Aufmerksamkeit galt einer Person, die zu finden sie sich fest vorgenommen hatte: der Frau mit dem Metal-Dirndl auf dem Foto.

Natürlich hatten die lästigen Wachphasen während der Nacht auch dazu geführt, dass sie sich selbst fragte, warum sie nicht einfach von hier abreiste. Aber sie wollte dabei sein, wenn der Gewinner des Metal Battle gekürt wurde, und sie wollte am Abend noch den Live-Auftritt von Amon Amarth genießen. Die schwedischen Melodic-Death-Metaller mit wikingeraffinen Lyrics gaben sich als Headliner die Ehre und Mia wollte dabei abrocken – und all ihren Frust und angestauten Ärger loswerden.

Metal als Katharsis, für Mia ein seit Jahren bewährtes Rezept.

Vom Wackinger Village stapfte sie zur Bullhead City, zum Wasteland und weiter zum Camping Plaza. Dieser Vorplatz war am frühen Morgen noch kaum passierbar, zu viel Regen hatte das Erdreich wadentief aufgeweicht.

Mia umging das Gelände, während in dessen Zentrum Tonnen an Hackschnitzeln von Lkw-Ladeflächen heruntergekippt wurden, die die Feuchtigkeit aufsaugen und so den matschigen Acker wieder begehbar machen sollten.

Immer wieder drehte sie sich um, musterte auch die Besucher, die in der Ferne unterwegs waren. Da das Gesicht der Frau auf dem Foto verwischt war, konzentrierte sich Mia ausschließlich auf die Kleidung der weiblichen Metalfans.

Vergebens.

Auch im Wacken-Center entdeckte Mia niemanden, auf den die Person auf dem Foto auch nur annähernd passen könnte.

Zugegeben, dachte sie sich, vielleicht schlief das Fräulein ja noch. Doch wenn sich erst einmal das Infield mit Fans füllte, würde es schier unmöglich werden, sie ausfindig zu machen.

Enttäuscht, gewürzt mit einer Prise Frust, kehrte Mia um, stapfte Richtung Artist-Area auf einen Becher Kaffee und ein Brötchen mit Frischkäse. Dabei zückte sie ihr Handy, wählte eine Nummer. Nach wenigen Sekunden meldete sich eine Stimme.

Mias Miene verfinsterte sich. »Hallo, Mutter.«

41

17 (The Battle of Cartagena)

Alestorm

Stoisch thronte der überlebensgroße Wacken-Schädel in Rostoptik am Eingang zur Artist-Area. Das Klirren von Besteck und das Scheppern von Geschirr drang aus dem Verköstigungszelt dahinter, wo sich viele der Künstler gerade an einem herzhaften Frühstück labten.

Mia war ebenfalls gerade dorthin unterwegs, als sie ein lauter Tusch herumwirbeln ließ. Zwei Bierbank-Garnituren entfernt saß Lars, der gerade mit der flachen Hand auf die Tischplatte geschlagen hatte.

»Bisschen früh für so 'nen lautstarken Gefühlsscheiß, meinst du nicht?«

Lars blickte überrascht auf. »Oh! Moin, Mia.«

»Und definitiv zu früh für plumpe Alliterationen.«

»Was?«

»Alliterationen. Wenn zwei Wörter den gleichen Anfangslaut besitzen. So was wie altkluger Arsch. Kennst du sicher. Als Texterin weiß man das.«

»Aha. Also gut, setz dich. Das willst du hören.«

»Will ich das?« Mia rieb sich schläfrig die Augen. »Ich brauch mal Kaffee.«

Lars schob seinen Becher in ihre Richtung. »Ist noch halb voll.«

»Schwarz ohne Zucker?«

Er formte mit der rechten Hand Teufelshörner. »Black-Metal-schwarz.«

Mia setzte sich auf die Bank, verzog dabei griesgrämig das Gesicht. »Bitte keine Vergleiche, bei denen du einen der Begriffe nicht kennst.«

Ihr Vater hob entschuldigend die Hände. »Keine Alliterationen, keine unpassenden Vergleiche. Was steht noch auf deiner Guten-Morgen-Verbotsliste?«

»Dumme Fragen.«

Mia trank einen Schluck des noch heißen Getränks, genoss die Bitterkeit und die Wärme, die sie augenblicklich erfüllte.

»Ist aber mehr eine Gebotsliste.« Sie griente, wurde dann jedoch ernst. »Ich habe gerade mit Mutter telefoniert.«

Lars erstarrte innerlich, versuchte jedoch, so gleichgültig wie möglich zu wirken. »Ach ja?«

»Ja. Mutter streitet ab, dass du jemals versucht hast, sie zu kontaktieren. Auch nicht, als ich zwölf war.«

Lars spürte, wie Wut in ihm hochkochte.

Er räusperte sich unnötig lange, fuhr dann mit ruhiger Stimme fort. »Was soll ich dazu sagen? Ich hab dir gestern meine Sicht der Dinge erzählt. Dass die nicht mit der deiner Mutter Hand in Hand geht, hat subjektive Wahrnehmung so an sich.«

»Du … willst also nicht widersprechen?«

»Hat keinen Sinn. Sie sagt ihre gefühlte Wahrheit und damit hat sich's. War so, ist so und wird wohl auch so bleiben.« Er sah seiner Tochter in die Augen. »Du weißt schon, was ich meine.«

Mia wollte aufspringen, ihrem Vater ihr Handy an den Kopf schleudern. Sie wollte ihn anschreien, nicht so verflucht gleichgültig zu sein, sondern zu kämpfen, denn immerhin ging es um sie!

Aber sie tat es nicht. Nach dem Festival würde dafür noch genügend Zeit sein.

»Also gut«, seufzte sie resignierend. »Was wolltest du mir zeigen?«

»Als guter Kaufhausdetektiv – oder aus Langeweile, such's dir aus – scrolle ich mich seit heute Morgen durch Facebook-Fotos vom diesjährigen Festival. Hashtag ›Wacken‹.«

»Okay, Opa, und weiter?«

»Was soll das denn bitte schön heißen?«

»Dass diese spezielle Plattform mittlerweile hauptsächlich von Leuten fünfunddreißig plus genutzt wird, aber egal. Was hast du da entdeckt, du trendiger Spürhund?«

Lars wartete einen Augenblick, sichtlich bemüht, die Spannung zu steigern.

Als Mia gefrustet über den Tisch langte, um ihm das Smartphone aus der Hand zu reißen, drehte er es schnell zu ihr.

»Tada!«

Das Display zeigte das Foto einer Frau Ende dreißig, die in einem Metal-Dirndl poste. Die Arme hatte sie ausgestreckt. Die Hände zu Hörnern geformt. Den Kopf hatte sie vornübergebeugt, sodass ihre schwarzen, kinnlangen Haare ihr ins Gesicht fielen und dieses verbargen.

Daneben stand: »Gerade in #Wacken eingetroffen und in Schale geschmissen❤. Let's rock 🤘«.

Mia beugte sich nach vorn, studierte das Bild. »Scheiße noch mal, jetzt bin ich aber platt! Ganz ehrlich. Wie heißt die Tante? ›Rocktigress V‹?«

»Hab auf ihr Profil geklickt. Aber dort sind alle Fotos privat. Also keine Ahnung, wie die Frau aussieht.«

Mia schnalzte tadelnd mit der Zunge. »Kein Vertrauen mehr in die Welt, auch auf Social Media nicht«, sagte sie süffisant.

»Dafür weiß ich, wo das Foto aufgenommen wurde.«

Sie kniff die Augen zusammen. »Ich jetzt auch. Das sind doch die Glamping-Legebatterien.«

Lars runzelte die Stirn.

»Glamorous Camping? Glam-Ping. Klingelt's?«

»Nicht im Geringsten.« Lars lehnte sich zurück. »Aber wieder was gelernt. Auf der Wacken-Homepage wird das Ganze als das ›Moshtel‹ gelistet. Ich wollte dich gerade anrufen, damit wir uns auf den Weg machen.«

»Echt jetzt?«

Lars gab sich verblüfft. »Klar! Sind doch gar kein so schlechtes Team. Wie ›Starsky und Hutch‹.«

»Wer?«

»Oder wie ›Scott & Huutsch‹. Mit Tom Hanks.«

Mia verschränkte die Arme. »›Scott & Huutsch‹? Dann bin ich wohl die Scheißdogge, oder wie?«

Lars stand auf. »›Hot Fuzz‹. ›Zwei stahlharte Profis‹. Irgendeine andere Buddy-Komödie. Kannst dir ja auf dem Weg überlegen, wer du sein willst.«

Mia stellte sich neben ihren Vater. »›Zoomania‹. Ich bin der Fuchs und du das Faultier.«

Langsam füllte sich das Gelände, insbesondere vor den Frühstücks- und Getränkeständen. Doch noch konnten Lars und Mia über das Wacken-Center schlendern, ohne permanent jemandem ausweichen zu müssen.

Rechter Hand reihte sich eine Essensbude an die nächste, wobei Schilder von internationalen Spezialitäten kündeten. Da beim Austria-Stand das Fleischlaberl jedoch »Frikadelle« hieß, hatte das Essen beim China-Stand mit dem Herkunftsland vermutlich so viel zu tun wie Zitronenfalter mit Zitronenfalten, kam Lars in den Sinn.

»Eine Sache beschäftigt mich seit gestern«, sagte Mia schließlich, ohne ihren Vater anzublicken. »Ich bin mir aber nicht sicher, ob ich die Antwort auf meine Frage wissen will.«

Lars pfiff durch die Zähne. »Da hab ich gleich ein ganz mieses Gefühl bei der Sache, Chewie.«

»Star Wars? Echt jetzt?«

»›Krieg der Sterne‹, wie es zu meiner Zeit noch hieß. Zitate daraus sind im ganzen Leben anwendbar, glaub mir. Krieg der Sterne und die Simpsons.«

»Du hattest wohl nie viele Freunde, was?«

Lars grinste trotzig. »Wie auch immer. Raus damit, was wolltest du fragen?«

Mia blickte scheinbar beiläufig in den Himmel. »Was ist das für ein Schicksalsschlag, über den du gestern Abend nicht mehr reden wolltest?«

»Ach das.« Ihr Vater nickte wissend. Er setzte an, etwas zu sagen, zögerte, brach ab. Schließlich schien Lars sich doch durchgerungen zu haben. »Ist erst vier Wochen her und … na ja, es hat mich ganz schön gebeutelt.« Er schluckte.

Mia ebenso. »Ist jemand gestorben, den du geliebt hast?« Sie blieb stehen, ergriff Lars' Hand. »Wenn, dann tut es mir jetzt schon leid, dass ich es angesprochen habe.«

»Schon gut.« Er lächelte traurig. »Gestorben ist niemand, auch wenn es sich so angefühlt hat. Es sich immer noch so anfühlt. Ich … habe die Liebe meines Lebens verloren. Sonja.«

»Was ist passiert?«

»Wir haben uns bei meinem ehemaligen Arbeitgeber kennengelernt.«

»Ah, die Tiermord-Fabrik. Hat sie dort auch gearbeitet?«

Er schüttelte den Kopf. »Nein, sie hat davor demonstriert.«

»Wie jetzt?«

»Sonja hat sich sehr im Tierschutz engagiert, ich meine, richtig aggressiv engagiert. Sie hat sogar für einen Verein gearbeitet – ›Revolution for the Animal Treatment of Tomorrow‹.«

Mia runzelte fragend die Stirn. »Für RATT?«

»Ja, genau«, sagte Lars, überrascht, dass Mia den Verein kannte. »Mir sagten die vorher nichts, aber durch Sonja, na ja, bin ich mit der Szene in Berührung gekommen. Ihr zuliebe wurde ich sogar zum Veganer.«

»So richtig im Ernst?«

Lars nickte. »Zumindest für die meiste Zeit.«

»Was soll das denn heißen?«, echauffierte sich Mia. »Entweder man ist Vegetarier oder Veganer oder sonst was oder nicht. Ich kann auch nicht eine Flasche Whisky saufen und danach behaupten, ich sei trocken.« Sie atmete tief durch, summte dann einige Augenblicke leise vor sich hin. »Sorry, das war jetzt fehl am Platz. Geht schon wieder.«

»Schon gut, ich versteh's ja. Tatsache war, dass ich mich Hals über Kopf in Sonja verliebt habe und sie sich in mich, zumindest dachte ich das. Aber es kam alles anders. Erst verließ ich wegen ihr meinen Job, dann verließ sie mich.«

»Autsch. Wie lange wart ihr zusammen?«

»Ein halbes Jahr.«

Mia nickte bedächtig, ließ sacken, was er gerade erzählt hatte.

Dann sah sie Lars tief in die Augen. »Du willst mir also ernsthaft weismachen, dass dein schwerer Schicksalsschlag, jenes epochale Ereignis, das dich fortwährend runterzieht, darin besteht, dass dich irgendeine Veganertussi abserviert hat? Das war alles?«

»Für mich war das keine kleine Sache. Von einem Moment auf den anderen hatte ich keinen Job mehr, keine Freundin.

Fuck, ich war allein und hatte plötzlich einfach zu viel Zeit, in der ich mir über mein Leben die Birne zerbrochen habe.«

»Und in dieser Zeit hast du dann erkannt, dass du in Wahrheit nicht mehr viel Zeit hast, richtig?«

Lars sah sie scheu an. »Schon möglich.«

Mia klopfte ihm tröstend auf die Schulter. »Nur weil dich deine Freundin nicht mehr fickt, heißt das nicht, dass es das Leben tut. Du hast einfach eine kleine Midlife-Crisis, das ist alles.«

Ihr Vater schwieg.

»Was sagt denn Mike dazu?«

»Das Gleiche«, flüsterte Lars kaum hörbar. »Nur dass der meint, ich hätte eine große Midlife-Krise.«

Mia zupfte ihm das Hawaiihemd zurecht. »Na komm. Du bist doch ein Mann in den besten Jahren. Du bist gesund, hast einen Porno-Schnauzer. Du bist ... na, ein Mann eben. Frauen in deinem Alter schlecken sich doch alle zehn Finger ab, wenn sie einen wie dich kriegen – ohne extremen Bierbauch und zumindest kein völliger Psycho.«

»Ich bin also nur ein kleiner Psychopath, oder was?«

Sie zwinkerte ihm zu. »Jetzt hat er's verstanden. Aber mach dir nichts daraus. Eigenheiten sind das, was einen anderen Menschen liebenswert machen.«

»Oder abstoßend.«

Mia ließ ein genervtes Knurren hören. »Bei dir ist das Scheißglas aber auch immer halb leer, was? Ich sag dir eins: Nach Wacken lädst du dir eine Dating-App aufs Handy und Holla, die Waldfee! Du wirst in Muschis ersticken.«

Lars prustete los. »Grundgütiger! Wir müssen echt an deiner Ausdrucksweise arbeiten.«

»Abwarten. Aber zuerst finden wir die Maid im Metal-Dirndl. Komm.«

42

16 Imprisonment

King Diamond

Man nehme einen rechteckigen Container aus Metall im Gartenhütten-Look, statte ihn mit zwei Betten samt Polster und Bezug aus, streiche die Tür- und Fensterrahmen der einzelnen Container cremefarben, die Flächen in Nut- und Federbretter-Optik weinrot, braun oder tannengrün – fertig war das Moshtel! Eine Behausung reihte sich an die nächste, die Eingänge blickten zueinander wie in einem eigenen kleinen Dorf. Das Ganze wirkte weniger wie ein Camp für Metalfans, sondern mehr wie eine Enklave skandinavischer Sommerfrischler.

Dort kamen all jene unter, die die Schnauze voll von nassen Zelten, lärmenden Nachbarn und kilometerlangen Fußwegen hatten, denn das Areal lag fußmarschfreundlich zwischen Infield und Wackener Hauptstraße.

»Alter Schwede!«, staunte Lars, nachdem er und Mia die Security-Mitarbeiter, die den Zugang zum Areal kontrollierten, mit einer fadenscheinigen Begründung hinter sich gelassen hatten. »Das ist also Glamping! Und ich Vollhonk hause in einem Zelt.«

»Zunächst mal musst du hierfür auch das nötige Kleingeld mitbringen«, erklärte seine Tochter. »Außerdem sieht es irgendwie spießig aus, findest du nicht?« Sie warf ihm einen schnellen Blick zu. »So gesehen würdest du aber schon hierher passen.«

Lars ignorierte den Seitenhieb, versuchte stattdessen, sich wieder aufs Wesentliche zu konzentrieren. Er hob sein Handy, betrachtete das Foto mit der Frau im Metal-Dirndl.

»Weitläufig ist es hier ja nicht. Aber so wenig Hintergrund, wie auf dem Bild drauf ist, könnte es vor jeder der roten Hütten geknipst worden sein.«

Auch Mia besah sich noch einmal das Bild, drehte sich im Kreis, hoffend, ein Detail zu entdecken, das eine Verortung zuließ. Ohne Erfolg.

Vier Hütten vor ihnen schwang eine Tür auf.

Ein Mann Ende dreißig kam aus dem Wohncontainer. Er hatte kurze schwarze Haare, trug enganliegende schwarze Jeans, ein gleichfarbiges Seidenhemd, das er bis zum Bauchnabel aufgeknöpft hatte. Wohl, damit man seinen trainierten Körper und die schweren Silberketten samt allerlei Anhänger mit Runen darauf bewundern konnte. Die mit Kajal verdunkelten Augen komplettierten einen stylisch-affektierten Look.

Mia schnappte sich Lars' Handy und sprach ihn an. »Hi, wir sind auf der Suche nach dieser Frau. Kennst du sie?«

Der Mann riss die Augen auf, als wäre er gerade aus einem Traum hochgeschreckt.

»What? Sorry, in English, please«, sagte er mit nordischem Akzent.

»We're looking for this woman. She's supposed to stay here. You know her by any chance?«

Der Mann reckte den Kopf nach vorn, dann umfing sein Gesicht ein warmes, überraschend sympathisches Lächeln. »Ah! Sure.«

Er wandte sich um, deutete auf einen roten Wohncontainer, schräg gegenüber von seinem. »She's –«

In dem Augenblick öffnete sich dort die Tür. Eine schwarzhaarige Frau kam heraus, gewandet in ein mit Band-Aufnähern verziertes Dirndl.

Der Mann winkte ihr zu, sie winkte zurück.

»Good morning, Leevi!«, rief sie, gefolgt von einem innigen Gähnen.

»Thanks a lot, man.« Mia erwiderte das Lächeln.

»Anytime.« Leevi wandte sich ab, stakste Richtung Infield.

Mia winkte Lars zu sich. »Mach schon, wir müssen –«

Sie brach ab.

Ihr Vater stand wie angewurzelt da, machte Augen, als wäre er gerade Zeuge eines überirdischen Phänomens geworden.

»Lars?«

Er setzte einen gestelzten Schritt vor den anderen, die Miene unverändert und murmelte: »Das glaub ich jetzt nicht.«

Nun schien die Frau Vater und Tochter zu bemerken und hob die Hand zum Gruß. Doch noch während der Bewegung entgleisten auch ihr die Gesichtszüge.

Mias Blick schnellte zwischen den beiden hin und her. Was zur Hölle geschah hier gerade? Waren die beiden verwandt? Handelte es sich um Erzfeinde – oder Erzfreunde, wenn es denn so was gab? Späte Liebe auf den ersten Blick? What the fuck?

Die Frau trat auf die beiden zu. »Sag mal … Lars, bist du das etwa?«

Der verharrte erneut, unfähig zu einer Reaktion.

»Ach, ihr beide kennt euch?« Mia entwischte ein diebisches Grinsen. »Wenn das mal kein Zufall ist! Willst du mir ›Rocktigress V‹ nicht vorstellen, Lars?«

»Also, das ist, ich meine, darf ich dir –«

»Lass mich raten: eine schicksalhafte Begegnung aus der Vergangenheit, gepaart mit einem geheimen Geheimnis!« Mia grinste noch breiter. »Ist heute Soap-Opera-Sonntag, oder was?«

»Verena?« Lars stammelte die Silben mehr, als er sie sprach.

Mit einem Mal lächelte die Frau herzlich. Sie ging zu den beiden, umarmte Lars. »Ist ja ewig her!«

»Ja, Lars«, stichelte Mia. »Wie lange genau?«

Die Frau trat zurück, musterte ihn von oben bis unten. »Hast dich gut gehalten, alle Achtung.«

»Du dich auch.«

»Und ich mich erst. Hi, ich bin Mia.«

Die beiden Frauen schüttelten einander die Hände.

»Verena. Und du bist seine –?«

»Die Bekannte einer gemeinsamen Bekannten.«

»Ja.« Lars lächelte gequält. »Es … ist kompliziert.«

»Ach was«, winkte Verena ab. »Wenn man sich ausspricht, ist nichts kompliziert. Schwierig wird es erst, wenn man schweigt.«

Mia richtete den Zeigefinger auf die Frau. »Irgend so ein sozialer Beruf, stimmt's?«

»Sozialarbeiterin.« Verena schien noch etwas hinzufügen zu wollen, verkniff es sich jedoch und richtete ihr Augenmerk wieder auf Lars. »Du hörst also auch immer noch Metal? Ist doch was von mir hängen geblieben.« Ihr Blick fiel auf Lars' Hawaiihemd. »Wobei –«

»Um ehrlich zu sein, war ich schon seit Ewigkeiten auf keinem Konzert mehr«, gestand er. »Genau genommen seit unserer Zeit. Mike hat mich hergeschleppt.«

»Mike?« Verena stieß ein Lachen aus. »Den gibt's auch

noch! Richte dem alten Strolch schöne Grüße von mir aus.«

Lars nickte. »Was ist mit dir? Lebst du immer noch den rockigen Way of Life?«

»Wie man's nimmt.« Verena hielt sich die Hand vor dem Mund, als würde sie Mia etwas Vertrauliches verraten. »Ich hab den da einst wegen eines Bassisten stehen lassen. War nicht schön von mir. Aber was will man machen? Die vermeintlich große Liebe, gepaart mit Sex, Drugs und Rock 'n' Roll. Dreimal darfst du raten, ob's gehalten hat.«

»Hättest dich doch mal melden können«, warf Lars ein und bemerkte sogleich, wie erbarmungswürdig seine Worte klangen.

Verena zwinkerte ihm zu. »Wir waren erst ... was? Einundzwanzig, richtig? Außerdem trampte ich danach durch die Welt.« Sie rüttelte Lars an der Schulter. »Du hingegen warst damals schon so –«

»Nerdig?« Mia grinste. »Bitte sag nerdig.«

»Gesetzt, wollte ich sagen. Geerdet. Ich wusste damals noch nicht einmal, wer ich war, geschweige denn, was ich mit meinem Leben anfangen wollte.« Verenas braune Augen blitzten auf. »Was für eine Zeit ...« Ihr entfuhr ein Seufzen.

Lars strich sich über den Schnurrbart. »Wie geht's dir jetzt?«

Verena machte mit ihrem Dirndl einen Knicks. »Ich bin zufrieden mit meinem Leben, ehrlich. Außerdem bin ich in Wacken.« Sie reckte die Metal-Hand.

Lars tat es ihr ungeschickt gleich.

»Also, wohnt ihr zwei auch im Moshtel?«

Lars und Mia tauschten einen beredten Blick.

»Nein. Genau genommen hat uns dein Foto hergeführt«,

sagte Lars und zeigte ihr sein Handy, auf dem ihr Facebook-Post erschien.

Verena verengte die Brauen. »Okay? Da hab ich mich wohl mit den Privatsphäre-Einstellungen vertan. Was wollt ihr von mir?«

Mia sah sich um. »Können wir irgendwo reden, wo wir weniger exponiert sind?«

Nun wurde Lars' ehemalige Freundin stutzig. »Worum genau geht es?«

Ohne eine Antwort abzuwarten, bedeutete sie Vater und Tochter, ihr zu folgen.

Der öffentliche Sitzbereich im Moshtel lag am anderen Ende des Eingangs, bestand aus zu Bänken und Tischen zusammengeschraubten Paletten samt Kissen. Obwohl sie zum Verweilen einluden, waren Lars, Mia und Verena allein.

Lars sah sich noch einmal konspirativ um, dann beugte er sich zu Verena. »Vorgestern Nacht bist du zufällig auf ein Foto geraten, erkennbar nur durch dein spezielles Dirndl.«

Die Sozialarbeiterin zuckte mit den Schultern. »Ich glaube, dass so gut wie jeder Festivalbesucher auf den Fotos anderer drauf ist. Mir ist das auch egal. Was soll der Terz?«

»Besagtes Foto wurde von jemandem geschossen, der –« Er sah zu Mia, die ihm zunickte. »Der gleich darauf ermordet wurde.«

Verena wurde bleich.

»Ich weiß, dass wir dich damit ein wenig überfahren, aber –«

»Ein wenig?« Die Sozialarbeiterin atmete tief ein und aus. »Das soll wohl ein Scherz sein?«

Mia hob beruhigend die Hände. »Du hast recht, das ist die volle Dröhnung. Aber wir wollen nur von dir wissen, ob du dich an andere anwesende Personen erinnerst. Sonst nichts, ehrlich.«

Verena nickte tapfer, bedeutete Lars dann, er solle mit dem Handy herausrücken.

Der tat wie ihm geheißen, wählte Hellsticks' letztes Foto aus und legte es auf den niedrigen Palettentisch.

Die Sozialarbeiterin nahm das Handy, hielt es sich erst nahe vors Gesicht, dann immer weiter weg, bis sich schließlich ihr Arm ganz durchstreckte.

»Scheißaltersweitsichtigkeit«, kommentierte Lars mit einem Schmunzeln. »Geht mir auch so. Manchmal hab ich das Gefühl, ich sollte zum Lesen einen Selfie-Stick verwenden.«

Verena lächelte, wurde jedoch gleich wieder ernst.

»Sieht aus, als wäre es aus einem Dixi-Klo heraus aufgenommen worden.« Sie zoomte ins Bild. »Auch scheint es so, als wäre ich das. Ich blicke gerade Richtung Kamera oder von ihr weg, bin mitten in der Bewegung, weshalb mein Gesicht verwischt ist.«

»Kannst du dich an die Situation erinnern?«

Verena lehnte sich zurück und überlegte.

»Da war's schon megaspät und ich hab's wohl mit dem Alk ein wenig übertrieben an jenem Abend.« Sie atmete tief durch, fuhr sich dabei durchs Haar. »Ich kann mich erinnern, wie es aus einem Dixi geblitzt hat und dass ein Typ ins Dixi hineingestiegen ist. Aber, na ja, ich dachte, die haben da was am Laufen.«

Mia machte eine Kotz-Bewegung. »Igitt. Dixi-Sex.«

»Hast du keine Erinnerung daran, wie der Kerl aussah, der die Tür zur Toilette geöffnet hat?«, bohrte Lars nach.

Verena schüttelte den Kopf.

»Na bravo.« Mia blickte von Verena zu ihrem Vater und retour. »Ihr habt beide die Erinnerung eines Goldfischs. Aber immerhin: Ihr erfüllt damit alle Voraussetzungen, um in die Politik zu gehen.«

Die Sozialarbeiterin beugte sich zu Lars. »Ist die immer so schnippisch?«

Der winkte ab. »Das ist noch gar nichts. Warte ab, bis ihr wirklich jemand auf die Nerven geht.« Er sah zu seiner Tochter. »Stimmt's nicht, Sonnenschein?«

Verena kicherte.

»Du findest das lustig?« Mias Blick wurde stechend.

»Jetzt komm schon«, sagte Lars ruhig. »Dann bist du eben kein Sonnenschein.« Er lächelte sanft. »Bist mein Regenschein.«

Verena kicherte erneut.

Mia klatschte in die Hände. »Schön, dass ihr beide euch auf meine Kosten amüsiert.« Sie sprang auf, streckte Verena und Lars die Mittelfinger entgegen. »Den Scheiß muss ich mir nicht geben!« Sie deutete auf Lars, sprach aber zu Verena. »Wenn ihr fertiggelacht habt, kannst du ihn ja vielleicht ein wenig beraten. Er ist ohne Arbeit und sein Privatleben ist auch im Arsch.« Sie verengte die Augen. »Hat mich gefreut, Rocktigress V.«

Mit diesen Worten stapfte Mia von dannen.

»Ich bin Sozialarbeiterin, nicht vom Arbeitsamt!«, rief Verena ihr irritiert nach.

Keine Reaktion.

»Puh! Wer austeilt, sollte auch ein wenig einstecken können, meinst du nicht?«

Lars machte eine hilflose Geste. »Was ich meine, spielt hier keine Rolle, fürchte ich.«

Verena wuschelte sich durch ihre schwarzen Haare. »Du bist also arbeitssuchend?«

Er legte den Kopf schief. »Nein, ich bin arbeitslos – und halte nichts von Euphemismen. Man sollte die Dinge so benennen, wie sie sind.«

»Okay. Also arbeitslos und … abserviert?« Verena schmunzelte schelmisch.

Lars verschränkte die Arme. »Das klingt jetzt doch ein bisschen sehr hart.« Er atmete durch. »Aber ja. Mia hat mein Leben ganz gut umrissen. Du siehst, vom einst Geerdeten ist nicht viel übrig geblieben.«

Verena schlug die Beine übereinander und lehnte sich darauf. »Hat doch jeder seine Höhen und Tiefen. Was wir dazwischen mit unserem Leben anstellen, das zählt. Ich mach hier übrigens auch nicht aus freien Stücken auf einsame Wölfin. Mein Verlobter meinte vor einem halben Jahr, er müsste dringend nachholen, was er im Leben verpasst hat.«

»Sex mit einer jungen Mitarbeiterin?«

»Fast. Sex mit einem jungen Mitarbeiter.« Verena entfuhr ein verrückt klingendes Lachen. »Was sollte ich da bitte schön machen? Ich war chancenlos.« Sie stützte den Kopf auf die Hand, blickte wehmütig in die Ferne. »Aber das Leben geht weiter, ob du willst oder nicht.«

Lars folgte schweigend ihrem Blick.

Plötzlich rempelte sie ihn unsanft an. »So, Schluss mit Rumgeheule! Lemmy hat einmal gesagt: ›Wenn du denkst, du wärst zu alt für den Rock 'n' Roll, bist du es auch.‹ Und wir sind es definitiv noch nicht.«

Sie griff in ihre kleine Handtasche, auf die ebenfalls Patches genäht waren, holte einen Flachmann heraus und wedelte damit herum. »Kleener Ardbeg, fürs Gemüt?«

Lars zögerte einen Augenblick. Ohne zu wissen, was ein »Ardbeg« war, sagte er unbedarft: »Klar, warum nicht.«

Gemeinsam erfuhren sie das intensiv rauchige Aroma des scharfen Whiskys der schottischen Insel Islay, jeder auf seine Art.

Verena mit genießerischer Hingabe, gefolgt von sichtlicher Entspannung.

Lars im Versuch, wieder zu Atem zu kommen, nachdem er das Gefühl hatte, Benzin getrunken zu haben.

»Geht's wieder?«, fragte Verena lakonisch und fuhr fort, ohne eine Antwort abzuwarten. »Also, erzähl mal.« Sie packte den Flachmann wieder weg. »Du klärst also in deiner Freizeit Morde auf? Bist du 'ne männliche Miss Marple?«

»Nicht ganz.«

Er überlegte, welche Geschehnisse der letzten Tage er seiner ehemaligen Freundin erzählen und welche er lieber aussparen sollte.

Schließlich begann er mit dem Moment, als Mike an seiner Tür Sturm geläutet hatte.

43
% Burnt

Dillinger Escape Plan

Seit geschlagenen zwei Stunden hatte Rachel Shaw versucht, Heiner Nowak telefonisch zu erreichen. Ohne Erfolg.

Daher hatte sie es zähneknirschend auf sich genommen, ihn persönlich in seiner Limousine aufzusuchen. Zähneknirschend deshalb, weil der nichtasphaltierte Weg dorthin auf ihren High Heels eine wahre Qual darstellte.

Ihre – wohlgemerkt – geschäftliche Beziehung hatte die letzten Jahre ihre Hochs und Tiefs erlebt, das wussten beide Parteien. Trotzdem wussten beide ebenfalls, dass sie sich ideal ergänzten.

Geschäftlich konnte ihnen kaum jemand etwas vormachen. Rachel vertrat die Künstlerklientel, kümmerte sich um Presse und Promotion, optimierte Social-Media-Auftritte und übernahm schlicht all das, womit sich kein Kreativer herumschlagen wollte: die Organisation.

Nowak hingegen versuchte, das maximale kreative Potenzial aus seinen Künstlern zu holen, koordinierte Release-Termine, pushte die Vertreter und verbrachte auch Zeit als Produzent im Aufnahmestudio, wenn er es für nötig hielt.

Sosehr es Rachel und Nowak ums Geld ging, so sehr wussten sie auch, dass man Bands vielleicht einige Zeit lang etwas vormachen konnte – den Fans jedoch nicht. Als Musikgenre, das weder auf gängigen Radiosendern noch im Fernsehen vertreten war, bauten Metal und all seine Subgenres seit jeher auf ihr wichtigstes Marketing-Instrument: die Mund-zu-Mund-Propaganda.

Empfahl einem ein Gleichgesinnter eine Band, die man noch nicht kannte, oder ein Album, das man noch nicht gehört hatte, so war das mit einer Schaltung in irgendeinem einschlägigen Print- oder Onlinemedium nicht aufzuwiegen.

In dieser Disziplin waren Rachel und Nowak ein eingespieltes Team.

Dennoch hasste Rachel den Label-Chef dafür, dass sie nun über einen mit Schlamm zerfurchten Weg stöckeln musste, in steter Angst, umzuknicken.

Auch der Chihuahua in ihrem Arm schien keinen Gefallen daran zu finden. Ob dies dem Matsch oder seinem enervierten Frauchen geschuldet war, sollte jedoch sein Geheimnis bleiben.

Endlich kam Nowaks Stretch-Limousine in Sichtweite. Aufgrund der schlechten Straßenbedingungen parkte er wesentlich weiter hinter den beiden Hauptbühnen als sonst.

Erneut tippte Rachel auf ihrem Smartphone auf Nowaks Kontakt.

Aber der hob nicht ab.

Zumindest war Rachel nur noch wenige Schritte von dem Gefährt entfernt. Gleich würde sie sich bei einem Glas Champagner beruhigen, bei einem zweiten erholen und bei einem dritten ihre innere Mitte wiederfinden.

Auch wenn sie nun die Tür zur Limousine selbst aufmachen musste. Nowaks Chauffeur war offenbar Gott weiß wo – wahrscheinlich pissen oder fressen, vermutlich beides zugleich, kam Rachel in den Sinn.

Sie seufzte. Das Schwierigste heutzutage war schlicht, gutes Personal zu finden.

Rachel öffnete die Tür, lugte ins Wageninnere.

Ein kurzer Blick auf Nowak. Dann ein weiterer, diesmal längerer.

Der Welpe sprang ihr aus dem Arm, lief aufgeregt bellend auf den dicken Mann zu, der breitbeinig auf der Lederbank saß.

Nowaks Augen waren entsetzlich weit aufgerissen. In seinem Mund steckten so viele Fünf-Euro-Scheine, dass man hätte meinen können, jemand hätte ein Sparschwein überfüttert, und aus den Lautsprechern des Soundsystems dröhnte in Endlosschleife »Moneytalks« von AC/DC.

44

Riders

Dream Evil

Ich beugte mich zum Poster, das an der Wand hing, nahm den Filzstift zur Hand und begann, minutiös das Sponsorenlogo von »IDR – Infinite Dreams Records« auszumalen.

Nachdem ich damit fertig war, schloss ich meine Augen, legte den Kopf in den Nacken und labte mich an den Erinnerungen an das, was eben geschehen war. Ein genüsslicher Schauder durchfuhr mich, von Kopf bis Fuß.

Musik, davon war ich überzeugt, sollte für sich selbst stehen. Rein. Unverfälscht. Ohne jeden Hintergedanken.

Doch eine solche Herangehensweise war Produzenten gänzlich fremd. Bei einem ersten Kennenlernen sahen sie nicht das Feuer der Musiker, das in deren Herzen loderte, sie erkannten nicht die Energie, die sich in ihren Kompositionen entlud. Alles, was sie sahen, waren Zahlen, schwarze und rote. Diese Farben waren es auch, die den Ausschlag für einen Plattenvertrag gaben oder für ein »Ihr habt großes Potenzial, passt aber nicht so richtig in unser Portfolio«.

Mit dieser Verklausulierung war jedoch niemals die Stilrichtung des Labels gemeint, niemals die Qualität des Dargebotenen, sondern schlicht das Urteil, ob der Label-Chef eine Cashcow vor sich sah oder nicht.

Gut, vermutlich waren nicht alle in der Branche schwarze Schafe, es gab wohl den einen oder anderen Produzenten, der Talent erkannte und deshalb bereit war, ein Wagnis einzugehen.

Doch auf so jemanden war ich nie gestoßen.

Eine ganze Mappe an standardisierten Absagen nannte ich mittlerweile mein Eigen, eine Sammlung des Versagens. Nicht des eigenen, wohlgemerkt, sondern des Versagens der Industrie, der Künstlervertreter, der vermeintlichen Talentscouts.

Auch mehrere Ablehnungen von IDR befanden sich darunter. Mit ihnen hatte der Nowak unwissentlich sein eigenes Ende besiegelt.

Ich musste schmunzeln.

Alles im Leben hatte seinen Preis. Nur oft wussten wir nicht, wie hoch dieser war und ob wir bereit waren, ihn zu bezahlen.

Nowak war es auf alle Fälle nicht gewesen. Er hatte gefleht, geschluchzt, gebettelt. Hatte versucht, aus seiner Luxuslimousine zu entkommen. Doch das sündteure Prestigeobjekt war zu seinem Gefängnis geworden, zu einer Sackgasse, aus der es kein Entrinnen gab.

Die Lähmungen, die gleich nach Verabreichung der Spritze aufgetreten waren, hatte Nowak noch in vollem Bewusstsein miterlebt, ebenso wie ich ihm die Geldscheine in den Rachen drückte. Geschnauft hatte er wie ein Schwein, sich gebärdet wie eine Gans, die gestopft wurde.

Irgendwann hatte die Leibesfülle, die auf Heiner Nowak hörte, aufgehört zu zucken.

Da wusste ich, dass ich nach Gallows und Hellsticks den dritten im Bunde seiner gerechten Strafe zugeführt hatte, mehr noch – ich hatte ein weiteres Exempel statuiert, für das mir die Nachwelt Anerkennung zollen würde.

Ich öffnete die Augen, nahm mein Notizbuch zur Hand und begann inspiriert zu schreiben …

Trust

Let me be your guide
Through this maze
Let me be your light
Though all this haze

You can trust me
I'm your friend
I will hold you
Until the end

Trust – in no one
Trust – in you
Trust – in no one
Trust – then you'll make it through

Let me take your hand
No way out
Let me understand
Why you shout

You can't trust me
Ain't your friend
I won't hold you
That's your end

Tell me everything I know
Tell my everywhere you go
Tell me all there is to see
And I'll tell you who you'll be

You can trust me
I'm your friend
I will hold you
Until the end

Trust – in no one
Trust – in you
Trust – in no one
Trust – then you'll make it through

Trust – in no one
Trust – in you
Trust – in no one
Trust – well, fuck you too!

45

Crossing the 45th Parallel

Woods of Ypres

Immer noch außer sich vor Wut stapfte Mia durch den Schlamm. Dass ihr das nasse Erdreich bereits bis über die Knöchel an den Schnürstiefeln klebte, war ihr völlig einerlei.

Das Einzige, was sie beschäftigte, war ihr Zorn. Der galt jedoch weder Lars noch Verena, sondern sich selbst und dem Umstand, dass sie sich gerade eben nicht unter Kontrolle gehabt, ja dass sie sogar völlig unverhältnismäßig reagiert hatte.

Was genau hatte sie dazu bewogen, aufzuspringen und beiden den Stinkefinger zu zeigen?

Dass diese Verena ihr einen Scheiß darüber zu erzählen hatte, wie man sich in Gesellschaft verhielt, verstand sich von selbst. Darüber, dass Lars sie vorführte, konnte Mia jedoch unberührt hinwegsehen.

Andererseits – vielleicht erboste sie, dass sie genau das nicht konnte?

Normalerweise gingen ihr Meinungen anderer über sie am Arsch vorbei. Wenn man erst einmal damit begann, es allen recht zu machen, blieb man schneller auf der Strecke als der späte Elvis beim Hundert-Meter-Lauf.

Es gab nur eine Handvoll Menschen, auf deren Ansichten Mia Wert legte, und Lars gehörte definitiv nicht dazu!

Oder doch?

Die Frontfrau schnaubte, ballte dabei die Fäuste. Ihr gesamtes Leben hatte sie nicht den Funken eines positiven

Gedankens über ihren Erzeuger gehegt. Warum hätte sie das auch tun sollen? Zu viel hatte ihr die Mutter über ihn erzählt, zu oft hatte diese ihr Leben beklagt, an dem Lars angeblich eine erhebliche Mitschuld trug. Alleinerziehend, finanziell am Limit und ohne Hoffnung darauf, dass es je besser werden würde – ein tagtäglicher Albtraum.

Gut, zumindest was die Finanzen betraf, hatte Mia irgendwann erkannt, dass die Misere ihrer Mutter ganz allein deren eigene Schuld war. Wenn man mit Geld nicht umgehen konnte, war es einerlei, ob man zweitausend oder zweihunderttausend Euro im Monat verdiente.

Auch in puncto Zukunft tat ihre Mutter unbewusst alles, damit sich ja nichts zum Guten veränderte. Das Suhlen in der eigenen Tristesse hatte sie schließlich über Jahrzehnte kultiviert.

Blieb für Mia zumindest noch ein Punkt, den ihr ihre Mutter mit auf den Lebensweg gegeben hatte: Man hatte sie im Stich gelassen, sie war die verstoßene Tochter.

So hatte sich Mia Lars stets ausgemalt – als egozentrischen Minusmann, als empathielosen Soziopathen. Als einen, dem nicht daran gelegen war, das kleine Mädchen, das sie einst gewesen war, zu sehen, zu herzen, lieb zu haben.

Aber nun war jener Lars, den sie kennengelernt hatte, all das nicht – zumindest soweit Mia es beurteilen konnte.

Daher, das erkannte sie mit einem Mal, rührte also ihr Zorn. In dem Verdacht, ihre Mutter könnte sie auch in diesem Punkt ihr Leben lang belogen haben.

Mia schüttelte die Gedanken ab, wusste, dass sie sich auf anderes zu konzentrieren hatte. Immerhin ging es um nichts Geringeres als ihre eigene Zukunft und die ihrer Band, und diese Zukunft musste sie selbst schmieden.

Langsam schälte sich aus saftig grünem Buschwerk das Heck einer Stretchlimousine. Nowaks Stretchlimousine.

Mia blieb stehen, atmete durch.

Zwar hatte sie sich mit der Band abgesprochen und gemeinsam hatten sie beschlossen, das Angebot von Infinite Dreams Records anzunehmen. Doch dafür musste sie nicht erneut in das Pornomobil zu dem schmierigen Plattenlabel-Chef steigen. Verträge wurden in Büros unterzeichnet, nicht in Hotelzimmern, nicht in Separees oder an ähnlich zwielichtigen Orten.

Mia wollte einfach nur das Fahrzeug passieren.

Vielleicht, kam ihr in den Sinn, würde sich der Chauffeur gar nicht an sie erinnern, wenn sie gleich an ihm vorbeiging? Selbst wenn, konnte sie immer noch einen dringlichen Termin vorschieben.

Mia spürte ein Kribbeln im Körper. Denn tatsächlich hatte sie einen Termin, der dringlich war, wenn auch nur für sie selbst – ein Telefonat mit ihrer Mutter.

Die Frontfrau straffte ihre Kutte und ging Richtung der Limo.

Nach wenigen Schritten konnte sie erkennen, dass die Tür zum hinteren Fond des Wagens offen stand. Mia fluchte innerlich – Nowak könnte sie sehen und zu sich hereinbitten.

Gerade wollte sie kehrtmachen, da fiel ihr noch etwas auf – eine Frau, den Pixie Cut in Blueberry gefärbt, die im Schlamm hockte und unbewegt in die Limousine starrte, und ein Welpe mit ehemals weißem Fell, der übermütig im Schlamm herumtobte.

Mia trat auf das Fahrzeug zu. »Rachel?«

Nun hörte die Frontfrau auch die Musik, die im Wagen lief. »Come on, come on, listen to the money talk.«

Sie runzelte die Stirn. AC/DC?

Sie näherte sich, trotz des erdrückenden Gefühls, dass

hier irgendetwas nicht stimmte, schlimmer noch – dass etwas Grauenhaftes geschehen sein musste.

Nun konnte Mia ins Wageninnere blicken, erkannte dort Nowak, der ebenfalls völlig regungslos dasaß, ein Bündel Geldscheine im Mund.

Hastig blickte sie um sich, versuchte zu erkennen, ob ihr Gefahr drohte. Doch außer dem Wind, der raschelnd in die Büsche fuhr, und dem Knarzen im Geäst der Bäume regte sich nichts.

Abgesehen von Nowak und Rachel konnte sie keine Menschenseele entdecken.

Sie ging weiter.

Bei der Managerin angekommen hockte sich Mia zu ihr, griff ihr sanft unter die Arme. »Rachel? Komm, hoch mit dir.«

Als wäre sie in Trance, ließ sich die Managerin aufhelfen, stand völlig apathisch da.

Mia geleitete sie auf die andere Seite des Weges, wo sie Rachel auf einen Baumstamm setzte.

Mit immer noch unbewegter Miene sagte diese schließlich: »Nowak, that son of a bitch. He's dead.«

Sie sah Mia in die Augen. »Er hat keine family. Niemanden. No one. Wer wird jetzt um ihn trauern?« Tränen liefen der ansonsten stoisch bis gefühlskalt wirkenden Frau über die Wangen. »Who will mourn him, I wonder?«

Mia setzte sich neben Rachel auf den Baumstumpf, legte ihr den linken Arm um die Schulter.

Da vernahm sie ein Stöhnen, das aus dem Graben hinter ihr drang.

Die Frontfrau sprang auf. Sie stolperte mehrere Schritte in die Furche hinab, die mit Farnen zugewachsen war, knickte diese zur Seite. Dort lag, im dunklen Anzug und mit weißen Handschuhen bekleidet, Nowaks Chauffeur. Jener Mann, der Mia am Tag zuvor die Autotür aufgemacht und ihr galant ins Wageninnere geholfen hatte.

Er wälzte sich von einer Seite auf die andere, hielt sich mit der rechten Hand den Kopf.

Behutsam rüttelte Mia ihn an der Schulter, beugte sich über ihn.

»Sind Sie verletzt? Bluten Sie?«

»Was ... was ist passiert? Wo bin ich?« Der Chauffeur öffnete die Augen, sah die Frau an, als wäre sie eine Erscheinung, gegenwärtig und doch nicht existent.

Mit einem Mal begann er, sich panisch am ganzen Körper abzutasten, kontrollierte offenbar, ob er irgendwo Schmerzen verspürte. Doch er schien unverletzt zu sein.

Auch ihm half Mia auf, stützte ihn, während sie mühsam die zwei Schritte aus dem Graben zum Weg hinauf bewältigten.

Er nahm neben Rachel auf den Baumstamm Platz.

»Mein Schädel dröhnt, als hätte ich Tage durchgesoffen«, murmelte der Chauffeur geistesabwesend.

»I wish, I had«, sagte Rachel, mehr zu sich selbst.

Mia beugte sich zu dem Chauffeur. »Können Sie sich an irgendwas erinnern?«

Der schüttelte träge den Kopf. »Ich bin hinten beim Kofferraum gestanden, hab eine geraucht. Nowak hasst das, also gehe ich immer etwas abseits. Dann spürte ich mit einem Mal ...«

Sein Blick ging ins Leere. Die Brauen verengten sich, seine Gesichtszüge verspannten sich, als hätte er Schmerzen. »Jemand hat mir von hinten etwas ins Gesicht gedrückt, auf Mund und Nase.« Er berührte die Stelle im Gesicht mit der Hand. »Dann ... bin ich aufgewacht und Sie standen über mir.« Er lächelte. »Nicht die schlechteste Art aufzuwachen«, sagte er, fügte jedoch hastig hinzu: »Ohne Ihnen zu nahe treten zu wollen. Bitte entschuldigen Sie.«

Mia winkte ab. »Alles gut. Ich rufe jetzt die Polizei.«

Plötzlich fokussierte der Chauffeur die Limousine, Panik in den Augen. »Was ist mit Herrn Nowak? Geht es ihm gut?«

Er wollte aufspringen, doch Mia hielt ihn davon ab.

Der Chauffeur sah sie an. Doch sie schüttelte traurig den Kopf. Der Mann verstand.

Mia holte ihr Handy aus der Kutte und wählte den Notruf.

46 & 2

Tool

Lars lehnte am Eingang des Hauptzelts im Pressebereich. Ob der warmen Temperaturen waren einige der Planen, die sonst die Seiten bedeckten, aufgeschlagen. So konnte man von außen direkt in jenen Raum gehen, an dessen Ende sich eine Präsentationsbühne samt Metal-Battle-Banner befand.

An den Wänden hingen in unterschiedlichen Größen Fotodrucke diverser Rockstars auf Leinwand: Alice Cooper, Biff Byford, Scott Ian, Joe Satriani, Udo Dirkschneider und viele andere.

Vor der Bühne standen lange, mit schwarzen Überziehern verhüllte Bänke in über zehn Reihen hintereinander. Auf der Bühne selbst fanden während des Festivals Spezial-Gigs statt, wurden Präsentationen und Pressekonferenzen abgehalten – und die Gewinner des Metal Battle gekürt.

Jetzt, kurz vor der Siegerehrung, waren so gut wie alle Sitzplätze besetzt. Musikjournalisten klassischer Printmedien hatten sich hier ebenso versammelt wie Content Creators der digitalen Welt, um zu erfahren, wer aus dem mehr als sechs Monate dauernden, weltumspannenden Band-Contest als Sieger hervorgehen würde.

Immer mehr Zuschauer strömten herein, drängten sich an Lars vorbei oder blieben neben ihm stehen, die Handys gezückt, die Hälse gereckt.

Zwei Moderatoren betraten die Bühne: eine hochgewachsene Frau mit Kurzhaarfrisur und ein zwei Köpfe kleinerer Mann, mit langen, blond gewellten Haaren und einer kreisrunden Glatze am Hinterkopf.

In geübter Doppelconférence begrüßten Lynda und Rolf zunächst alle Anwesenden, stellten den Metal Battle vor und die Herausforderungen, die alle Kontestanten hatten meistern müssen, um schließlich hier aufeinanderzutreffen.

Bei allem Wettbewerb betonten die beiden Moderatoren jedoch auch, wie wichtig es sei, das alles als ein großes Gemeinschaftsprojekt zu verstehen. Denn jede einzelne Band ergänzte die Musikwelt, erfreute die Fans und hielt Heavy Metal am Leben – eine Musikrichtung, die wohl schon öfter totgesagt worden war, als die Rolling Stones zu einer Abschiedstournee aufgebrochen waren.

Lars verspürte mit einem Mal eine innere Unruhe, ein Unwohlsein, das immer stärker wurde, je länger die Veranstaltung dauerte. Immerhin hatte die Möglichkeit bestanden, dass sich Mias Band auch unter jenen befand, die gleich aufgerufen wurden. Egal welchen Platz die Vengeful Regrets errungen hätten, Lars hätte sich von ganzem Herzen für seine Tochter gefreut. Dass Bier sie dieses Traums beraubt hatte, stimmte Lars zutiefst traurig.

Ein unsanfter Stoß von hinten riss ihn aus seinen Gedanken, ließ ihn herumwirbeln. Haste, Kai und Mot standen ihm gegenüber, breitbeinig, die Mienen finster, die Hände hinter dem Rücken.

»Was gibt's denn da zu glotzen, alter Mann?«, knurrte Mot. »Kannst gehen, wir sind nicht dabei.«

Lars schluckte. Er hielt nach Mia Ausschau, jedoch vergebens.

Kai verengte seine Augen zu Schlitzen. »Schwerhörig, oder was?«

Betroffenes Schweigen.

Plötzlich lachten die drei Musiker laut drauflos.

Lars wurde schwummrig zumute.

Haste klopfte ihm auf die Schulter, drückte ihm einen vollen Becher Bier in die Hand. Kai und Mot holten nun ebenfalls Bierbecher hervor, die sie hinter ihren Rücken versteckt hatten.

»Ihr seid unmöglich«, japste Lars und stieß mit den dreien an.

Haste stellte sich auf die Zehenspitzen, den Blick auf die Bühne gerichtet. »Weiß man schon, wer gewonnen hat?«

Lars schüttelte den Kopf und widmete sich ebenfalls wieder dem Geschehen im Pressezelt.

»Doch bevor wir die diesjährigen Gewinner verkünden«, sprach Lynda auf Englisch ins Mikrofon, »möchten wir die letztjährigen Gewinner des Metal Battle bei uns auf der Bühne begrüßen. Ein herzliches Willkommen an Morbus Diety aus Brasilien!«

Vier Männer Ende zwanzig betraten die Bühne, alle vier in schwarzen Lederjacken, die so voller Nieten waren, dass man kaum noch ein Stück gegerbte Tierhaut ausmachen konnte.

Der Frontmann der Band bedankte sich überschwänglich für die Einladung.

Er reichte das Mikro an seinen Bandkollegen weiter, der einen verschlossenen Umschlag in den Händen hielt.

Dieser öffnete den Umschlag, zog eine Karte heraus. Blickte herausfordernd in die Menge.

»Und der Oscar der Metal-Szene geht an die Gewinner des diesjährigen Metal Battle: Keberanian aus Australien!«

Applaus im Publikum.

Zwei Männer und zwei Frauen sprangen auf, jubelten, schrien, umarmten sich.

Blitzlichtgewitter.

»Haben sie verdient«, meinte Kai ohne Neid. »Spielen saugeilen Thrash.«

Mot klatschte Beifall. »Die hatten nur Glück, dass wir nicht auftreten konnten. Sonst hätten wir sie in Grund und Boden gespielt.«

Haste seufzte. »Sollte eben nicht sein. Jetzt heißt es erst mal einen neuen Gitarristen finden.« Er sah Mot herausfordernd an. »Außer du lernst endlich, zweistimmige Soli zu spielen. Kann immerhin jeder Schulgeiger.«

Mot spreizte den Mittelfinger von der Hand ab, mit der er seinen Becher hielt. »Ich geig dir auch gleich eine.«

»Habt ihr Mia irgendwo getroffen?« Lars musterte die Runde.

Kai zuckte mit den Schultern. »Die war doch mit dir unterwegs, oder nicht?«

»Also ich hab unser Warmblut nicht mehr gesehen, seit sie mich in der Früh zusammengeschissen hat«, meinte Haste.

Mot runzelte die Stirn. »Echt? Weswegen?«

»Irgendwas mit Schnarchen oder so. Hab auf Durchzug geschaltet.«

Kai schüttelte mitleidig den Kopf. »So wird das nie was mit euch beiden. Ihr müsst endlich lernen, euch gegenseitig zuzuhören. Say goodbye to romance.«

»Idiot.«

Der Schlagzeuger baute sich vor dem Keyboarder auf. »Selber.«

Mia kam hinzu, einen gehetzten Ausdruck im Gesicht.

»Was ist denn hier los, Jungs? Schon wieder beim Stutenbeißen, oder was?«

Die Männer wandten sich der Frontfrau zu, bildeten einen Kreis um sie.

»Wir müssen dich eben gebührend vertreten«, scherzte Haste, verstummte jedoch ob Mias stechendem Blick.

»Ich hab heut' so was von die Schnauze gestrichen voll«, knurrte Mia, das Gesicht gerötet, und wandte sich Lars zu. »Hat aber nichts mit dir zu tun. Ausnahmsweise.«

Sie holte tief Luft, fuhr dann im Flüsterton fort. »Heiner Nowak ist … gestorben.«

Haste blickte unbedarft drein. »Gestorben, was meinst du? Für dich persönlich, als Mensch, oder –«

Mit großen Augen voller Unglauben blickte Mia ihren Bandkollegen an. »Sag mal, Haste – haste sie noch alle? Was glaubst du wohl? Nach Gallows' und Hellsticks' Tod komme ich hier angeschissen, um großspurig zu verkünden, dass irgendjemand für mich beziehungstechnisch gestorben ist? Echt jetzt?«

Der Keyboarder blickte zu Boden. »Schon gut, hab's verstanden.«

»Einen Scheiß hast du! Ich war nämlich gerade bei Nowaks Limo.«

»Meinst du –«

Mias emporschnellender Zeigefinger ließ Haste verstummen.

Sie trat unangenehm nahe an den Keyboarder heran. »Wenn du es jetzt wagst, mich zu fragen, ob ich mit Limo ein Getränk meine, reiß ich dir deinen Scheißschädel ab, ich schwör's.«

Haste hob abwehrend die Hände.

Mia atmete tief durch, machte einen Schritt zurück.

»Was ich sagen will, ist: Heiner Nowak wurde in seiner Limousine ermordet aufgefunden. Rachel Shaw hat ihn entdeckt, sie wird gerade sowohl betreut als auch vernommen. Ihr wisst schon, Rachel ist die Managerin, die mir ihre Visitenkarte gegeben hatte und einen Deal zwischen uns und IDR einfädeln wollte.«

Kai trank aus seinem Becher. »Den Deal können wir uns jetzt wohl auch abschminken, oder?«

»Ich weiß nicht«, antwortete Mia schnippisch. »Was meinst denn du?«

Der andere schwieg.

»Tatsache ist«, fuhr Mia in bemüht gemäßigtem Tonfall fort, »dass es mit Nowak schon das dritte Opfer auf dem Festival gibt.«

»Bist du sicher, dass Nowak ermordet wurde?«, flüsterte Lars zaghaft.

»Er hatte die ganze Schnauze voller Geldscheine«, antwortete die Frontfrau. »Die Vermutung liegt also nahe.«

»Verstehe.« Lars trank sein Bier aus. »Offensichtlich geht der Mörder ganz gezielt gegen gewisse Personen vor. Was aber nicht heißt, dass er nicht auch Kollateralschäden in Kauf nimmt. Und als solcher will ich nicht in der Leichenhalle aufwachen. Zugegeben, hätte ich letzte Woche sicher noch anders gesehen, aber gut. Will heißen, wir sollten schleunigst von hier verschwinden.«

Die Mitglieder der Vengeful Regrets nickten zustimmend.

Nur Mia nicht.

»Juuso von den SuiCiders hat sich bei mir gemeldet«, sagte sie leise. »Offenbar sind sie auf irgendetwas gestoßen, und ich will wissen, auf was.«

Sie blickte von einem ihrer Bandkollegen zum nächsten.

»Aber ich spreche natürlich nur für mich, Jungs, denn Lars hat recht mit dem, was er sagt. Tut mir leid, dass ich eben so aufbrausend war.« Nach einer kurzen Pause fuhr sie fort: »Wenn ihr also mit dem Shuttlebus nach Itzehoe und von dort weiter mit der Bahn nach Hamburg oder sonst wohin fahren wollt, dann macht das. Haste, solltest du mit dem Bus abdampfen wollen, auch kein Problem. Aber gib vorher Bescheid, dann hol ich mein Zeug raus. Jeder entscheidet das für sich, ohne Wenn und Aber. No hard feelings, okay?«

Die anderen nickten unisono.

Mia streckte Lars die Hand entgegen. »Das heißt dann wohl auch für uns ›Adieu‹. Danke für alles. Hat mich echt gefreut.«

Lars erwiderte die Geste. »Ja. Mich auch.«

»Gallows and his guitar were like Dirty Harry
and his 44 Magnum. One couldn't do without the other.
And together they rocked the world.
Rest in peace brother.«

Torkjell Rød, AUDREY HORNE

47

Roswell

Hypocrisy

Im Tourbus der SuiCiders bretterte »No Guts, No Glory« von Bolt Thrower mit dem fragilen Feingefühl einer Panzerkolonne in voller Fahrt aus den Boxen – eine minimalistische Melodie, angetrieben vom unbarmherzigen Geknüppel des Schlagzeugs.

In der Sitzecke des Aufenthaltsbereichs hatten Juuso, Akseli und Toivo Platz genommen, Helmi lungerte im Sessel. Auf dem Tisch harrten einige kleine Cola-Light-Flaschen aus Glas ungeöffnet ihrer Verwendung.

Mia stand im Gang zu den Schlafkojen. Skeptisch ließ sie den Blick von einem SuiCider zum nächsten wandern, denn noch hatte keiner der Vengeful Regrets offenbart, weshalb sie gekommen waren.

Dann sah die Frontfrau zu Haste, Kai und Mot, die am Wandverbau lehnten, und schließlich zu Lars, der im Sessel Helmi gegenübersaß. Auch wenn sie es nicht zugeben würde, so war Mia doch gerührt, dass alle mitgekommen waren. Keiner hatte gekniffen, keiner wollte nur seine eigene Haut retten.

Denn keiner wollte den anderen im Stich lassen.

Obwohl Biers Verrat – und als solchen betrachtete Mia dessen Handeln – immer noch schmerzte, so hatte alles, was seither geschehen war, zumindest bewirkt, dass sie als Band zusammengewachsen waren. Dies konnte für ihre musikalische Zukunft nur Gutes verheißen.

»Danke fürs Kommen«, begann Juuso auf Englisch mit nordischem Akzent. »Die letzten Tage waren die mit Abstand beschissensten in unserem Leben, und Johns Tod ist dabei nur die Spitze des Eisbergs.« Er öffnete eine Flasche, trank einen Schluck Cola. »Denn noch am selben Tag offenbarte uns unsere Managerin, diese Bitch, dass –«

»Moment!« Schlagzeugerin Helmi erhob die Hand zum Veto. »Zieh mir nicht die vielen guten Bitches da draußen in den Dreck. Wenn, dann ist die Frau eine *bloody* Bitch.«

Juuso zog eine säuerliche Miene, weil die Schlagzeugerin ihn unterbrochen hatte. Dennoch fuhr er besonnen fort: »Hast recht. Also: Rachel, diese *bloody* Bitch, ist –«

»Meinst du etwa Rachel Shaw?« Diesmal war es Mia, die ihm ins Wort fiel. »Ich habe Rachel gerade –«

Der Bassist donnerte seine Colaflasche mit solcher Wucht auf den Tisch, dass sich ihr Inneres sprudelnd über den Tisch ergoss. Dass diese dabei ganz geblieben war, grenzte an ein Wunder.

»Wenn mich jetzt noch einmal einer unterbricht, und sei es nur, weil er pissen muss, dann schwöre ich, raste ich aus!«

Alle im Bus senkten den Blick.

Alle bis auf Mia. Die sah den Bassisten herausfordernd an. »Du meinst, du rastest noch mehr aus als jetzt gerade? Spannend.«

Juusos Gesicht wurde knallrot, was im Kontrast zu seinen hellblonden Haaren äußerst ungesund wirkte.

»Ist nicht schön, wenn man einen Spiegel vorgesetzt bekommt, was?«, meinte Haste von der Seite her zu seiner Frontfrau.

Mias Kopf schnellte zum Keyboarder. Dann packte sie ihren Bandkollegen grob am Kragen.

»Was für einen Scheiß laberst denn du? Willst du mir vielleicht was sagen?«

Eine Millisekunde bevor ein Tumult ausbrach, schrillte ein dermaßen ohrenbetäubendes Pfeifen durch den Bus, dass alle erstarrten.

Ihre Blicke richteten sich auf Lars, der immer noch Daumen und Zeigefinger im Mund hielt. Er setzte ab.

»Jetzt beruhigt euch, verdammt noch mal!« Er atmete tief durch. »Wir sind alle gereizt, und das ist auch völlig verständlich, wenn man bedenkt, was vorgefallen ist. Aber es nützt niemandem, wenn wir uns die Köpfe einschlagen. Nicht John Gallows, nicht Hellsticks und auch nicht Heiner Nowak. Also –«

»Was ist mit dem Nowak?«, unterbrach ihn Toivo, während er seine dunkle Hornbrille mit einem Lappen putzte.

Lars schloss die Augen, versuchte verzweifelt, seine innere Mitte zu finden. »Außerdem unterbrechen wir einander auch nicht mehr. Einverstanden?«

Kleinlaut ließ Mia Hastes Shirt los, murmelte ein »Entschuldige«.

Juuso trank noch einmal aus seiner Colaflasche, stellte sie danach jedoch mit äußerstem Bedacht auf den Tisch.

Lars nickte zufrieden, wies mit der Hand auf den Bassisten der SuiCiders. »Jetzt lassen wir den Mann in Ruhe aussprechen.«

Der deutete eine höfische Verbeugung an. »Also. Johns Tod hat uns tief getroffen. In diesem Augenblick der Trauer und Hilflosigkeit kam Rachel, unsere Managerin«, er sah zu Helmi, »diese bloody Bitch …«

Die Schlagzeugerin nickte zufrieden.

»… zu uns, um zu verkünden, dass sie die Zusammenarbeit mit uns nicht verlängern werde, jetzt, da John tot ist.«

Die Mitglieder der Vengeful Regrets murmelten ihre Empörung.

»Aber nicht nur das!« Juuso reckte den rechten Zeigefinger in die Höhe, als würde er dozieren. »Rachel besaß auch noch die Unverschämtheit, uns damit zu konfrontieren, dass John die Band verlassen wollte, um solo durchzustarten. Dass er angeblich einen Geheimdeal mit ihr geschlossen hatte!« Er holte tief Luft. »Wir alle kannten John, vielleicht besser als er sich selbst. Zugegeben, er war wankelmütig, besonders wenn er sich was reingezogen hatte, aber – Fuck! Die Band verlassen?«

Er schüttelte den Kopf. »Natürlich war John, wie alle kreativen Menschen, auch ein Zweifler«, fuhr Juuso fort. »Nur Idioten und Politiker wähnen sich stets im Recht, glauben, immer alles richtig zu machen. So einer war John nicht. Wenn man zweifelt, kommt man jedoch auch auf absurde Ideen, meint vielleicht, es allein besser machen zu können. Aber John wusste eins ganz genau: Wir waren seine Familie. Wir beeinflussten einander, sodass der Einzelne zu mehr fähig war, als er es ohne diesen Input gewesen wäre.«

Seine Bandkollegen nickten traurig.

»Nicht nur das. Wir fingen uns auch gegenseitig auf, bekamen den Blick wieder aufs Wesentliche korrigiert, wenn der Egozentriker in uns glaubte, er wisse alles besser als der Rest der Welt. Einen Fuck weiß man!«

Mia zwinkerte dem Bassisten zustimmend zu.

»Gemeinsam waren wir die SuiCiders, *sind* wir die SuiCiders, auch wenn John eine Lücke hinterlässt, die niemand je ganz füllen können wird. Verflucht noch einmal!« Juusos Augen wurden feucht.

Helmi übernahm. »Auch wenn wir Rachels Worten keinen Glauben schenkten, dachten wir uns, dass es vielleicht etwas gibt, was wir übersehen hatten. Etwas, was John vor uns verheimlichte. Fuck, ich gebe auch nicht alles von mir preis. Aber wir haben nichts gefunden. Nothing. Nada.« Sie machte eine kurze Pause, trank einige Schlucke Cola. »Bis wir auf Folgendes gestoßen sind.«

Sie nahm die Fernbedienung des Flats, schaltete ihn ein und spiegelte ihr Handy auf den Screen. Es erschien ein Instagram-Post:

I am the last in line, a returnee from the gallows.
I'll never serve the master of puppets.
I will devour and eat the rich.
When the people of the lie burn in hell, you will see:
Vengeance is mine.

Lars strich sich nachdenklich über den Schnurrbart. »Blumig und düster zugleich. Vielleicht ein Songtext?«

»Schwachsinn!« Mia überflog erneut die Zeilen. »Da fasst jemand die Morde zusammen und bedient sich bekannter Songtitel. ›Gallows‹ spricht für sich. ›Eat the rich‹ spielt mit Sicherheit auf den Nowak an. ›Master Of Puppets‹ – keine Ahnung, ist da wer von euch textsicher?«

»Handelt von Drogen«, sagte Mot wie aus der Pistole geschossen.

»Danke. Dann hätten wir also John Gallows, Hellsticks und den Nowak. Der Rest kann was bedeuten, es könnten aber ebenso nur Floskeln sein.«

»Haben wir uns auch gedacht, obwohl wir das von Nowak natürlich nicht wussten. Wir meinten, der Text spielt auf jemanden an, der noch am Leben ist.« Helmi blickte zum Flat hoch. »Wir hatten das Gefühl, dass jemand in ein paar Textzeilen zusammenfasst, was geschehen ist. Kreative Problemaufarbeitung oder so. Wenn es da nicht eine klitzekleine Kleinigkeit gäbe, bei der uns der Arsch auf Grundeis gegangen ist.«

Mot, Mia, Haste, Kai und Lars blickten sie beunruhigt an.

»Und das wäre?«, hakte die Frontfrau nach.

Helmi deutete in die rechte obere Ecke des Bildschirms. »Dass der Post vor genau einem Jahr verfasst worden ist.«

48 Hours

The Clash

Hektisch warf Rachel Shaw alles, was sich noch in ihrer Garderobe befand, in ihren Handkoffer: Kleidung, Notebook, Ladekabel, Beauty-Case sowie mehrere Hundeleinen. Selbst das mit Schlamm verschmutzte Kostüm, das sie mittlerweile gewechselt hatte, packte sie zur sauberen Wäsche. Es war ihr schlicht egal.

Nachdem die Polizei sie vernommen hatte, hatte sie sich erst einmal zwei Gin Tonic an einer Bar gegönnt.

Doppelt so viel Gin, halb so viel Tonic, wohlgemerkt.

Erst danach setzte langsam die Erkenntnis darüber ein, was sie in den letzten Stunden erlebt hatte. Während ihres bisherigen Lebens war sie schon oft in unangenehme Situationen geraten, hatte andererseits nie eine Konfrontation gescheut, wenn diese unvermeidbar schien. Mehrfach war sie in Schlägereien verwickelt gewesen – unverhofft wie selbst initiiert – und hatte Musiker, Freunde und Kollegen nach einer Überdosis Alkohol oder Drogen persönlich ins Spital gefahren. Sie hatte gar miterleben müssen, wie manche von ihnen den Kampf gegen die Sucht verloren.

Aber das Bild, das sich ihr heute von Heiner Nowak geboten hatte, hatte sich für immer in ihre Retina eingebrannt, würde sie in ihren Träumen verfolgen und heimtückisch aufsuchen, das wusste sie.

Obwohl Nowak in der Vergangenheit viele Fehler begangen hatte – ein solches Ende verdiente er ihrer Meinung nach nicht.

Was Rachel aber noch mehr zu schaffen machte als die Bilder in ihrem Kopf, war die Befürchtung, der Mörder könnte es auch auf sie abgesehen haben.

Woher diese Furcht kam, konnte sie nicht sagen, denn auch wenn sie im Geschäftsleben stets knallhart gewesen war, hatte sie sich nichts zuschulden kommen lassen, was ein ähnliches Ende wie das von Nowak auch nur annähernd rechtfertigen könnte.

Gar nichts!

Dennoch – ihr war beinahe, als lugte ihr andauernd jemand über die Schulter, als schnaufte jemand in ihrem Nacken.

Immer wieder wirbelte Rachel herum, vergewisserte sich, dass es allein ihre Einbildung war, die ihr den kalten Angstschweiß auf die Stirn trieb.

Rachel zog den Reißverschluss ihres Handkoffers zu. Zu ihren Füßen kauerte der Welpe, das Fell klumpig mit Schlamm verdreckt. Er blickte zu ihr auf und winselte.

»Shut the fuck up!«, schrie sie den Chihuahua an, der sogleich rückwärts unter die Bank kroch.

Dann begann sie zu schluchzen. »I'm so sorry, honey. When we're back at the hotel, I'll have you bathed and cleaned up in no time, I promise. I dearly promise.«

Sie griff den Hund, wickelte ihn in ein Handtuch und nahm ihn auf den linken Arm.

»Just stick with me a little while longer, until we're safe.«

Rachel ließ ihren Blick durch den Raum gleiten, prüfte, ob sie all ihre Habseligkeiten eingepackt hatte.

Dann zog sie die Griffstange ihres Trolleys aus und verließ schnellen Schrittes die Kabine im Zelt der Dressing-Room-Area.

49er

Riot

Die Bandmitglieder der SuiCiders und die der Vengeful Regrets samt Lars sahen einander unschlüssig an. Bestand ein Zusammenhang zwischen den Morden der letzten Tage und dem Instagram-Post, den Helmi entdeckt hatte?

Haste leerte seine Cola auf ex, öffnete eine weitere Flasche und trank diese ebenfalls in einem Zug aus.

»Das wurde wirklich vor einem Jahr auf Insta gepostet?«, fragte er schließlich ungläubig.

Helmi nickte. »Aber das ist noch nicht alles«, sagte die Schlagzeugerin. »Denn dieses Jahr postete die gleiche Person wieder.«

Sie wischte auf ihrem Handy, auf dem Flat erschien ein weiterer Instagram-Beitrag, der diesmal jedoch nur aus einer Zeile bestand:

I am the last in line, a returnee from the gallows.

»Das wurde am Morgen nach Johns Tod gepostet. Die weiteren Zeilen jeweils dann im Abstand von einem Tag.«

Mia murmelte die Worte, zählte mit den Fingern mit. »Demzufolge müssten wir morgen mit einem weiteren Toten rechnen, oder?«

»Aus dem Grund haben wir euch kontaktiert«, sagte Juuso. »Neun Köpfe sind schlauer als vier. Lasst es uns herausfinden.«

Lars lächelte angestrengt. »Habt ihr das schon der Polizei gemeldet?«

Akseli schüttelte den Kopf. »Sonst würden wir wohl kaum noch hier sitzen, oder? Wir melden das schon, aber erst wenn wir wissen, was es bedeutet.«

Helmi stellte die ursprüngliche Nachricht wieder her.

»Irgendwelche Hinweise über den Verfasser?« Lars kniff die Augen zusammen. »Eine gewisse Tiara Tempest. Also eine Frau?«

»Nicht zwangsläufig«, meinte Helmi. »Es gibt sogar Haustiere, die einen Insta-Account haben, und ich unterstelle, dass die ihre Posts nicht selbst verfassen. Verdächtig ist auch die Tatsache, dass diese Person in all der Zeit nur diese Posts abgesondert hat. Keine Follower, niemand, dem sie folgt.«

»Lasst uns doch mal das Ganze aufdröseln«, schlug Mia vor, machte ein Foto vom Flat und besah sich den Text auf ihrem eigenen Smartphone.

»Okay. ›I am the last in line‹ referenziert garantiert Dios ›Last In Line‹.« Sie blickte zu Lars. »Album von vierundachtzig. Dafür bist sogar du noch zu jung.«

Der zog eine »Wie witzig«-Fratze.

»Ich glaube, dass sich hier der Verfasser, egal ob Mann oder Frau, selbst ins Rampenlicht stellt. Er quasi als letzte Bastion gegen – was auch immer.«

»Das glaube ich auch«, führte Mot weiter und lugte auf Mias Handy. »›A returnee from the gallows‹ ist doppeldeutig. Aber in Anbetracht dessen, wie John Gallows starb, heißt das wohl, dass der Verfasser selbst dem Galgen entronnen ist. Könnte auch metaphorisch gemeint sein.«

»›From The Gallows‹ ist außerdem ein Track vom Paradise-Lost-Album ›Medusa‹«, sagte Akseli. »Geile Scheibe, übrigens.«

»›I'll never serve the master of puppets‹ haben wir geklärt, das spielt auf Hellsticks' Drogenvergangenheit an.« Mia strich sich die Haare aus der Stirn. »›I will devour and eat the rich‹?«

Die beiden Bands sahen einander an, sagten dann unisono: »Motörhead.«

»When the people of the lie burn in hell«, murmelte Kai immer wieder vor sich hin. »Also, wenn Lügner in der Hölle schmoren. Das nächste Opfer ist demnach jemand, der sein Wort gebrochen oder vorsätzlich die Unwahrheit gesagt hat.« Der Schlagzeuger blickte in die Runde. »Könnte so ziemlich jeder Mensch auf diesem gottverdammten Planeten sein.«

»Ich vermute was Persönliches dahinter«, sagte Lars, froh darüber, auch etwas beitragen zu können.

»›People of the lie‹ ist ein Song von Kreator«, stellte Mia fest. »Bei ›burn in hell‹ wird's schon schwieriger.«

»Sag nicht, dass es keinen Song mit diesem Titel gibt«, meinte ihr Vater. »Ist doch prädestiniert für Heavy Metal. Vielleicht ist genau das ein Hinweis auf –«

»Natürlich gibt es einen Song. Sogar mehrere«, würgte Mot ihn ab. »Von Mercyful Fate und auch von Twisted Sister.«

»Twisted Fucking Sister«, korrigierte Kai mit einem Schmunzeln.

»Und von Venom«, ergänzte Akseli.

Mia hob die Hand. »Die Coverversion von Dimmu Borgir nicht zu vergessen.«

»Coverversionen zählen nicht«, bestimmte Helmi. »Sonst werden wir nie fertig.«

Zustimmendes Gemurmel.

»Was ist mit ›Vengeance is mine‹? Kommt schon.« Lars

wedelte auffordernd mit den Armen, erleichtert, am Ende des Trivial Pursuits für Metalnerds angekommen zu sein.

»Iced Earth«, sagten Mia und Haste gleichzeitig.

»Dark Saga, sechsundneunzig«, fügte der Keyboarder hinzu.

»Hätten wir das Pub-Quiz also auch geschafft.« Lars legte angestrengt den Kopf in den Nacken. »Aber was sagt uns das alles? Außer, dass es sich offenbar um einen Metalfan handelt. Oder um jemanden, der einen solchen Anschein erwecken will.« Er überlegte kurz. »Andererseits glaube ich nicht, dass hier jemand vorgibt, etwas zu sein, was er nicht ist.« Lars und Mia tauschten einen Blick. »Für mich klingt das nämlich nach einem fetten Statement. Jemand will damit etwas aussagen, keine falsche Spur legen.«

Die Frontfrau nickte zustimmend.

»Beinahe schon wie ein Manifest. Überlegt einmal: Ich plane etwas über ein Jahr im Voraus, halte mich strikt sowohl an die Reihenfolge meiner Opfer als auch an die Tötungsart. Auch versuche ich, niemanden sonst in Mitleidenschaft zu ziehen. Denn Nowaks Chauffeur hat der Täter nur betäubt und unverletzt abseits in einen Graben gelegt.«

Sie wandte sich an die SuiCiders. »Nowak hatte ein Bündel Geldscheine im Mund stecken. Ob er schon vorher tot war oder daran erstickte, kann ich nicht sagen. Wird die Autopsie zeigen.«

»Außerdem postet der Mörder nach jeder Tat die betreffende Textzeile«, fuhr Helmi fort. »Als sollte es eine Mahnung sein.«

Mia grinste böse. »Oder eine Scheiß-›Ich hab's euch ja gesagt‹-Attitüde.«

»Das Hauptproblem ist, dass übermorgen das Festival zu Ende ist«, überlegte Haste laut. »Will heißen: Auch der Täter ist dann über alle Berge.«

»Für mich deuten die Texte und die Quellen vor allem auf eins hin: Rache«, meinte Lars und setzte sich auf die Stufe zum Gang mit den Schlafkojen. »Meiner Meinung nach verlaufen wir uns, wenn wir uns fragen, wer der Täter ist. Hier stiefeln gerade achtzigtausend Leute oder so herum. Es könnte theoretisch jeder sein.«

»Sagt normalerweise der eigentliche Täter, um von sich abzulenken«, flüsterte Kai Haste zu. Der grinste knapp.

Doch Lars ließ sich nicht beirren. »Nur mit der richtigen Frage haben wir eine Chance, ihm auf die Spur zu kommen.«

Mia sah zu ihm. »Bitte, erleuchte uns, Sherlock Hawaii.«

Lars strich sich den Schnurrbart glatt. »Die richtige Frage lautet: Was haben alle Opfer gemeinsam?«

Wie einstudiert beendeten in der Sekunde Bolt Thrower ihren Song mit einer Artilleriesalve.

Nun herrschte Totenstille im Bus.

»Da ist was dran«, sagte Juuso nach einer Weile. »Auch aufgrund der Tatsache, dass der Täter die Botschaft schon vor einem Jahr gepostet hat, ist erkennbar, dass es sich nicht um Zufallsmorde handelt.«

Mia nahm ihr Handy, vertiefte sich darin.

»Gallows und Hellsticks«, fabulierte Lars nachdenklich. »Was hatten die beiden gemein? Kannten sie sich?«

Akseli zuckte mit den Schultern. »Wie man sich halt so kennt, in der Metal-Welt. Haben aber meines Wissens nie was gemeinsam gemacht, weder beruflich noch privat.«

»Vielleicht hatten sie vor ihren jetzigen Bands was miteinander zu tun?«, bohrte Lars nach.

Juuso schnaufte hilflos. »John gab sich von jeher verschlossen, was seine Vergangenheit betraf. Nicht, dass er was verbergen wollte, aber für ihn war immer gerade das am wichtigsten, was er im Augenblick tat.«

Die anderen SuiCiders nickten in stummem Einklang.

»Was ist mit der CD, die ich vorgestern bei euch in den Händen gehalten habe? Hieß irgendwas mit ›S‹.«

»Sisu?«

Toivo griff hinter sich, zog eine CD-Hülle aus dem Regal und legte sie auf den Tisch. »Wie gesagt, Johns erster Versuch, groß rauszukommen.«

Lars nahm die Hülle, wendete sie. »Genau. Die Platte, auf der keiner von euch gespielt hat.« Aufgeregt überflog er die Namen. Dann noch einmal.

Schließlich ließ er sie enttäuscht sinken. »Fehlanzeige. Keiner der Musiker heißt Hellsticks.«

Mot wandte sich ihm zu. »Was ist mit Darek Baker, Hellsticks bürgerlichem Namen?«

Lars schüttelte den Kopf, lugte auf das Backcover. »Neben Gallows spielen noch ein gewisser Soul Eraser, ein Eevil und ein Hexxxer mit.« Er lächelte verschmitzt. »Ich vermute, Künstlernamen.«

Die anderen gingen nicht auf das Bonmot ein, sondern wirkten ratlos.

»Wie hießen die Herrschaften noch mal?«, fragte Mia, ohne von ihrem Handy aufzusehen.

Erneut las Lars von der Rückseite der Hülle: »Soul Eraser, Eevil und Hexxxer, mit drei ›x‹.«

Mia sprang auf.

»Ja fick den Weihnachtsmann! Das gibt's doch nicht!«

Aufgeregt zeigte sie den anderen das Display ihres Handys, jedoch mit einer Geschwindigkeit, dass die nicht erfassen, geschweige denn begreifen konnten, was dort zu sehen war.

»Gallows und Hellsticks hatten vielleicht nichts miteinander gemein oder es weiß keiner von uns davon«, sagte sie mit überreizter Stimme. »Aber das Internet vergisst nie! Denn am 11. August 2008 spielte Hellsticks' damalige Combo Catholic Abomination live im Boiler Room. Er noch am Bass, vor seinem Unfall. An den Vocals und der Gitarre ein gewisser – Tada! – Eevil. In beiden Line-ups taucht also der gleiche Name auf.«

»Evil?«, wiederholte Mot ungläubig. »Na und? Ich glaub, so haben sich schon eine Million Musiker irgendwann genannt.«

»Nicht ›Evil‹«, korrigierte ihn Mia. »Sondern ›Eevil‹, mit zwei ›e‹.«

Kai zeigte den Metalgruß. »Double ›e‹ means double evil, oder? Hail Satan!«

»Quatsch nicht so einen Müll!«, kläffte Mia.

»Aber welche Verbindung genau ergibt sich dadurch zwischen Gallows und Hellsticks?« Haste kratzte sich unbedarft am Kinn.

»Na, vordergründig gar keine!« Die Frontfrau rollte mit den Augen. »Aber Eevil scheint das Bindeglied zwischen beiden zu sein. Er kannte Gallows und er kannte Hellsticks. Er könnte daher wissen, was die beiden verband. Vielleicht finde ich eine Kontaktadresse oder so was.« Sie tippte auf ihrem Handy, ließ es gleich darauf sinken. »Nope.«

»Dann sollten wir jemanden fragen, der nicht binär ist.«

Mia holte irritiert Mots Blick ab. »Was soll der Scheiß jetzt wieder bedeuten?«

»Jemanden aus Fleisch und Blut.« Er wandte sich Juuso zu. »Hat Rachel euch von Anfang an gemanagt?«

Der nickte. »John hat sie mitgebracht.« Eine Atempause später: »Fuck! Rachel hat John auch schon auf ›Sisu‹ gemanagt. Sie weiß, wer dieser Eevil ist!«

»Dann müssen wir die bloody Bitch nur noch finden«, meinte Helmi aufgeregt. »In der Crowd wird sie wohl eher nicht sein, denn sie hasst Menschenansammlungen. Kein Scherz.«

Mia bleckte die Zähne. »Jaaa, das ist nun so eine Sache. Rachel hat nämlich den toten Nowak ebenfalls entdeckt. Also, vor mir.«

»Das sagst du erst jetzt?« Akseli schnaufte verärgert.

Mia deutete auf ihren Vater. »Er hat gesagt, wir sollen Juuso ausreden lassen! Danach hab ich's vergessen.«

»Spielt doch keine Rolle, Herrgott!«, entfuhr es Lars. Er überlegte, wandte sich dann an die SuiCiders. »Vorschlag: Ihr versucht, Rachel telefonisch zu erreichen. Vielleicht geht sie ja ran, der alten Zeiten willen oder so. Oder sie kommt noch einmal hier vorbei, weil sie ihre Meinung geändert hat.«

Helmi stieß ein verächtliches Knurren aus. »Bevor die bloody Bitch ihre Meinung ändert, friert die Hölle zu. Aber ja, so machen wir das.«

»Und was tun wir?« Haste blickte naiv in die Runde.

Mia tätschelte ihm die Wange. »Wir gehen jetzt auf ein Eis.«

50

E51

Black Sabbath

Hinter dem Parkplatz der Tourbusse war von dem Treiben, das im Infield herrschte, kaum etwas zu bemerken. Der Wind blies lau. Die Sonne versteckte sich hinter Wolken, warf angenehme Schatten und verlor ein wenig von ihrer Bissigkeit.

Nicht so Rachel.

Äußerlich nervös und innerlich aufgewühlt wartete sie ungeduldig, kontrollierte zum gefühlt hundertsten Mal die Uhrzeit. Man hatte ihr versprochen, dass das Taxi, das sie zurück nach Hamburg ins Hotel bringen würde, in zwanzig Minuten da sein werde.

Sie schnaubte erzürnt. Das war vor ganzen einundzwanzig Minuten gewesen!

Bloody wankers!

Gehetzt blickte sie die Straße rauf und runter. Doch weder sah sie ein sich näherndes Vehikel noch hörte sie das Brummen eines Diesels oder das – für ihre Ohren – widerlich klingende Säuseln eines Elektroautos.

Stimmengewirr hinter ihr ließ sie über ihre Schulter blicken. Eine Handvoll Leute entstieg dem Tourbus der SuiCiders, machte sich auf Richtung Artist-Area.

Wäre sie nicht gebotoxt, hätte die Managerin die Stirn gerunzelt – war das etwa Mia Kowalczyk unter den Kerlen? Suchten die bereits einen neuen Sänger?

Egal, dachte sich Rachel. Obwohl sich die junge Frau wahrlich rührend um sie gekümmert hatte, als die Polizei zu Nowaks Limousine gekommen war und auch noch im Anschluss, bis sie getrennt voneinander befragt worden waren, so fühlte sich Rachel ihr gegenüber zu nichts verpflichtet.

Für sie erwuchsen aus guten Taten keine Verbindlichkeiten.

Das Knarzen von Reifen auf Schotter riss Rachel aus ihren Gedanken. Sie sah in Richtung der Geräusche – aber das Auto, das sich ihr näherte, war ein alter Käfer. Auch ein Taxischild am Dach fehlte.

Das Gefährt passierte sie in gemächlichem Tempo und verschwand wieder hinter der nächsten Kurve.

Damit, dass Rachel Shaw den Nowak finden würde, hatte ich nicht gerechnet. Im Gegenteil. Irgendein junger Musiker oder dergleichen würde voller Träume und Hoffnungen in die Limousine einsteigen, nur um desillusioniert wieder herauszukommen. Dabei hätte er noch Glück gehabt, denn mir war Schlimmeres widerfahren. Viel Schlimmeres.

Aber nun war es eben Rachel gewesen und ich musste einen Weg finden, wie ich ihrer habhaft werden konnte, ohne mich zu verraten und damit mein Werk zu gefährden. Dass die alte Kuh nichts sehnlicher wollte, als vom Festival wegzukommen, dafür musste ich sie nicht belauschen. Das war ihr ins fahle Antlitz geschrieben gewesen, das besagte der panische Blick in ihren kaltherzigen Augen. Trotzdem war ich froh, dass ich es dennoch getan hatte. Denn so wusste ich, dass mein Plan aufgehen konnte. Ich musste nur etwas auftreiben, was in Wacken noch seltener war als eine Haarsträhne auf Rob Halfords Kopf – ein Taxi.

Noch einmal sah die Managerin auf ihre Uhr, als ein weiteres Auto um die Kurve gefahren kam, ein alter weißer Ford mit Taxischild, das jedoch nicht aktiviert war. Der Mittelklassewagen hielt neben Rachel. Der Fahrer, ein schlaksiger Mann mit ausgezehrtem Gesicht und einer schwarzen Baskenmütze, die er tief in die Stirn gezogen hatte, stieg aus, lief um sein Fahrzeug herum und öffnete Rachel die rechte Tür in den hinteren Wagenfond.

Die Managerin rümpfte die Nase. »Wurde aber auch goddamn time.«

Sie stieg ein, platzierte den Chihuahua neben sich auf der Sitzbank.

Einen Augenblick später presste ihr eine Hand ein Tuch auf Mund und Nase.

Der stechende Geruch eines Pharmazeutikums biss sich in Rachels Sinne, verursachte augenblicklich Schwindel und Atemnot.

Die Managerin bemerkte gerade noch, wie sich ein Schatten über sie beugte, dann verlor sie das Bewusstsein.

Jetzt hab ich dich.

51

1 6

Onkel Tom Angelripper

Während die Sonne wieder aus den Wolken kroch, zwängten sich Lars und Mia durch die Besuchermassen. War Mittwoch und Donnerstag um die gleiche Zeit noch eine verhältnismäßig überschaubare Menge an Metalheads auf dem Festivalgelände unterwegs gewesen, gab es nun kaum noch einen Bereich, wo es sich nicht staute. Sei es vor den Getränkebuden, den Toilettenanlagen oder den Merchandising-Ständen – vom Andrang vor den Bühnen ganz zu schweigen. Diese wurden parallel bespielt, mit Ausnahme der Zwillingsbühnen des Infields sowie der Bullhead City, dort rockten die Bands alternierend.

Lars offenbarte sich erst an diesem Tag das wahre Ausmaß des Wacken Open Airs. Er war froh, nicht an Klaustrophobie zu leiden, denn aus dem Gedränge, so unaufgeregt es auch war, gab es kein Entkommen. Dem Besucherstrom, in dem man mitschwamm, musste man folgen.

Nachdem Mia und Lars Artist- und Pressebereich ohne Sichtung von Rachel Shaw passiert hatten, ließen sie sich vom Infield in die Bullhead City treiben, weiter ins Wackinger Village und von dort ins Wacken Center bis zur Louder Stage.

Von der Managerin fehlte jedoch jede Spur.

»Ich hatte keine große Hoffnung, dass wir sie finden«, meinte Mia schließlich mit erschöpfter Stimme. »Aber ein bisschen Glück hätten wir uns schon verdient.«

»Ich glaube, dass man sich hier, unter Tausenden von Besuchern, sowieso nie wiederfindet«, meinte Lars, ebenfalls außer Atem. »Wenn man sich trennt, dann war's das.«

»Hi, Lars!«

Verenas Stimme ließ den Angesprochenen zusammenzucken.

Mia grinste schelmisch. »Beweisführung abgeschlossen, Euer Ehren.«

»Wie schön, ihr habt euch offenbar wieder ausgesöhnt?«, fragte die Sozialarbeiterin.

»Haben wir.« Mia knirschte mit den Zähnen. »Entschuldige wegen heut' Morgen. War echt unnötig.«

Verena winkte ab. »Nicht der Rede wert. Wartet ihr auch auf Audrey Horne?«

Lars machte einen unbedarften Eindruck. »Nein. Wir sind eigentlich auf der Suche nach jemandem.«

Verena verstellte ihre Stimme Yoda-artig. »Du suchst jemanden? Gefunden hast du jemanden, würde ich sagen.«

»Meine Fresse, du passt zu Lars wie Arsch auf Eimer«, schwärmte Mia und klopfte ihrem Vater übertrieben fest auf die Schulter. »Los, wanz dich an sie ran.«

Doch der schien weder Verenas »Krieg der Sterne«-Zitat wahrzunehmen noch die plumpe Aufforderung seiner Tochter. Kraftlos stand er da, mit abwesendem Blick. Gleich so, als hätte sich sein Verstand einen Powernap gegönnt.

»Hey, alles okay bei dir?« Verena beugte sich zu ihm, rüttelte ihn sanft.

Plötzlich schreckte Lars hoch. »Was? Ja, alles –« Er wandte sich Mia zu. »Halte mich für bescheuert, aber ich glaube, ich weiß, wer unser Gesuchter ist.«

»Das tue ich sowieso.« Die Frontfrau blickte skeptisch drein. »Wen meinst du?«

Lars ergriff Verenas Arm. »Heute Morgen, bevor wir uns getroffen haben – wen hast du da gegrüßt?«

Die überlegte kurz. »Meinen ... Moshtel-Nachbarn, den ich –«

»Wie hat er geheißen?«

Verena blickte von Lars zu Mia und zurück. Beide starrten sie an, als kenne sie die Weltformel – und wäre unwillig, sie zu kommunizieren.

»Sag noch mal, was du gesagt hast.«

»›Guten Morgen, Leevi‹, oder so.«

Lars klatschte in die Hände. »Das ist es! Eevil ist die verdrehte Form von Leevi!«

»Du meinst ein Anagramm?« Mia verzog skeptisch das Gesicht. »Der hübsche Weirdo mit seinen protzigen Silberketten um den Hals soll unser Gesuchter sein?«

»Hübsch?« Verena runzelte die Stirn.

»Weirdo unterschreib ich aber sofort«, meinte Lars.

Die Frontfrau musterte ihren Vater: »Vielleicht bist du doch nicht ganz so bescheuert.«

»Leevi, Eevil. Wovon redet ihr da eigentlich?«, fragte Verena und trat unbewusst einen Schritt zurück.

»Erzählen wir dir alles«, sagte Lars hastig, »auf dem Weg zurück ins Moshtel. Du musst uns Leevis Unterkunft zeigen. Erst dort werden wir sehen, ob ich richtigliege. Einverstanden?«

Verena zögerte. »Eigentlich wollte ich mir jetzt Audrey Horne anschauen.«

»Danach bist du mich auch sofort wieder los, Ehrenwort.«

»Das soll es besser machen, Lars?«

»Anderer Vorschlag«, meinte Mia. »Wenn du uns jetzt hilfst, wird Lars für den Rest des Festivals dein privater Diener sein.«

»Was?«

»Bierholen, Wegfreimachen, Fußmassage. You name it.«

Verena blickte von Tochter zu Vater und zurück, schien abzuwägen, ob sie all dem, was sie gerade gehört hatte, Glauben schenken sollte.

»Fuck! Also gut, ich gehe mit euch. Diener brauch ich aber keinen, ich bin mein eigener gottverdammter Herr und Meister.«

Mit diesen Worten marschierte Verena los.

Mia zupfte Lars am Hawaiihemd, raunte dann mit einem breiten Grinsen: »Eine fluchende Rockerin. Scheiße, ich glaub, ich bin verliebt.«

Der bedeutete ihr mit einer energischen Geste, leise zu sein, was diese mit einem Augenrollen tat.

Dann folgten die beiden der Frau im Metal-Dirndl.

52

Svölk

Nachdem Lars, Mia und Verena in der Mitte des Moshtel-Container-Parks angelangt waren, deutete die Sozialarbeiterin auf eine weinrot gestrichene Behausung.

»Dort drin wohnt Leevi.« Sie stemmte die Hände in die Hüften. »Ich weiß aber immer noch nicht, was ihr von ihm wollt. Er ist vielleicht etwas kauzig, aber –«

Lars verengte die Brauen. »Kauzig? Inwiefern.«

»Na ja.« Verena machte eine kurze Pause. »Was ich so mitbekommen habe, hört er jeden Tag nur einen Song.«

»Vielleicht will er sich seinen musikalischen Appetit für die Livebands aufheben?«

Verena schüttelte den Kopf. »Du verstehst nicht. Er hört jeden Tag nur einen einzigen Song, den dafür in Dauerschleife und megalaut.«

Lars pfiff durch die Zähne. »Das klingt jetzt doch ein wenig – eigen.«

Die drei hatten den Container erreicht. Die schmalen Fenster an beiden Seiten der Tür waren mit Handtüchern verhangen und verhinderten den Blick ins Innere.

Mia holte ihr Handy hervor. Sie zeigte Verena das Foto, das sie vom Fernseher im Bus der SuiCiders gemacht hatte.

»Ist da irgendein Titel dabei, den dieser Leevi gehört hat?«

Verena studierte die Liste, wobei ihr Gesichtsausdruck immer düsterer wurde.

»Ja«, sagte sie schließlich mit belegter Stimme. »Mittwoch ›Last In Line‹, gestern ›Master Of Puppets‹, heute Morgen ›Eat The Rich‹.«

Sie blickte vom Handy auf. »Was bedeutet das?«

»Das bedeutet, dass wir uns jetzt Zutritt zu seinem Container verschaffen werden«, bestimmte Mia. »Wo ist hier die Security?«

Verena deutete in die Richtung, aus der sie gekommen waren. »Bei der Eingangskontrolle. Ab und an drehen hier noch zwei weitere Securitys ihre Runden, kontrollieren, ob alles passt.« Sie zuckte mit den Schultern. »Keine Ahnung, ob die nur zu gewissen Zeiten hier sind.«

Lars lächelte. »Lass mich doch bitte einen Blick in deinen Container werfen.«

Verena entsperrte das Schloss, öffnete die Eingangstür zu ihrer Behausung, die ebenfalls von zwei schmalen Fenstern gesäumt war.

Im Inneren lagen Wäsche, Kulturtasche und Kleinkram perfekt aneinandergereiht.

»Hätte ich gewusst, dass Besuch kommt, hätte ich aufgeräumt«, scherzte sie, sich ihrer Ordnung bewusst.

Lars besah sich das Schloss. »Das können wir vergessen, lässt sich nicht so einfach knacken. Der Türrahmen ist aus Metall, den können wir auch nicht aufbrechen, ohne dass man uns bis zur Louder Stage hört.«

Mia stampfte auf. »Also kommen wir nicht in Leevis Scheißcontainer?«

»Das hab ich nicht gesagt.«

Er tippte mit dem Zeigefinger auf den Drehverschluss am inneren Beschlag der Tür. »Aber es wird laut und wir brauchen eine Ablenkung.«

Verena zog unter ihrem Kopfkissen eine Boombox hervor. »So was in der Art?«

Lars grinste. »So was in der Art. Ein Handtuch benötige ich ebenfalls.«

Verena reichte ihm eins.

»Du hast nicht zufällig einen Eispickel hier?«

Sie schüttelte den Kopf. »Eispickel sind grad aus.«

Lars' Blick fiel auf einen Leatherman, der auf dem zweiten, unbenutzten Bett lag. »Damit sollte es auch gehen.«

Er nahm das Multitool und wollte gerade nach draußen gehen, da ergriff Verena seine Hand.

»Wenn das schiefgeht, schmeißen sie uns hochkant vom Festival. Und wenn ich ›uns‹ sage, denke ich primär an mich. Hast du eine Ahnung, wie sehr ich mich auf die Bands gefreut habe?«

»Du … kannst natürlich auch hierbleiben«, sagte Lars.

Verena trat demonstrativ zur Tür hin. »Spinnst du? Ich wollte nur, dass du dir bewusst bist, was für mich auf dem Spiel steht.«

Lars goutierte die Äußerung mit einem scheuen Lächeln, wandte sich dann Mia zu. »Was wirst du ertönen lassen?«

Die hob mehrmals beide Augenbrauen. »Lass dich überraschen. Aber es wird laut genug sein.«

Ihr Vater nickte. Dann klappte er den Leatherman auf, wickelte sich das Handtuch um seine rechte Hand und trat ins Freie.

Die drei sahen sich um – alle Gäste des Moshtels schienen auf dem Festivalgelände zu sein.

Verena deutete zu jenem Container, hinter dem der Eingang lag. »Ich steh dort Schmiere. Wenn die Luft rein ist, pfeife ich.«

Mia schaltete die Boombox ein, verband sie via Bluetooth mit ihrem Handy und wählte einen Song aus ihrer Mediathek. »Ich geh zum Eingang. Dein Pfeifen ist mein Signal.«

Lars, Mia und Verena nickten sich verschwörerisch zu, dann teilten sie sich auf. Während die beiden Frauen arglos Richtung Ausgang schlenderten, postierte sich Lars, so unauffällig er nur konnte, neben der Tür von Leevis Container.

Kaum eine Minute später hatte Verena ihren Posten erreicht, sah sich prüfend um. Dann pfiff sie die Melodie des Refrains von Priests »Living after Midnight«.

Lars hielt die Luft an.

Wenige Sekunden später donnerte »Premature Autopsy« von Entombed in infernalischer Lautstärke durch das Moshtel.

In dem Augenblick schlug Lars mit der Spitze der Zange des Leathermans gegen die schmale Scheibe neben der Tür, die splitternd zerbrach.

Er wartete, bis die Scherben zu Boden gefallen waren, griff dann blitzschnell am vorgehängten Handtuch vorbei ins Innere des Containers, drehte den Knopf des Schlosses und entriegelte die Tür.

Die Musik verstummte wieder.

Lars sputete sich zurück in Verenas Domizil.

Gleich darauf folgten Verena und Mia, beide ein diebisches Grinsen im Gesicht.

»Hat's geklappt?« Mia schloss die Tür hinter sich.

Lars nickte. »Soweit ich sehen konnte, war auch niemand in dem Container drin. Hat man das Glas splittern gehört?«

Verena verneinte. »Ich dachte eher, es zerfetzt meine Boombox.«

»Ich dachte dasselbe über mein Trommelfell.«

Die Frontfrau schmunzelte. »Danke für deine Hilfe, Lars. Sehen wir uns den Container an.«

Verena nickte. »Machen wir.«

Das Innere von Leevis Behausung wirkte gänzlich unpersönlich. Keine Habe, die auf einem der beiden Betten lag, keine Toilettenartikel, kein Merchandise.

Einzig ein verschlossener Koffer befand sich unter dem Bett.

Ohne sich mit den anderen beiden zu besprechen, zog Mia diesen hervor, öffnete den Reißverschluss und klappte den oberen Deckel auf. Darin befanden sich schwarzes Gewand, ordentlich zusammengelegt, und ein wenig Silberschmuck. Das war alles.

Die Frontfrau zog eine säuerliche Schnute.

»Was hast du erwartet?«, fragte Verena. »Waffen und ein Geständnis?«

»Ich glaube, das hängt hier.« Lars deutete auf das Wacken-Poster, das die Wand zierte.

Mia und Verena erkannten, was Lars meinte: Die am Plakat penibel schwarz ausgemalten Logos der SuiCiders, von Desperate Housewife's Corpse Desecrators sowie von Infinite Dreams Records.

»Fuck!« Fieberhaft suchte Mia nach einem Anhaltspunkt für die morgige Tat, konnte jedoch keinen entdecken.

»Trotz allem könnte es sich immer noch um einen unglaublichen Zufall handeln«, setzte Lars zu einer Erklärung an. »Was, wenn der Typ einfach erfahren hat, was hier vorgefallen ist, und es auf seine Weise verarbeitet?«

Verena hob das Kopfkissen, fand darunter ein Notizbuch. »Sollte da drinstehen, oder?«

Lars nahm es, schlug die erste Seite auf und las: »Property of Leevi Karvonen. Read it and die.« Er blickte auf. »Charmant.«

Hastig blätterte er durch die Seiten. Handschriftlich Vermerktes ergoss sich in schier endlosen Kolumnen, ohne Absätze oder erkennbare Struktur. Vieles war durchgestrichen, manches ergänzt oder ausgebessert. Ein Sammelsurium aus zu Papier gebrachten Gedanken und Gefühlen.

»Ist wohl sein Tagebuch.« Lars stöhnte. »Selbst wenn wir das Gekritzel entziffern könnten, bräuchten wir wen, der es übersetzt. Ich glaube, das ist Finnisch.«

»Na ja, seine Scheißlebensgeschichte interessiert uns sowieso nicht.«

Mia riss ihm das Notizbuch aus der Hand. Sie schlug die letzte Seite auf, die einen Eintrag enthielt. Im Gegensatz zu den Seiten davor waren die Worte hier in Großbuchstaben und in Englisch verfasst. »Hm. Scheint ein Text für einen Song zu sein. ›Trust‹.«

Sie überflog die Zeilen. »Ist aus der Sicht von jemandem geschrieben, der das Vertrauen anderer missbraucht. Klingt ziemlich verbittert.« Sie blätterte zurück. »Noch ein Songtext: ›Consume Yourself‹.«

Wieder überflog sie die Lyrics. »Erzählt von Drogenkonsum und der vermeintlichen Ruhe, die man darin findet. Könnte auf Hellsticks gemünzt sein. Weiter hinten noch einer: ›One Last Breath‹.« Mias Augen rasten von einer Zeile zur nächsten. »Da geht es wohl um seinen seelischen Zustand. Eine Art Auskotzen seiner inneren Zerrissenheit.«

Sie blickte entschlossen zu Lars. »Du hast recht. Leevi ist unser Mann.«

Verena schien sich unwohl zu fühlen. »Was tun wir jetzt?« Sie zückte ihr Smartphone. »Rufen wir die Polizei?«

Lars nickte. »Doch die zentrale Frage bleibt: Wo ist Leevi Karvonen?«

53

Nations

Heaven Shall Burn

Benommen wachte Rachel Shaw aus etwas auf, was sie nicht hatte kommen sehen – ein traumloser Schlaf, eine grenzenlose Leere.

Hatte sie nicht eben noch auf ein Taxi gewartet?

Sie öffnete die Augen, wenn auch nur einen Spalt breit. Grelle Bilder pulsierten verschwommen in ihrem Sichtfeld, ihr Schädel pochte. Die Trockenheit in ihrem Mund glich der nach einer wild durchzechten Nacht.

Sie hob den Kopf. Wo war sie?

In der Ferne wummerten die dumpfen Bässe einer Musikanlage.

Langsam formten sich Flächen und Konturen, bildeten sich Nuancen in Farben und Kontrast.

Ein großer, düsterer Raum. Wenig Licht fiel durch die Spalten der mit OSB-Platten vernagelten Fenster. Wassereinbruch hatte die versifften Tapeten an manchen Stellen von den Wänden gelöst, klagend beugten sie sich zum schmutzigen Dielenboden. An jeder nur erdenklichen Stelle hatten sich untalentierte Sprayer mit ihren Tags wichtig gemacht. Das Interieur bestand aus geschundenen Bänken und Tischen.

Offenbar befand sich Rachel in einer ehemaligen Gaststube.

Ein Winseln ließ ihren Blick zu ihren Füßen wandern. Dort kauerte ihr Welpe, mit einer improvisierten Leine aus ineinandergeschlungenen Kabelbindern ans Bein jenes hölzernen Stuhls gebunden, auf dem sie saß.

Erst jetzt bemerkte Rachel, dass man ihr die Hände hinter der Rückenlehne des Sessels gefesselt hatte und dass ihre Schultergelenke stechend schmerzten.

Erneut hob sie den Kopf, suchte den Raum nach Hinweisen auf ihren Aufenthaltsort ab.

Dann sah sie ihn – einen Mann, der im Dunkel der gegenüberliegenden Ecke auf einem Stuhl saß und sie stumm beobachtete.

Rachel stutzte. War das etwa der Taxifahrer?

Sie wollte sprechen, wollte sich empören und nach Hilfe rufen. Doch der Streifen Panzertape, der über ihrem Mund klebte, wusste dies zu verhindern. Mit gutturalen Lauten versuchte sie, sich Gehör zu verschaffen, rüttelte dabei an ihrem Stuhl, als gäbe es eine Chance, sich zu befreien.

Der Chihuahua zu ihren Füßen jaulte auf.

Gemächlich erhob sich die Gestalt, streckte sich und kam schließlich auf sie zu.

Der Mann war vermutlich Ende dreißig oder Anfang vierzig, genau vermochte es Rachel nicht zu schätzen. Seine mit Kajal geschminkten Augen unterstrichen ein kränkliches Aussehen, sein schwarzes Seidenhemd trug er unnötig weit aufgeknöpft. Seine Hände strotzten vor silbernen Ringen und Armreifen.

»Aufgewacht, Dornröschen?« Er grinste süffisant, während er auf sie zukam, beugte sich zu ihr und griff eine Ecke des Panzertapes an ihrem Mund. »Bereit?«

Die Managerin schüttelte verneinend den Kopf.

Dennoch riss ihr der Mann mit einem schnellen »Ratsch« das Klebeband ab.

»Ah! What the fuck?« Rachel wand sich in ihren Fesseln, die sie schmerzhaft einschnitten. »Who the hell are you?«

Der Mann schnalzte mehrmals tadelnd mit der Zunge. »Language, Ma'am, language. Kein Grund, unhöflich zu sein.«

»Du kannst dir deine tadelnden Worte up your ass schieben!«

Er hielt ihr das Panzertape hin. »Wenn du dich nicht beruhigst, klebe ich es dir wieder drauf. Und ein zweites über die Nase. Ist dann wie Waterboarding, nur mit Ersticken statt Ertrinken.« Er hob eine Augenbraue. »Aber vielleicht stehst du ja auf Asphyxiophilie? Dann werde ich mir was anderes überlegen.«

»You motherf–« Rachel atmete tief aus, fuhr dann im Flüsterton fort. »Bloody wanker. Deine abartigen Games kannst du dir ebenfalls sonst wohin stecken.« Sie blickte zu ihm auf. »Was willst du von mir?«

Der Mann gab sich überrascht. »Wie kommst du darauf, dass ich etwas von dir will? Ich will gar nichts von dir, meine Teure, mein Wort darauf.« Er machte eine kurze Pause. »Ich *erwarte* etwas von dir.«

»Again someone, den ich enttäuschen muss. Aber meinetwegen, dann spielen wir eben dein Spiel. Was erwartest du von mir?«

Der Mann lächelte warmherzig. »So kommen wir der Sache schon näher. Aber da ich bereits weiß, wer du bist, gestatte mir erst, mich vorzustellen. Mein Name ist Leevi Karvonen.«

Rachel überlegte.

Schließlich zuckte sie mit den Schulterpolstern. »Sagt mir genau nothing at all. Aber ich habe in meinem Leben schon so viele Norweger und Schweden kennengelernt, da kann ich mir nicht jeden Namen merken.«

»Ich komme aus Finnland!«, brach es lautstark aus Leevi heraus. »Wie würde es dir gefallen, wenn ich aus dir eine Amerikanerin machen würde?«

»Honey, wenn du mich losbindest, stamme ich meinetwegen aus Tadschikistan.« Sie schüttelte den Kopf. »Aber ist das nicht egal, woher wir stammen? Ist doch nicht unsere Leistung, in welches Country wir geboren wurden. Music sind Landesgrenzen jedenfalls komplett egal.«

Leevi ballte die Fäuste, begann auf und ab zu gehen. »Du willst mir jetzt nicht wirklich einen Vortrag über Musik halten, oder? Ausgerechnet du, die jeden für ein paar Cent verrät, der dieser Profession ernsthaft nachgeht?«

Sie verengte die Augen. »Shit, now I remember you! Du warst … Ich hab dir damals eine Chance gegeben. Aber du hast sie nicht wahrgenommen. Right?«

»So mag es vielleicht auf dich gewirkt haben. Doch die Wahrheit ist nicht schwarz oder weiß, auch wenn wir sie so am einfachsten verstehen können.«

»What the fuck does that even mean?«

Er blickte prüfend auf seine Armbanduhr. »Wir haben noch ein wenig Zeit, warum also nicht?«

Leevi nahm sich einen Sessel, positionierte ihn mit der Lehne zu Rachel. Danach holte er eine Plastikflasche, kippte ein wenig Wasser in einen Einweg-Suppenteller aus Plastik und stellte diesen vor den Welpen, der gierig zu trinken begann.

Leevi hielt Rachel die Flasche hin. Sie nickte stumm. Er gab ihr zu trinken, setzte sich dann rittlings auf den Stuhl und verschränkte die Arme auf der Lehne.

»Wollen wir deinem Gedächtnis auf die Sprünge helfen? Vor fünfzehn Jahren gründete ich eine Melodic-Black-

Metal-Band namens Catholic Abomination, im Stil von Dissection, Rotting Christ oder Katatonia, du weißt schon. Aber wir hatten weder einen Plattenvertrag noch einen Agenten. Dennoch spielten wir überall, wo man uns auftreten ließ, meist für nicht mehr als Gratisgetränke und einen feuchten Händedruck.« Er lachte auf. »Aber das war für uns okay, denn wir wollten hoch hinaus. Wie jede junge Band glaubten wir, die Welt würde nur auf uns warten.«

Rachel lächelte mitleidig.

Leevi fixierte sie. »Dann kamst du. Angeblich hast du uns irgendwo spielen hören, wolltest uns einen Plattenvertrag vermitteln. Entscheidend, das hast du mehrmals betont, sei unser nächster Live-Auftritt.«

Rachels Gesichtszüge erhellten sich. »I remember. Im Boiler-Room in Helsinki.«

»Genau dort.«

»Aber – euer Gig wurde gecancelt.«

»Ja, wurde er. Ich nehme an, du hast dich nie gefragt, warum.«

»Honey, wenn ich Bands vertreten wollte, die aus einer Laune heraus einen Auftritt absagen, wäre ich die Managerin von W.A.S.P.«

»Es war aber nicht aus einer verdammten Laune heraus!« Leevi sprang auf. »Ich wollte diesen Gig mehr als alles andere in meinem Leben!« Er zog ein verbittertes Gesicht. »Aber das Schöne an einer Band ist ja, dass man im Kollektiv versagen darf. In meinem Fall verursachte dieses Versagen unser Bassist. Darek Baker.«

»Hellsticks«, flüsterte Rachel.

»Ebender. Nur damals hatte er diesen Spitznamen noch nicht. Damals war er schlicht Darek ›ich-pfeif-mir-alles-rein-was-ich-zwischen-die-Finger-bekomme‹ Baker. So endete unser Gig auch, bevor er begonnen hatte. Denn der gute Darek fuhr völlig zugedröhnt zum Boiler-Room, baute einen Unfall und verlor dabei den kleinen und den Ringfinger seiner rechten Hand. Seine Karriere als Bassist war im Arsch und unser gesamtes Equipment war es ebenfalls, denn das lagerte hinten in seinem Lieferwagen.«

»What a shame.«

»Nein, verflucht noch mal, das war kein Jammer! Das war eine gottverdammte Katastrophe! Ich stand mit nichts da. Mit nichts!«

Rachel verkniff sich einen Kommentar.

»Ich war am Boden zerstört, und zerstörerisch bin ich auch mit mir selbst umgegangen. Obwohl ich mich an kaum etwas aus der Zeit erinnern kann, möchte ich nur beim Gedanken daran sofort drauflos kotzen.« Leevi zupfte sich sein Seidenhemd zurecht. »Das Schlimmste für mich war, dass wir niemals die Gelegenheit hatten, den Label-Chef zu überzeugen, den du angeblich mitnehmen wolltest.«

»Nowak.« Die Managerin wurde bleich. »Hast du … Nowak ist tot.«

Leevi straffte sich, atmete tief durch und setzte sich wieder auf den Stuhl. »Nein, ich habe Nowak nicht umgebracht. Das war er selbst, und zwar schon vor langer Zeit.« Er machte eine flapsige Geste. »Er wusste es nur eben nicht. Aber er zumindest war mir nach seinem Tod äußerst hilfreich – denn ich konnte dich dabei beobachten, wie du vor seinem Wagen im Dreck gesessen hast.«

»Du … hast mich verfolgt?«

»Glaubst du ernsthaft, ich kam zufällig mit einem Taxi des Weges?« Leevi schnaubte. »War alles ein wenig stressig, aber jetzt, wo wir beide so einträchtig beieinander sind, muss ich gestehen, dass es sich ausgezahlt hat.«

»Du hast auch den Taxilenker auf dem Gewissen?«

»Mach dich nicht lächerlich, Rachel Shaw! Der Mann wird aus seinem Schlummer ebenso unversehrt aufwachen wie Nowaks Chauffeur. Ich bin doch keine Bestie.«

»Sagt derjenige, der den Nowak getötet hat. By the way, was hat er dir eigentlich so Schlimmes getan, dass er den Tod verdiente?«

»Spotte nur. Aber wenn du es genau wissen musst, ich habe dem guten Herrn einst mehrere Demos geschickt.«

»Right, und er hat nicht darauf reagiert. Buhu!« Rachel seufzte mitleidig. »Honey, werde erwachsen. Weißt du, wie viel ungefragter Trash auf deinem Schreibtisch landet, wenn du eine Record-Company leitest?«

»Oh, aber der Nowak hat sich bei mir gemeldet. Ich bin dafür extra zu ihm nach Wien gereist. Hab mir viele gute Vorschläge anhören dürfen und noch mehr Geschwätz, inklusive dem unerträglichen Gejammer, das offenbar zum Produzent-Sein dazugehört. Er versprach, meine Musik zu vertreiben, wenn ich mein Demo in Studioqualität produzieren lassen würde.«

Rachel senkte ernst den Blick. »Du hast doch nicht etwa auf eigene Kosten ein Album aufgenommen?«

Der andere atmete eine gefühlte Ewigkeit aus, als wollte er den Gedanken daran von sich wegschieben. »Doch, das habe ich. Jetzt rate, ob der Nowak es tatsächlich vertrieben hat?«

»Natürlich hat er das nicht.«

»Ganz genau. Diesmal war ich aber nicht nur am Boden zerstört, ich war auch pleite, weil ich mein gesamtes Erspartes in eine Produktion steckte, die niemals veröffentlicht wurde.«

Rachel rümpfte die Nase. »Honey, das hast du dir selbst zuzuschreiben. Es gibt ein ungeschriebenes Gesetz im Film- und Musikbusiness: Never invest your own bloody money.«

»Weise Ratschläge von Leuten, die nicht darauf angewiesen sind. Auch so eine verfluchte Scheinheiligkeit in der Branche.«

»Hypocrisy gibt es in jedem Business. Preach water and drink wine. Sound familiar?«

Diesmal war es Leevi, der schwieg.

»Aber ich glaube, du hast vergessen, dass ich dir ein weiteres Mal geholfen habe, remember? Ein Year later.«

»Das habe ich nicht vergessen. Du hast mich angerufen, weil Gallows dringend einen Gitarristen gesucht hat. Aber das zählt verflucht noch mal nicht.«

»Why?«

»Weil es unmöglich war, mit Gallows zusammenzuarbeiten. Der Mann war ein verdammter Egomane.«

»Er war der Bandleader, for fuck's sake!«, echauffierte sich Rachel. »Eine Band ist nicht die bloody UNO. Eine Band muss geführt werden. Das heißt, dass einer das Sagen hat, die anderen folgen. Das Problem war nicht, dass Gallows ein Alphatier war. Sondern dass du auch eins sein wolltest!«

Leevi entwich ein spitzbübisches Grinsen, wie das eines Kindes, das bei etwas Verbotenem ertappt wurde.

»Am I right?«

»Ja, vielleicht«, gab der Musiker zu. »Ich wollte die Band mainstreamiger, wollte die Musik zugänglicher machen. Ich hatte eine Vision für die Band!«

»Aber es war nicht deine Band! Und weil Gallows die Veränderungen strikt ablehnte, habt ihr euch gefighted und Gallows hat dich aus der Band gekickt. That's fucking life.«

»Ja, so ist das Scheißleben nun mal. Nur war das nicht, weshalb ich ein zweites Mal völlig down war.« Leevi schüttelte traurig den Kopf. »Das kam daher, dass alles, was ich John vorgeschlagen und er abgelehnt hatte, sich drei Jahre später auf ›Six Feet Deep‹ von den SuiCiders wiederfand. Jenem Album, das durch die Decke ging. Es waren meine verdammten Ideen. Meine!«

»Und doch sitzen wir hier. Listen, honey, ich kann verstehen, dass du enttäuscht bist. Aber so ergeht es jedem Künstler. Egal, ob du Maler bist, Writer, Musician, Actor, you name it. Die ganze Welt kopiert von dir, ohne es dir zu danken. Klaut von dir, ohne dich dafür zu honorieren. Wenn du das Risiko nicht eingehen willst, dann mach einfach was anderes.«

»Und was?«

»Egal. Geh in ein Büro, in eine Factory. Do something, wo du mit einem Schaffensprozess nichts zu tun hast. Help other people. Help the fucking environment. Hilf dir selbst.«

»Ich kann doch in keinem Büro arbeiten. Ich … ich bin Künstler. Ich bin Musiker«, flüsterte Leevi mit gesenktem Haupt und eigenartig sanfter Stimme.

»Then be a musician. Make a statement. Aber lass dir vorher Eier wachsen.«

Das Gesicht des Musikers erhellte sich. Seine Augen leuchteten, die Muskeln in seinem Körper spannten sich an.

Trotz des fahlen Teints und der eingefallenen Wangen wirkte Leevi Karvonen mit einem Mal, als hätte er eine geistige Erleuchtung gehabt. Als wüsste er zum ersten Mal in seinem Leben, was er mit Selbigem anfangen wollte.

»Well, binde mich los und ich werde dir helfen«, säuselte Rachel. »I promise. I fucking promise! Gemeinsam werden wir Großes erreichen.«

Leevi sah die Managerin voller Freude an. »Ja, das werden wir.«

Er stand auf – und schlug Rachel mit voller Wucht mit der Faust ins Gesicht.

54

/40 or Fight

Dead Moon

Während Verena zur improvisierten Polizeistation eilte, die zwischen Bullhead City und Wacken Center lag, erkundigten sich Lars und Mia in der Artist-Area, ob irgendjemand Rachel Shaw gesehen hatte.

Im Zelt, das die Künstlergarderoben beheimatete, wurden die beiden schließlich fündig. Am Empfang bestätigte die Ansprechpartnerin für Artist-Hospitality, sie habe zwei Stunden zuvor ein Taxi für die Managerin gerufen. Auch betonte sie, dass die Frau einen äußerst gehetzten Eindruck vermittelt habe. Wenig später habe der bestellte Fahrer die Empfangsdame angerufen und mitgeteilt, dass sein Fahrgast nicht aufgetaucht sei. Er habe den Auftrag schließlich storniert.

Als Fahrtziel, so die Ansprechpartnerin weiter, habe Rachel ein Hotel in Hamburg angegeben.

Lars und Mia standen nun einige Schritte vom Empfang entfernt bei einem Tischfußballtisch. Mia hielt sich ihr Smartphone ans Ohr.

»Alles klar, danke«, sagte die Frontfrau und beendete das Telefonat.

Lars sah sie erwartungsvoll an.

»Rachel ist nie im Hotel angekommen«, sagte seine Tochter mit besorgter Stimme. Sie prüfte ihre Uhr. »Wenn Rachel ein anderes Taxi genommen hätte, müsste sie bereits seit etwa einer Stunde in Hamburg sein.«

»Vielleicht ist sie shoppen oder was essen gegangen?«

»Ja, vielleicht.« Mia überlegte. »Aber warum hat sie dann ihr Scheißhandy abgeschaltet?« Als müsste sie etwas beweisen, zeigte sie Lars ihre Anrufliste: »Rachel Shaw (12)«.

»Womöglich hat sie einfach noch einen Termin?«

Die Frontfrau zuckte mit den Schultern. »Kann natürlich alles sein. Ich glaube aber nicht, dass Rachel einfach Business as usual macht. Nowaks Tod hat sie schwer getroffen. Auch noch während der Polizeieinvernahme wirkte sie auf mich völlig aufgelöst. Das schüttelt man nicht so einfach ab. Nicht mal ein Profi wie sie.« Mia blickte über ihre Schulter zum Empfangstresen der Künstlergarderobe. »Auch, dass sie bei der Bestellung des Taxis gehetzt wirkte, zeugt doch davon, dass Rachel nicht einfach zur Tagesordnung zurückkehrte. Oder bilde ich mir das ein?«

Lars schüttelte den Kopf. »Das spricht natürlich alles dafür. Aber was bedeutete es? Dass Leevi sie gefunden hat?«

»Scheiße, ja, genau das bedeutet es!«

»Das würde aber auch heißen, dass er sie bis morgen irgendwo gefangen halten muss. Denn nach seinem bisherigen Tun bringt er ›nur‹ ein Opfer am Tag um.«

»Und heute Morgen starb schon der Nowak.«

Lars bedeutete seiner Tochter, kurz zu warten, ging zum Getränkekühlschrank neben der Theke und holte zwei Flaschen Sodawasser heraus.

Er kehrte zu Mia zurück, reichte ihr eine davon.

»Also, wie gehen wir vor?« Mia sah ihren Vater herausfordernd an.

Lars trank aus der Flasche, verschraubte sie dann unnötig langsam.

Schließlich blickte er auf. »Ich meine, es ist an der Zeit, die Sache endgültig der Polizei zu überlassen und zu verschwinden. Verena ist ja schon auf dem Weg zu den Beamten.«

Mias Gesicht verfinsterte sich zu einem »What the fuck«-Ausdruck.

»Lass es mich bitte erklären. Da draußen ist ein Psycho unterwegs, der offenbar eine Tötungsliste abarbeitet. Wir wissen nicht, ob es tatsächlich mit einem weiteren Opfer getan ist. Vielleicht will Leevi ja am letzten Abend ein Exempel statuieren und irgend so eine Amoklaufnummer abziehen.« Lars sah seine Tochter eindringlich an. »Ab in den Tourbus mit dir und rauf auf die Autobahn. Ich werde das Gleiche mit Mike tun und auch dafür sorgen, dass Annette und Verena mitkommen.« Er ergriff Mias Hand. »Bringen wir uns in Sicherheit.«

Die Frontfrau blieb einige Herzschläge lang völlig perplex stehen. Dann entzog sie ihrem Vater ruckartig die Hand.

»Du bist ein Scheißfeigling, weißt du das?«, begann sie, sich in Rage zu reden. »Schwanz einziehen und abhauen, das scheint bei dir ja Methode zu haben. Hauptsache, du bist raus aus der Nummer, was? Und hinter dir die verfickte Sintflut!«

»Das stimmt doch nicht«, begann Lars mit ruhiger Stimme. »Es geht mir doch gar nicht um mich. Ich fürchte nur um deine Sicherheit, mein Schatz, und –«

Er brach ab. Sah seine Tochter an wie ein Reh das Scheinwerferlicht eines heranrasenden Autos. Wissend, dass der Zusammenprall unvermeidlich war, und ebenso, dass ihn die eigene Unvorsichtigkeit in diese tödliche Lage gebracht hatte.

Mein Schatz.

Mia blieb der Mund offen.

»Entschuldige, ich wollte nicht –«

Sie stieß ihn von sich weg. »Jetzt pass mal gut auf, Gollum! Wenn du glaubst, du kannst einfach so in mein Leben treten und bestimmen, wie ich es führen soll, dann bist du auf dem gottverfickten Holzweg! Ich habe immer für mich entscheiden müssen, musste immer selbst darauf achten, wo ich bleibe. Deshalb sage ich dir eins: Rachel Shaw ist meine Chance auf einen Plattenvertrag. Weißt du, wie viele Drecksklinken man putzen muss, um irgendwo auch nur einen Scheißvorstellungstermin zu bekommen?« Mias Blicke glichen Dolchen. »Ach ne, sorry, woher solltest du eine Ahnung von der Karriereleiter haben, so ambitioniert, wie du durchs Leben scheiterst? Aber auch, wenn es nicht um einen Plattendeal oder sonst was geht, werde ich mich jetzt nicht verpissen. Weißt du auch, warum?«

Lars schwieg betroffen.

»Weil es das Scheißrichtige ist! Man lässt niemanden im Stich. Keinen verwundeten Kameraden, kein kleines Mädchen und auch keine bloody Bitch!« Sie überlegte gespielt lange. »Moment! Da fällt mir ein – das ist doch das, was du am besten kannst, nicht war, *mein Schatz?*« Es folgte ein verbittertes Lächeln. »Also, Lars, fick dich! Und ruf mich nie wieder an.« Mia schleuderte ihre noch geöffnete Wasserflasche zu Lars' Füßen, machte auf dem Absatz kehrt und marschierte aus dem Zelt.

Lars wollte im Erdboden versinken. Hatte ihm gerade seine eigene Tochter die Leviten seines Lebens gelesen?

Verstohlen blickte er zu der Frau, die hinter dem Empfangstisch stand, erntete jedoch nur ein mitleidiges Kopfschütteln.

Schweiß trat ihm auf die Stirn, sein Herz raste, seine Hände zitterten. Hastig öffnete er den Verschluss der Sodawasserflasche, trank den Inhalt auf ex.

55

I Can't Drive

Sammy Hagar

Mit einem metallischen Rattern öffnete sich die Tür des adaptierten Tourbusses der Vengeful Regrets und Lars stolperte herein.

»Ist Mia bei euch?«

Mot blickte von einem Buch auf, Haste von einer Musikzeitschrift.

»Die war doch mit dir zusammen«, meinte der Keyboarder besorgt. »Ist was passiert?«

Lars wog den Kopf hin und her. »Wir hatten Streit und … sie ist einfach abgehauen.«

»Kommt mir nicht ganz unbekannt vor«, sagte Mot. »Genau genommen ist so ein Abgang eine von Mias Spezialitäten.«

Haste nickte zustimmend. »Die kommt schon wieder. Sie geht zwar hoch wie eine Rakete, ist aber meistens genauso schnell wieder unten.«

Mot warf seinem Bandkollegen einen verwirrten Blick zu. »Mia soll so schnell wieder am Boden sein wie eine Rakete? Das ergibt keinen Sinn.«

Lars machte eine beschwichtigende Geste. »Alles gut, ich weiß schon, was Haste meint.«

»Dann soll er es auch sagen, oder?«

Der stemmte die Hände in die Hüfte. »Das hab ich auch!«

»Jungs, immer mit der Ruhe«, bemühte sich Lars zu kalmieren. »Es geht darum, Mia zu finden.«

»Was ist mit ihrem Handy?«

»Geht nicht ran.«

Die Tür des Busses schwang erneut auf, Kai kam herein. »Was'n hier los?«

»Lars hatte Streit mit Mia und sie hat einen theatralischen Abgang hingelegt«, erklärte Mot.

Der Drummer grinste wissend. »Mia und eruptives Verhalten? So kennt man unsere Phlegmatikerin doch gar nicht.«

Lars merkte, dass die anderen nicht verstanden, weshalb er zu ihnen gekommen war.

»Verdammt, es geht nicht ums Davonstürmen«, sagte er mit ernster Miene. »Ich fürchte, dass Mia sich möglicherweise in Gefahr begibt. Ich bitte euch: Helft mir!«

56

Dark Energy 2

Blaze Bayley

Mia stapfte über das Festivalgelände, die Hände zu Fäusten geballt. Innerlich glich sie einem Pulverfass, dessen glimmende Lunte nur wenige Millimeter davon entfernt war, es in die Luft zu jagen. Ein brennender Schmerz kroch ihr die Speiseröhre hinauf, entfesselt von einem sich krampfenden Magen.

Wie zur Hölle hatte sie nur so naiv sein können? Ein Egomane blieb ein Egomane, egal wie gefällig einzelne Momente mit ihm auch sein mochten – irgendwann zeigte er immer sein wahres Gesicht.

Mit eingeklemmtem Schwanz abhauen. Zivilcourage? Fehlanzeige!

Genau aufgrund solchen Verhaltens befanden sich nach Meinung der Frontfrau Extremismus, Xenophobie und Intoleranz in der Gesellschaft auf dem Vormarsch – weil das Ich vor das Wir geschoben wurde.

Mia spuckte aus.

Hier und jetzt bestand zumindest der Hauch einer Chance, dass sie etwas bewirken konnte, wenn auch nur im Kleinen. So empfand es Mia zumindest – und eher würde Justin Bieber in Wacken auftreten, als dass sie diese Chance verstreichen lassen würde.

Doch wo sollte Mia zu suchen beginnen? Auf dem Festivalgelände selbst würde Leevi Karvonen kaum eine Möglichkeit finden, Rachel festzuhalten. Auch das Campingareal schied ihrer Einschätzung nach aus, da es dort zu viele Zeugen gab.

Die Frontfrau blieb stehen. Links und rechts von ihr zogen Metalheads vorbei, johlend, lachend, feiernd.

Sie überlegte. Vielleicht war der Täter mit einem Campingmobil angereist? Dann jedoch durfte er nur auf dem dafür zugewiesenen Areal parken und auch dort gab es zu viele Leute, die etwas sehen oder hören konnten.

Mia spürte, wie ihr Herz schneller zu schlagen begann. Wie würde sie als Mörder handeln?

Die Frontfrau spornte sich innerlich an – war es nicht die Gabe eines Schreibers, sich in andere Personen hineinzuversetzen? Sie war nicht nur Musikerin, sie schrieb auch Lyrics. Folglich müsste sie sich so etwas abverlangen können, verflucht noch mal!

Vorbilder kamen ihr in den Sinn: Steve Harris hatte Iron Maidens »The Number Of The Beast« verfasst, ohne Satanist zu sein. In Faith No Mores »Underwater Love« ersäufte ein Liebender den anderen, höchstwahrscheinlich ebenfalls keine Anekdote aus dem Nähkästchen des Verfassers. Selbst Slayers kontroverses »Angel of Death« war aus der Sicht eines verabscheuungswürdigen Mannes geschrieben, ohne jedoch dessen Sichtweise gutzuheißen. Das alles waren Texte, bei denen sich der Autor schlichtweg eine Rolle zuschrieb, nicht mehr und nicht weniger.

Nun musste Mia dies ebenfalls schaffen, wollte sie nicht gänzlich planlos auf dem weitläufigen Festivalgelände umherirren.

Sie stellte sich vor, Rachel so zu fesseln, dass diese weder entkommen noch nach Hilfe rufen konnte. Panzertape war hier Mias erste Wahl. Nun verortete sie ihre Gefangene gedanklich in einen Raum. Dieser musste uneinsehbar sein, für sie selbst leicht zugänglich und ebenso versperrbar. Ein abseits gelegenes Haus, eine alte Scheune, etwas in der Art. Es durfte aber nicht zu weit vom Gelände entfernt sein, da sonst die Gefahr bestand, beim Transport der Gefangenen im Kofferraum in eine Routinekontrolle der Polizei zu geraten, und solche fanden gerade zuhauf statt. Außerdem würde Leevi Karvonen sein nächstes Opfer wieder publikumswirksam drapieren, auch das stand für Mia außer Frage, daher musste er wieder aufs Festival zurück.

Wo könnte dieser Ort liegen?

Plötzlich wurde Mia angerempelt, ein Schwall Bier ergoss sich über ihren linken Unterarm.

Der Verursacher, ein Junge von vielleicht gerade einmal achtzehn Jahren, den Blick ob des im Übermaß genossenen Gerstensafts bereits auf Halbmast, versuchte schwankend zu erkennen, was gerade geschehen war.

Er setzte zu einer Entschuldigung an, die jedoch nur aus einer Aneinanderreihung von Vokalen bestand.

Mia klopfte ihm mütterlich auf die Schulter und gab ihm dann mit einem leichten Stoß zu verstehen, er solle weiterziehen – was er auch tat.

Die Frontfrau wischte sich den Arm an den Jeans ab, roch dann daran. Biergeruch stieg ihr in die Nase. Aber wonach hätte es auch sonst riechen sollen?

Für einen Augenblick wurde ihr das Herz schwer. Sie musste an ihren Rhythmusgitarristen denken, an Paul Beer … seinen Verrat, aber auch die Erpressung … an die Verfolgungsjagd, die Mia sich mit ihm inmitten der Pilgerströme auf der Hauptstraße geliefert hatte … an ihre Überraschung, als Haste ihn seelenruhig auf einer Bank hatte sitzen sehen … und an dem Wendepunkt, als sie und Haste auf der Hauptstraße kehrtgemacht und Beer schließlich gefasst hatten …

Konzentration, mahnte sich Mia und fokussierte ihre Gedanken wieder auf eine Frage: Wo zur Hölle würde sie ihre Geisel verstecken?

Abgelegen und doch zentral, ohne lästige Nachbarn … der Wendepunkt, an dem sie und Haste auf der Hauptstraße kehrtgemacht hatten: das verbarrikadierte Gasthaus. Ein isolierter Ort, abseits des Geschehens und doch immer noch so zentral, dass man jederzeit zurück aufs Festival konnte.

Das Gasthaus war auch der perfekte Ort, um jemanden gefangen zu halten. Inmitten des Tumults würde einen niemand schreien hören.

Fick den Weihnachtsmann, fluchte Mia innerlich, dieses Gebäude könnte tatsächlich Leevis Versteck sein!

Sie wollte die Polizei anrufen, blickte auf ihr Handy. Keine Empfangsbalken. Wieder einmal war das Netz auf dem Festival überlastet. Doch das störte sie nicht, im Gegenteil – für Mia war dies die perfekte Ausrede, um selbst tätig zu werden. Sie reihte sich in den Strom an Fans ein, die gerade Richtung Louder Stage pilgerten, denn von dort war es nur ein Katzensprung zurück ins Dorf.

57th Street

Avalon

Wie am Tag zuvor dünnte sich der Besucherandrang immer mehr aus, je weiter Mia dorfauswärts kam.

Schließlich hatte sie das Gasthaus »Zum Taubereck« erreicht. In Sichtweite blieb sie auf der anderen Straßenseite stehen. Sie nahm ihr Smartphone aus ihrer Kutte, tat so, als würde sie texten. Doch in Wahrheit sondierte sie die Lage.

Das einstöckige Haus mit Klinkerfassade und Fußwalmdach mit anthrazitfarbenen Dachziegeln machte einen heruntergekommenen Eindruck. Sämtliche Fenster waren mit Holzplatten verbarrikadiert, die Scheiben zersplittert, die Farben des Schildes »Zum Taubereck« über dem Eingang verblasst. Auf der rechten Seite des Hauses hatte Efeu großflächig von der Fassade Besitz ergriffen. Auf dem schmalen asphaltierten Weg, der links am Haus zum hinteren Bereich des Grundstücks führte, wucherte hüfthoch Unkraut.

Mia stutzte.

Sie fotografierte das Gasthaus, zoomte dann mit zwei Fingern auf den Weg. In dessen Mitte schossen aus Spalten im Asphalt allerlei Pflanzen gen Himmel, gelb und weiß blühend. Zu beiden Seiten der Mitte jedoch konnte Mia deutlich erkennen, dass viele Pflanzen gebeugt oder gar gänzlich geknickt am Boden lagen – hier musste erst vor Kurzem ein Auto durchgefahren sein.

Wahrscheinlich, so vermutete die Frontfrau, gab es einen Hinterhof, wo einst Lieferanten die Gaststätte mit Bedarfsgütern versorgt hatten – der ideale Abstellplatz für einen Van oder Ähnliches, da er von der Straße aus uneinsehbar lag.

Mia steckte ihr Handy weg, schlenderte wieder Richtung Wackener Partymeile, nicht ohne den einen oder anderen verstohlenen Blick über die Schulter zu werfen, um zu prüfen, ob sich in dem Gasthaus etwas oder jemand regte.

Aber bis auf das niedergedrückte Unkraut in der Einfahrt untermauerte nichts Mias Theorie, es handle sich um das Versteck des Täters.

Außer Sichtweite machte sie halt, überlegte. Sollte sie sich Gewissheit verschaffen? Sollte sie nicht selbst prüfen, was sie im Anschluss zur Anzeige bringen konnte? Wer wusste schon, ob die Polizei ihr überhaupt Glauben schenken würde, und selbst wenn – vielleicht war es dann schon zu spät?

Ein abgebrühtes Lächeln huschte über Mias Gesicht. Sie wusste, dass derlei Alibi-Abwägungen nur verschleiern sollten, was sie schon längst entschieden hatte: Sie wollte nachsehen, ob sie richtiglag, und würde es auch tun.

Mia wechselte die Straßenseite, pirschte sich in Deckung einer Hecke bis an den Beginn des Grundstücks heran, auf dem der Gasthof stand. Sie sah sich um, prüfte, ob jemand sie beobachtete.

Sie maß den Abstand zur Hausmauer des Gasthauses, an dessen Seite der verwilderte Weg nach hinten führte. Vier Meter, mehr waren es nicht, das könnte sie schaffen. Danach hieß es, sich an die Hausmauer zu drücken und so schnell und leise wie möglich die Zufahrt nach hinten zu hasten. Dort müsste sie dann die Lage neu beurteilen.

Mia atmete tief ein und aus.

Gerade wollte sie lossprinten, als ihr Handy in der Kutte vibrierte.

Die Frontfrau zuckte zusammen, als hätte sie einen Stromschlag erhalten. Sie stolperte einige Schritte rückwärts, ließ sich durch ein Gebüsch fallen, in der Hoffnung, dass der Besitzer des Hauses dahinter dies nicht bemerkte.

Ohne aufs Display zu blicken, nahm sie den Anruf an und zischte: »Ja, hallo?«

Eine Antwort.

Mias Gesicht versteinerte. »Mutter, ich habe jetzt wirklich –«

Erneut eine Pause. Dann: »Kannst du mir das nicht ein anderes Mal – okay, verstehe. Mhm … Ja … Was?«

Eine erneute Pause, während auf Mias Stirn Adern hervortraten.

»Das darf doch nicht – ja, ich … mhm … ncin, bin ich nicht. Nein, versprochen, ich – mhm … mhm … mhm. Schluss jetzt, ich ruf dich zurück. Was? Ja, spätestens morgen. Tschüss!«

Mia beendete das Gespräch, schaltete ihr Smartphone in den Flugmodus. Das hatte ihr gerade noch gefehlt – wie ein scheißdusseliger Teenager in irgendeinem B-Movie ausgerechnet dann einen Anruf zu erhalten, wenn der axtschwingende Mörder nach einem suchte! Aber das konnte nun nicht mehr passieren, deshalb musste sie sich beruhigen.

Zudem spürte sie, wie sie das Telefonat mit ihrer Mutter aufwühlte. Ein schier nicht enden wollender Schwall an Worthülsen und Phrasen war über Mia hereingebrochen, ohne ihr auch nur die Chance zu geben zu begreifen, worum es eigentlich ging.

Die Frontfrau schloss die Augen, suchte zu verdrängen,

was ihr ihre Mutter gerade erzählt hatte. Denn unterm Strich hatte sich der Anruf, wie so oft, nur um eine Sache gedreht: darum, dass ihre Mutter das verbal abladen konnte, was ihr gerade auf der Zunge brannte – ohne Rücksichtnahme auf ihr Gegenüber.

Wie zur Hölle, fragte sich Mia wütend, schaffte es diese Frau, ihr zeitlebens immer dann, wenn sie es am wenigsten brauchte, eins reinzuwürgen? Ihre Mutter mochte in keiner anerkannten Disziplin des Lebens etwas überdurchschnittlich zustande gebracht haben – aber im Überfordern ihrer Tochter war sie Weltmeisterin!

Mia schlug die Augen wieder auf, konzentrierte sich auf das, weshalb sie hier war. Sie rappelte sich hoch, schlich zu jener Ausgangsposition zurück, die sie vor dem Anruf innehatte – und sprintete los.

Born in '58
Bruce Dickinson

Nachdem Lars Mias Bandkollegen Mot, Haste und Kai in wenigen Worten erklärt hatte, was geschehen war, hatten diese ohne Umschweife zugesagt, bei der Suche nach ihrer Frontfrau zu helfen. Dass es Mia vermutlich darum ging, Rachel Shaw zu finden, um sie vor einer möglichen Gefahr für Leib und Leben zu bewahren, hatte Lars ebenfalls erzählt.

Kai hatte sich bereit erklärt, im Tourbus zurückzubleiben, für den Fall, dass Mia dort aufkreuzte.

Mot, Haste und Lars wollten sich aufteilen, um ein größeres Gebiet absuchen zu können.

Den Haupteingang zum Festival hatte Mot gerade hinter sich gelassen, suchte nun jenen Bereich davor ab, wo sich Zeltreihen von Merchandising-Händlern ein Stelldichein gaben. Altes und neues Vinyl, CDs, Band-Accessoires, Schmuck, Kleidung – hier konnte alles erworben werden, was das Herz eines Metallers höherschlagen ließ.

Obwohl sich am Platz davor wie auch zwischen den Zeltreihen ebenfalls Menschenmassen drängten, erkannte der Gitarrist schnell, dass er Mia hier nicht finden würde – es gab keinen Grund für die Frontfrau oder Rachel Shaw, sich hier aufzuhalten.

Den riesigen Campingplatz zu durchforsten, der von hier aus seinen epischen Ausgang nahm, erschien Mot ebenso sinnlos. Die Managerin würde mit Sicherheit nicht einmal den Absatz ihres Stöckelschuhs in ein Zelt setzen, das wusste auch Mia.

Erneut versuchte er, die Bassistin telefonisch zu erreichen, ohne Erfolg.

Vielleicht, so kam ihm in den Sinn, hatte Mia die Suche nach der Managerin ebenfalls aufgegeben, weil sie deren Aussichtslosigkeit erkannt hatte? Vielleicht hatte sie, wie Bier auch, ein chilliges Plätzchen gefunden, wo sie zur Ruhe kommen konnte?

Dann wiederum, das musste Mot sich eingestehen, entsprach diese Vorstellung mehr seinem eigenen Wunschdenken denn seiner Menschenkenntnis.

Denn Mia war keine Frau, die sich leicht besänftigen ließ oder den einfachen Weg wählte. Wenn sie mit dem Kopf durch die Wand wollte, dann musste die Wand eben nachgeben.

359°

Long Distance Calling

Geschickt wie ein Ninja – so zumindest hatte sie es empfunden – war Mia an der Hausmauer des Gasthofs entlanggeschlichen. Von dort aus war sie ins nächstgelegene Gebüsch gehastet, hatte sich dann hinter einem halb verfallenen Holzschuppen versteckt und ihre Umgebung beobachtet.

Alles war, wie sie es sich vorgestellt hatte: ein betonierter Hof, ein Hintereingang zum Haus und eine Treppe mit einer Bahn für Stapelkarren, die in das Kellergeschoss des Gasthauses hinabführte. Einige kleine hölzerne Nebengebäude säumten den Hof, die jedoch wirkten, als würden sie jeden Moment in sich zusammenfallen.

In dieses Gesamtbild eines Gasthofs, dessen Wirt ihn schon lange aufgegeben haben musste, passten jedoch zwei Komponenten ganz und gar nicht: der alte weiße Ford mit dem Taxischild am Dach und ein blauer Lieferwagen, beide quer im Hof geparkt.

Kennzeichen und Luft in den Reifen zeugten zudem davon, dass beide Fahrzeuge nach wie vor in Gebrauch waren.

Mehr als das vermochte Mia aus der sicheren Distanz ihres Verstecks jedoch nicht zu erkennen. Schon gar nicht, ob der Hintereingang des Hauses versperrt war.

Mit dem Handy schoss sie ein Foto.

Sie eilte auf Zehenspitzen zum Heck des Lieferwagens. Mit der rechten Hand prüfte sie, ob der Auspuff von einem der beiden Fahrzeuge noch Wärme abstrahlte – beide waren kalt.

Mia lugte zu dem verbarrikadierten Fenster im ersten Stock. Hatte sie eine Bewegung im Spalt zwischen den Brettern wahrgenommen? Nichts.

Dann sei's drum!

Ebenso flink wie zuvor lief Mia zu den verfallenen Nebengebäuden zu ihrer Linken, schlich in deren Schatten weiter nach vorn aufs Haus zu, bis sie dessen Hintereingang erreichte.

Trotz pochendem Herzen atmete sie langsam und tief durch, wischte sich den Schweiß von der Stirn. Sie lauschte an der Tür, konnte jedoch keinerlei Geräusche im Inneren des Gasthofs wahrnehmen. Nur die dumpfen Beats der nächstgelegenen Gartenbars drangen von der Hauptstraße zu ihr herüber.

Mia begutachtete den Rahmen der Hintertür. Das Holz rund um die Armatur war gesplittert und eingedrückt, offenkundige Zeugnisse eines Einbruchs. Die Stelle war jedoch bereits stark verwittert, der Einbruch musste lange zurückliegen.

Was Mia ins Auge stach, war eine Sicherheitsüberfalle samt Öse, die auf das Türblatt und den Rahmen geschraubt worden war und kaum Verwitterung aufwies.

Das dazugehörige Vorhängeschloss fehlte jedoch.

Mia blickte zu Boden. Dort entdeckte sie das Schloss, zu ihren Füßen liegend. Sie hob es auf. Es war mit einem Bolzenschneider oder Ähnlichem aufgezwickt worden.

Irgendjemand hatte sich also gewaltsam Zutritt zum Gasthof verschafft. Aber vielleicht waren es nur Jugendliche gewesen, die in dem Gebäude eine Party gefeiert hatten, oder Obdachlose, die längst weitergezogen waren?

Mia drückte gegen das Türblatt. Es bewegte sich keinen Zentimeter. Sie drückte stärker, ohne Erfolg. Offenbar hatte derjenige, der das Schloss aufgebrochen hatte, die Tür wieder verriegelt – und zwar von innen.

Die Frontfrau wog ab, was sie als Nächstes tun wollte. Alles deutete darauf hin, dass sich jemand im Gasthof befand, auch wenn das nicht bedeuten musste, dass Rachel Shaw dort festgehalten wurde.

Nach rechts blickend bemerkte Mia die Außentreppe, die ins Kellergeschoss führte – und eine schier magische Anziehungskraft auf sie ausübte.

Mit dem Rücken an die Hauswand gedrückt schlich Mia bis zum Abstieg, lugte nach unten. Im Dunkel eines kleinen Daches stapelten sich alte Holzkisten, Bretter und Baumaterial, alles voller Spinnweben. Am Boden staute sich knöchelhoch Regenwasser.

Einen Fuß vor den anderen setzend stieg Mia die Treppe hinab. Zumindest für kurze Zeit würden ihre schweren Lederstiefel das Regenwasser abhalten.

Sie wandte sich der Holztür zu, die den Kellereingang verschloss. Die braune Farbe an Rahmen und Blatt war von zahlreichen Rissen durchzogen, das untere Ende der Tür hatte sich beinahe schwarz verfärbt. Zu lange hatte das Holz wohl am immer wieder gestauten Regenwasser gesaugt.

Mia drückte mit dem rechten Fuß dagegen – und drang durch das Holz, als wäre es aus Seidenpapier.

Sie hielt einen Augenblick inne, beäugte erneut Türblatt und Rahmen. Sie nahm ein armlanges Stück Bewehrungsstahl, das an anderen Baumaterialien lehnte, drückte den Eisenstab auf Höhe des Schlosses zwischen Rahmen und Türblatt und übte sanften Druck aus.

Nach wenigen Sekunden löste sich die Verriegelung.

Beinahe lautlos sprang die Tür auf, schwang in den dunklen Kellerraum hinein.

Wie in Zeitlupe beobachtete Mia, wie der obere Beschlag aus dem morschen Holzrahmen brach. Die Tür kippte nach hinten, drohte, ungebremst auf dem Kellerboden aufzuschlagen.

Mia machte einen Satz nach vorn und bremste mit beiden Händen den Sturz der Tür ab.

Eingehüllt in eine Wolke aus Staub bemühte sich Mia, keinen Mucks zu machen, nicht zu husten oder irgendeinen anderen Laut von sich zu geben, der sie verraten könnte. In dieser Stellung verharrte sie eine gefühlte Ewigkeit lang.

Dann schob sie die Tür behutsam auf den alten Fliesenboden. Sie war von Kopf bis Fuß voller Schmutz.

Während Mia im Stillen ihr gesamtes Fluchrepertoire abarbeitete, klopfte sie ihre Kleidung angewidert ab, wischte sie sich Spinnweben, Insektenkadaver und anderen Dreck aus den Haaren. Ekel und immer wieder aufkeimende Panik versuchte sie, so gut es ging, zu unterdrücken.

Nachdem sich Mia notdürftig gesäubert hatte, sah sie sich um. Staubfäden und -netze hingen von der Decke herab, reichten bis knapp zu ihren Schultern. Es roch modrig. Hier unten musste seit Jahren niemand mehr gewesen sein.

Die Holzregale an den Wänden waren entweder umgekippt oder ihre morschen Böden durchgebrochen.

Am anderen Ende des Raumes konnte Mia in der Dunkelheit eine gemauerte Treppe ausmachen, die nach oben führte. Sie holte das Stück Bewehrungsstahl, das aufgrund seines Gewichts eine gute Waffe abgab, hielt es vor sich in die Höhe und schritt voran.

Spinnweben und alles andere, was von der Decke hing, wickelten sich um den Stab und bildeten so Schritt für Schritt eine Schneise zur Treppe.

Von dort blickte Mia nach oben. Schiefwinkelig hing die Kellertür in den Angeln, ließ dämmriges Licht herein.

An ihren Stiefelsohlen wischte sie alles ab, was sich an dem Eisenstab verfangen hatte, ohne wissen zu wollen, welches Getier respektive Getiererzeugnis sie genau aufgelesen hatte.

Wie auf rohen Eiern stieg Mia die Stufen nach oben, dankte im Stillen innig den »Göttern des Metals« dafür, dass die Treppe gemauert war und nicht ebenfalls aus modrigem Scheißholz bestand.

Oben angekommen verharrte die junge Frau erneut, hielt den Atem an und lauschte.

Das alte Haus ächzte sanft. Mäuse und andere Kreaturen raschelten in dunklen Winkeln. Der summende Flügelschlag einer Biene oder Wespe ließ immer wieder die Luft vibrieren.

Erleichterung machte sich in Mia breit. Es gab keine Anzeichen für andere Menschen im Haus. Offenbar hatte sie mit ihrer Vermutung falschgelegen.

Mia wollte gerade wieder kehrtmachen, da durchdrang etwas die Stille, das weder baulichen noch tierischen Ursprungs sein konnte – das feine Wimmern eines Menschen.

60[4]

Anthrax

Nachdem er die Artist-Area und den Pressebereich erfolglos nach Mia abgesucht hatte, überblickte Haste von der eisernen Brücke aus das Infield.

Auf der Faster Stage thrashten Anthrax, was das Zeug hielt. Als eine der amerikanischen »Big Four« holzte sich die Band mit »Caught In A Mosh« gekonnt durch ihre Setlist, dementsprechend groß war der Besucherandrang – und dementsprechend eng gestaltete sich das Gedränge auf den Wegen um das Konzert. Allein die schiere Masse an Besuchern stellte für das suchende Auge eine kaum zu bewältigende Herausforderung dar – als wollte man ein bestimmtes Puzzleteil finden, inmitten aller anderen fünftausend Teile.

Hier, gestand sich Haste ein, machte es keinen Sinn, nach Mia zu fahnden. Er würde sie nicht einmal erspähen, stünde sie drei Reihen vor ihm.

Er überquerte die Brücke, schlängelte sich an Bandmerchandising-Ständen sowie den angrenzenden Sanitäranlagen vorbei und kam ins Wacken Center.

Mehrmals zog Haste dort seine Kreise, mehrmals passierte er die Louder Stage, auf der die Schweizer Band Samael ihren kosmischen Industrial-Black-Metal zelebrierte. Insgeheim hatte er gehofft, den Song »Angel's Decay« zu erhaschen und im besten Fall Mia mit dazu.

Aber weder das eine noch das andere erfüllte sich.

Haste wechselte ins Wackinger Village. Auf der dortigen Bühne, umringt von riesigen gelben aufblasbaren Badeenten, stießen Alestorm ihren unverwechselbaren maritimen » True Scottish Pirate Metal« von der Planke und kielholten die piratenaffinen Fans mit derben Sprüchen und Trinkparolen.

Die Bandleaderin der Vengeful Regrets war jedoch weit und breit nicht in Sicht.

Danach versuchte er sein Glück in der Bullhead City. Auf der W:E:T Stage ließen die fünf Damen der Burning Witches den »Hexenhammer« zuschlagen, mit einer gekonnten Symbiose aus Reibeisenstimme, treibenden Rhythmen und melodischen Riffs, die an beste New-Wave-of-British-Heavy-Metal-Zeiten erinnerten.

So gern der Gitarrist auch den Hexen gelauscht hätte, so sehr mahnte er sich, seiner Aufgabe nachzukommen. Aber die ständige Konzentration darauf, ein Gesicht aus der Menge herauszufiltern, verlangte ihren Tribut – Haste befielen dröhnende Kopfschmerzen.

Bei einer Festivalbesucherin erbettelte er sich daraufhin ein Schmerzmittel, bestellte einen großen Becher voll Sodawasser und exte beides. Trotzdem ahnte er, dass sich das Kopfweh erst wieder legen würde, wenn er Mia gefunden hatte.

Aber von ihr fehlte weiterhin jede Spur.

61

1:1. 8

Dub Trio

Das Wimmern wurde deutlicher.

Mia begriff, dass die Laute von einer Frau stammten.

Angestrengt und mit angehaltenem Atem lauschte sie dem Treiben im oberen Stockwerk. Schließlich wurde das Wehklagen von geschluchzten Worten abgelöst.

»Please, don't kill me.«

Die Stimme klang eindeutig nach Rachel Shaw. Mia gefror das Blut in den Adern. Sie musste augenblicklich Hilfe holen! Allerdings müsste sie sich dafür erst wieder aus dem Gasthof schleichen, durch den Keller eilen und über den Hof sprinten, bis sie selbst in Sicherheit war.

Aber was war die Alternative?

Gerade als sie kehrtmachen wollte, donnerte die Stimme eines Mannes durchs Haus.

»Sei endlich still, sonst vergesse ich mich! Das hast du dir alles selbst zuzuschreiben, du verlogenes Stück!«

Verlogenes Stück.

Mia durchfuhr es eiskalt. »People of the lie«, hatte Leevi gepostet. Offenbar meinte er damit Rachel Shaw.

Eingreifen oder Hilfe holen? Mia war hin- und hergerissen, durfte keine Zeit verlieren.

Einem dumpfen Schlag folgte ein Aufschrei der Frau.

Mias Griff um die Eisenstange wurde fester. Die Entscheidung war gefallen.

Sie schob den Kopf nach vorn, lugte an der Kellertür

vorbei ins Erdgeschoss. Im aschfahlen Licht, das durch die Spalte der verbarrikadierten Fenster fiel, konnte sie die alte Wirtshauseinrichtung ausmachen, bedeckt vom Staub etlicher Jahre. Eine Theke, aus der man grob alles herausgerissen hatte, was sich zu Geld machen ließ. Dahinter eine Regalwand voll milchig getrübter Gläser und einiger leerer Flaschen.

Sie erkannte frische Tritt- und Schleifspuren auf dem alten Dielenboden, die sich quer durch die Gaststube zogen, vom Eingang ausgehend zu der wuchtigen Treppe, die in den ersten Stock hinaufführte.

Dort mussten sich Täter und Opfer befinden, stellte Mia fest.

Wieder setzte sie vorsichtig einen Fuß vor den anderen, hatte bei jeder Bewegung Angst, die abgetretenen Bretter würden knarzen und sie verraten. Doch es blieb still.

Die Stufen in den ersten Stock waren mit Fliesen bedeckt, ab hier würde Mia schneller vorankommen.

In gebückter Haltung, den Eisenstab umklammernd, stieg sie die Treppe hinauf, bis sie sehen konnte, was im oberen Stockwerk vor sich ging.

Ihr gegenüber, am anderen Ende des weitläufigen Raums, stand ein Stuhl. Darauf saß Rachel in erschöpfter Haltung, den Kopf blutüberströmt. Ihr zugewandt stand ein Mann in einem schwarzen Seidenhemd – Leevi Karvonen.

»Hör auf zu flennen«, drohte er mit geballter Faust. »Das hier ist noch gar nichts, verglichen zu dem, was dich erwartet. Bald wirst du erkennen, dass du einem höheren Ziel dienst als nur der eigenen Bereicherung. Du wirst zu einem strahlenden Leuchtfeuer für all jene werden, die den Glauben an das verloren haben, was Musik ausmachte: nicht die Zahlen auf dem Konto, sondern purer Ausdruck von Emotionen. Reine Energie, übertragen von der Bühne ins Publikum und dort von Fan zu Fan weitergereicht.«

»Niemand hat dir verboten, only music zu machen«, stöhnte Rachel. »Setz dich in eine Fußgängerzone und singe und klampfe, was das Zeug hält. Dafür brauchst du weder einen Plattenvertrag noch ein fucking Management.« Sie hob den geschundenen Kopf. »Was du wolltest, Leevi, war nicht einfach nur, Musik zu machen. Du wolltest berühmt werden. Sei zumindest zu dir selbst so ehrlich.«

Leevi begann, auf und ab zu gehen. »Ich hätte mit meinen Songs die Leben von so vielen Menschen berühren können.«

»Dafür zerstörst du jetzt das Leben einiger weniger.« Rachel lachte bitter. »Way to go, mate, way to go.«

Mia beobachtete, wie Leevi immer rastloser wurde. Die Managerin schien bei ihm einen Nerv getroffen zu haben.

Mit einem Mal hielt Leevi jedoch inne. »Nein. Von dir lass ich mich nicht provozieren, schon gar nicht hetzen. Alles wird seinen geplanten Gang nehmen, und dein großer Auftritt kommt erst morgen.«

Er wandte sich um.

Mia duckte sich augenblicklich, hoffte, dass er sie nicht entdeckt hatte. Sie drückte ihren Kopf nach unten, berührte mit der Stirn die schmutzigen Fliesen. Ihr war, als atmete sie nur noch Staub ein.

Müsste sie nun niesen, wäre es um sie geschehen.

Doch das Geräusch von etwas Schwerem, das bedächtig über den Boden geschleift wurde, schien darauf hinzudeuten, dass Leevi weiter seinen Plan verfolgte und sie ungesehen geblieben war.

Stille kehrte ein.

Vorsichtig, Millimeter um Millimeter, hob Mia wieder ihren Kopf. Leevi saß Rachel auf einem Stuhl gegenüber, hatte somit der Frontfrau den Rücken zugewandt.

Jetzt oder nie.

Mia schlich die wenigen Stufen nach oben.

Rachel lehnte regungslos auf ihrem Sessel.

Nur noch vier weitere Schritte, dann hatte Mia Leevi erreicht. Sie hob den Eisenstab, bereit, ihn auf den Täter hinabsausen zu lassen.

Nur noch drei Schritte.

Rachel stöhnte.

Mia hielt inne. Doch Leevi fixierte mit seinem Blick nur die Managerin.

Noch zwei Schritte.

Rachel hob langsam den Kopf, öffnete das rechte Auge, da das linke zugeschwollen war.

Noch ein Schritt.

Die Gepeinigte bemerkte Mia. Diese presste den Zeigefinger auf die Lippen, bedeutete der anderen, still zu sein.

Rachel schien zu verstehen und schloss ihr Auge wieder.

In diesem Augenblick jedoch sprang Leevi auf, wirbelte herum, schlug blindlinks mit der Faust zu – und traf Mia mit voller Wucht am Brustbein.

Der Frontfrau blieb die Luft weg. Der Eisenstab entglitt ihr, schlug donnernd auf dem Fußboden auf. Dann gaben ihre Knie nach.

Mia sackte in sich zusammen. Sie wand sich, japste erbärmlich nach Luft.

Leevi beugte sich über sie. »Wer zur Hölle bist du?«

Ohne eine Antwort abzuwarten, schritt er zur Balustrade, blickte die Treppe hinab ins Erdgeschoss und horchte, ob noch jemand eingedrungen war.

Doch außer Mias Keuchen war kein Geräusch im Gasthaus zu vernehmen.

Die Frontfrau griff mit den Fingerspitzen nach dem Eisenstab, ein letzter Versuch, das Blatt zu ihren Gunsten zu wenden.

Doch Leevi trat auf die eherne Waffe, dann packte er Mia an den Haaren.

Die junge Frau schrie kraftlos auf.

Er schleifte sie quer durch den Raum zu einer Sitzbank, zerrte sie auf das verstaubte Möbelstück. Aus einer kleinen Tasche holte er einige Kabelbinder und fixierte die Frontfrau in liegender Stellung.

»Noch mal: Wer bist du?«, knurrte er.

Mia stieß unverständliche Laute aus, immer noch nach Atem ringend.

»Lass dir Zeit.« Leevi setzte ein süffisantes Grinsen auf. »Wir haben die ganze Nacht für uns.«

62

ME 2

Blue Öyster Cult

Ohne Plan und Ziel war Lars die Wackener Hauptstraße auf und ab gelaufen. Aufgrund der vielen feiernden Fans und des damit verbundenen Chaos hatte er sich zuerst die rechte Straßenseite vorgenommen, war von einer Gartenbar zur nächsten gestolpert, hatte Partyzelt um Partyzelt abgesucht.

Am Ende der Straße, dort, wo die Rockmeile abrupt in ländliche Dorfidylle umschlug, machte er kehrt und suchte nun die andere Straßenseite ab.

Vergebens.

Wie Haste und Mot wusste auch Lars, dass es keinen Sinn machte, das Campingareal zu durchforsten.

Trotzdem versuchte Lars sein Glück im »Residenz Evil«, einer Parzelle mit Zelten verschiedenster Größe, die schon vor Festivalbeginn aufgebaut worden waren. In diese konnten sich bis zu sechs Personen einmieten.

Obwohl es dort, wie auch im Moshtel, einen Loungebereich gab, wirkte alles ein wenig, als befände man sich auf dem Filmset eines Pfadfindercamps. Die einzelnen Behausungen standen in Reih und Glied, alles war sauber und aufgeräumt.

Doch auch hier sah Lars keine Möglichkeit, jemanden ungesehen zu verstecken.

Ein Stich in der Brust ließ ihn innehalten.

Ein beklemmendes Gefühl befiel ihn, als steckte er in einer Zwangsjacke.

Zelte wie Festivalbesucher begannen, sich um ihn herum zu drehen, zu schaukeln. Alle schienen ihn zu verhöhnen, ihn, den Metal-Touristen im Hawaiihemd. Er war weder auf Heavy noch auf Black oder Thrash gepolt, nicht »true«, Old School oder New Wave. Im Vergleich zu allen anderen hier war er sogar unrockbar.

Lars fühlte sich als eine erbärmliche Erscheinung inmitten einer Midlife-Krise, deren gesamtes Leben eine Farce darstellte.

Nichts hatte er geschaffen, nichts geleistet. Würde ihn der Erdboden verschlingen, würde es kaum jemand bemerken, geschweige denn bedauern.

Lars atmete immer heftiger, während ihm die absurdesten Gedanken im Kopf herumschwirrten. Wäre er ein Film, wäre er »Waterworld«. Wäre er ein Automobil, wäre er der »Ford Edsel«. Und als Band natürlich »Milli Vanilli«. Ein Versager, schlimmer noch: ein niemand.

Lars blickte auf seine zitternden Hände, spürte ein weiteres Stechen in der Brust. Ein Infarkt käme ihm eigentlich gar nicht ungelegen, dachte er sich, dann wäre es zumindest vorbei.

Wind säuselte zwischen den Zelten hindurch, trieb die gequälte Stimme Steven Tylers von Aerosmith vor sich her, der irgendwo aus einer Boombox schallte: »The wind she's a-callin' your name …«

Darauf folgte ein Name, nicht mehr als ein Hauch.

Lars erstarrte. Hatte er eben richtig gehört? Er konzentrierte sich auf den Song, wartete auf den nächsten Refrain.

Der Schwindel wich, ebenso das Zittern und die Beklemmung.

Noch einmal die Textzeile. Dann ein kaum wahrnehmbares »Mia«.

Mia.

Lars richtete sich auf, schalt sich einen gottverdammten Narren. Während er über seine eigene Existenz lamentierte und sich mit Selbstmitleid trunken soff, befand sich seine Tochter in Lebensgefahr.

Der diesjährige Oscar für den größten Egoisten war ihm also sicher.

Lars sah sich um, besann sich, wo in etwa auf dem Areal er stand. Dann marschierte er Richtung Südwest, ein klares Ziel vor Augen.

63

Blaze Bayley

Mias Brustkorb schmerzte immer noch stechend. Sie saß auf einer Bank und kam langsam wieder zu Atem.

Leevi maß sie mit Argusaugen.

Mit einem Mal erhellte sich seine Miene. »Ah, jetzt weiß ich, warum du mir so bekannt vorkommst. Du bist das Schätzchen aus dem Moshtel!«

Mia schnaubte verächtlich. »Ich bin vieles, aber sicher kein scheißverficktes Schätzchen!«

»Zumindest hörst du dich nicht wie eines an«, stimmte ihr Leevi lakonisch zu. »Mehr wie ein ungehobelter Bauarbeiter. Was willst du hier?« Sein Blick wanderte zwischen den beiden gefesselten Frauen hin und her. »Seid ihr zwei etwa Freundinnen oder so was?« Er überlegte, fixierte dann Rachel. »Nein, eine wie du hat keine Freundinnen. Vielleicht seid ihr Geschäftspartner?«

»Wird das jetzt das heitere Beruferaten, oder was?« Trotzig spukte Mia auf den Boden. »Kann dir doch scheißegal sein, wie wir zueinander stehen oder wer ich bin.«

Leevi stutzte, lächelte dann breit. »Du bist nicht nur die aus dem Moshtel. Nein, du bist auch die Sängerin von Paul Beers Band, richtig?«

»Falsch. Es ist nicht Biers Band, es ist *meine* verfluchte Band! Deshalb danke ich dir von ganzem Herzen, dass du Bier dazu erpresst hast, unseren Gig zu schmeißen, du gottverdammter Wichser.«

»Ihr habt nicht gespielt? Das tut mir leid. Ehrlich. Nur dass ich damit nichts zu tun hatte, das schwöre ich«, gab sich Leevi unschuldig. »Paul Beer allein ist für seine Taten verantwortlich, nicht ich. Ich habe ihm nur aufgezeigt, was für Konsequenzen sein Handeln haben könnte, das ist alles. Sei ehrlich: Ein simples Foto an mich weiterzuleiten ist wahrlich kein hoher Preis.«

»Kein hoher Preis unter Androhung, dass du Biers Leben zerstörst? Nur gut, dass du nicht selbstgefällig bist«, meinte Mia wütend. »Aber – ich weiß schon: Die ganze Welt hat sich gegen dich verschworen. Du wurdest quasi gezwungen zu tun, was du verbrochen hast?«

»Nun bist du diejenige, die sich irrt.« Leevi stand auf, begann, im Raum auf und ab zu gehen, als würde er dozieren. »Das, was ich die letzten Tage vollbracht habe, habe ich aus freien Stücken geschaffen, es ist allein mir anzurechnen. Meine Leistung, mein Verdienst.«

»Ah!«, stieß Mia höhnisch aus. »Jetzt wird es bereits als Verdienst gewertet, unschuldige Menschen umzubringen. Solltest dein Glück bei irgendwelchen religiösen Fanatikern versuchen. Diese Spinner honorieren so was.«

»Keiner der von mir gerichteten war unschuldig!«, entfuhr es Leevi voll Zorn. »Zudem habe ich mit Religion nichts am Hut. Religion ist die Wurzel allen Übels auf dieser Welt, seit Anbeginn der Menschheit.«

»Ja guck, wir haben ja doch eine Gemeinsamkeit!«, rief Mia gespielt verzückt. »Jetzt, wo wir so gute Freunde sind, kannst du mich ja losbinden.«

Ihr Gegenüber grinste. »Mädel, dich mag ich. Gesunde Misanthropie, gepaart mit Zynismus und dem Drang, mit dem Schädel gegen jede Wand zu rennen. Aus dir hätte was werden können.«

»Aus dir ebenso. Ist es aber nicht. Hast du dich schon einmal nüchtern betrachtet?«

»Oh, das habe ich«, sagte Leevi leise. »Und wie ich das habe. Wahrlich Großes hatte ich vor. Millionen wollte ich mit meiner Musik erreichen und begeistern. Doch das war mir nicht vergönnt.«

Mia wandte sich Rachel zu. »Die Scheißmitleidsleier hat er bei dir bestimmt auch schon ausgekotzt, was?«

Die nickte kaum wahrnehmbar.

Dabei bemerkte Mia, dass der Sessel, auf dem die Managerin saß, eigenartig instabil wirkte. Gleich so, als würde er jeden Augenblick zusammenbrechen.

Während Leevi unbeirrt darüber schwadronierte, wie ungerecht das Leben im Allgemeinen und die Musikbranche im Besonderem ihm gegenüber gewesen war, konzentrierte Mia sich darauf, Rachel mit Blicken zu verstehen zu geben, dass sie sich befreien sollte.

Nach anfänglicher Skepsis verstand die Managerin, blinzelte der Frontfrau als Bestätigung energisch zu.

»Dass man als Stagehand nicht wirklich gut verdient, brauch ich euch beiden ja kaum zu erklären«, fuhr Leevi fort. »Ich war finanziell am Ende. Doch dann verstarb ein Onkel von mir und hinterließ mir ein wenig Geld.«

»Lass mich raten«, unterbrach ihn Mia. »Du hast es investiert, wie es sich für einen echten Rockstar geziemt: in eine Säuferleber samt Geschlechtskrankheit.«

Leevi lachte auf. »Ich sagte doch: Ich bin zu Höherem geboren. Also nein. Ich bezahlte mit dem Geld einen Typen, damit er Gallows' Laptop hackt.«

Das schien Mia und Rachel gleichermaßen zu überraschen.

»Ich gehe eben auch mit der Zeit. Neue Technologie ist nicht nur zu verteufeln, wie es unter Fans so gern geschieht.

Knisterndes Vinyl sei ja viel besser als der kalte Sound von CDs, MP3 klinge grauenhaft für das audiophile Ohr, Streaming werde der Untergang der Branche sein und so fort. Schwachsinn! Der Mensch muss sich anpassen, nur das hat seit Jahrtausenden sein Überleben gesichert. Und die Zukunft ist nun mal digital.« Er atmete durch. »Leider fand der Hacker auf Gallows' Laptop nichts, womit ich John kompromittieren konnte.« Leevi grinste selbstgefällig. »Dafür entdeckte er Beers bärtige Blow-Job-Befriedigung. Ich liebe einfach, wie das klingt.«

»Solltest einen Song drüber schreiben«, ätzte Mia. »Titel: ›How I Jerk Off‹.«

Leevi sah sie unverfroren an. »Könnte auch heißen: ›How I Jerk Off After Killing You‹.«

Mia schüttelte den Kopf. »Mein Titel ist schmissiger.«

»I agree«, stimmte Rachel mit ein.

Der Mörder ging zu ihr, verpasste der Managerin mit der flachen Hand einen Schlag ins Gesicht. Er hob die Eisenstange auf, die Mia zuvor fallen gelassen hatte, und ging zu der Frontfrau.

»Weißt du was? Ich brauche dich nicht. So unterhaltsam das Geschwätz mit dir auch war, langsam habe ich die Schnauze echt voll von deiner überheblichen Wichtigtuerei.«

Er wog die Eisenstange in der Hand, blickte dabei zu Rachel.

»Ab jetzt handhaben wir das so: Jedes Mal, wenn du mir auf die Nerven gehst, werde ich Blondie hier einen Knochen im Leib brechen.« Er wandte sich an Mia. »Und jedes Mal, wenn du mir auf die Nerven gehst, werde ich das Gleiche tun.«

»Ist aber sehr einseitig«, flüsterte Mia, biss sich jedoch sogleich auf die Lippen.

»Du kannst dein Maul einfach nicht halten, was?«

Sie blickte Leevi schüchtern an. »War das … eine Frage? Wenn ja, dann nein. Ich wollte schon immer lieber einen guten Freund verlieren als einen schlechten Witz auslassen.«

Leevi lachte hell auf.

Dann ließ er die Eisenstange niedersausen.

Ein markerschütterndes Splittern erfüllte das alte Gasthaus.

Mia hielt die Augen zusammengepresst. Schließlich öffnete sie sie zaghaft, erkannte, dass der Eisenstab nur einen Fingerbreit neben ihrer Schulter in die Lehne der Holzbank eingeschlagen war.

Mit entschlossenem Ruck zog Leevi die Waffe wieder heraus. »Das war meine letzte Warnung.«

Mia senkte das Haupt. Holte tief Luft – und bot Leevi erneut die Stirn.

»Weißt du was?«, sagte sie bestimmt. »Machen wir uns nichts vor: Du bringst mich doch sowieso um. Also tu nicht so, als hätte ich eine Chance. Gallows hatte keine. Hellsticks hatte keine.«

»Hellsticks is dead?« Rachel machte ein großes Auge. »Den hast du auch umgebracht?«

Leevi holte ihren Blick mit Unverständnis ab. »Ich habe dir doch lang und breit erklärt, was er in meinem Leben angerichtet hat. Dachtest du wirklich, dass ich ihn damit davonkommen lasse?«

»Aber warum die ganze Scharade?«, fragte Mia. »Warum die Inszenierungen bei Gallows und Hellsticks? Einfach ein paar schnelle Morde und gut ist.«

»Dann hätte die Polizei doch das Festival beendet. So versucht sie immer noch herauszufinden, ob es nicht doch Selbstmord war.«

»Beim Nowak liegt die Sache aber auf der Hand«, entgegnete Mia. »Der wird kaum sein Geld gefressen haben und daran erstickt sein.«

»Nein. Aber der Nowak starb nicht am Festival direkt, sondern abseits, in seiner Limousine. Könnte genauso gut ein verärgertes Groupie gewesen sein.« Er hielt seine Hand zum Ohr, lauschte der fernen Musik. »Hört ihr? Deshalb hat die Exekutive auch nichts abgesagt. The show must go on.«

»Für uns ist die Show aber zu Ende, oder etwa nicht?«

»Habt Geduld«, meinte Leevi amüsiert.

Mia schnaubte verächtlich. »Geduld. Worauf warten wir? Dass du uns freilässt? Wann immer Leute mit Waffen in Händen großkotzig tönen, dass sie ihren Opfern eine Wahl ließen, ist der Scheißzug doch schon längst abgefahren.«

Leevi wirkte gekränkt. »Ich habe immer zu meinem Wort gestanden.«

»Ich würde dir ja applaudieren, wenn ich könnte.« Mia kam in Fahrt. »Aber zu seinem Wort hat auch der Terrorist gestanden, der sich und andere mit einem verfickten Sprengstoffgürtel in die Luft gejagt hat. Und zu was macht ihn das? Vielleicht zu einem Edelmann, weil er sein Wort gehalten hat? Nein! Es macht ihn zu einem Scheißheuchler! Das bist du auch, Leevi Karvonen. Ein Heuchler. Überprüf doch mal deinen Wertekompass, dann wirst du erkennen, dass er nach Süden zeigt! Und ich meine jetzt nicht den cool-stilisierten ›South of Heaven‹-, ›Road to Hell‹- oder ›Born to Raise Hell‹-Heavy-Metal-Süden. Ich meine den Süden für den Abschaum, die Hölle, in die jedes Arschloch auf dieser Welt kommen sollte, das Leid über andere bringt, aus welchen selbstgerecht zusammengezimmerten Gründen auch immer. Du willst ein Rocker sein? Ein echter Metal-Fan?«

»Ich bin ein –«

»Ein Scheiß bist du! Du bist kein Metaller! Du bist einfach nur ein untalentierter Psychopath. Würdest du Pop hören, würdest du irgendeinen Streamingdienst oder sonst was dafür verantwortlich machen, dass aus dir kein affiger K-Pop-Star geworden ist. Jedes achtjährige Mädchen, das sich nichts sehnlichster wünscht, als irgendwann einen Scheißponyhof zu leiten, ist mehr Metal als du!«

Leevi schnellte nach vorn, packte Mia am Kragen. Dabei erwischte er jedoch nur den Patch der Band Entombed, den er ihr von der Kutte abriss. Verärgert ließ er ihn fallen, packte erneut zu – diesmal saß der Griff.

Am Kragen zog er sie zu sich.

»Also gut, du vorlautes Biest. Das, was jetzt kommt, hast du dir selbst zuzuschreiben.«

Mia wollte etwas entgegnen, als sie ein eigenartiges Krabbeln im Haar verspürte. Sie wand sich unkontrolliert, schüttelte ruckartig den Kopf, als hätte sie einen epileptischen Anfall.

Leevi hielt inne, unsicher, was gerade geschah.

Da sprang eine Spinne in der Größe einer Handfläche aus Mias Haaren, landete auf Leevis ausgestrecktem Arm und krabbelte Richtung seines Torsos.

Leevi ließ die Frontfrau los, wischte panisch das Tier von sich ab.

Mias Blick schnellte zu Rachel. »Now!«

Dabei sprang sie auf, ungeachtet der Sitzbank, an die sie gefesselt war, und verpasste Leevi mit ihrer Stirn einen Stoß gegen seinen Kopf.

Der Mann taumelte rückwärts.

Das Gewicht der Bank ließ Mia ebenfalls stolpern, allerdings nach vorn.

Sie stürzte auf Leevi.

Die Bank begrub beide unter sich.

Unterdessen richtete sich Rachel mit aller Kraft auf. Der Stuhl unter ihr zerbarst in seine Einzelteile, die Kabelbinder um Hände und Knöchel fielen ab.

Hektisch blickte sie umher, sah Leevi und Mia und die Sitzbank, die auf beiden lag.

Sie stürmte zur Treppe und hastete die Stufen in die Tiefe.

Ihr Chihuahua folgte ihr jaulend.

64

Rome C.E.

Behemoth

Nachdem die Managerin die Treppe mehr hinuntergestolpert denn -gegangen war, hatte sie das Vorhängeschloss der Eingangstür geöffnet und war ins Freie gestürmt.

Planlos hatte sie sich inmitten des Hinterhofs umgesehen, hatte versucht zu erfassen, wo sie sich befand und wie sie von hier entkommen konnte.

Als Erstes bemerkte sie Taxi und Lieferwagen, die aber beide verschlossen waren. Dann sah sie die Spuren, die wohl eines der beiden Fahrzeuge im Unkraut des Zufahrtsweges hinterlassen hatte.

Ein Weg, der auf die Hauptstraße führen musste!

Dorthin rannte sie los.

Die Dämmerung setzte ein. Obwohl von der Partymeile des Dorfs her Rockmusik dröhnte und davon zeugte, dass dort Menschen waren und somit auch Hilfe, wählte Rachel instinktiv den anderen Weg, den aus dem Dorf hinaus. Allein die Vorstellung, sich unter Menschen zu begeben und deren Blicke auf sich zu wissen, verursachte ihr Übelkeit. Sie brauchte Abstand, brauchte Einsamkeit und Stille.

Mit jedem Schritt, mit dem sie sich von dem verlassenen Gasthof entfernte, begann Rachel zu realisieren, was ihr in den letzten Stunden widerfahren war. Sie war betäubt worden, entführt und geschlagen. Gedemütigt und mit dem Tode bedroht. Außerdem sollte sie als Höhepunkt irgendeiner krankhaften Fantasie geopfert werden, wohl in einer archaischen Zeremonie, die nur Leevi Karvonen verstand.

Da das Adrenalin immer noch durch Rachels Körper pulsierte, spürte sie keinerlei Schmerzen und hatte zudem das Gefühl, dass ihr eine unbändige Kraft innewohnte. Auch nahm sie nicht wahr, dass ihr linkes Auge aufgrund der Schläge völlig zugeschwollen war und ihr ein Backenzahn fehlte. Die Managerin kannte nur ein Ziel, und das galt es zu erreichen: fort von hier!

Das Dorf Wacken hatte sie längst hinter sich gelassen. Gesäumt von Bäumen führte die Landstraße, der die Managerin folgte, entlang saftig grüner Wiesen, hinein in dichte Wälder.

Nur zwei Autos hatten sie seither passiert, ohne jedoch anzuhalten. Vielleicht hatte man ihre wankende Silhouette in der Dämmerung als die eines alkoholisierten Metalfans auf dem Heimweg wahrgenommen.

Doch auch Rachel selbst hatte nicht an Hilfe gedacht – an Hilfe für Mia, die sich nun mutterseelenallein in der Gewalt eines irrsinnigen Mannes befand.

That bloody wanker!

Während die Laute der Natur immer gedämpfter erklangen, verlangsamte die Managerin ihre Schritte, blieb schließlich ganz stehen. Sie war allein, auch von ihrem Welpen fehlte jede Spur.

Langsam kam Rachel wieder zur Besinnung, konnte rationale Gedanken fassen und die Lage, in der sie sich befand, einordnen. Sie haderte mit sich, was sie tun sollte. Umkehren und den Weg in Richtung Gasthof nehmen konnte sie nicht. Allein der Gedanke daran erzeugte in ihr ein krampfartiges Unwohlsein. Jede Faser in ihrem

Körper sträubte sich dagegen, gleich so, als stoße sie eine unsichtbare Kraft zurück.

Sie griff um sich, bemerkte erst jetzt, dass sie ihre Handtasche nicht bei sich trug und somit auch kein Handy dabeihatte.

Ihr Kopf begann hämmernd zu schmerzen, ihr linkes Auge pochte, als wollte es ihr aus dem Schädel springen. Ein ohnmächtiges Gefühl allumfassender Einsamkeit bemächtigte sich der Managerin.

Rachel begann krampfartig zu weinen.

Niemand suchte nach ihr, und die einzige Person, die es getan hätte, ließ Rachel nun im Stich. Zu was für einem Menschen war sie verkommen? Und was in aller Welt nützte einem Erfolg im Beruf, wenn man ihn mit niemandem teilen konnte?

Sie war einsam, selbstsüchtig und feige. Aber das hieß nicht, dass sie sich dem hingeben musste.

Schwer keuchend suchte sie die Landschaft ab.

Sie sah die gepflegten Klinkerhäuser.

Sah, dass in einem von ihnen Licht brannte.

65

Thunder Kiss '65

White Zombie

Lars erreichte endlich das Containerdorf, das er anvisiert hatte – die Wacken-Außenstelle der Polizei von Itzehoe. In den schmucklosen weißen Behelfsbehausungen brannten mittlerweile Lampen, saßen Polizisten an Schreibtischen, in Papierkram vertieft. Zwei Metalheads gaben etwas zu Protokoll, was genau, konnte Lars jedoch nicht verstehen.

Die Sorge um Mia hatte ihn hierhergetrieben, denn er hatte sich entschlossen, wenn schon keine Suchmeldung aufzugeben, zumindest eine Personenbeschreibung und seine Handynummer zu hinterlassen – für einen jener Fälle, von denen man nicht hoffte, dass sie eintreten würden.

Als der diensthabende Beamte mit ernster Miene auf ihn zuschritt, wusste Lars instinktiv, dass dieser Fall jedoch eingetreten war.

»Kriminalhauptkommissar Bock. Wir kennen uns.«

Lars nickte. »Gestern vor dem Dixi. Lars Schulze.«

Der Beamte überflog einen Ausdruck, den er in den Händen hielt. »Sie sind offenbar in allerlei Vorfälle verwickelt, wenn ich mir das so ansehe, Herr Schulze. Zumindest laut Aussage einer gewissen Verena Krutmann.«

»Sie können mich gerne festnehmen oder was auch immer«, meinte Lars mit tonloser Stimme. »Aber ich bin hier, weil ich mir Sorgen um meine Tochter mache.«

»Und ich bin hier, weil wir gerade eine Meldung über eine entführte Person erhalten haben«, sagte Kriminalhauptkommissar Bock ruhig und nahm Lars beiseite.

»Wer hat die Meldung gemacht?«, drängte dieser. »Mia Kowalczyk?«

»Nein.« Bock blickte erneut auf den Ausdruck. »Eine gewisse Rachel Shaw.«

Lars wurde blass. »Wenn Rachel Shaw diejenige ist, die die Meldung gemacht hat – wer wurde dann entführt? Mia?«

»Im Augenblick können wir weder bestätigen, dass es sich um Ihre Tochter handelt, Herr Schulze, noch den Tatbestand der Entführung verifizieren.«

»Ausschließen können Sie es aber auch nicht?«

Bock schwieg.

»Mia ist ungefähr eins fünfundsiebzig groß«, sagte Lars und versuchte, eine Reaktion beim anderen zu erkennen. »Sie hat schulterlange blonde Locken, eine sportliche Figur und trägt eine schwarze Kutte mit Aufnähern mit weißen Bandlogos.«

Doch der Kriminalhauptkommissar blieb stoisch. »Sie kennen Shaw?«

Lars schüttelte den Kopf. »Aber Mia wollte sie finden. Sie hat vermutet, dass die Managerin entführt wurde.«

»Wie gesagt, darüber haben wir noch keine gesicherten Informationen«, sagte der Polizist. »Aber … die Personenbeschreibung könnte durchaus auf Ihre Tochter zutreffen.«

»Was? Worauf warten wir dann noch?«

Bock faltete die Ausdrucke und steckte sie in seine Brusttasche. »Es sind bereits Einsatzfahrzeuge unterwegs, die überprüfen sollen, ob Shaws Angaben der Wahrheit entsprechen, sowohl den Ort als auch die Gesamtlage betreffend.«

Lars schluckte. »Wo ist dieser Ort? Verdammt, wo soll ich hin?«

»Sie sollen nirgendwo allein hin«, meinte Bock ernst. »Sie kommen mit mir mit.«

Episode **66** 6

In Flames

»Hallo, Prinzessin. Aufwachen.«

Leevis Worte dröhnten Mia im Kopf, klangen in einem Augenblick wie das Echo in einer Höhle, im nächsten wie durch Watte geflüstert.

Die junge Frau kam langsam zu sich, dem Stadium allumfassenden Nichts entrissen. Erneut saß sie auf einer Bank, erneut waren ihr die Hände am Rücken mit Kabelbindern gefesselt worden.

»Was … ist passiert?«, murmelte Mia, mehr zu sich selbst.

Dann sah sie *ihn.*

Eine Platzwunde zierte seine Nase, ein feistes Grinsen verunstaltete sein Gesicht zu einer höhnischen Fratze.

»Die Bank hat dich wohl am Hinterkopf getroffen, als du auf mich losgegangen bist«, erklärte Leevi süffisant. »Dein Plan ist also nur zur Hälfte aufgegangen.«

Mia schielte nach rechts, sah die Überreste des Stuhls, auf dem Rachel gesessen hatte. Sie kicherte stockend. »Aber sie ist entkommen. Diese Hälfte reicht mir schon. Denn dann ist es aus mit dir.«

»Nana, woher diese negativen Gedanken? Nichts ist aus, im Gegenteil. Wir beide legen erst so richtig los.«

»Ach ja?« Trotz aller Erschöpfung rang sich Mia einen trotzigen Blick ab. »Dein Plan, morgen mit Pauken und Trompeten dein Manifest – oder wie du den Scheiß auch nennst, den du dir ausgedacht hast – zu vollenden, ist gescheitert. Und mit ihm auch die letzte Zeile deiner Lyrics. ›When the people of the lie burn in hell, you will see: Vengeance is mine.‹ Keine Lügner, die du bestrafen, keine Rache, die du ausüben wirst.«

Leevis rechtes Auge zuckte kaum merklich. »Noch vor wenigen Tagen hätte ich dir recht gegeben. Leute wie wir mögen keine großen Veränderungen, besonders nicht von Dingen, die man sich bereits ausgemalt hat. Metal ist konservativ. Er baut auf Traditionen, Ritualen und Dogmen auf. Etwas Neues, etwas Frisches wird von uns doch nur goutiert, wenn es schäumend aus einem Zapfhahn strömt.«

»Dann lass uns nicht mit Bräuchen brechen, sondern auf ein Bierchen gehen. Ich zahle. Was meinst du?«

»Bedaure.« Leevi seufzte gekünstelt. »Was ich eigentlich sagen wollte, ist: Ich bin nicht mehr derselbe, der ich noch letzte Woche war. Ich habe mich neu gefunden, habe meine Inspiration wiederentdeckt. Daher komme ich zu der Erkenntnis, dass man manchmal im Leben – äh, wie heißt dieses neumodische Kotzwort?«

Genervt zuckte Mia mit den Schultern.

»Ach ja! Dass man ›situationselastisch‹ sein muss.« Er hielt ein Blatt Papier in die Höhe. »Das bin ich nun.«

»Eine spontane Abänderung deines Plans?« Mia schüttelte verständnislos den Kopf. »Weniger Metal, mehr Jazz, oder was? Jetzt bin ich wirklich enttäuscht von dir.«

Sie blickte zu dem Zettel hoch, in Leevis Antlitz – dann erbrach sie sich auf seine Stiefel.

Leevi machte erschrocken einen Satz zurück.

»Sorry.« Mia grinste schief. »Das liegt entweder an dir oder an der Gehirnerschütterung.« Sie überlegte kurz. »Nein, liegt an dir.«

Angewidert schüttete Leevi Wasser aus einer Flasche über sein Schuhwerk, bis dieses frei von Mias Mageninhalt war.

»Jetzt ist Schluss mit der Posse!«, knurrte er und holte aus einer kleinen Tasche einen weißen Fetzen und ein Fläschchen, das er aufschraubte. Er drückte den Fetzen auf die Öffnung, drehte das Ganze um und wartete, bis sich der Stoff ordentlich mit dem Inhalt der Flasche vollgesogen hatte.

Mia rutschte auf der Bank hin und her, Panik im Blick. »Was? Nein! Hör zu, wir können uns doch einigen.«

Leevi schritt hinter sie, packte sie grob an den Haaren und zog ihren Kopf nach hinten. »Sei unbesorgt, es ist alles vorbereitet.«

Er beugte sich über sie, drückte ihr den Stoff auf Mund und Nase.

»Showtime.«

67

Gravitational Constant: G = 6.67 × 10–8 cm–3 gm–1 sec–2

Type O Negative

Rund um das ehemalige Gasthaus »Zum Taubereck« parkten in gebührendem Abstand vier Einsatzfahrzeuge, alle ohne Blaulicht oder Folgetonhorn. Hinter den Autos hatten sich Polizisten verschanzt, die Waffen gezückt.

Auf beiden Seiten der Straße wurde zudem der Verkehr angehalten und zum Umkehren aufgefordert.

Kriminalhauptkommissar Bock bremste seinen Dienstwagen unweit des Schauplatzes ab. Er stieg aus, öffnete dann Lars die Tür, der im hinteren Teil saß.

Der stieg ebenfalls aus, nervös und mit pochendem Herzen.

Bock wies ihn an, hinter seinem Auto zu warten, während er sich ein Bild über die Lage verschaffte.

Minuten vergingen, gefühlte Stunden für Lars. Immer wieder fixierte er den heruntergekommenen Gasthof, versuchte zu erkennen, ob sich darin oder davor irgendjemand bewegte. Doch alles blieb ruhig.

Stumm und regungslos lag das Gebäude da, ein Monolith, ein Geisterhaus. Ein neumodernes Mausoleum.

Endlich kam der Kriminalhauptkommissar zurück, bemerkte die Anspannung, die Lars elektrisierte. »Zunächst einmal: Es ist alles ruhig. Auch wissen wir noch gar nicht, ob es sich tatsächlich um eine Geiselnahme handelt.« Er ließ die Worte sacken. »Das SEK ist dennoch bereits auf dem Weg hierher.«

»Wir sollen tatenlos warten?«

»Hören Sie, Schulze, ich verstehe Sie. Aber spezielle Situationen erfordern spezielle Einheiten. Das Spezialeinsatzkommando ist so eine Einheit.«

»Ich dachte, es ist nicht sicher, ob –«

»Jetzt ist aber gut.« Bocks Stimme wurde schärfer.

Lars schwieg. Doch er spürte, wie er immer unruhiger wurde. Sein Magen rebellierte, seine Hände zitterten. Er schwitzte am ganzen Leib. Zudem verspürte er den unbändigen Drang, einem der Polizisten die Dienstwaffe zu entreißen, loszustürmen und Mia in bester Chuck-Norris-Manier selbst zu befreien. Gefangene würde er natürlich keine machen, das würde Chuck auch nicht.

Plötzlich legte sich eine Hand auf seine Schulter.

»Atmen Sie tief durch, Mann.« Kriminalhauptkommissar Bock lächelte aufgesetzt. »Wenn Sie jetzt kollabieren, ist niemandem geholfen. Denn dann muss ich Sie mit der Rettung wegführen lassen, verstehen Sie?«

Lars senkte den Kopf, atmete mehrmals tief durch. Auch wenn das mulmige Gefühl im Bauch blieb, so zitterten zumindest seine Hände ein bisschen weniger und auch seine Gedanken schienen klarer zu werden.

Ein anderer Polizeibeamter trat an Bock heran, flüsterte ihm etwas zu. Dieser nickte.

»Ihre Männer haben im Hof Stellung bezogen?«, fragte Lars zaghaft. »Wozu?«

»Das war zwar nicht für Sie bestimmt, aber ja. Wir wollen ausschließen, dass jemand ungesehen das Gebäude verlässt.«

Leevi hatte Mia unter die Arme gegriffen, schleifte die Bewusstlose die Treppe hinab ins Erdgeschoss. Dabei krachten ihre Füße mit der Ferse von einer Stufe auf die nächste, was in dem leeren Gebäude einen eigenartig unheimlichen Klang erzeugte.

Unten angekommen zog er die junge Frau in einen Nebenraum, in dem ein großes Flightcase seiner Beladung harrte – eine stabile Truhe auf vier Rollen, gefertigt aus Multiplexplatten, verstärkt mit Alukanten und Kugelecken.

Leevi ließ Mia vor dem Flightcase zu Boden sinken, öffnete dessen Deckel.

Das Innere der Truhe war dick mit grauem Schaumstoff gepolstert, ideal, um Fragiles unbeschadet zu transportieren.

Gerade wollte Leevi die Bewusstlose in die Transportbox hineinheben, als er ein Geräusch hörte, das von außerhalb des Gebäudes herrührte.

Er erstarrte, hielt den Atem an. War da jemand?

Wieder ein Geräusch, ein hölzernes Schaben an der Eingangstür.

Leevi zog ein Springmesser aus seiner Gesäßtasche, ließ es aufschnappen.

Anschließend schlich er Richtung Eingangstür.

»Lass den Scheiß, Jens«, zischte ein Polizist, der neben seinem Kollegen im Hinterhof des verfallenen Gasthauses Stellung bezogen hatte. »Die Weisung war eindeutig: Gelände sichern, Füße stillhalten.«

Der andere winkte ab. »Bleib locker, Arne. Will ja nur gucken, ob das Ding verschlossen ist.«

Der Polizist nahm den losen Riegel und zog daran. Doch die Tür bewegte sich keinen Zentimeter.

Ein Winseln aus einem der verfallenen Nebengebäude ließ die beiden Polizisten herumwirbeln.

»Was war das?«, flüsterte Jens.

Arne zuckte mit den Schultern. Er zog seine Dienstwaffe

aus dem Holster, richtete sie vor sich auf den Boden und ging in gebückter Haltung Richtung der Quelle des Geräusches.

Wieder ein Winseln, gefolgt von einem leisen, flehenden Jaulen.

Der Polizist stellte sich mit dem Rücken an die Holzwand des verrotteten Schuppens, direkt neben dessen Eingang, und wartete einige Sekunden.

Dann drehte er sich blitzschnell in die Türöffnung hinein, richtete die Pistole ins Innere.

Ebenfalls mit gezogener Waffe stellte Jens sich auf die Zehenspitzen, versuchte von der Hintertür des Gasthauses aus zu erkennen, was seinem Kollegen dort widerfuhr. Er schämte sich, keine Rückendeckung gegeben zu haben, das Einmaleins in der Ausbildung.

»Was ist los?«, flüsterte er, wissend, dass ihn der andere kaum hören konnte.

Einen Augenblick später trat Arne aus dem Schuppen, einen cremefarbenen Chihuahua-Welpen im linken Arm, kaum doppelt so groß wie seine Hand.

Jens steckte seine Waffe weg.

»Ich gratuliere zum Nachwuchs«, sagte er leise. »Er sieht dir sogar ähnlich.«

Arne grinste giftig. »Als ob du den Roddnbieter sich selbst überlassen hättest. Und jetzt?«

Sein Kollege hob belehrend den Zeigefinger und packte erneut das Scharnier an der Tür.

»Mensch, lass den Scheiß.«

Doch Jens drückte dagegen.

Ächzend öffnete sich die Hintertür einen Spaltbreit.

»Bist du völlig bekloppt?«

Arne trat an seinen Kollegen, packte ihn am Ärmel. »Das kann uns ein Disziplinarverfahren einbringen«, flüsterte er gepresst. »Egal, wie viele Köter wir retten. Außerdem wissen wir nicht, was uns da drin erwartet.«

Instinktiv legte er seine rechte Hand auf seine Dienstwaffe.

»Vielleicht ist Gefahr im Verzug«, rechtfertigte sich Jens.

»Ja, vielleicht. Vielleicht ist es auch ein Meth-Labor, das mit Sprengfallen gesichert ist. Oder ein Streichelzoo voller Baby-Alpakas.«

»Die heißen ›Crias‹«, korrigierte ihn sein Kollege.

»Was?«

»Baby-Alpakas nennt man ›Crias‹. Ist Spanisch.«

Arne ballte die Fäuste. »Ich schwör dir, heute gibt's noch mal ordentlich Haue. Ist mir doch scheißegal, wie man Baby-Alpakas nennt! Worum es geht, ist, dass, solange wir nicht die Gewissheit haben, was da drinnen vor sich geht, gar nichts im Verzug ist. Und jetzt weg da!«

Leevi hatte die Hintertür beinahe erreicht, sah, dass das Vorhängeschloss fehlte. Er fluchte innerlich. Rachel musste sie entsperrt haben und er hatte vergessen, das Schloss wieder einzuhängen.

Da wurde die Tür einen Spalt weit aufgedrückt.

Er erstarrte. Wer zur Hölle war da draußen?

Wie lange war es her, dass Rachel geflohen war? Bestand die Möglichkeit, dass die Exekutive so schnell eingeschritten war?

Der Griff um sein Springmesser verstärkte sich. Er zog die Hand nach hinten, bereit, jederzeit zuzustechen.

Dann fasste er sachte den Türriegel, zählte innerlich bis drei –

Und riss die Tür auf.

Mit einem Mal flog die Hintertür des alten Hauses auf.

Jens und Arne waren wie vom Blitz getroffen. Der Welpe vergrub seinen Kopf in Arnes Arm.

Ungläubig starrten die beiden Polizisten in die Finsternis, in der die ehemalige Gaststube in einem dornröschenähnlichen Schlaf schlummerte.

Doch außer dem heruntergekommenen Mobiliar und Schleifspuren im Schmutz konnten sie nichts und niemanden erkennen.

»Wir sind zu spät«, flüsterte Arne.

Die Türschnalle in der einen Hand stieß Leevi, ohne zu zögern, mit dem Messer in der anderen zu.

Aber sein Stoß ging ins Nichts.

Der Hof vor ihm war menschenleer. Nur zwei Hunde, die sich spielerisch gegenseitig jagten, jaulten kurz auf. Die beiden Promenadenmischungen galoppierten an den geparkten Fahrzeugen vorbei, schlüpften durch den Lattenzaun dahinter hindurch und waren gleich darauf verschwunden.

Leevi atmete durch. Es mussten die Hunde gewesen sein, die an der Tür gescharrt hatten, niemand sonst. Die Exekutive würde wohl noch ein wenig brauchen.

Er müsste lügen, würde er behaupten, nicht mit dem Schlimmsten gerechnet zu haben – nicht mit dem eigenen Tod, wohlgemerkt, sondern damit, dass er nicht mehr imstande wäre, sein Werk zu vollenden.

Leevi ließ seinen Blick über den Hof schweifen, kontrollierte, ob ihm nichts entgangen war. Horchte, ob er etwas Verdächtiges hören konnte.

Doch außer dem Gezwitscher der Vögel und den immer noch wummernden Beats der Musikanlagen auf der Partymeile störte nichts die dörfliche Idylle.

Leevi schloss die Hintertür, ging wieder in den Nebenraum zurück. Dort hob er die immer noch bewusstlose Frau ins Flightcase.

Dann schloss er den Deckel.

Der Höhepunkt des Abends konnte beginnen.

»Du hast recht, da ist keiner.« Jens reckte sein Ohr in die Gaststube. »Wir sind zu spät.«

»Sagte ich gerade.« Sein Kollege stellte sich neben ihn. Gemeinsam mit dem Welpen im Arm lauschten die beiden Polizisten dem Atmen des alten Hauses.

»Wenn hier einer war, ist er längst fort.«

Arne blickte auf die Handvoll Hund, die er hielt, verstellte die Stimme, als würde er mit einem Baby sprechen. »Na, was tun wir jetzt? Was tun wir jetzt, mein Kleiner?«

Jens schüttelte ungläubig den Kopf. »Hast du nicht mehr alle Tassen im Schrank, oder was?«

Arne errötete.

Sein Kollege ging zurück auf den Hof, musterte den Platz und den Zufahrtsweg. Er schritt zum abgeknickten Unkraut, das aus dem Asphalt wucherte, prüfte mit dem Zeigefinger die Bruchstellen der Pflanzen auf Flüssigkeit.

»Da ist noch Pflanzensaft drauf. Das heißt, dass das Grünzeug erst vor Kurzem umgeknickt wurde.«

Arne gab sich unbeeindruckt. »Ändert nichts daran, dass wir zu spät gekommen sind.«

Jens strich mit der Hand entlang der Knickrichtung der Halme und nickte grimmig. »Heißt aber zumindest, dass hier definitiv einer unterwegs war und dass er mit dem Auto weggefahren ist.«

Der Polizist nahm sein Funkgerät und erstattete Meldung.

68

Guns

The Alarm

An zwei Kontrollpunkten wies sich Leevi mit seinem Access-All-Area-Pass aus, den er im Vorfeld hatte fälschen lassen und der nun an einem Lanyard um seinen Hals baumelte.

Die kleine Plastikkarte hatte für den jungen, übereifrigen Grafiker, dem er dafür eine stattliche Summe bezahlt hatte, eine Fingerübung dargestellt. Leevis Drohung, er würde den Grafiker und alle, die er liebte, mit dem Schwert richten, sollte der auf die Idee kommen, mit seiner Fälschung zu prahlen, hatte ebenfalls Wirkung gezeigt.

Bei einer Nachschau musste Leevi feststellen, dass der Kreativling offenbar nach ihrer letzten Unterredung mit Sack und Pack seinen Wohnort gewechselt hatte.

Das Gasthaus hinter sich lassend hatte Leevi wohlweislich nur die kleinen Schleichwege hinter dem Festivalgelände befahren. Nun parkte er mit dem Lieferwagen direkt hinter der Bühnenkonstruktion der Harder und Faster Stages, die sich über eine Länge von einhundertdreißig Metern erstreckten.

In deren Mitte reckte sich das Gerüst aus Rohren in die Höhe, auf dessen anderer Seite hoch oben die Logoskulptur des Festivals prangte: der zwölf Meter breite und zehn Meter hohe Bullenschädel.

Zu ihm hinauf wollte Leevi oder besser gesagt auf die Plattform, die sich dort oben befand – eine eigene Bühne, hoch über allen anderen. Wochenlang hatte er gegrübelt, wie nicht nur er dorthin gelangen könnte, sondern auch seine wertvolle Fracht. Da hatte ihm das Schicksal unter die Arme gegriffen.

Denn Leevi brachte in Erfahrung, dass eine Band am Samstag dort oben einen speziellen Promo-Auftritt plante, bei dem der Sänger, auf Stahlseilen hängend, über das Publikum »schweben« wollte. Zu diesem Zweck wurde ein Baulift eingerichtet, der Musiker und Equipment sicher in achtundzwanzig Meter Höhe befördern konnte.

Auf der Harder Stage begannen die Mannen von Trivium zu knüppeln. Ein infernalisches »In Waves!« schallte von den Monitorboxen mit derartiger Intensität, dass Leevi meinte, ihm würden gerade die Haare geföhnt.

Ausgestattet mit einer W:O:A-Warnweste, die er vor drei Tagen aus einem Organisationscontainer entliehen hatte, schob er das Flightcase bedächtig über Eisenplatten Richtung Mitte der Bühnenkonstruktion. Den ehernen Untergrund hatte man verlegt, damit Auf- und Abbau der Gerätschaften wetterunabhängig und reibungslos verlaufen konnten.

Stagehands, die ihn passierten, grüßte er mit einem freundlichen Nicken, bis er endlich sein Ziel erreicht hatte: den Baulift.

Möglichst unauffällig machte Leevi sich mit dessen Bedienung vertraut. Doch die drei Tasten, die dort angebracht waren, stellten keine ernsthafte Herausforderung dar.

Er schob das Flightcase in den Transportkäfig, schloss die Etagensicherungstür und betätigte den »nach oben«-Knopf.

69

Evolution 1

Nevermore

Nachdem das SEK das Gasthaus »Taubereck« erreicht hatte, sicherten mehrere Beamte des Spezialkommandos in pechschwarzer Montur sogleich das Grundstück, dann das Gebäude selbst.

Gleich darauf wurde die Spurensicherung angefordert, deren Mitarbeiter nun in weißen Schutzanzügen das Haus bevölkerten.

Während all das geschah, fühlte Lars sich wie ein drogensüchtiger, alkoholkranker Kleptomane auf Vollentzug. Wie oft er im Hinterhof auf und ab gegangen war, vermochte er nicht zu sagen. Aber wäre er eine Figur in einem Cartoon, hätte er bereits einen hüfthohen Graben gelaufen. Zumindest kam ihm ein solch abstruses Bild in den Sinn.

Die Dämmerung hatte bereits einen Großteil aller Farben verschluckt, der Nachthimmel breitete seinen gestirnten Mantel über die Welt unter sich aus. Einzig im Nordwesten konnte Lars den hellen Schein der Scheinwerfer sehen, die die Bühnen erstrahlen ließen.

»Herr Schulze!« Kriminalhauptkommissar Bock stand im Rahmen der Hintertür und winkte Lars zu sich.

Der eilte zu ihm.

»Keine augenscheinlichen Hinweise auf Ihre Tochter oder den Täter«, sagte er ruhig. »Die Spurensicherung wird uns da mit Sicherheit noch genauere Informationen liefern, aber das wird dauern. In der Zwischenzeit möchte ich Sie um Ihre Mithilfe bitten.«

Lars nickte knapp, folgte dann dem Polizisten ins Haus.

Schweigend stiegen die beiden Männer die Treppe ins Obergeschoss hinauf.

Dort lagen Teile eines Sessels sowie sonstiger Unrat auf dem Boden verstreut. Vor manchen Gegenständen standen gelbe Nummerntafeln.

Bock wies Lars an, nicht weiter in den Raum hineinzutreten.

Er zog sich Einweghandschuhe an, holte einen undurchsichtigen Spurensicherungsbeutel, der bereits beschriftet war, und zog daraus einen Aufnäher heraus.

»Erkennen Sie den?«

Lars runzelte die Stirn. Der Aufnäher hatte ausgefranste Ränder, gleich so, als hätte man ihn abgerissen. Sein Hintergrund bestand aus dickem schwarzem Gewebe, darauf stand in weißer Schrift »Entombed« gestickt.

Er räusperte sich. »Das … das könnte einer von Mias Patches sein. Aber ob der tatsächlich von ihr stammt –« Lars brach ab. Er konzentrierte sich, sackte schließlich resigniert in sich zusammen. »Sie hat so viele davon auf der Kutte. Ich kann es beim besten Willen nicht sagen.«

»Haben Sie vielleicht in den letzten Tagen ein gemeinsames Foto mit dem Handy gemacht? Eins, auf dem man diese Kutte sieht? Dann könnten wir das kontrollieren.«

Die Frage traf Lars wie ein Schlag ins Gesicht. Nach all den Jahren hatte er endlich wieder Kontakt zu seiner Tochter und vor lauter Aufregung hatte er kein einziges Selfie mit ihr gemacht.

Er presste die Lippen aufeinander. Vielleicht würde er nie wieder die Gelegenheit dazu bekommen.

Bock schien zu spüren, was in seinem Gegenüber vor sich ging, und machte eine lapidare Geste. »Kein Problem. Ich will noch zu etwas anderem Ihre Meinung. Keine Angst, ist nichts Schlimmes.«

Lars riss sich zusammen. »Natürlich.«

Bock legte den Spurensicherungsbeutel weg, nahm einen weiteren, wesentlich größeren zur Hand.

»Wird das normalerweise nicht in durchsichtigen Zipp-Beuteln aufbewahrt?«, wollte Lars wissen.

Bock schmunzelte. »Nur in Film und Fernsehen. Was glauben Sie, was mit Beweismitteln, die noch feucht sind, in solchen Beuteln passieren würde? Sie hätten Schimmelbildung vom Feinsten, keine brauchbaren Spuren mehr.« Er schüttelte den Beutel in seiner Hand. »Die hier sind atmungsaktiv und lichtundurchlässig.« Der Kriminalhauptkommissar zog einen schmutzigen Zettel im DIN-A5-Format heraus. »Den haben wir dort drüben auf einem der Stühle gefunden. Sagt Ihnen der Text etwas?«

Lars trat einen Schritt zurück, um besser lesen zu können, kniff die Augen zusammen.

Auf dem Blatt Papier stand mit der Hand geschrieben:

When the eye of the witch breaks, you will see:
Vengeance is mine.

»Ich glaube, das ist eine Fortführung von dem, was der Mörder auf Instagram angekündigt hat.«

Bock sah ihn überrascht an. »Hat das Verena Krutmann auch zu Protokoll gegeben?«

»Meines Wissens ja.« Lars machte eine kurze Pause. »I am the last in line, a returnee from the gallows. I'll never serve the master of puppets. I will devour and eat the rich.

When the people of the lie burn in hell, you will see: Vengeance is mine.« Er lächelte. »Kann grad selbst nicht glauben, dass ich mir das gemerkt habe.« Er deutete auf das Blatt in Bocks Hand, wurde schlagartig blass. »Shit, jetzt weiß ich, was das ist. Leevi hat keine Fortführung geschrieben. Das ist eine Korrektur. Er tauschte ›When the people of the lie burn in hell‹ mit ›When the eye of the witch breaks‹. The eye of the witch. Mit ›Hexe‹ meint er womöglich Mia. Immerhin wollte sie ihm das Handwerk legen.«

»Ist ein Song von King Diamond«, sagte einer aus dem Team der Spurensicherung flapsig, der gerade Fingerabdrücke sicherstellte.

Kriminalhauptkommissar Bock wandte sich um. »Wissen Sie das genau?«

»Ganz genau«, entgegnete der Beamte, ohne von seiner Arbeit aufzusehen.

»Hier ist wohl jeder ein Scheiß-Metal-Spezialist, was?«, murmelte Lars lauter als beabsichtigt und fügte sogleich ein »Entschuldigung« hintan.

»Keine Sache.« Bock lächelte schief. »Solche Äußerungen würde ich mir aber an Ihrer Stelle auf dem Festivalgelände verkneifen. Besonders wenn Sie's nicht so meinen. Was Kritik an ihrer Musik angeht, sind Metaller ein wenig – ungelenk.«

»Natürlich, verstehe ich«, sagte Lars mit belegter Stimme. »Übrigens: Die Namen der jeweiligen Bands, von denen die Texte stammen, haben uns nicht weitergebracht. Nur so zur Info. Wenn Sie mich dann nicht mehr brauchen …«

»Was? Nein, danke«, sagte Bock. »Danke für Ihre Hilfe. Bitte lassen Sie sich von den Kollegen im unteren Stockwerk noch eine DNA-Probe entnehmen. Bisschen Speichel, nichts weiter. Reine Routine.«

Lars deutete einen militärischen Gruß an.

Dann stieg er mit wackeligen Knien die Treppe wieder hinab, in dem Bewusstsein, dass ihn jeder Schritt Mias Schicksal näherbringen würde.

»May the heavens forever rain with blood
mourning the loss of John! His legacy lives on
through his cryptic writings that shall forever bless us
through his music! Rock n' roll will never be the same!«

René Pedersen, MERCENARY

19 70

Jane's Addiction

Die Nacht hatte endgültig vom zehnten Längengrad Besitz ergriffen, hatte alles in Dunkelheit gehüllt, beruhigt, entschleunigt. Die Natur war leiser geworden, der Verkehr spärlicher und die Menschen zogen sich in ihre Behausungen zurück. Es war, als würde die Welt langsam ausatmen, um sich schlafen zu legen.

Von all dem war jedoch auf dem Festivalgelände des Wacken Open Airs nichts zu spüren. Zwischen Bühnen, Merch-Ständen, Getränkeausschank und Fressbuden wuselte es wie in einem Ameisenhaufen.

Es war Freitagnacht.

Im Laufe des Tages waren all jene Metalheads angereist, die es noch nicht früher hierher geschafft hatten. Über achtzigtausend Menschen jeden Alters und jeder Profession hatten am Heiligen Acker zusammengefunden, um beiseitezuschieben, was sie auch nur im Entferntesten trennen könnte: Ansichten über Gott und die Welt, persönliche Vorlieben und Abneigungen, Nationalitäten und Sprachen, berufliche Hürden und Schicksalsschläge.

Heute Abend standen sie vereint, feierten gemeinsam, verbunden durch jenes unsichtbare Band, das sie alle einte: die Liebe zu Heavy Metal.

Dementsprechend groß war der Jubel, als der Hauptact des Abends auf der Harder Stage angekündigt wurde: Amon Amarth.

Die Bühne selbst war noch mit einem Sichtschutz aus schwarzem Stoff verhangen. Mit einem Mal erloschen sämtliche Lichter und Scheinwerfer. Für ein kurzes Gastspiel ließen sie die Nacht am Himmel noch einmal gewähren, eine letzte Pause vor der Eruption.

Aus den Boxen schallte ein instrumentales Intro, verstummte dann.

Triumphgeschrei brandete im Publikum auf, wurde immer lauter. Die Stimmung war knapp vorm Überkochen.

Mit dem ersten Gitarrenriff, zementiert von wuchtigen Drumbeats, explodierten Pyrosätze am oberen Bühnenrand. Begleitet von einem Funkenregen löste sich der Sichtschutz, stürzte zu Boden und gab den Blick auf Band und Aufbauten frei – riesige Wikingerstatuen und der martialische Backdrop eines nordischen Kriegers im Kampf kündeten von dem, was die Fans in den nächsten einhundertzwanzig Minuten Programm erwarten würde: kraftvoller Melodic Death Metal gepaart mit Lyrics aus der nordischen Mythologie.

»Guardians of Asgaard« begann.

Im Rhythmus der Musik wurden Fäuste gen Himmel gereckt, Fans sprangen, sangen und schrien, kurz – schenkten sich selbst und allen um sich herum ein unvergessliches Live-Erlebnis.

Doch für all das hatte Lars keine Muße, im Gegenteil. Er war völlig außer Atem, völlig verschwitzt und genau genommen völlig am Ende. Nachdem ihm ein Mitarbeiter der Spurensicherung ein Wattestäbchen in den Rachen gesteckt und er sich danach auch die Fingerabdrücke hatte nehmen lassen, war er losgelaufen.

Er ahnte, dass Leevi nicht bis morgen warten würde, und fürchtete, dass Mia etwas Schreckliches zustoßen könnte. Er durfte jetzt nicht lockerlassen, mahnte er sich wieder und wieder, musste alles geben. Immerhin hatte seine Tochter noch ein ganzes Leben vor sich.

Im Dorf hatte er den Seitenweg genommen, der ihn zum Pressebereich führte, war von dort über die metallene Brücke ins völlig überfüllte Infield gelaufen, nur um zu erkennen, dass er dieses ob der vielen Fans niemals durchqueren konnte.

Also hatte er den Bereich umrundet. Jeden Einzelnen, der ihn anlachte oder ihm zuprostete, hätte er am liebsten eins in die Fresse geschlagen. Wie konnten andere feiern, wenn Mia in Gefahr schwebte? Warum mochte niemand außer ihm verstehen, dass es um Leben und Tod ging?

Aber so einfach es war, seine Hilflosigkeit in Zorn umzuwandeln und auf andere zu projizieren, so genau wusste Lars auch, dass er auf verlorenem Posten kämpfte. Ziellos stapfte er umher.

Fieberhaft suchte er auf seiner Infield-Umrundung alle Positionen ab, die sich für Leevis krankes Schauspiel eigenen könnten – die Container links der Bühnen, hinter denen die Brücke zum Pressebereich verlief, den Soundturm, der genau zwischen den Hauptbühnen stand, und die Bühnen selbst.

Die Harder Stage war mit einem schwarzen Sichtschutz verhangen, weil dahinter für den nächstes Gig umgebaut wurde. Hier wäre Leevi nicht ungestört.

Die Faster Stage wurde gerade bespielt, womit Lars auch diese Location streichen konnte.

Inmitten der beiden Bühnen loderten Flammen aus dem riesigen Bullenschädel. Dort oben würde man höchstens bei lebendigem Leibe gegrillt werden.

Lars fühlte sich immer verzweifelter. Wo konnte Mia nur sein? Und was, wenn er sich irrte? Was, wenn Leevi keine große Bühne suchte, keinen plakativen Abschied plante, sondern nur ein weiteres Zeichen setzen wollte, weit weg von den Augen des Publikums? Ein Statement, das er im Anschluss auf irgendwelchen Social-Media-Kanälen posten wollte, im Schutze des Internets? Gallows hatte schließlich auch kein einziger Fan hängen sehen. Hellsticks war von einer Reinigungskraft gefunden worden und nicht vom Fanclub seiner Band. Auch Nowak hatte Leevi im Stillen ermordet. Ein Exempel statuiert, das wohl, aber eben abseits der Livestreams der Content-Creator.

Die Gewissheit, dass er sich verrannt hatte und gänzlich auf dem Holzweg war, ergriff von Lars Besitz.

»Fuuuck!« Er brüllte gen Himmel, bis ihm die Kehle brannte.

Rund um ihn nahm jedoch kaum jemand davon Notiz. Die wenigen, die es doch taten, meinten wohl, es wäre seine Art, die Musik abzufeiern.

Lars wurde schwindlig, seine Beine versagten ihren Dienst. Er kippte nach vorn, fiel auf die Knie, stützte sich mit beiden Händen auf den Acker. Er fühlte sich ausgelaugt, überfordert, unendlich müde. Vielleicht könnte er einfach hier liegen bleiben, kam ihm in den Sinn, und irgendwann würde ihn die frohe Kunde ereilen, dass alles gar nicht so schlimm war, wie er es sich ausgemalt hatte. Man würde ihm zutragen, dass alles nur ein großes Missverständnis war, Mias Handy defekt sei und sie bereits mit Haste und den anderen in einer Kneipe am Kiez in Hamburg feierte …

Da packten ihn zwei kräftige Hände und zerrten ihn mit einem Ruck in die Höhe.

»Hey, Mann, alles gut?«

Der Bär von einem Mann, der ihn aufgewuchtet hatte, sah ihn besorgt an. »Soll ich dich zu den Sanis bringen?«

»Was? Nein, ich –« Lars' Stimme klang so dünn wie die eines Schlagersternchens vor der Abmischung.

Der Mann drückte dem Schwankenden seinen Becher gegen den Mund und kippte ihn.

Kalter Met ergoss sich über Lars, lief ihm die Mundwinkel hinab. Er schluckte instinktiv den süßen Honigwein, bis der andere den Becher wieder absetzte.

»Und? Geht's wieder?«

»Ja, danke«, antwortete Lars und begriff erst langsam, was gerade geschehen war. »Ich muss … Nein, wirklich, danke schön.«

Er klopfte seinem Retter auf die Kutte. Der wandte sich wieder dem Bühnenspektakel zu.

Plötzlich schien sich alles um Lars herum zu verlangsamen. Was war das, was er gerade eben gesehen hatte? Dabei dachte Lars nicht an die Hilfe des anderen oder an das stärkende Getränk. Ein Bild blitzte vor Lars' innerem Auge auf, eine Momentaufnahme. Den Kopf gen Himmel geneigt sah er vor sich den übergroß wirkenden Halbkreis des Trinkbechers. Weiter hinten den Bullenschädel, aus dem Dutzende Flammennester loderten, und dort oben, hoch über den Köpfen des Publikums –

Er kniff die Augen zusammen, rieb sich die Stirn. Sah erneut hin. Doch er konnte nichts erkennen, zu hell blendete das Licht.

Lars hielt sich die rechte Hand vors Gesicht, schob sie langsam nach unten, Millimeter um Millimeter. Knapp bevor die Flammen zu grell überstrahlten, sah er sie – oder zumindest glaubte er, sie zu sehen. Eine Gestalt, die hinter dem Bullenschädel stand, geschützt vom Schein der Flammen.

War das Leevi Karvonen? Die Stimme in seinem Inneren schrie ihn an, befahl ihm, ihr zuzuhören. Das war der

Ort! Dort würde auch Mia sein! Dort musste sie einfach sein, denn sonst wäre alles verloren.

Entsetzt riss Mia die Augen auf. Zu ihren Füßen loderte ein Flammenmeer, doch sie konnte sich nicht bewegen, konnte nicht vor dem Feuer fliehen. Sie war mit Panzertape stehend an eine Eisenstange gefesselt, die ihr kalt und schmerzhaft in den Rücken drückte. Die Hände waren auf ihrem Rücken fixiert, ihre Finger fühlten sich taub an. Ihre Füße waren ebenfalls mit Klebeband gefesselt.

Mia stöhnte. War dies das im Rock so oft besungene Purgatorium, das Fegefeuer? Jenes abstruse theologische Konstrukt, in dem Unreine für eine gewisse Zeit Sündenstrafen abbüßen mussten, um schließlich die Erlösung zu erfahren?

Oder doch schon die Hölle selbst, so wie sie bereits kleinen Kindern plakativ als Schreckgespenst seit Jahrtausenden eingeimpft wurde? Allerdings roch es weder nach Schwefel noch konnte Mia andere gemarterte Seelen entdecken.

Was die Frontfrau endgültig stutzig machte, war der schwermetallische Sound, der an ihre Ohren drang. Dies mochte vielleicht für all jene die Hölle bedeuten, die der Musikrichtung nicht zugetan waren, definitiv nicht für sie selbst.

Langsam lichtete sich der Schleier, der ihren Blick trübte. Sie sah über das gesamte Wacken-Gelände, erkannte zu ihrer Linken die Louder Stage, zu ihrer Rechten die Wackinger sowie die Headbangers, hell erleuchtet, alle bespielt. Langsam dämmerte Mia auch, dass sie sich hoch oben befand, weit über den Köpfen der Fans, dort, wo der riesige Bullenschädel zwischen den beiden Hauptbühnen thronte.

Die Erkenntnis darüber versetzte ihr einen Schlag in die Magengrube, erzeugte ein Gefühl hilfloser Panik.

Mia rüttelte an der Stange in ihrem Rücken. Das Rohr war an die Außenseite des schweren Flightcases geschraubt und bewegte sich kein bisschen. Selbst wenn sie die Stange irgendwie losbrechen könnte, würde sie wahrscheinlich von der Plattform taumeln und mitsamt dem Rohr hilflos in die Tiefe stürzen.

Mia riss den Kopf von einer Seite zur anderen, hoffte, eine Erklärung für ihre missliche Lage zu entdecken.

Eine Antwort fand sie in der Gestalt von Leevi Karvonen, dessen Gesicht ein selbstgefälliges Lächeln zierte. Er hielt ein Fläschchen mit Riechsalz in die Höhe.

»Wake up! Wir haben es geschafft!«, jubilierte er mit säuselnder Stimme. »Gleich werden Zehntausende Zeuge davon, wie ich an dem Geschwür, das die Musik langsam tötet, ein Exempel statuiere. Und du mit mir.«

»Einen Scheiß werde ich!«, krächzte Mia.

»Abwarten.« Er neigte den Kopf zur Seite, hörte der Musik zu. »Noch zwei Songs, dann kommt unser großer Auftritt.«

Mia verengte die Brauen, spürte dabei, wie sehr sie die Stelle an ihrer Stirn schmerzte, mit der sie Leevi gegen den Kopf geschlagen hatte. »Sind das Amon Amarth, die da spielen?«

Ihr Entführer nickte.

»Fuck, Mann! Ich hatte mich so auf den Auftritt gefreut. Jetzt versaust du mir das auch noch.«

Leevi hielt kurz inne, schien erkennen zu wollen, ob Mia das ernst meinte, im Angesicht ihres herannahenden Todes.

Sie tat es.

»Zuerst dachte ich ja, du wärst nur ein lauer Ersatz für die verlogene Rachel Shaw«, gab er zu. »Aber du brennst wirklich für die Musik, nicht wahr?«

Mia nickte.

Er beugte sich über das Flightcase, holte einen roten Plastikkanister heraus und schraubte die große Verschlusskappe auf.

Die Öffnung hielt er Mia unter die Nase.

Der Gestank nach Benzin stach in ihre Atemwege und weiter hinauf, gefühlt bis ins Gehirn. Die Dämpfe machten sie schwummrig.

»Und brennen wirst du heute Nacht«, zischte Leevi, »und zwar lichterloh.«

Lars blickte zur Bühne, auf der sich meterhohe Feuersäulen ein Stelldichein gaben. Er sah die Menschenmassen vor sich, dicht an dicht gedrängt.

Wie zur Hölle sollte er nur jemals nach vorn gelangen? Es waren über einhundert Meter, vermutlich wesentlich mehr. Er holte sein Handy aus der Hosentasche, wollte Kommissar Bock anrufen – kein Empfang. Offenbar war das Netz mit den Unmengen an Daten von Bildern und Videos überfordert, die mancher Fan noch während des Konzerts unbedingt ins Netz stellen musste. Oder es gab einen anderen Grund für den Ausfall des Mobilnetzes, was Lars auch egal war.

»Verfickt scheißegal«, würde Mia jetzt sagen, dachte er mit einem bitteren Lächeln.

Nur noch ein Wunder konnte ihm helfen.

»There's a first time for everything in life«, sprach Johan Hegg, seines Zeichens Sänger von Amon Amarth, mit normaler Stimme ins Mikrofon. »Your first steps … Your first kiss … and then of course we have that magical moment when you get your –« Er holte tief Luft und schrie voller Inbrunst: »First Kill!«

Jubelgeschrei. Ein druckvoll-melodisches Intro erklang, eine merkwürdige Unruhe machte sich im Publikum breit.

Lars verstand nicht. Was zur Hölle ging gerade vor sich? Zugleich schalt er sich einen Narren. Was kümmerten ihn die Leute? Einzig Mia hatte seine Aufmerksamkeit zu gelten! Ihr und ihrer Rettung, auch wenn diese in unerreichbare Ferne rückte.

Die Gitarrenmelodie verklang, der Bass übernahm mit einer wabernden Tonfolge, der Gesang setzte ein.

In dem Augenblick geschah das ersehnte Wunder: Die Menschenmenge vor Lars tat sich auf, wich zu beiden Seiten zurück, öffnete einen Korridor, direkt zur Bühne hin – gleich so, als wäre er Moses, vor dem sich das Meer teilte.

Da fiel ihm siedend heiß ein, was Mike ihm auf der Herfahrt erzählt hatte. Die unterschiedlichen Arten, wie Fans abrockten, abgesehen vom Nullachtfünfzehn-Gehüpfe und dem Mitsingen – das war bei allen Musikrichtungen Usus. Er hatte ihm erklärt, was ein Moshpit war, ein Circle-Pit. Dass sich die Leute bei manchen Bands hinsetzten und ruderten, als befänden sie sich auf einer Galeere.

Auch hatte Mike ihm von der Wall of Death erzählt, einem Moment während eines Songs, bei dem sich manchmal Tausende Fans unaufgefordert und ohne vorige Absprache in zwei Lager teilten und sich voneinander entfernten, eines links der Bühne, das andere rechts. Nur um dann, initiiert von der Musik, plötzlich aufeinander zuzustürmen, als wären sie Krieger verfeindeter Heere.

Mike hatte ausgeführt, dass es dabei nicht darum ging, sich gegenseitig zu verletzen, sondern einfach um den Augenblick intensivster Begeisterung auch physisch zu erleben.

Ein Umstand, den Lars sich damals nicht hatte vorstellen können.

Aber nun stand er da, über hundert Meter von der Hauptbühne entfernt, und die Leute machten Platz, als sei er der Messias.

Ein Messias, schoss es Lars ein, der zwischen zwei Kräften zerquetscht werden würde, schaffte er es nicht, die gesamte Distanz der Wall of Death zurückzulegen, bevor die Horden wieder aufeinanderprallten.

Doch die Zeit für theoretische Abhandlungen über praktische Machbarkeiten war endgültig verronnen. Ohne einen weiteren Gedanken an Durchführung oder Konsequenzen zu verschwenden, rannte Lars los.

Er lief, so schnell er konnte, so schnell, wie er seit einer Ewigkeit nicht gelaufen war. Dabei verachtete er sich für jede Pizza, die er während der letzten Monate auf seiner Couch lungernd in sich hineingestopft hatte, jedes Bier, das ihn nur noch lethargischer und müder werden ließ, und all den anderen süßen wie salzigen Snack-Dreck, den er sich packungsweise einverleibt hatte.

Nun aber gab es ein Ziel und er musste es erreichen!

Doch auf halbem Weg setzten Drums und Gitarren wieder unbarmherzig ein, kleine Feuerbälle stiegen auf der Bühne in die Luft und Lars bemerkte, wie die Fans sich auf beiden Seiten kaum mehr im Zaum halten konnten. Manche scharrten mit ihren Boots im Acker, andere machten einen Schritt vor, einen zurück – wie wilde Tiere, vereint in Raserei. Doch die unsichtbare Barriere, die sie gerade noch zurückhielt, würde jeden Augenblick bersten.

Lars' Lungen brannten, seine Füße waren kurz davor, ihren Dienst zu versagen. Aber es war nicht mehr weit, versuchte er, sich selbst zu überzeugen, es war doch nur noch ein Schritt, und der nächste, und der danach!

Mit einem Mal hörte Lars glasklar den Text des Liedes: »And then I stood there, watching him fall.«

Instinktiv wusste Lars, dass es nun vorbei war mit ihm. Wusste, dass er verloren hatte. Dass der Zusammenprall unmittelbar bevorstand.

Und er hatte recht.

Kaum growlte Johan Hegg »The first blood I spilled« ins Mikrofon, herrschte am Infield Land unter. Wild schreiend stürmten beide Heerscharen aufeinander zu, brandeten gegeneinander wie aufgewühlte See gegen Klippen.

Doch zu Lars' Überraschung blieb er unversehrt, genau wie alle anderen um ihn herum auch.

Nicht nur das. Er war auch dort angekommen, wo er hinwollte – knapp vor der Bühne, dritte, vielleicht vierte Reihe. Er hatte es geschafft! Jetzt, das erkannte er, war es nur mehr ein Katzensprung nach vorn. Jetzt würde er sein Ziel erreichen.

»Mia, halte durch«, flehte er stumm, während er die sengende Hitze der Feuersäulen spürte. »Bitte halte durch!«

»First Kill« endete und glitt nahtlos und unter tosendem Applaus in »As Loke Falls« über.

»Genieße die Nummer«, meinte Leevi zu Mia. »Denn mit dem Track endet das diesjährige Wacken Open Air.«

Er beugte sich erneut in das Flightcase, holte eine Signalpistole heraus sowie ein Megafon, an dessen Spiralkabel ein Handmikrofon baumelte.

Der Mörder setzte sich zu Mias Füßen und wippte mit dem Kopf im Takt der Musik, wie ein fröhlicher, unbedarfter Junge.

Die Frontfrau stieß ihn mit der linken Schuhspitze an. »Das ist jetzt aber nicht dein Scheißernst, dass du mich lebendig abfackelst, oder? Hast du nicht kapiert, dass es nichts bringt, uns Frauen zu verbrennen? Lern verfickte Geschichte!«

Leevi gluckste belustigt. »Du wirst doch das, was gleich stattfindet, nicht mit einer Hexenverbrennung gleichsetzen? Gut, Rachel ist definitiv eine Hexe, aber es geht hier um die Symbolkraft.«

»Weißt du, was wirklich Symbolkraft hätte? Wenn du dich selbst in Brand steckst«, schlug Mia vor. »Passiv-aggressiver Widerstand gegen das korrumpierte Musikbusiness oder so ein Dreck. Morgen wärst du in allen Medien. Wacken-Ghandi zwei Punkt null oder so. Du schaffst das! Aber lass mich bei dem Ganzen außen vor.«

Leevi sah zu Mia hoch, schmunzelte. Im Schein der Flammen des Bullenschädels wirkte sein Gesicht dabei wie das von Satan. »Ich mag dich, ganz ehrlich. Daher wird mir das mindestens genauso wehtun wie dir.«

Mia verkniff sich eine Antwort. Sie war damit beschäftigt, die Panik, die ihr den Hals hochkroch, wieder nach unten zu drücken, damit ihr Verstand nicht völlig außer Rand und Band geriet.

Gehetzt überlegte sie. Wie zur Hölle kam sie aus der Nummer wieder heraus? Wenn Leevi gleich mit seinem Spektakel, oder was ihm auch immer vorschwebte, begann, war es zu spät. Kein Einsatzkommando wäre schnell genug hier, um ihm mittels Scharfschützen eine Kugel in den Kopf zu verpassen oder ihn sonst wie zu überwältigen. So etwas passierte nur in Hollywood-Filmen.

Hektisch wand sie sich an der Stange, doch das Panzertape hieß nicht umsonst so.

Plötzlich durchfuhr sie ein Stich, der vom Ballen ihres

rechten Daumens ausging. Ihr war, als hätte sie sich einen Nagel ins Fleisch gerammt.

Mia biss sich auf die Lippen, wollte dem Schmerz, wie auch schon zuvor der aufkeimenden Panik, keinen Raum bieten. Stattdessen rieb sie vorsichtig über die Stelle an der Eisenstange, an der sie sich verletzt hatte, versuchte zu ertasten, was den Schmerz auslöste.

Irgendetwas Scharfkantiges ragte aus der ansonsten glatten Metalloberfläche. Nicht weit, dennoch spürbar. Vermutlich hatte irgendwann ein anderes Werkteil das Rohr beschädigt.

Mias Gedanken rasten förmlich durch ihren Kopf. War das etwas, womit sie arbeiten konnte? Etwas, was –

Schluss damit! »Do or Die« sangen schon Machine Head und nun war es an ihr – sie musste es versuchen!

Langsam, kaum merklich ging Mia in die Knie, hob das Geflecht aus mehreren Bahnen Panzertape über die Unebenheit. Dann presste sie ihre Hände gegen die Stange, rieb vorsichtig auf und ab. Die leichten Vibrationen, die sie wahrnahm, konnten bedeuten, dass sich das Gewebe des Klebebands langsam aufraute. Wenn der Riss groß genug war, könnte sie mit genügend Kraft eine Art Kettenreaktion auslösen und das Band zerreißen.

Aber das würde dauern.

»As Loke Falls« spielte bestenfalls noch zwei Minuten.

Mia wusste, dass ein Rennen gegen die Zeit begonnen hatte, welches sie wahrscheinlich nicht gewinnen konnte …

Zuerst hatte Lars versucht, nach links in die Mitte der beiden Hauptbühnen zu gelangen, wo sich der Bullenschädel erhob. Aber da das Publikum dicht gedrängt bis weit hinüber zur Faster Stage stand und sich das Konzert auch von der Seite her ansah, hatte er sein Vorhaben schnell wieder aufgegeben.

Stattdessen drückte er sich nun nach rechts an den Zuschauern vorbei. Dies gestaltete sich überraschend einfach, da viele Fans davon ausgingen, dass Lars zu den Toiletten drängte – und da zählte jede Sekunde.

Angekommen am Rand der Umzäunung, die den Fotograben umfasste und die Fans mehrere Meter von der Bühne trennte, stellte Lars sich auf die Zehenspitzen, versuchte zu erkennen, wie er am schnellsten hinter die Aufbauten gelangen konnte.

Er entdeckte einen Zubringerweg, der rechts der Faster Stage verlief.

Lars zwängte sich an drei Metalheads vorbei, kletterte ungeschickt über die Absperrung – und stand einem Security-Mitarbeiter mit dickem Bauch gegenüber, der trotz der Nachtzeit Sonnenbrille trug und hemmungslos Kaugummi kaute.

»Ich muss nach hinten!«, schrie er, so laut er konnte, um die Musik zu übertönen.

»Du musst gar nichts! Nur dorthin zurückklettern, wo du hergekommen bist! Sonst schmeiß ich dich zurück!«

Lars stutzte, beäugte den Mann näher. »Sagen Sie mal, wir kennen uns doch? Haben Sie nicht vor dem Tourbus der SuiCiders Wache geschoben?«

Der Mann hob die Sonnenbrille, begutachtete Lars von oben bis unten. Dann lächelte er knapp und kalt. »Ja! Aber wegen dir hat man mich von meinem ruhigen Posten abgezogen und hierher versetzt! Vielen Dank auch!«

»Hören Sie, das war doch –« Lars atmete tief durch. »Ich muss durch, weil meine Tochter dort oben gefangen gehalten wird!«

Der Sicherheitsdienstmitarbeiter lachte auf. »Eine originelle Ausrede, muss ich dir lassen! Abmarsch!«

Er packte Lars gerade am Kragen, als der Song auf der Bühne mit vier Drumbeats endete.

Das Publikum johlte auf, reckte Fäuste und Hörner.

Plötzlich schoss weiße und rote Leuchtspurmunition in den Himmel, abgefeuert vom Schädel des Bullen, zwischen den beiden Bühnen.

Der Beifallssturm wuchs sogar noch an. Offenbar meinten die Fans, ein zusätzliches Feuerwerk der Band mitzuerleben. Doch das krampfartige Gefühl in Lars' Bauch verriet ihm, dass dem nicht so war. Es war das Signal zum Anfang vom Ende.

Die schrille Sirene, die gleich darauf von oben erklang, verunsicherte die Fans, und nicht nur sie – auch die Musiker der Band tauschten irritierte Blicke, wussten offensichtlich nicht, was vor sich ging.

Ein Scheinwerfer wurde nach oben gezogen.

Jene Kamera, die gerade auf alle Videowalls gestreamt wurde, zoomte auf das hin, was der Scheinwerfer erhellte: Ein Mann stand dort oben, in einer Hand ein Megafon, in der anderen eine Leuchtpistole. Rechts neben ihm wand sich eine junge Frau, offenbar an eine eiserne Stange gefesselt.

Nach und nach verebbten Zuspruch und Begeisterung, wichen einem unheilvollen Raunen, das durch die Menge ging.

Die Flammen, die aus dem Bullenschädel schlugen, erloschen mit einem Mal.

»Guten Abend, Wacken!«, tönte es von oben, als der Mann ins Megafon sprach. »Verzeiht die Unterbrechung, aber es ist an der Zeit, euch die Augen zu öffnen!«

Lars nutzte den Moment der Verwirrung, riss sich los und rannte davon.

Zwei Schritte später wurde er von dem Security-Mitarbeiter geschnappt und hart zu Boden gerissen.

»Das dort oben ist meine Tochter!«, keuchte er. »Ich muss ihr helfen!«

Der Mann von der Sicherheit hob seine Faust. »Die ist doch das Babe, das mich vor dem Tourbus angeschnauzt hat, oder?«

Lars haderte mit sich, wusste jedoch zugleich, dass es keinen Sinn machte zu leugnen. Die Zeit für Ausflüchte war abgelaufen. »Ja, verdammt, das ist sie! Du hast sie Schätzchen genannt.«

Der Mann überlegte einen Moment lang. Dann wuchtete er Lars wieder in die Höhe. »Richte ihr aus, dass es mir leidtut.« Der Security-Mitarbeiter deutete ihm den Weg nach hinten, an der Bühne vorbei. »Kannst passieren.«

Lars stand da, wusste nicht, ob er sich gerade verhört hatte. Dann rannte er los.

Mia fühlte sich, als stünde sie neben sich. Als wäre sie in einem Traum, in dem sich nicht nur alles hyperrealistisch anfühlte, sondern in dem sie auch die Fähigkeit besaß, sich selbst zu betrachten. Sie schwebte hoch über den Köpfen der Zuschauer, beobachtete die junge Frau, die an eine Stange gefesselt war, und den Mann neben ihr, der sichtlich genoss, dass ihm allein die Aufmerksamkeit Zigtausender Metalheads galt.

Wieder hob der das Handmikrofon zum Mund. »Ihr alle habt euch heute hier versammelt, um das zu feiern, was ihr am meisten liebt – Heavy Metal, hab ich recht?«

Leevi setzte ab, doch der Zuspruch schallte nur vereinzelt von unten herauf. Offenbar überwog doch die Verärgerung über die Unterbrechung des Haupt-Acts.

»Glaubt mir«, setzte Leevi nach, »auch ich würde jetzt tausendmal lieber auf der Bühne stehen und für euch spielen, als hier oben zu euch zu sprechen. Aber ich hatte keine Wahl. Kein Märtyrer hat das!«

»Schnauze halten und verpiss dich!«, schallte es hoch.

Leevi lächelte – offenbar empfand er Mitleid mit der verirrten Seele.

»Ich verspreche, euch nicht über Gebühr zu beanspruchen. Aber lasst mich erklären! Ich stehe hier für alles, was schiefläuft in unserer Branche. Nicht Talent obsiegt, sondern wer bessere Connections hat! Nicht Originalität, sondern wer jenen Einheitsbrei schreibt, mit dem die Plattenfirma am meisten abcashen kann! Selbst unter Musikerkollegen gibt es keine Ehre mehr!«

»Stop whining and come down here! Then we'll talk!«, brüllte Johan Hegg ins Mikrofon, der am Bühnenrand stand und zum Bullenschädel hochblickte. »But first, release the woman!«

Leevis Kopf schnellte zur Bühne, dann zum Mischturm. »Mutet die Mikrofone, und zwar sofort, sonst wird es die Dame neben mir büßen!«

Ein Raunen in der Menge bezeugte, dass auch der Letzte verstanden hatte, dass es sich bei dem Auftritt nicht um ein Showelement oder eine Performance handelte.

»Ich danke euch und möchte nun erklären, warum ich mich über euren Köpfen befinde. So mancher hat vielleicht schon das Gerücht gehört, dass sich John Gallows vor zwei Tagen erhängt hat. Hier in Wacken, direkt unter mir.«

Er machte eine theatralische Pause.

»Jedoch möchte ich euch versichern, dass es kein Unfall gewesen ist, auch kein Selbstmord! John Gallows ist stellvertretend für all jene gerichtet worden, die sich Ideen anderer lieber aneignen, als selbst welche zu entwickeln. Die sich gegen kreativen Input verschließen, weil es ihr Ego nicht zulässt. Und all jene, die meinen, Bandmitglieder seien austauschbares Spielvieh!«

Lars hatte die über dreißig Meter, die die Bühne in die Tiefe maß, im Sprint hinter sich gebracht. Er schnitt nach links, steuerte auf die Mittelkonstruktion zu, an der ein Baulift hervorsprang.

Beachtung schenkte ihm hier niemand, alle verfolgten, was der Wahnsinnige dort oben gerade von sich gab.

Endlich am Ziel angekommen, ergriff er eine der Konstruktionsstangen, spürte die Kälte des Metalls. Er presste seine Stirn dagegen, die heiß war wie im Fieberwahn.

Lars versuchte, wieder zu Atem zu kommen und sich gleichzeitig bewusst zu machen, was ihm nun bevorstand: das Erklimmen des Gerüsts. Der Baulift, so unverhofft günstig dieser auch dastand, würde ihn nicht unbemerkt nach oben befördern, so viel war klar.

Daher galt es, die geschätzten dreißig Meter in die Höhe zu klettern, um Leevi Karvonen zu überwältigen und Mia zu befreien.

Ein falscher Schritt und er würde in die Tiefe stürzen. Den Aufprall auf den verlegten Metallplatten würde er nicht überleben.

Trotzdem gab es für Lars keine Alternative.

Er griff eine diagonal verlaufende Strebe der Konstruktion, setzte den rechten Fuß auf eine Querstange, zog sich hinauf. Dann folgte die gegengleiche Bewegung mit rechter Hand und linkem Fuß.

Je höher er kletterte, desto mehr mahnte sich Lars, den Blick nur nach oben zu richten und keinesfalls nach unten zu sehen.

»Ey, du Spinner!«

Die scharf gerufenen Worte einer Frau ließen ihn dennoch auf die Erde hinunterblicken.

Dort stand eine kräftige Arbeiterin mit punkigem Haarschnitt – die »Rob-Halford-ist-der-beste-Metalsänger-aller-Zeiten«-Stagehand aus dem Artist Zelt.

»Willst du dich umbringen?«, blaffte sie hinauf.

»Geht um Leben und Tod!«, rief Lars gehetzt zurück und merkte, wie ihn Schwindel überkam. Er musste sich bereits gute zehn Meter über dem Erdboden befinden. »Keine Zeit für Erklärungen!«

Mit geübtem Griff öffnete die Frau einen Karabiner an ihrem Werkzeuggürtel und hielt ihn gen Himmel. »Dann nimm dir zumindest dafür Zeit! Sonst geht es um dein Leben und deinen Tod.«

Lars würdigte das Angebot keines Blickes, er musste weiter!

Ein Rohr nach dem anderen erklomm er – und rutschte plötzlich mit dem linken Fuß ab. Instinktiv streckte er die Arme aus, umklammerte, was er als Erstes zu greifen bekam, schlug mit dem Kinn hart gegen eine Metallstrebe.

Mit jeder Faser seines Körpers klammerte er sich nun an das Gerüst, hing da wie ein ungeschickter Pandabär in einem Online-Video.

Sein Herzschlag pulsierte ihm in den Ohren. Seine Handflächen waren derart schweißnass, dass er kaum Halt fand.

»Was ist nun?«, rief die Stagehand von unten. »Wenn du schon nicht an dich selbst denkst, denk zumindest an die arme Putzkolonne, die dich wegwischen muss, wenn du hier unten aufschlägst!«

Lars nickte eingeschüchtert.

Mit kraftvollem Schwung warf sie den Karabiner, an dem ein Geweberiemen sowie ein zweiter Karabiner hingen, zu Lars hoch, der diesen ungeschickt auffing.

»Danke!«

Er hängte einen der beiden Karabiner in seinen Ledergürtel ein, den anderen ließ er weiter oben auf einem Querträger einschnappen. So würde er zumindest nicht in die Tiefe stürzen, vorausgesetzt, sein Gürtel hielt sein Gewicht.

Mit pochendem Herzen setzte er seinen Aufstieg fort.

Immer noch rieb Mia möglichst unauffällig das Panzertape um ihre Hände gegen den Dorn an der Metallstange. Doch der ersehnte Riss, der sie befreien sollte, blieb noch aus.

Dafür war sie mehrere Male mit ihren Handballen an dem scharfkantigen Span hängen geblieben, hatte sich schmerzhaft die Haut aufgeschlitzt.

Auch wenn sich Leevi offenbar gern selbst reden hörte, so schien Mia, dass er nun zum Schluss seiner Tirade kam – und damit zu ihrem Verderben.

»Ich war es«, sprach Leevi ins Handmikrofon, »der eine symbolische Reinigung des Rocks herbeigeführt hat. Der Unwürdige ihrer gerechten Strafe zuführte. Gallows. Hellsticks. Nowak und seine IDR. Sie alle standen für einen Bereich in der Musik, der faulig geworden ist.«

Leevi deutete auf Mia. »Mit ihr schließt sich der Kreis!«

»Ich stehe nur für eine Scheißsache!«, rief Mia erzürnt.

»Dafür, dass sich bei dir jede Form von Vernunft längst verabschiedet hat.«

Doch Leevi ließ sich nicht beirren. »Diese da wird für die Lügen all jener brennen, die sich Rock 'n' Roll auf die Fahnen geheftet haben und doch nur das Geld sehen, das ihnen das Talent anderer einbringt! Für alle Falschzüngigen!«

Leevi legte das Megafon zur Seite, packte den Kanister und übergoss Mia mit Benzin.

Die Frontfrau schrie auf.

Der Kraftstoff stank bestialisch, brannte ihr in Augen, Mund und Rachen.

Ein entsetztes Raunen wogte durchs Publikum.

Leevi zückte ein Zippo, ließ es klackend aufschnappen.

Wieder hielt er sich das Handmikrofon vor den Mund. »God gave rock 'n' roll to you! And tonight, I'll set it free again!«

Mia erstarrte. Ein letztes Mal versuchte sie, das Panzertape rund um ihre Hände zu zerreißen. Ohne Erfolg.

Unfähig der Widerwehr beobachtete sie wie in Zeitlupe, wie Leevi das Reibrad betätigte.

Wie die Benzindämpfe des Zippos entflammten.

Wie er das Sturmfeuerzeug in ihre Richtung warf.

Nur noch ein Atemzug, dachte Mia, dann würde sie in Flammen stehen und unter unsäglichen Schmerzen sterben.

In dem Augenblick huschte ein Schatten an ihr vorbei. Eine Gestalt traf das durch die Luft wirbelnde Zippo und schleuderte es über die Plattform hinaus in den Abgrund.

Dann schlug die Gestalt hart auf dem Riffelblech zu ihren Füßen auf.

Mia blieb vom Flammentod verschont.

Die Fans, die gebannt das Geschehen auf den Videowalls verfolgten, jubelten auf.

Leevi schien nicht zu verstehen, was gerade geschehen war.

Da erhob sich Lars, hielt sich mit schmerzverzerrtem Gesicht die rechte Schulter, auf die er gerade gestürzt war.

»Das Spiel ist aus«, japste er. »Verpiss dich.«

Leevi zog die Stirn in Falten. »Wer zur Hölle bist du?«

Lars wandte den Kopf kurz Mia zu. »Ich bin ihr –«

Weiter kam er nicht.

Ungläubig blickte Lars an sich herab, sah Leevis ausgestreckten Arm, sah das Klappmesser in dessen Hand und die Klinge, die ihm im Bauch steckte.

Lars umklammerte das Messer. Lichtblitze begannen vor seinen Augen zu tanzen, während ihm ein stechender Schmerz quer durch den Leib schnitt.

»Nein!«

Mia brüllte los, brüllte mit der Kraft ihres ganzen Körpers – und zerfetzte dabei das Panzertape rund um ihre Hände.

Sie riss die Arme nach oben, streifte das Tape von ihren Füßen.

Lars fiel nach hinten, prallte auf die kalte Metallplattform.

Mia stürzte sich zu ihm, nahm seinen Kopf in beide Hände.

Sie blickte zu Leevi hoch. Der verpasste ihr einen wuchtigen Tritt mit dem Stiefel.

Mia wurde zurückgeschleudert, kam erst beim Bullenschädel zu liegen, nur eine Handbreit vor dem Abgrund.

Lars riss sich das Messer aus der Seite, zielte damit auf Leevi und schleuderte es, so fest er konnte, gegen ihn.

Doch anstatt mit der Klinge voran, traf es den Mörder mit dem Schaft am Oberschenkel, prallte an ihm ab, als wäre es nur ein Stück Holz.

Lars verlor das Bewusstsein.

Mia wollte sich gerade aufrappeln, da war Leevi bereits über ihr, schlug ihr mit der Faust gegen die Schläfe und zerrte sie mit Gewalt in die Höhe.

Mia rang mit der Besinnung. Sie ruderte mit den Armen, ahnte, dass Leevi sie in die Tiefe stürzen wollte.

»Weißt du was?«, schrie sie, mit der Ohnmacht kämpfend. »Du bist ein verfickter Loser!«

Leevi riss sie zu sich, schlug ihr mit der Stirn gegen ihren Kopf, so wie sie es im Gasthof bei ihm getan hatte. »Ich bin kein Loser!«

»Mia!«

Der Ausruf ließ sowohl Mia als auch Leevi dorthin blicken, woher die Worte kamen – Lars, der taumelnd in einer Haltung dastand, als wollte er mit dem Kopf durch die Wand laufen.

»Jetzt!«, schrie er.

Mia rammte ihrem Peiniger mit aller Kraft das Knie zwischen die Beine.

Der heulte auf, lockerte seinen Griff.

Mia stieß ihn von sich weg.

In dem Moment packte Lars ihn im vollen Lauf um die Leibesmitte und sprang mit ihm über den Rand der Plattform, riss ihn mit sich in die Tiefe.

Mia stürzte zu Boden, versuchte zu begreifen.

Was war gerade geschehen? Hockte sie etwa allein auf der Plattform? Wo war Leevi? Wo war –

Ein gellender Schrei verhallte in der Nacht.

Die Fans heulten auf.

Ein markerschütternder Aufprall, dann herrschte absolute Stille.

Mia schossen Tränen in die Augen, sie blickte um sich. Lars? Sie hatte doch noch … sie wollte ihm sagen, dass …

Ihre Lippen bebten. »Papa?«

Da erschallte Jubelgeschrei aus dem Publikum, mit einer Lautstärke, als wäre Lemmy persönlich von den Toten auferstanden.

Mit völligem Unverständnis robbte Mia an den Rand der Plattform. Unter ihr, im Fotograben, lag der verdrehte Körper von Leevi Karvonen. Allein.

Wo war –?

Sie hob den Blick, traute ihren Augen nicht.

Hoch über den Köpfen der Metalheads baumelte Lars mittels eines Karabiners an seinem Gürtel, hing an einem der beiden Stahlseile, die für den morgigen Promo-Auftritt vorgesehen waren.

Zwar hielt er sich die Seite, dort, wo das Messer gesteckt hatte, schien jedoch bei Bewusstsein.

Mia rappelte sich auf die Knie, hielt sich vor Überraschung die Hände vor den Mund. Tränen der Erleichterung liefen ihr über die Wangen.

Da riss Lars' Gürtel.

Er stürzte in die Tiefe.

Einen Augenblick später fing ihn das Publikum unter ihm jedoch auf, bugsierte den Crowdsurfer wider Willen über ihre Köpfe hinweg hin zur Bühne, wo ihn Sanitäter in Empfang nahmen.

Mia beobachtete das unwirkliche Schauspiel von oben, blickte ein letztes Mal auf Leevi Karvonens leblosen Körper.

»Bist doch'n Scheißloser«, hustete sie mehr, als dass sie sprach, und sackte erschöpft zusammen.

»Sind Sie verletzt?«

Kriminalhauptkommissar Bock, zwei Mann des SEK sowie die beiden Polizisten Jens und Arne kamen gerade mit dem Baulift auf der Plattform an. »Sollen wir eine Trage holen?«

Mia schüttelte den Kopf.

Sie richtete sich auf, humpelte zum Lift, wo ihr der Kriminalhauptkommissar unter die Arme griff.

»Bin gleich zurück«, wies er seine Männer an.

Dann betätigte er einen Knopf, fuhr gemeinsam mit Mia in die Tiefe.

Jens und Arne standen nebeneinander, überblickten das nächtliche Festivalgelände unter sich.

Gedankenverloren holte Jens eine Zigarette aus seiner Uniformtasche, als ihn der entsetzte Blick seines Kollegen innehalten ließ.

»Du willst dir hier nicht wirklich eine anrauchen, oder?«, fragte Arne ungläubig und deutete auf den ausgeleerten Benzinkanister.

»Nein!«, entgegnete der andere entrüstet, fügte dann kleinlaut hinzu: »Na ja, vielleicht ein bisschen.«

Wie in Trance schob Jens die Fluppe in die Tasche zurück. »Möglicherweise der ideale Tag, um es ganz sein zu lassen?«

Arne klopfte seinem Kollegen auf die Schulter. »Gab nie einen besseren, mein Freund.«

71

Weevil Woman '71

Black Sabbath

Während der Erstversorgung durch die Rettung hatte sich herausgestellt, dass das Messer nicht in Lars' Bauchhöhle eingedrungen war, sondern nur das Fettgewebe seines im Ansatz vorhandenen Bierbauchs durchstoßen hatte. Alle Organe waren unversehrt geblieben.

Trotzdem bekam Lars die Order, sich in nächster Zeit zu schonen, weshalb ihm die Alsterarbeit einen Rollstuhl zur Verfügung stellte. Das gemeinnützige Unternehmen koordinierte auch die »Wheels of Steel«-Area, einen barrierefreien Camp-Ground, um Metalheads mit körperlichen Einschränkungen eine angenehme Teilnahme am Festival zu ermöglichen.

Auf dem Infield waren aufgrund der Polizeiarbeit alle Gigs des verbliebenen Abends abgesagt worden, die Exekutive sperrte die Zutritte zum Areal. Doch auf dem restlichen Gelände wurde weiterhin gerockt.

Auf der Louder Stage zelebrierten Dark Tranquillity ihr ureigenes Kaleidoskop aus melodiöser Brachialgewalt und hypnotisierender Melancholie, ließen mit »Monochromatic Stains« so manche Headbang-Muskulatur in den roten Bereich wandern.

Einige Hundert Meter davor »schwamm« das Wikingerschiff inmitten des Wacken Centers, von wo aus seine Besatzung Bier und Met an Durstige ausschenkte.

Vor dem Schiff standen Mike, Annette und Verena einträchtig nebeneinander, blickten auf Lars hinab, der vor ihnen im Rollstuhl saß. Jeder hielt einen Bierbecher in den Händen.

Verena formte mit der Handfläche eine Abwärtsbewegung. »Da springt der Bekloppte vom Bullenschädel hinunter, als wollte er ins ›Guinness Book of Records‹ für den höchsten Stagedive. Bin in dem Augenblick um zehn Jahre gealtert.«

Sie gab Lars einen flüchtigen Kuss auf die Wange.

»Mach dir nichts draus«, meinte er versöhnlich. »Man sieht dir davon höchstens fünf Jahre an.«

Mike und Annette lachten.

»Du Lusche hast echt einen an der Waffel«, sagte Mike und wuschelte seinem Freund durchs Haar. »Überlass ab jetzt die Heldentaten Jungspunden wie mir.«

»Lars?«

Alle Blicke richteten sich auf die junge Frau, die mit Blessuren im Gesicht aus der Menge trat und sich zu ihnen gesellte.

»Mia!«

Lars' Miene erhellte sich. Seit seinem unfreiwilligen Stunt hatte er sie nicht gesehen, sondern nur die SMS erhalten, dass es ihr gut ging.

»Du bist … so ein verdammter Arsch«, stammelte Mia und humpelte auf den im Rollstuhl Sitzenden zu.

Mit Tränen in den Augen blieb sie vor ihm stehen. Dann umarmte sie ihn so innig, dass ihm die Luft wegblieb.

»Ich hab wirklich gedacht, dass du tot bist«, schluchzte sie.

Lars konnte seine Tränen ebenfalls nicht zurückhalten. »Ach was. Ich habe nur überlebt, weil ich dir die Freude darüber nicht gönnen wollte.«

»Fick dich.«

»Ich dich auch«, schluchzte Lars. »Ich dich auch.«

Verena trat einen Schritt zurück, beäugte das Schauspiel argwöhnisch. »Was'n jetzt los? Seid ihr beide also doch zusammen, oder was?«

Sie sah zu Mike und Annette, die perplex mit den Schultern zuckten.

Schließlich löste sich Mia von Lars, wischte sich die Tränen in die Kutte und legte ihre Hand auf Verenas Arm. »Lass mal. Der ist mir sowieso zu alt.«

Lars lächelte verlegen.

»Außerdem«, fuhr Mia mit voller Stimme fort, »ist er mein Papa.«

Die Zeit, die die anderen drei brauchten, um das eben Gehörte zu verarbeiten, dehnte sich auf kosmische Dimensionen.

»Ich weiß ja nicht, wie's euch geht, aber bis vor einer Minute dachte ich wirklich, nach den heutigen Geschehnissen könnte mich nichts mehr überraschen«, meinte Mike und hob seinen Bierbecher. »Dann kommt sie daher. Auf Mia und Lars!«

Die Frontfrau grinste gerührt, stieß mit den anderen an und trank.

Verena beugte sich zu Lars, flüsterte ihm ins Ohr: »Soll das heißen, du bist offen für die Bekanntschaft mit einer Fünfundvierzigjährigen, die fünf Jahre älter aussieht?«

Der wog den Kopf hin und her. »Seit ich in Wacken angekommen bin, wurde ich beschimpft, verprügelt, angestochen und auch noch Vater. Ich glaube, ich kann eine Bekanntschaft mit dir riskieren.«

Verena lächelte knapp. Dann küssten sie und Lars sich zärtlich und leidenschaftlich zugleich.

Mia hielt sich die Hand vor die Augen. »Igitt, doch nicht vor mir. Nehmt euch ein Scheißzelt!«

Verena richtete sich auf. »Mein Container im Moshtel wird's auch tun.« Sie blickte zu Mike. »Ihr beide wärt mit dem Rollstuhl sowieso nie bis zum Campingplatz gekommen. Bist also von deinen Nanny-Pflichten erlöst.«

Der ballte triumphierend die Faust. »Yeah! Das heißt dann wohl: Par-te-i! Ich hol Nachschub. Wer von euch will kein kühles Blondes?«

Während Mike erst gar nicht auf Antworten wartete und sich an die Reling des Wikingerschiffs drängte, um zu bestellen, packte Mia die Griffe des Rollstuhls.

»Ich bring ihn gleich wieder zurück.«

Lars renkte verärgert den Kopf nach hinten. »Ich will aber nicht weg.«

Doch Mia schob ihn bereits hinfort.

Nachdem sie einen freien Platz angesteuert hatten, ließ Mia vom Rollstuhl ab, ging um ihn herum und kniete sich vor Lars auf den Acker.

Der wollte gerade eine flapsige Bemerkung schmettern, als ihn Mias ernste Miene verstummen ließ.

»Ich … ich hab mit Mutter gesprochen«, begann sie zögerlich. »Also genau genommen hat sie mit mir gesprochen. Sie hat mich in dem Augenblick angerufen, als ich gerade in das Haus wollte, in dem Rachel gefangen gehalten wurde. Wie immer perfektes Timing.« Sie machte eine kurze Pause. »Whatever. Ich hatte sie ja gefragt, ob es wirklich stimmt, dass du dich nicht bei uns gemeldet hast und so.« Sie sah Lars in die Augen. »Mutter hat mir gebeichtet, dass dem nicht so war. Sie wollte keinen Kontakt mehr mit dir und hat mich deshalb belogen. Ich erspar dir jetzt die Seelenbeichte, den ›Es war ja nur zu deinem Besten‹-Müll und den ganzen anderen Scheiß. Sie hat es gebeichtet und nun fühlt sie sich besser, darum ging's ihr wirklich.«

Lars schwieg.

»Soll heißen: Du hast mir die Wahrheit gesagt«, fuhr Mia fort. »Sorry, dass ich dir nicht geglaubt und dich so angefuckt hab. Ich kann verstehen, wenn du … also … wenn du jetzt wieder auf Abstand gehst. Es … es tut mir leid.«

Sie blickte ihren Vater erwartungsvoll an.

Der schwieg immer noch, länger, als der Situation guttat.

Schließlich ergriff er sanft Mias Hände. »Du brauchst dich für gar nichts zu entschuldigen. Wenn du willst, wird das hier und jetzt unser Neustart oder Erststart oder wie immer du das auch nennen willst.«

»Einen verflucht wünschenswerten Vater-Tochter-Gefühlsduselei-Scheiß?«

Lars nickte. »Einen verflucht wünschenswerten Vater-Tochter-Gefühlsduselei-Scheiß.«

Mia lächelte zaghaft. »Find ich gut.«

Dann umarmte sie ihren Vater.

Und er umarmte sie.

SAMSTAG

»They say that rock music is for the broken,
for the fallen and for all those who can cope.
John had it all. Rest in peace, mate.«

Biff Byford, SAXON

72 Seasons

Metallica

Entfernte Musik dröhnte seit einer geschlagenen Stunde im Container des Moshtels, was Verena jedoch nicht im Geringsten in ihrem Schlaf zu stören schien.

Lars wiederum war schon länger wach. Sein Kopfkino hatte ihn nicht mehr schlafen lassen, hatte ihm in Dauerschleife die Ereignisse der letzten Tage vorgeführt. Nichts in seinem Leben war mehr so wie noch vor einer Woche, und doch hatte er das Gefühl, dass er diesen Neuanfang gebraucht hatte wie einen Bissen Brot.

Er hatte wieder einen Sinn im Dasein entdeckt, hatte erkannt, wie selbstsüchtig er die letzten Jahre gewesen war. Es ging schlicht nicht darum, wie einen das Leben hinunterzog, sondern darum, wie man sich selbst aus schweren Zeiten wieder herauskämpfte.

Gründe, den Kopf in den Sand zu stecken, gab es zuhauf und jeder von ihnen hatte seine Berechtigung, so marginal sie auch sein mochten. Doch mit dem Kopf im Sand konnte man all das, was das Leben lebenswert machte, schlichtweg nicht sehen.

Aber Lars sah es nun.

Er wollte für Mia da sein, wollte die Freundschaft mit Mike wieder vertiefen und er wollte sich um jene Frau bemühen, die ihm gegenüber laut schnarchend dalag.

Nicht die schlechteste To-do-Liste, befand Lars im Stillen.

Da bemerkte er, dass das Schnarchen abrupt geendet hatte.

»Guten Morgen, Miss Rocktigress«, flüsterte Lars mit einem Grinsen. »Haben Sie wohl geruht?«

Die Frau im Bett ihm gegenüber streckte sich. »Das habe ich. Und du?« Sie öffnete die Augen. »Wie steht's um die Verletzung?«

Lars blickte an seinem nackten Oberkörper herunter, prüfte den Verband um Bauch und Hüfte. »Tut weh. Aber die Nähte scheinen gehalten zu haben.«

Verena lächelte verschlafen. »Hätte mir niemals träumen lassen, noch einmal neben dir aufzuwachen.« Sie überlegte kurz. »Fühlt sich trotzdem ganz okay an.«

»Ganz okay?«

Sie schmunzelte. »Fühlt sich gut an.«

»Finde ich auch.« Lars wollte sich aufsetzen, doch ein schneidender Schmerz in seiner Seite setzte dem Vorhaben ein jähes Ende.

Verena schoss aus ihrem Bett. »Immer langsam mit den jungen Pferden, du alter Gaul.«

Sie setzte sich auf sein Bett, strich ihm über den Kopf. Dann beugte sie sich zu ihm und gab Lars einen zärtlichen Kuss auf den Mund.

»Was ist dein Festival-Morgenritual?«, fragte sie und streichelte ihm über die Brust. »Gleich auf zu Bier und Metal oder –« Verena schälte sich aus ihrem überlangen »Nightmare before Christmas«-Shirt. »Oder noch ein wenig kuscheln?«

Lars berührte ihre Hüfte. »Eigentlich Bier und Metal.«

Sie grinste ein »Du mich auch«, schlüpfte zu ihm unter die Decke und drückte ihre Stirn an die seine. »Eigentlich schade, dass du keinen Sex haben darfst. Du weißt ja nicht, was dir entgeht.«

Er murrte. »Vielleicht willst du ja noch einmal mit mir kuscheln, wenn die Wunde verheilt ist?«

»Ja. Vielleicht.«

Sie sahen einander tief in die Augen. Dann küssten sie sich.

Unit 73 1

Slayer

In einem langen, hellen Gang des Klinikums Itzehoe, eines der größten Krankenhäuser in Schleswig-Holstein, sammelten sich Haste, Mot, Kai und Mia vor einem der Patientenzimmer.

»Wollen wir nicht doch lieber warten, bis sie entlassen wird?«, fragte Kai unschlüssig.

»Und wenn das heute Nachmittag geschieht, was dann? Dann sind wir im Arsch daheim.« Mia sah ihn herausfordernd an. In ihrem Gesicht prangten mehrere blaue Flecken, ihre Ellbogen waren bandagiert, die Unterarme verschorft. »Was haben wir zu verlieren?«

Die anderen schwiegen.

»Jungs, ich sag's noch mal«, erklärte die Frontfrau. »Wir sind nur wegen dem da hier.« Sie deutete auf die Sporttasche, die zu ihren Füßen lag.

»Damit werden wir uns hier aber keine Freunde machen«, meinte Haste mit gedämpfter Stimme.

»Na und? Drauf geschissen.« Mia sah ihn herausfordernd an. »Wenn du im Krankenhaus liegst, würdest du doch sicher auch wollen, dass wir mit Bier bei dir aufschlagen, oder nicht? Und ich meine das Getränk, nicht – ihr wisst schon wen.«

»Lass mal«, warf Mot ein. »Wir stehen dazu, was wir vereinbart haben. All for one.« Er streckte den Arm aus, mit dem Handrücken nach oben. »We rock.«

Die anderen Musiker legten ihre Hände auf die seine, riefen unisono: »We rock!«

»Ruhe!«, empörte sich lautstark ein Mann von irgendwoher.

»Selber Ruhe!«, schallte es aus einem anderen Raum. »Rock 'n' roll will never die!«

Die Musiker teilten ein Grinsen.

Dann griff Mia die Sporttasche und betrat das Patientenzimmer.

Die Frau, die im Bett lag, öffnete jenes Auge, das nicht aussah wie eine überreife Pflaume.

»Mia?«, krächzte sie angestrengt.

Die Frontfrau schloss die Tür hinter ihrem Rücken, schlich auf Zehenspitzen zum Krankenbett. »Hi, Rachel.«

»You made it.« Die Managerin rang sich ein beherztes Lächeln ab, dass sie ob der vielen Blutergüsse im Gesicht augenscheinlich schmerzte. »I'm so glad.«

»Das habe ich«, meinte Mia, schob einen Stuhl ans Bett und nahm darauf Platz. »War aber noch ziemlich abenteuerlich.«

»Ich habe versucht zu erfahren, what happened. Aber niemand gab mir ein Phone.« Sie blickte zum Tropf, an dem ein Infusionsbeutel hing. »Außerdem haben sie mich mit irgendwas vollgepumpt, was mich more sleepy gemacht hat als ein bloody Arthouse-Film.«

»Bist du schwer verletzt?« Behutsam ergriff Mia Rachels Hand, in der eine Infusionsnadel steckte.

Die Managerin schüttelte kaum merklich den Kopf.

»Alles nur oberflächlich.« Sie deutete auf ihr zugeschwollenes Auge. »Siehst du? Die Falten sind gone. Da spar ich mir die Botox-Behandlung.« Rachel lächelte müde.

»Seriously, alles gut. Aber sie wollten mich for safety reasons noch hierbehalten.« Ihr unversehrtes Auge begann zu tränen. »Dabei muss ich mein Hündchen suchen gehen.«

Mia hob die Sporttasche auf ihren Schoß. »Musst du nicht«, sagte sie und öffnete den Reißverschluss. Einen Augenblick später streckte ein Chihuahua schlaftrunken das Köpfchen heraus.

»Oh my god!«, stieß Rachel entzückt aus. »Goliath, you're here!«

Mia schob die Brauen zusammen. »Goliath? Echt jetzt?«

Der Welpe sprang auf die Bettdecke, schleckte Rachels Wange ab.

»Don't listen to that stupid woman«, meinte die Managerin. »It's a fantastic name. And I promise I'll keep you forever.«

Mia wusste nicht, ob Rachels Versprechen Fluch oder Segen für das Tier war, aber der Frau tat es sichtlich gut, das Hündchen wiederzusehen.

»Ich muss dann wieder«, meinte die Frontfrau, stand auf und legte einen Zettel mit einer Telefonnummer auf den Beistelltisch. »Wenn du etwas brauchst, ruf mich an.«

Rachel nickte. »Thank you so much, honey. I mean it.«

Mia schritt zur Tür, winkte ein letztes Mal. Insgeheim hoffte sie, dass ihr die Managerin ein Zeichen geben würde, ob sie ihr und der Band nicht vielleicht doch unter die Arme greifen würde.

Doch Rachel widmete ihre gesamte Aufmerksamkeit ihrem Chihuahua.

74

7 Strangers In The Night

Saxon

Die Nachricht über die tragischen Ereignisse der letzten Tage hatte mit Leevi Karvonens Tod endgültig die Runde unter den Festivalbesuchern gemacht.

Noch in der Nacht auf Samstag hatten die Behörden die Untersuchung des Tatorts im Infield abgeschlossen, weshalb es für den letzten Tag des Open Airs für Bands wie Besucher wieder freigegeben wurde.

Jede einzelne Band, die seit den Mittagsstunden auf der Harder- oder Faster-Bühne auftrat, gedachte der Toten, erinnerte daran, wie kostbar das Leben und wie wichtig es war, aufeinander aufzupassen – ungeachtet dessen, ob man einander kannte oder nicht. Der Gemeinschaftssinn aller Fans wurde beschworen, die Metal-Familie als solches in den Vordergrund gerückt.

Schließlich wurde über die Wacken-App ein neuer Programmpunkt um fünfzehn Uhr angekündigt, bei dem alle Metalheads dazu eingeladen wurden, eine der vielen Bühnen zu besuchen. Man wolle via Videowalls etwas bekanntgeben …

Verena hatte Lars im Rollstuhl zu einem der Podeste geschoben, die im Infield für Rollstuhlfahrer reserviert waren und diesen einen guten Blick auf die Faster Stage boten. Direkt vor der Absperrung platzierten sich Mike und Annette.

Nun warteten die vier, wie Abertausende Fans auch, auf den angekündigten Programmpunkt.

Verena zog einen handgroßen Flachmann aus dem Dekolleté ihres Metal-Dirndls hervor und wedelte damit vor Lars' Nase herum.

»Kleenen Ardbeg?«

»Igitt! Wo hast du denn den her?«

»Rocktigress' Geheimnis. Also?«

Gespielt widerwillig nahm Lars einen Schluck, genoss diesmal jedoch die Wucht des Whiskys.

Verena tat es ihm gleich.

Plötzlich zeigten alle Videowalls das gleiche Bild: Lynda und Rolf, die Moderatoren des Metal Battle, wie sie die Faster Stage betraten. Die beiden fassten noch einmal zusammen, was geschehen war, und riefen im Anschluss dazu auf, noch mehr darauf zu achten, was sich im eigenen Umfeld abspielte, natürlich auch abseits des Festivals. Handgreifliche Auseinandersetzungen, Übergriffe oder gar Gewalt durften im Leben weder Duldung finden noch Platz haben.

Es folgte eine Schweigeminute, im Gedenken an John »Gallows« McCallum, Darek »Hellsticks« Baker sowie Heiner Nowak.

Am Ende gab Rolf noch eine weitere Programmänderung bekannt: »Viele von euch haben sie gestern live gesehen, als sie dort oben am Bullhead um ihr Leben gekämpft hat: Mia Kowalczyk.«

Das Publikum applaudierte begeistert.

»Eigentlich«, fuhr Rolf fort, »hätte sie mit ihrer Band Vengeful Regrets an unserem Metal Battle teilnehmen sollen. Aber aufgrund von widrigen Umständen fiel ihr Gitarrist aus und die Teilnahme musste kurzfristig abgesagt werden.«

Ein Raunen ging durch die Menge.

»Daher ist es mir nun eine besonders große Freude, ankündigen zu dürfen, dass sich ein anderer Gitarrenvirtuose bereit erklärt hat, spontan einzuspringen. Er hat die Songs die ganze Nacht lang einstudiert, ihr kennt ihn vielleicht: Akseli Lehto von The SuiCiders!«

Mit der Gitarre über seinen Kopf gereckt kam der Gitarrist auf die Bühne. Jubel und Applaus erschallten.

Rolf und Lynda begrüßten den Musiker. Dann hob die Moderatorin das Mikrofon wieder zum Mund. »Danke! Wacken ist ja für ausgefallene Specials bekannt, aber was jetzt kommt, ist auch für uns eine Novität! Freut euch auf den exklusiven Auftritt von Vengeful Regrets!«

Verena beugte sich zu Lars hinab. »Hast du davon gewusst?«

Der schüttelte den Kopf. »Mia meinte heute Morgen nur, dass sie noch einige Dinge in Ordnung bringen müsse und dass wir die Bekanntgabe um drei auf keinen ›Scheißfall‹ verpassen dürfen. Ach ja, sie hat mir auch noch getextet, dass sich Rachel Shaw bei ihr gemeldet hat.«

»Die Band-Managerin?«

Lars nickte. »Sie habe ihr geschworen, dass sie Mias Band einen Plattendeal besorgt. Aus guten Taten erwachsen für sie angeblich doch Verbindlichkeiten, oder so.« Er zuckte mit den Schultern. »Ich freue mich wahnsinnig für sie.«

Verena klopfte ihm zustimmend auf die Schulter.

Mia, Haste, Mot und Kai stürmten auf die Faster Stage.

»Hello, Wacken!«, rief Mia begeistert ins Mikrofon, während sie ein Banner mit dem Bandnamen in die Höhe reckte. »We're Vengeful Regrets! We're so proud to be able to play today, after all what happened, and we hope that you're ready to rock – because we definitely are!«

Mia griff ihre Bassgitarre. »And this is your ›Shortcut To Hell‹!«

ENDE

DANKSAGUNG

Manchmal ist ein Roman die Niederschrift eines Hirngespinstes, etwas, was im Hinterkopf gelauert hat, nur um den direkten Weg aufs Papier zu finden. Ein anderes Mal wird ein Roman aus einer Idee heraus geboren, formt sich allmählich zu etwas Greifbarem und wird unter Mitwirkung vieler erst zum vollkommenen Ganzen.

»Death over Wacken« ist Letzteres.

Ohne dem Mitwirken vieler lieber Menschen wäre der Roman nicht zu dem geworden, was du gerade in Händen hältst.

Und dafür bin ich jedem Einzelnen von ganzem Herzen dankbar:

Christine Zach für ihre Geduld (mit mir), ihre Inspiration, ihre Mitarbeit und ihre Liebe.

Meinen Testlesern Matthias Bauer, Birgit und Christian Liebhard, Silvia und Hansi Rastovich, Nina Vidmer und Christine Zach für ihre wertvollen Inputs.

Andy Vidmer für seine Unterstützung bei der Kapitel-Zahlenakrobatik.

Richard Thornton für sein kritisches Auge auf meine englischen Texte.

Birgit Zach für den musikanalytischen Teil.

Ernie Krachmucker für das gelungene Vorwort.

Thomas Jensen für die persönliche Backstage-Führung.

Kriminalhauptkommissar Jörg Stammer für die spannenden Einblicke in die Arbeit der Exekutive vor Ort.

Teresa Storkenmaier für ihr wie immer genaues Lektorat, sowie allen anderen im wunderbaren Gmeiner-Verlag.

Außerdem: Silvi Maric, Michele Coombe von Adam Parsons Entertainment, Silke Yli-Sirniö von Nuclear Blast Records und Jan Jaedike vom DORO-Team.

Ebenfalls danke an alle Musiker, die so bereitwillig mitgewirkt haben (in alphabetischer Reihenfolge): Tom Angelripper, Biff Byford, Johan Hegg, Doro Pesch, René Pedersen, Eric Peterson, Torkjell Rød.

Und last, but definitely not least, ein riesengroßes Dankeschön an euch, meine Leser! You rock!

DIE WACKEN FOUNDATION

Die Wacken Foundation ist eine anerkannte gemeinnützige Stiftung, die sich der Förderung von Hard Rock und Heavy Metal Musik verschrieben hat – das Ganze geboren aus dem Kosmos um das Wacken Open Air herum. Um ihre bestehende Förderung junger Künstler*innen aus der Rock- und Metal-Szene zu festigen, entschlossen sich die Veranstalter des W:O:A, Holger Hübner und Thomas Jensen, eine Stiftung zur Förderung von Hard Rock und Heavy Metal Musik unter dem Motto »We Support Metal« zu gründen.

Dass Rock und Metal von der Entwicklung junger Bands leben, die sowohl live auf der Bühne als auch im Netz mehr und mehr Menschen begeistern können, verstehen die Kuratorinnen und Kuratoren der Wacken Foundation und unterstützten deshalb talentierte Bands und andere Musikerinnen und Musiker bei der Umsetzung ihrer Projekte: Studioaufnahmen, Tour-Vorbereitung etc. Dabei besteht der Stiftungsrat aus Politikern und Mitgliedern der Gemeinde Wacken – das Kuratorium setzt sich aus Menschen aus der Musikszene zusammen. Schon von Beginn an konnten Menschen aus der Musikbranche für die Stiftung begeistert werden – so ist beispielsweise Sängerin Doro Pesch eine der Kurator*innen der Wacken Foundation. Grundsätzlich kann jede

Band und alle Künstler*innen aus der Heavy Metal Szene, sowie Konzertveranstalter, durch die Wacken Foundation gefördert werden.

Seit einigen Jahren ist die Wacken Foundation auch an anderen gemeinnützigen Aktionen beteiligt und unterstützt mit ihrem Know-how in der Rock- und Metal-Szene andere NGOs bei Events oder beherbergt auf Festivals wie dem W:O:A gemeinnützige Verbände, Stiftungen und Vereine. So wird aus »We Support Metal« auch ein Support aus der Metal-Szene für andere Bereiche – die Wacken Foundation ist bemüht, Metal und soziales Engagement zu verbinden. Die Nachwuchsförderung spielt natürlich auch eine zentrale Rolle – so veranstaltet die Wacken Foundation zwei Mal im Jahr das Wacken Music Camp, in dem sich Jugendliche ab dreizehn Jahren auf einem jeweils einwöchigen Musikcamp an ihren Instrumenten oder am Gesang verwirklichen können.

»We Support Metal« – bei der Wacken Foundation gehen Engagement und harte Musik Hand in Hand.

CURRICULUM VITAE METALLICUM

»Dreh den Lärm leiser!«

Diese Aufforderung, gebrüllt von meiner Mutter, schallte mindestens einmal am Tag durch unsere Wohnung. Es ging jedoch nicht nur um die Reduzierung der Dezibel meiner Stereoanlage (mit Doppelkassettendeck!), sondern auch darum, dass mir meine Mutter »durch die Blume« mitteilen wollte, was sie von meinem Musikgeschmack hielt. Dabei hatte alles so vielversprechend begonnen …

1973 in Leoben in der Steiermark geboren, wuchs ich liebevoll behütet in einer gutbürgerlichen Familie auf. Das Gymnasium in Salzburg meisterte ich geschickt mit stets durchschnittlichen Noten (eine 3 war in Ordnung, bei einer 4 waren alle froh, dass es kein »Fleck« geworden war), ich malte und zeichnete für mein Leben gern. Sportlich hatte ich die Begabung einer Kartoffel, dafür war ich Mitglied im Schachclub der Schule. Sexy, ich weiß. Stundenlang zockte ich am Commodore Amiga, schaute mehrmals im Monat die »Krieg der Sterne«-Trilogie auf abgenudelten VHS-Kassetten und entwickelte eine Liebe für alles von »Arnie« & Co, was ich in die Finger kriegen konnte.

Doch dann, mit vierzehn Jahren, geschah etwas, was mein Leben in seinen Grundfesten erschüttern sollte: Im Familienzeltlager in Marina di Venezia brachte ein Freund eine

Soundmachine zu unserer mittäglichen Schachpartie mit. Er drückte »Play«, das Kompaktkassetten-Laufwerk begann, sich ächzend zu drehen. Eine kreissägeartige Stimme schrie: »I'm a Rebel, come on!« Und um mich war es geschehen …

Accept weckten Emotionen in mir, die das oberflächliche radiotypische Popgeplätscher, das ich bisher kannte, gänzlich missen ließ: Kraft, Antrieb, Euphorie! Es folgte »Live after Death« von Iron Maiden – der Rest ist Geschichte. In meinem Jugendzimmer wichen Cindy-Lauper-Poster dem Konterfei des Maiden-Maskottchens Eddie (und ja, ich tapezierte auch den Plafond damit) sowie anderen Metal-Postern mit den Covern von Kreator über Judas Priest bis zu Slayer und Nuclear Assault. Als Statement schrieb ich an die Wand: »Only The Good Die Young – That's The Reason Of My Behaviour«, was zu therapieähnlichen Interventionsgesprächen mit meinen besorgten Eltern führte. Mein Taschengeld tauschte ich im Plattenladen »Bootleg« gegen tiefschwarzes Vinyl und meine Mutter brüllte von nun an ebenso regelmäßig wie zwecklos: »Dreh den Lärm leiser!«

Doch damit nicht genug. Die bis dato farbig belanglose Bekleidung der Marke Champion wechselte ich gegen schwarze Bandshirts und zerrissene Stonewashed-Jeans, eine Kutte war Pflicht. Dazu brachte ich mir das Nähen bei, denn Patches wollen natürlich von eigener Hand aufgenäht werden. Die Tätigkeit per se sieht vielleicht nicht cool aus, das Ergebnis ist es dann aber allemal.

Als ich mit fünfzehn begann, abends in Metal-Kluft wegzugehen, entließ mich meine Mutter in ihrer Verzweiflung mit Sätzen wie »Ist schon wieder Fasching?« oder »Irgendwann wirst auch du was Gescheites hören, glaube mir«.

Ich denke, selbst heute hat sie insgeheim die Hoffnung nicht aufgegeben, dass aus mir jener adrette Klassik-Aficionado wird, den sich (Schwieger-)Mütter eben wünschen. Aber der Zug ist endgültig abgefahren. Ich hab sie trotzdem lieb.

Mein Vater begegnete meiner Wandlung mit Gelassenheit und Humor, kutschierte meine Schwester, einen Freund von mir und mich sogar von Salzburg nach München in die Rudi-Sedlmayer-Halle, da sich Iron Maiden mit Vorband Anthrax die Ehre gaben. Mitgegangen ist er dann aber doch nicht.

So begleitet mich Metal seither in all seinen Facetten, macht gute Zeiten noch besser und schlechte Zeiten erträglicher, hat mich zu Events in ganz Europa geführt, zu neuen Freundschaften und wunderbaren Erinnerungen … Wie ich Max Cavalera (Sepultura) in Wels mit dem Privatauto ins Hotel kutschierte, weil die Band vergessen hatte, ihn mitzunehmen. Als ich 1992 völlig planlos zum »Monsters of Rock« nach Donington reiste und am hiesigen Ticketstand einfach so eine Karte ergatterte (Prä-Internet-Zeitalter, versteht sich). Oder mein persönliches Highlight: in der Wiener Stadthalle mit Iron Maiden auf der Bühne zu stehen und im Chor zu »Heaven Can Wait« mitzugrölen. Ich habe ihn also gesehen, den Metalhimmel!

Seither hat mein Leben vielerlei Wendungen genommen, gute wie schlimme, aber eine Konstante bleibt bis heute: die Liebe zu Metal. So bekomme ich auch heute, mit fünfzig Jahren, noch Gänsehaut, springe auf und singe mit Udo Dirkschneider im Chor: »I'm a Rebel!«

Up the Irons!
Euer Bastian

Bastian Zach im Gmeiner-Verlag:

Geisterfotograf Hieronymus Holstein ermittelt:

1. Fall: Donaumelodien – Praterblut
ISBN 978-3-8392-2650-6

2. Fall: Donaumelodien – Totentaufe
ISBN 978-3-8392-0021-6

3. Fall: Donaumelodien – Leichenschmaus
ISBN 978-3-8392-0125-1

4. Fall: Donaumelodien – Fiakertod
ISBN 978-3-8392-0349-1

weitere:

Donaumelodien – Morbide Geschichten
ISBN 978-3-8392-2708-4

O Tannengrauen
ISBN 978-3-8392-0283-8

O Weihnachtsgrauen
ISBN 978-3-8392-0499-3

Death over Wacken
ISBN 978-3-8392-0678-2

Krimispiele:

Donaumelodien Escape – Der Schatz im Stephansdom
EAN 4260220581833

Donaumelodien Escape – Mord in Schönbrunn
EAN 4260220581840